Romance entre rendas

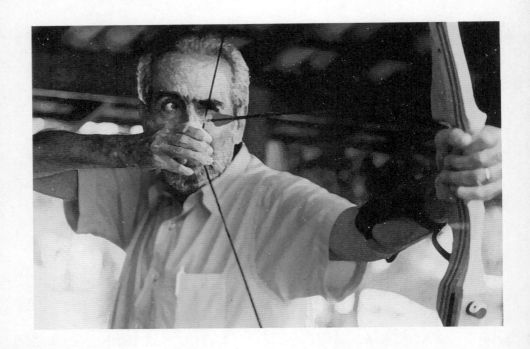

O Arqueiro

GERALDO JORDÃO PEREIRA (1938-2008) começou sua carreira aos 17 anos, quando foi trabalhar com seu pai, o célebre editor José Olympio, publicando obras marcantes como *O menino do dedo verde*, de Maurice Druon, e *Minha vida*, de Charles Chaplin.

Em 1976, fundou a Editora Salamandra com o propósito de formar uma nova geração de leitores e acabou criando um dos catálogos infantis mais premiados do Brasil. Em 1992, fugindo de sua linha editorial, lançou *Muitas vidas, muitos mestres*, de Brian Weiss, livro que deu origem à Editora Sextante.

Fã de histórias de suspense, Geraldo descobriu *O Código Da Vinci* antes mesmo de ele ser lançado nos Estados Unidos. A aposta em ficção, que não era o foco da Sextante, foi certeira: o título se transformou em um dos maiores fenômenos editoriais de todos os tempos.

Mas não foi só aos livros que se dedicou. Com seu desejo de ajudar o próximo, Geraldo desenvolveu diversos projetos sociais que se tornaram sua grande paixão.

Com a missão de publicar histórias empolgantes, tornar os livros cada vez mais acessíveis e despertar o amor pela leitura, a Editora Arqueiro é uma homenagem a esta figura extraordinária, capaz de enxergar mais além, mirar nas coisas verdadeiramente importantes e não perder o idealismo e a esperança diante dos desafios e contratempos da vida.

Loretta Chase

As Modistas - 4

Romance entre rendas

Título original: *Dukes Prefer Blondes*

Copyright © 2015 por Loretta Chekani
Copyright da tradução © 2017 por Editora Arqueiro Ltda.

Todos os direitos reservados. Nenhuma parte deste livro pode ser utilizada ou reproduzida sob quaisquer meios existentes sem autorização por escrito dos editores.

tradução: Simone Reisner

preparo de originais: Magda Tebet

revisão: Natália Klussmann e Suelen Lopes

projeto gráfico e diagramação: Valéria Teixeira

capa: DuatDesign

imagem de capa: Lee Avinson/ Trevillion Images

impressão e acabamento: Bartira Gráfica e Editora S/A

CIP-BRASIL. CATALOGAÇÃO NA PUBLICAÇÃO
SINDICATO NACIONAL DOS EDITORES DE LIVROS, RJ

C436r	Chase, Loretta
	Romance entre rendas/ Loretta Chase; tradução de Simone Reisner. São Paulo: Arqueiro, 2017.
	320 p.; 16 x 23 cm. (As modistas; 4)
	Tradução de: Dukes prefer blondes
	Sequência de: Volúpia de veludo
	ISBN 978-85-8041-763-0
	1. Ficção americana. I. Reisner, Simone. II. Título. III. Série.
	CDD 813
17-42832	CDU 821.111(73)-3

Todos os direitos reservados, no Brasil, por
Editora Arqueiro Ltda.
Rua Funchal, 538 – conjuntos 52 e 54
Vila Olímpia – 04551-060 – São Paulo – SP
Tel.: (11) 3868-4492 – Fax: (11) 3862-5818
E-mail: atendimento@editoraarqueiro.com.br
www.editoraarqueiro.com.br

*Em memória de Owen, cujo conhecimento e amor
pela arte e pela arquitetura enriqueceram nossas
visitas à Inglaterra e a outros lugares, e cuja afeição,
sagacidade e generosidade enriqueceram nossas vidas.*

Prólogo

*Musa, faça de seu tema o homem, famoso por
sua astúcia e gênio versátil.*

– *Odisseia*, Homero

*Eton College
Outono de 1817*

Para começar, ele era abominável.

Os colegas de escola de Oliver Radford não precisaram de mais do que um ou dois dias após sua chegada para descobrir isso.

Tampouco precisaram de muito tempo para lhe dar o apelido de "Corvo", embora por motivos menos óbvios. Talvez seus espessos cabelos negros e seus penetrantes olhos cinzentos passassem essa imagem, talvez fosse sua voz grave e rouca, mais apropriada a um homem adulto do que a um menino de 10 anos. Ou talvez se referissem ao seu nariz – que, muito embora não se parecesse com um bico, como o de muitos outros garotos, também não era nada pequeno.

Mesmo assim, ele tinha sempre o referido nariz metido em um livro, e alguém – na verdade, um de seus primos paternos – dizia que o jovem Radford parecia "um corvo cutucando as entranhas de uma carcaça".

O primo não mencionou que os corvos eram extremamente inteligentes. Essa era uma das razões pelas quais ele preferia os livros aos colegas de escola.

Sobretudo a seus primos incrivelmente estúpidos...

No momento, ele estava apoiado em um muro na beira do campo de esportes, bem longe dos outros, que escolhiam as equipes para o jogo de críquete. Apesar de saber que não entraria em nenhum time, e sem ter qualquer vontade de entrar, ele era obrigado a estar presente durante os procedimentos desse processo de formação de caráter, mas mantinha o nariz nas páginas da *Odisseia,* de Homero.

Uma sombra caiu sobre Oliver e uma mão gorda, com unhas sujas, cobriu a página de escrita grega. Ele não olhou para cima. Como seu pai, Oliver era um observador acima da média. Logo reconheceu a mão. Tinha boas razões para reconhecê-la.

– Aqui está ele, cavalheiros – disse o primo Bernard. – A semente do ramo trabalhador da família: o nosso Corvo.

A expressão *ramo trabalhador* foi usada para depreciar o pai de Oliver. Desde que o filho mais velho da família herdara tudo, os demais filhos e seus descendentes tiveram que encontrar esposas e/ou posições bem-remuneradas em profissões "cavalheirescas", como as Forças Armadas, a Igreja ou a Lei. George Radford, filho de um dos filhos mais novos de um duque, optara por se tornar advogado. Ele era bem-sucedido e mantinha um casamento feliz.

Tudo o que Oliver já observara lhe dizia que os outros Radfords tinham intelectos e casamentos extremamente medíocres, a antítese do que seus pais possuíam.

O fato de um menino de 10 anos saber o significado de *antítese* era outra razão pela qual as pessoas o odiavam.

E o próprio Oliver não ajudava em nada.

– Naturalmente, você acha a lei trabalhosa – disse Oliver. – Primeiro, o estudo da lei requer um domínio do latim, e você mal compreende seu próprio idioma. Depois...

Bernard o agarrou pelo punho.

– ... eu seguraria a língua se *era* você, pequeno Corvo. A menos que queira que eu conte umas histórias que *é*...

– Em primeiro lugar, se você *fosse* eu – corrigiu Oliver. – Como está claro que não é, você precisa do subjuntivo. Em segundo lugar, *histórias* é plural. Portanto, você precisa usar a terceira pessoa do plural. A forma verbal correta é *são.*

Bernard o segurou com menos sutileza.

– Melhor não dar muita atenção a ele – disse o garoto à pequena multidão de seus discípulos, alguns deles primos. – Não tem modos. Não consegue evitar. A mãe não é exatamente a melhor do mundo, vocês sabem. Um tanto ordinária. Mas nós não falamos muito sobre ela.

A família de George Radford havia feito um certo estardalhaço quando ele se casou, aos 50 anos, com uma mulher divorciada. Mas Oliver não se importava com o que eles pensavam. Seu pai o preparara para as dificuldades que enfrentaria em Eton e para os parentes pouco amáveis que poderia encontrar ali.

– Você está se contradizendo – disse Oliver. – Mais uma vez.

– Não estou, não, seu nojento.

– Você disse que *nós* não falamos sobre ela, mas você falou.

– Você se importa, pequeno Corvo?

– Nem um pouco – respondeu Oliver. – Ao menos minha mãe, quando me trouxe ao mundo, conseguiu manter meu cérebro intacto. As evidências mostram o oposto no seu caso.

Bernard puxou-o para longe da parede e jogou-o no chão. O livro caiu das mãos de Oliver, sua cabeça retumbou e ele tomou consciência de seus batimentos cardíacos crescentes e do pânico irracional que o assolou. Afastou essas sensações da mente e fingiu que aquilo estava acontecendo a outra pessoa, a quem observava com indiferença.

O pânico desapareceu, o mundo voltou ao eixo e ele conseguiu pensar.

Apoiou-se nos cotovelos.

– Eu sinto muito – falou.

– E deveria mesmo sentir – retrucou Bernard. – E espero que aprenda a liç...

– Eu deveria ter lido isso como "em agonia para redimir a si mesmo", em vez de "ansioso para salvar a si mesmo".

Bernard parecia estupefato, uma expressão incomum para ele.

– Ulisses – prosseguiu Oliver, pacientemente. Ele se levantou, pegou o livro e espanou a poeira. – Ele lutou em vão por seus companheiros, que foram destruídos pela própria insensatez. Os imbecis destroem o que não entendem.

O rosto de Bernard ficou muito vermelho.

– Imbecil? Vou lhe ensinar o que é imbecil, sua coisinha insolente.

Bernard saltou sobre Oliver e começou a socá-lo.

Para Oliver, a luta terminou com um olho roxo, o nariz sangrando e os ouvidos retumbando.

Essa não foi a primeira vez. Nem a última, como veremos mais tarde.

9

Royal Gardens, Vauxhall
Julho de 1822

Oliver estava confuso. Sua experiência com mulheres era limitada. Mães não contavam. E as meias-irmãs também já eram mães.

A irmã do conde de Longmore, lady Clara, tinha agora, conforme anunciara, oito anos e onze meses de idade.

Embora um pelotão de babás cuidasse do número vertiginoso de jovens da família Fairfax, Clara, de acordo com Longmore, geralmente brincava de correr com os meninos. Seus irmãos a tratavam como se fosse um animalzinho de estimação, talvez por ela ser a primeira menina depois de três meninos e alvo de enorme curiosidade. Além disso, o jovem duque de Clevedon, cujo guardião era o pai de Longmore, a idolatrava.

Mas a atividade planejada para aquela noite não era para meninas. Clevedon estava se afastando, gesticulando para que Longmore o seguisse. Longmore assentiu e disse à irmã:

– Você não tem permissão para entrar no barco conosco.

Clara o chutou no tornozelo. Isso só fez o irmão achar graça, mas ela deve ter machucado o dedo do próprio pé, pois seu lábio inferior tremeu.

Então, por motivos desconhecidos, Oliver se ouviu dizer:

– Lady Clara, você já viu o Heptaplasiesoptron?

Longmore lhe lançou um olhar intrigado, mas a menina também o fitou com seus lindos – e emburrados – olhos azuis.

– O que é isso?

– É uma espécie de sala de caleidoscópio – explicou Oliver. – Está cheia de espelhos, que refletem serpentes retorcidas, uma fonte, palmeiras, lâmpadas de cores diferentes e um monte de outras coisas. Fica do lado de lá. – Ele apontou para o edifício que continha a Rotunda e o Salão dos Pilares. – Quer que eu a leve para ver?

Enquanto Oliver falava, Longmore fugiu.

– Eu quero entrar no barco – disse ela.

– Eu, não – retrucou Oliver.

Ela olhou ao redor e notou as costas de seu irmão sumindo de vista. Seu olhar se voltou para Oliver e, agora, os olhos se estreitaram de maneira acusadora.

– Seu irmão não quer que você vá – esclareceu Oliver. – Ele não quer se preocupar com você ficando enjoada, caindo do barco ou se afogando.

– Mas não vou fazer nada disso. Eu nunca fico enjoada.

– Por que você acha que eu não vou? Vamos enjoar se Longmore remar.

– Rimou – observou ela.

– É verdade – concordou ele. – Vamos ver o Heptaplasiesoptron? Aposto que você não consegue dizer essa palavra. Você é apenas uma garota, e garotas não são muito inteligentes.

Os olhos azuis da menina brilharam.

– Eu sei dizer, sim!

– Vá em frente, então.

Ela estreitou os olhos e contraiu os lábios enquanto se concentrava. Sua expressão era tão cômica que ele precisou se esforçar muito para não rir.

Longmore e Clevedon haviam chegado ao Eton College um ano depois de Oliver. E para sua grande surpresa, tornaram-se amigos. Agiam com ele de forma semelhante ao modo como tratavam lady Clara, como se fosse um animal de estimação. Eles o apelidaram de Professor Corvo, mas logo reduziram apenas para Professor.

Oliver estava ali para o Segundo Festival Anual de Jovens de Vauxhall, pois o pai de Longmore lhe enviara um convite para uma atividade familiar, e o pai de Oliver lhe dissera que ele deveria aceitar. Oliver imaginou que ficaria bastante entediado e irritado, mas Vauxhall acabou se revelando fascinante. Havia acrobatas, equilibristas que andavam na corda bamba, macacos e cães treinados e todo tipo de ilusão de óptica e dispositivos interessantes, bem como música e fogos de artifício. Ele não se importava nem um pouco de não se juntar aos outros meninos.

Certamente, não planejara bancar a babá de uma garotinha. Mas lady Clara havia se mostrado uma menina diferente das outras, um pouco como as várias maravilhas de Vauxhall. Ela não era tão tola quanto seria de se esperar, considerando-se que era, em primeiro lugar, uma menina e, em segundo, parente de Longmore. Ninguém jamais acusaria Sua Graça de nenhuma proeza intelectual.

Ela já conseguira pronunciar *Heptaplasiesoptron* de modo correto quando chegaram lá. Igualmente importante: estava disposta a aprender sobre reflexos e truques ópticos.

Após esgotarem as maravilhas do Salão dos Pilares, eles se encaminharam para a Caverna Submarina. Quando lady Clara se cansou daquilo e eles estavam se dirigindo ao Hermitage, Oliver ouviu uma voz desagradavelmente familiar.

– Isso é o melhor que você consegue fazer, priminho? Ela ainda não tem nem peitinhos.

Oliver sentiu sua temperatura subir, seu coração bater forte e teve a sensação de ver o mundo através de um véu vermelho. Como se estivesse fora do corpo, ouviu a própria voz dizer a lady Clara:

– Fique aqui.

Oliver marchou até o primo Bernard e o socou bem na barriga gorda. Bernard só soltou um abafado "Huh", antes de revidar.

Ao ser pego desprevenido pela rápida reação, Oliver não foi capaz de se esquivar e o golpe que recebeu o fez tropeçar. Bernard se aproveitou da situação e se lançou com tudo sobre o primo, derrubando-o.

No instante seguinte, Bernard estava sentado sobre ele, rindo. Oliver mal conseguia respirar.

Oliver estava tentando se desvencilhar quando ouviu um grito selvagem. Lady Clara lançou-se sobre Bernard em uma onda de socos e chutes. Foi tão engraçado que, por um momento, Oliver se esqueceu de que não conseguia respirar.

Então, ele a viu dar uma estocada em Bernard, e viu-o erguer o braço a fim de proteger o rosto. Oliver não teve certeza do que aconteceu a seguir, mas lady Clara caiu para trás, com a mão sobre a boca.

– Eu não fiz nada! – gritou Bernard, se levantando depressa e fugindo.

Oliver viu sangue na mão dela. Olhou em volta, mas Bernard havia desaparecido. Ele escolhera o momento certo, como de costume, quando não havia nenhum adulto por perto para servir de testemunha.

– Aquele desgraçado! – exclamou ele. – Covarde. Ele poderia pelo menos ter perguntado se você estava bem. Você está bem?

Lady Clara testou um dente com o polegar.

– Está quebrado? – perguntou ela, mostrando toda a arcada.

Não havia sangue em sua boca. O vermelho na mão dela devia ser o sangue de Bernard.

Os dentes de Clara eram incrivelmente brancos e uniformes. Exceto por um dos incisivos superiores.

– O da frente sempre teve uma lasquinha? – perguntou ele.

Ela balançou a cabeça.

– Agora tem – disse ele.

Ela deu de ombros.

– Tomara que essa lasca fique presa no cotovelo dele *para sempre* – desejou ela. Então, em um sussurro, acrescentou: – Aquele desgraçado.

E riu.

Talvez Oliver tenha se apaixonado por ela neste exato momento.

Talvez não.

Depois daquela noite, ele nunca mais viu lady Clara Fairfax.

Até…

Capítulo um

*Na extremidade da Whitehall Street fica a famosa Charing Cross;
e, imediatamente acima dela, foi inaugurada a Trafalgar Square,
onde será erguido um esplêndido monumento naval; e a nova
galeria nacional de artes plásticas, atualmente em
construção, fica do lado norte da praça.*

– Calvin Colton, *Quatro anos na Grã-Bretanha*, 1831-1835

*Arredores de Covent Garden, Londres
Quarta-feira, 19 de agosto de 1835*

– Pare! – gritou a menina. – Eu não vou! Eu não quero ir!

Lady Clara Fairfax, prestes a descer de seu cabriolé, não conseguiu escutar o que o garoto dizia, mas ouviu-o rir ao agarrar o braço de Bridget Coppy e tentar arrastá-la para longe do prédio onde ela queria entrar. O local abrigava a Sociedade das Costureiras para a Educação de Mulheres Desafortunadas.

Sua Graça agarrou o chicote, levantou as saias e correu em direção ao casal. Ela atingiu o braço do garoto com a ponta do chicote. Ele blasfemou com uma voz aguda.

Era um rapaz mal-encarado, de cabelos ruivos, rosto quadrado e manchado. Usava um casaco vistoso mas barato, que ela aprendera a associar aos vagabundos que infestavam o bairro.

– Afaste-se dela ou vai levar outra chicotada – disse Clara. – Você não tem nada para fazer aqui. Vá embora antes que eu chame a polícia.

O garoto olhou-a de modo insolente, mas Clara nem notou. Ele fitou o chicote e, em seguida, o elegante cabriolé atrás dela – de onde sua criada, Davis, descera brandindo um guarda-chuva.

Com um sorriso sarcástico, ele disse:

– É melhor você bater mais forte do que isso se quiser que eu sinta alguma coisa.

Ele não esperou que ela batesse mais forte, apenas colocou o chapéu e saiu caminhando.

– Você está bem? – indagou ela a Bridget.

– Sim, Vossa Graça. E muitíssimo obrigada – respondeu a moça. – Não sei o que deu na cabeça dele para vir até aqui. Ele devia saber que o seu tipo não é bem-vindo.

A Sociedade das Costureiras para a Educação de Mulheres Desafortunadas abrigava e educava meninas que, contra todas as probabilidades, estivessem determinadas a se tornar respeitáveis.

Em geral, as moças que desejavam aprender uma profissão tornavam-se aprendizes. Mas as meninas da Sociedade das Costureiras eram párias e acabavam sendo rejeitadas como aprendizes pelas modistas londrinas. A maioria era considerada muito velha, outras eram encaradas como "arruinadas" ou carregavam algum outro estigma.

A Sociedade as pegava na sarjeta – desde que estivessem dispostas a sair dali – e fazia todo o possível para prepará-las para algum emprego. Com prática, diligência e uma boa visão, a maioria aprendia a costurar pontos retos e minúsculos a uma grande velocidade, podendo assim trabalhar como costureira. Algumas, porém, tinham potencial de chegar mais longe – por exemplo, tornando-se bordadeiras de musselinas, sedas, linho, lã e outros materiais finos. Talvez uma ou duas conseguissem alçar um voo mais alto, tornando-se bem-sucedidas modistas.

Bridget tinha 15 anos. Vendedora de flores malsucedida, ela havia surgido à porta da Sociedade após ter sido agredida e roubada repetidas vezes, devido à sua recusa em aceitar a proteção de diferentes cafetões. Apesar de analfabeta, Bridget acabou por se tornar uma das alunas mais diligentes e uma bordadeira com um talento especial. Seu trabalho sempre se destacava nas vitrines.

Infelizmente, o mesmo acontecia do lado de fora do prédio, devido à sua aparência.

– Eu posso lhe dizer o que deu na cabeça daquele rapaz – falou Clara. – Ele estava pensando o mesmo que todos os homens pensam quando veem meninas bonitas como você.

Lady Clara Fairfax sabia do que falava. Completara 22 anos no dia anterior e era a moça mais bonita e desejada de Londres, e, segundo alguns, de toda a Inglaterra.

Sala de estar da Warford
Segunda-feira, 31 agosto de 1835

Clara não saiu correndo da sala. Uma dama não saía correndo de lugar nenhum, a menos que sua vida estivesse em perigo *imediato*.

Aquela fora simplesmente outra proposta de casamento.

A Temporada havia terminado. O Almack's realizara sua última reunião no fim de julho. A maioria da sociedade viajara para o campo. Mas a família de Clara permanecera em Londres porque seu pai, o marquês de Warford, só deixava a cidade quando o Parlamento terminava de se reunir, o que ainda não acontecera.

E, assim, seus pretendentes se demoraram em Londres. Por algum motivo – ou porque se juntaram numa conspiração ou porque fizeram de Clara um objeto de apostas no livro do White's –, eles pareciam estar seguindo um cronograma quinzenal para lhe propor casamento. E estavam deixando Clara com os nervos à flor da pele.

Hoje foi a vez de lorde Herringstone. Ele disse que a amava. Todos diziam a mesma coisa, com diferentes graus de fervor. Mas, como era uma moça inteligente que lia mais do que devia, Clara tinha certeza de que ele, como os outros, queria apenas reivindicar para si a garota mais elegante de Londres.

Ela herdara a aparência clássica da família Fairfax – cabelos dourados bem claros, olhos incrivelmente azuis e uma pele perfeita e sedosa sobre um rosto artisticamente esculpido. O mundo inteiro concordava que, nela, essas características haviam atingido o auge da perfeição. Assim como suas formas, que, segundo seus inúmeros admiradores, poderiam ter servido de modelo para qualquer estátua de deusas gregas ou romanas.

Seu único defeito – externo – era a minúscula lasca no dente da frente, o que só a tornava mais humana e, de alguma forma, ainda mais perfeita.

Ela era como um puro-sangue que todos desejavam possuir. Ou o mais recente e arrojado modelo de carruagem.

Sua beleza a cercava como um grande muro de pedra. Os homens não conseguiam ver dentro dela.

Isso acontecia porque os homens só *olhavam* para as mulheres. Eles não as escutavam. Principalmente quando eram tão lindas.

Quando as mulheres belas falavam, os homens apenas fingiam que as ouviam. Afinal de contas, todos sabiam que, *na verdade*, as mulheres não tinham cérebro.

Clara se perguntava o que eles achavam que as mulheres traziam dentro de seus crânios e *como* eles acreditavam que elas criavam as negativas delicadas para pedidos do tipo "Se a senhorita me desse a inestimável honra de se tornar minha esposa."

Ela voltou ao presente e respondeu não de forma gentil e cortês, como sempre fazia, pois recebera um treinamento rigoroso para se portar como uma dama. Além disso, ela gostava de lorde Herringstone. Ele lhe escrevera bons poemas. E era divertido, bom dançarino e razoavelmente inteligente.

Assim como dezenas de outros homens.

Ela gostava deles.

Mas eles não tinham ideia de quem ela era e não estavam interessados em descobrir.

Talvez fosse uma atitude quixotesca de sua parte, mas Clara desejava mais para si.

Ele pareceu desapontado. No entanto, ela sabia que lorde Herringstone sobreviveria. Encontraria outra mulher para quem olharia e a quem não ouviria, mas a pretendente não se importaria. Eles se casariam e viveriam juntos, como todo mundo.

E, qualquer dia desses, Clara desistiria de esperar por algo mais. Qualquer dia desses, ela teria que dizer sim.

– Ou isso – murmurou ela – ou me tornar uma excêntrica. Aí vou fugir para o Egito ou para a Índia.

– Milady?

Clara olhou para cima. Sua criada, Davis, estivera de pé no corredor, ao lado da porta, durante a proposta de casamento. Embora a porta estivesse aberta e houvesse um grande número de criados andando pelos corredores da Residência Warford; embora nenhum dos enfeitiçados por Clara jamais ousasse dirigir a ela uma palavra pouco gentil ou prejudicá-la, Davis estava sempre vigilante. As pessoas diziam que a criada parecia um buldogue, mas, como Clara sabia muito bem, a aparência não era tudo. Poucos anos mais velha que sua protegida, Davis fora contratada imediatamente após um dos muitos contratempos da infância de Clara, em Vauxhall. Ela protegia Clara de machucados, fraturas, afogamentos e – mais importante para a mãe da moça – da possibilidade de Clara se tornar uma menina traquinas interessada em atividades masculinas.

– Onde está mamãe?

Sua mãe costumava entrar assim que os admiradores eram rejeitados, perguntando a si mesma "onde eu errei" na educação da filha mais velha.

– Milady está na cama, com muita dor de cabeça – respondeu Davis.

Provavelmente por causa da visita de uma amiga venenosa, lady Bartham.

– Vamos sair – disse Clara.

– Sim, milady.

– Para as meninas – informou Clara. Uma visita à Sociedade das Costureiras para a Educação de Mulheres Desafortunadas daria a ela a chance de fazer algum bem, em vez de pensar sobre homens. – Por favor, peça meu cabriolé.

Sempre que possível, Clara ia até lá sozinha, em parte para reduzir a espionagem e o mexerico dos criados, mas principalmente para sentir que estava no comando de algo, ainda que fosse apenas um cavalo puxando um pequeno veículo de duas rodas. Pelo menos era um veículo arrojado. Seu irmão mais velho, Harry, o conde de Longmore, o comprara para ela.

– Vamos parar no caminho e comprar alguns presentinhos para elas. – Clara olhou para si mesma. – Mas não posso ir assim. Elas precisam me ver com minhas roupas mais elegantes.

Quando um pedido de casamento não podia ser evitado, ela se vestia da maneira mais desleixada possível, para fazer com que a rejeição doesse menos.

As moças eram outro assunto. As fundadoras da Sociedade das Costureiras eram as modistas mais famosas de Londres, as proprietárias da Maison Noirot. Elas faziam as roupas de Clara e a haviam ensinado que um vestido era uma forma de arte e de manipulação, além de um modo de expressão. Já a haviam salvado duas vezes de possíveis casamentos catastróficos.

Portanto, para as meninas delas, Clara se vestia como uma inspiração.

Charing Cross
Pouco tempo depois

– Cuidado! Você está cega? Saia do meio do caminho!

Clara nem teve tempo de ver onde estava. Um braço serpenteou em volta de sua cintura e puxou-a para o meio-fio. Nesse momento, ela viu o trole preto e amarelo voando em sua direção.

No último minuto, ele desviou na direção dos barqueiros e garotos agrupados ao redor da estátua do rei Carlos I. Então, o veículo deu uma guinada abrupta, cortou uma carruagem, golpeou um cão que mancava e entrou na St. Martin Street, deixando um pandemônio em seu rastro.

Acima de sua cabeça – e bem audível, apesar dos gritos dos espectadores e do barulho de carruagens, cavalos e cachorros –, uma voz grave e refinada praguejou. O braço musculoso deixou sua cintura e seu dono deu um passo para trás. Ela o fitou, notando como era alto.

Aquele rosto lhe pareceu familiar, embora seu cérebro não conseguisse encontrar um nome para dar a ele. Sob a aba do chapéu, um único cacho preto caía sobre a têmpora direita. Abaixo das sobrancelhas escuras e acentuadas, um par de olhos frios e acinzentados a encarava. O olhar de Clara se moveu rapidamente desse desconfortável escrutínio para o nariz comprido e para a boca e o queixo bem esculpidos do cavalheiro.

O dia estava quente, mas o calor que ela sentiu veio de dentro.

– Ouso dizer que milady não notou a presença dele – disse o rapaz. – Mas por que digo algo tão sem sentido? Todo mundo entrou em pânico e ninguém prestou atenção. A pergunta correta é: "Faz diferença?" – Ele deu de ombros. – Apenas para o cão, talvez. E, a esse respeito, pode-se dizer que o cocheiro simplesmente salvou o pobre animal de seu infortúnio. Vamos chamar o acontecido de um ato de misericórdia. Bem, é isso. Não está ferida, milady? Não vai desmaiar? Não vai derramar lágrimas? Excelente. Tenha um bom dia.

Ele tocou na aba do chapéu e se afastou.

– Um homem e um menino em um cabriolé Stanhope – disse ela, quando ele lhe deu as costas. Clara percebeu a figura alta e vestida de preto parar, mas ela estava concentrada em manter a fugaz imagem em sua mente. – Carruagem recém-pintada. Égua baia avermelhada. Listra branca. Meia branca... pata traseira... Nenhum criado de libré. O garoto... Já o vi antes, perto de

Covent Garden. Cabelo vermelho. Rosto quadrado. Manchado. Casaco amarelo espalhafatoso. Chapéu barato. O cocheiro tinha uma cara de cachorro galgo. Seu casaco... de boa qualidade, mas esquisito. *Não* é um cavalheiro.

Seu salvador lentamente se virou para ela, uma sobrancelha escura levantada.

– Uma cara de cachorro galgo?

– Um rosto estreito e alongado – continuou ela. Com uma das mãos enluvadas, cujo tremor mal se percebia, ela fez um gesto alongado à frente do próprio rosto. – Traços penetrantes. Ele sabia o que estava fazendo. Poderia ter poupado o cão.

Seu salvador olhou-a de cima a baixo, de maneira tão breve que Clara ficou em dúvida se ele realmente o fizera. Mas, então, a expressão dele se tornou bastante intensa.

Ela controlou um suspiro e levantou o queixo, esperando pela demonstração de raiva.

– A senhorita tem razão – afirmou ele.

Por que eu teria razão?, ela pensou. *Sou apenas uma mulher e, assim sendo, é claro que não tenho cérebro para tirar conclusões.*

Ela declarou, com mais impaciência do que deveria:

– Eu pude ver que o cachorro já estava muito mal. Mais cedo ou mais tarde, os garotos o torturariam ou um cavalo ou uma carruagem o atropelariam. Mas, sim, aquele cocheiro sabia o que estava fazendo. Ele atingiu o animal de propósito.

O olhar aguçado do estranho se afastou dela para examinar a praça.

– Que idiota – comentou ele. – Para que fazer tamanho espetáculo? Matar o cão foi um aviso para mim, obviamente. Esse sujeito não é um mestre da sutileza. – Quando ele pousou de novo o olhar sobre Clara, comentou: – Você disse um cachorro galgo?

Ela assentiu.

– Muito bem – falou ele.

Por um instante, Clara achou que ele lhe daria tapinhas na cabeça, como se faz com um cachorro que aprendeu um novo truque. Mas ele apenas ficou parado, observando Clara e tudo ao seu redor. Sua boca se contraiu um pouco, como se quisesse sorrir.

– Esse homem, quem quer que seja, é uma ameaça pública – afirmou ela. – Se não tivesse um compromisso agora, denunciaria o incidente à polícia.

Na verdade, ela não tinha compromisso algum. Sua visita à Sociedade das Costureiras fora uma decisão de momento. Mas uma dama não devia ter nada a ver com a polícia. Mesmo se fosse assassinada, deveria sê-lo de forma discreta.

– Devo deixar o assunto por conta do senhor.

– Em primeiro lugar, ninguém foi ferido, a não ser um cão com quem ninguém se importava – disse o cavalheiro. – Em segundo lugar, não devemos incomodar a polícia com a morte, violenta ou não, de um mero cão, a menos que seu dono seja algum aristocrata. Em terceiro, agora está claro que o sujeito mirava em mim quando a senhorita entrou no meio do caminho. Eu não pude vê-lo com exatidão através... – ele gesticulou para o chapéu dela, contorcendo a boca outra vez – através desse troço se erguendo de sua cabeça. Mas o cara de galgo... – Ele sorriu. Não era muito bem um sorriso, mas uma expressão que mudou seu rosto, e o coração dela bateu surpreendentemente mais forte. – Ele tem tentado me matar. E não é o único. Não vale a pena incomodar a polícia.

Ele lhe deu um breve aceno de cabeça, afastando-se em seguida.

Clara ficou olhando para ele.

Alto, magro e seguro de si, ele se movia com rapidez e determinação pelo mar de gente que emergia das ruas que desembocavam em Trafalgar Square. Mesmo após entrar na Strand Street, ele não desapareceu da vista por um tempo. Seu chapéu e os ombros largos permaneceram visíveis acima da massa de pessoas, até chegar à Residência Clevedon, quando uma carruagem que passava bloqueou a visão de Clara.

Em nenhum momento ele olhou para trás.

Em nenhum momento ele olhou para trás.

Quando ela conseguiu acalmar a criada e permitiu que seu criado, Colson, fizesse o cavalo começar a andar, o rosto do cavalheiro lhe veio à mente e sua voz rouca pareceu soar de novo em seus ouvidos. Uma imagem cintilou em seu cérebro, mas desapareceu antes que ela pudesse identificá-la. Clara deu de ombros, tentando tirar o incidente da cabeça, e continuou seu caminho, embora, de vez em quando, se perguntasse como ele soubera que deveria chamá-la de *milady*... e por que não olhara para trás.

O Exmo. Sr. Oliver "Corvo" Radford não precisava olhar para trás. Normalmente, ele teria avaliado a loura alta e aristocrática no primeiro olhar. Como os Fairfaxes eram onipresentes, com belos e distintivos traços, até mesmo os que não pertenciam àquela sociedade os reconheciam, e ele calculou que havia excelente chances de ela ser uma das inúmeras lady Isso ou lady Aquilo.

No entanto, ele lhe dera segundo e terceiro olhares por três razões.

Primeiro, sua mente se recusara a aceitar plenamente as evidências que estavam diante de seus olhos. Mas, sim, um exame mais aprofundado provou que o traje de milady era tão complicado e desvairado quanto seus olhos tinham verificado.

Em segundo lugar, após esse novo exame, ele se sentiu seguro de que já a vira em algum lugar. Mas não conseguiu trazer à luz de sua prodigiosa memória quando e onde isso acontecera.

Em terceiro lugar, ele percebeu que ela o havia surpreendido.

Ele não se lembrava da última vez que alguém o surpreendera.

– Cara de cachorro galgo – murmurou ele, e riu, assustando os transeuntes enquanto caminhava pela Strand Street. – Espere até eu contar a ele. Vai querer me matar *duas vezes*.

– Não olhe para trás, seu idiota – disse o cocheiro do cabriolé Stanhope.

O menino, cujo nome era Henry Brockstopp, mais conhecido como Chiver – por suas habilidades com facas, especialmente com a pequenina *chive* –, disse:

– Era ela! A mulher que veio atrás de mim com o chicote, na semana passada. Queria que você tivesse atropelado aquela desgraçada.

– Imbecil. – O cocheiro bateu nele com as costas da mão. – E ter toda a polícia de Londres atrás de mim? E o exército também? Quantas vezes tenho que dizer a mesma coisa para você? Não toque em um fio de cabelo de um nobre, a menos que você deseje um estrangulamento bem lento na ponta de uma corda e um bom descanso numa mesa, enquanto um serrador de ossos corta você inteiro diante de seus aprendizes. – Ele riu. – Só mesmo o Corvo para usar a mulher mais próxima como escudo.

Jacob Freame, como todo o submundo londrino sabia, tinha um senso de humor apurado. Ele sorria quando achacava os lojistas para lhe darem mais dinheiro por sua proteção. Ele achava graça quando uma de suas cafetinas levava algum simplório a um bordel, de onde não sairia vivo. Ele ria quando seus meninos chutavam a cabeça de um inimigo. O velho Jacob estava sempre pronto para uma boa risada.

– Ela é grandona o bastante para isso – disse Chiver, com malícia, esfregando um lado da cabeça.

– Ela pode ser tão grande quanto quiser, porque ela é nobre – declarou Jacob. – E, quando vê um nobre, você tira o chapéu, abaixa a cabeça e diz: sim, madame; não, madame; sim, senhor; não, senhor. Você diz o que eles querem ouvir, entendeu? Ninguém se importa com o que fazemos quando estamos entre os nossos. Mas, se você aborrecer as damas e os cavalheiros, os problemas caem em cima de você como uma tonelada de tijolos. Entendeu? Ou vou ter que enfiar isso à força na sua cabeça dura?

– Entendi – respondeu o garoto.

Mas ele ia ensinar uma bela lição àquela tal de Bridget Coppy. E a altona também não ia gostar nada disso.

Jacob Freame olhou para trás, embora sua presa já não estivesse ao alcance da visão.

– Talvez outra hora então, hein, Corvo? – disse ele rindo.

Arredores de Covent Garden
Não muito tempo depois

Hoje, Bridget Coppy estava no comando da loja da Sociedade das Costureiras. Ali, os visitantes podiam comprar os artigos que as meninas fabricavam, e o lucro ia para a manutenção da organização. Feitos por meninas de talentos e experiências diferentes, os itens oferecidos possuíam grande variedade em termos de qualidade.

– Isso deve ser seu – disse lady Clara, enquanto segurava uma bolsinha esplendidamente adornada.

– S-Sim, milady. Só que há um erro. Esse nó. Ele não... – Bridget explodiu em lágrimas. Seu lindo rosto ficou bem vermelho e ela pegou um lenço.

– Oh, desculpe, milady. Desculpe.

Uma dama jamais ficava sem saber o que dizer. Clara tinha pena das menos afortunadas, mesmo quando escolhia visitá-las como um antídoto para suas próprias tristezas.

– Minha querida, eu nem consigo ver o nó que está errado – afirmou Clara. – Sua visão deve ser muito apurada.

– Sim, eu... Não, quero dizer, o trabalho tem que ficar perfeito. Não se pode... E se Vossa Graça tivesse um vestido de noite bordado com flores-de-lis e notasse um fio pendurado, saindo de uma delas? Ou... se o botão estivesse bordado em carmesim quando deveria ser em rosa? Ou... – Lágrimas escorreram dos olhos da menina, agora tão vermelhos quanto seu rosto, e desceram pelo nariz. Ela se virou e soluçou, limpando com vigor as lágrimas. – Por favor, desculpe, Vossa Graça. Oh, se a diretora me vir, vai ficar zangada, tenho certeza.

– A diretora não está aqui – tranquilizou-a Clara. – Mas, se você está chateada a ponto de não conseguir controlar seus sentimentos, o problema deve ser muito ruim. Afinal, você é uma das moças mais equilibradas e responsáveis deste lugar.

– Responsável... – lamentou-se a menina. – Se eu fosse responsável, estaria nessa situação tão difícil?

Dois dias depois

Clara nunca havia entrado no covil dos advogados de Londres. Quando uma dama precisava de assistência jurídica, seu advogado ia até ela. Mas uma dama jamais deveria se encontrar em qualquer tipo de situação que envolvesse advogados. Se ela estivesse atrapalhada a ponto de precisar de um, deveria entregar o assunto nas mãos do marido, pai, guardião, irmão ou filho.

Por esse motivo, ela hoje usava um dos vestidos de Davis, que fora alterado apressadamente para ajustar-se ao seu tamanho. Além disso, ela, Davis e o menino Fenwick viajavam em uma anônima – e suja – carruagem de aluguel, em vez de trafegar em seu reconhecível cabriolé. A carruagem os levou da Maison Noirot, na St. James Street, onde Fenwick trabalhava, para o leste, na Fleet Street. Ao chegarem ao portão de Inner Temple, saíram do veículo e entraram no complexo.

Os edifícios enegrecidos pela fuligem de várias gerações se amontoavam e assomavam no Inner Temple, como um coro grego muito sujo assistindo a uma tragédia no teatro. Clara sabia que seu objetivo residia no segundo andar do Edifício Woodley. Mas qual seria ele? Fenwick tentava decidir entre duas construções sombrias quando um menino surgiu entre as lápides do adro da igreja. Fenwick dirigiu-se a ele.

Sim, é claro que ele sabia onde ficava, disse o garoto. Pois não é que ele estava voltando de uma missão da maior importância para aqueles mesmos cavalheiros? E não é que algumas pessoas pareciam cegas, uma vez que o nome do edifício estava escrito ali, bem na cara delas? Ele apontou para uma fileira de tijolos imundos onde *talvez*, sob o revestimento de fuligem e excremento de passarinhos, estivesse escrito o nome do prédio.

Fenwick se ofendeu com o tom do garoto e suas observações.

O garoto fez um sinal rude.

Fenwick lhe deu um soco.

O menino revidou.

Enquanto isso, no segundo andar do Edifício Woodley

– Morto – disse Westcott. – Morto, morto, morto. – Ele colocou a carta diante do rosto de Radford. – Aqui está, com todas as letras.

Radford sentiu um peso no peito. Mas agora tinha o instinto de afastar-se de seu lado sentimental – ou seja, da irracionalidade. Ele aprendera a se comportar como se suas emoções pertencessem a outra pessoa e a ver o assunto em questão com distanciamento. Então, com toda a calma, observou o tom de Westcott, a letra da carta e o tipo de papel usado.

Não o papai.

Morto, não.

Ainda não.

Mesmo assim, foi preciso mais do que sua habitual força de vontade para dizer de modo tranquilo:

– Não está exatamente em uma linguagem simples. Você negligenciou o fato de que foram advogados que a escreveram.

Thomas Westcott era advogado, além de amigo de Radford. Possivelmente, seu único amigo. Os dois homens compartilhavam, além das salas no Edifício Woodley de Inner Temple, um jovem funcionário chamado Tilsley, cujas funções incluíam coletar e classificar a correspondência.

Radford não aceitava a tarefa de ler as cartas. Com exceção das mensagens que recebia de seus pais e de suas meias-irmãs, ele deixava que Westcott fizesse o que bem entendesse com a inundação diária de papel.

– Você não a leu – falou Westcott.

Radford não precisava ler. O aspecto legal, o selo e a palavra *morto* já bastavam como evidências. A correspondência vinha do advogado do duque de Malvern e avisava da morte de um membro da família, muito provavelmente do próprio duque, dado o peso do papel, a verbosidade da mensagem e a idade de Sua Graça.

– Sou advogado – disse ele. – Sei reconhecer um jargão obscuro a vinte passos. A distância de um duelo. É uma pena que não se possa dar um tiro nisso, da mesma maneira que os cavalheiros resolvem tantas diferenças. Mas os advogados que obtêm sucesso em sórdidos casos criminais não são cavalheiros, certo?

Ele havia seguido, com prazer, os passos do pai. Como Radford era muito bom no que fazia, jamais duvidara de que seria bem-sucedido em sua profissão, corrigindo os erros e a estupidez que encontrasse no caminho.

Ele só não era capaz de consertar os outros Radfords.

O avô de Bernard colocara os filhos, as noras e os filhos dos filhos uns contra os outros. Era um homem egoísta, vingativo e manipulador, e sua prole seguia o mesmo estilo.

O avô de Radford, sendo inteligente e observador, percebera esse comportamento destrutivo da família e decidira, inteligentemente, não fazer parte dela.

O papai de Radford sentia o mesmo. Havia muito tempo ele dissera: "A única maneira de evitar que sua mente seja envenenada é ficando longe deles. Viva outra vida, filho. Viva a sua própria vida."

Isso era exatamente o que Corvo Radford tinha feito. Ele não queria nada do ninho das víboras ducais, especialmente agora.

Três meses antes, na fazenda de Grumley, um lugar para onde as famílias pobres enviavam os filhos que tinham em excesso, cinco crianças haviam morrido. Na verdade, o sistema de negligência, fome e sujeira do local as matara. Um inquérito havia considerado Grumley culpado de homicídio.

Isso levara ao processo com que Radford se ocupava no momento, o mais desafiador de sua carreira.

Ele pegou o documento da mão do amigo e o leu, procurando brechas. Seu rosto trazia uma expressão aborrecida.

– Só sobrou Bernard – disse ele. – Como diabos eles fazem isso?

O duque de Malvern anterior, o pai de Bernard, possuía uma penca de parentes próximos, três irmãos e, de seu segundo casamento, três filhos. Ao longo dos anos, quase todos os homens, jovens ou velhos, tinham dado um jeito de morrer, alguns de doença, outros em acidentes.

– Era de se pensar que pelo menos fossem capazes de se reproduzir – comentou ele. – Até ovelhas cegas conseguem!

– A família real tem um problema semelhante – lembrou Westcott. – O rei George III gerou nove filhos. E quem é a nossa possível atual herdeira? Uma jovenzinha.

– É uma pena que o ducado não possa ser de uma menina – disse Radford. – Aquelas que eles têm em excesso. Mas as meninas não podem herdar, e isso não é problema meu. – Ele jogou a carta na mesa de Westcott.

– Radford, se o atual duque morrer...

– Bernard não tem nem 30 anos. Sua esposa está com 25. Ele vai continuar tentando fazer meninos.

Era melhor que Bernard não morresse nos próximos cinquenta anos. Radford não precisava da carta para lembrá-lo de que seu pai se tornara o próximo na fila a herdar o título. George Radford tinha 80 anos e uma saúde precária.

A febre do inverno passado havia minado permanentemente sua saúde. Suas chances de sobreviver ao próximo inverno não eram boas. Ele precisava ser autorizado a morrer em paz, com sua esposa ao seu lado, na Residência Ithaca, a pacífica vila em Richmond cujo nome era uma homenagem à mítica casa de Ulisses, aquela pela qual o herói tanto ansiava. A última coisa de que seu pai precisava era do aborrecimento de assumir vastas propriedades cujas questões eram mal administradas havia anos.

– A saúde da esposa, de acordo com a carta, é precária – comentou Westcott.

– Não estou surpreso – disse Radford. – As chances de ela morrer são muito grandes, assim como a de todas as mulheres que enfrentam gravidezes numerosas. Você pode ter certeza de que, assim que ela morrer, ele se casará novamente, não importa quantos anos tenha. Seu pai criou uma segunda família aos 50 anos.

O próprio pai de Radford se casara pela primeira vez aos 50, pois não tivera dinheiro para sustentar uma família mais cedo. Eis por que Radford e Bernard tinham sido colegas de escola.

Westcott pegou a carta e leu-a mais uma vez.

– Tem alguma coisa errada aqui – observou ele. – Não sei dizer exatamente o que é, mas tenho certeza de que há algo que deixamos de perceber. Não sou uma pessoa capaz de ler nas entrelinhas, e você se recusa a fazê-lo.

– Vou lhe dizer o que não está certo – replicou Radford. – Entre toda essa papelada jurídica, você não percebeu que o mais urgente é uma convocação de Bernard? Acha que vou dar atenção a isso?

– Você podia pelo menos tentar descobrir o que ele quer.

– Agora? Você se esqueceu do caso Grumley?

– Eu posso ir no seu lugar – ofereceu-se Westcott. – Como seu advogado.

– Nem você nem ninguém vai me representar nisto. Você não conhece Bernard.

Seu pai poderia lidar com aquele medroso metido a valentão, se tivesse que fazê-lo, mas não havia nenhum motivo que o obrigasse a passar por isso. A última coisa de que ele precisava naquele momento era tensão e aborrecimento. Era melhor Radford escrever para a mãe e alertá-la.

– Ele só vai desperdiçar seu tempo por pura diversão – disse Radford. – Você e eu temos coisas mais úteis a fazer. Por enquanto, pretendo mandar aquele desgraçado do Grumley para... – Ele olhou para a porta. – Quem está aí? Onde diabo se meteu Tilsley?

– Se o senhor se refere ao seu funcionário, ele está trocando socos com um garoto ali no cemitério.

A voz, um tanto abafada porque a porta estava fechada, era claramente feminina. E aristocrática.

Westcott, embora não fosse tão observador quanto o amigo – e quem era? –, não teve dificuldades para reconhecer a dicção das classes altas. Alguns de seus clientes viviam nesses gloriosos reinos. Ele correu para a porta e a abriu.

Capítulo dois

*Delinquentes juvenis são encontrados em todas as partes da
metrópole... Muitos deles são treinados por ladrões mais velhos;
outros têm uma subsistência precária esmolando, executando
pequenas tarefas, vendendo programas de teatro,
batendo carteiras e roubando lojas e barracas.*

– John Wade, *Um tratado sobre a polícia e sobre
os crimes na metrópole*, 1829

Após subir uma escada longa, escura e estreita, Clara e Davis finalmente encontraram, em meio a muitas portas pretas, a que trazia o nome que desejavam.

Davis bateu três vezes antes que os homens lá dentro percebessem. Clara teve a impressão de que estavam discutindo. E uma das vozes – a mais grave – lhe soou familiar.

Mas Clara só a identificou de verdade no momento em que entrou. Quando o olhar cinza-claro a fitou, ela se surpreendeu. Um calor percorreu todo o seu corpo, se espalhando por áreas nas quais as damas jamais prestavam atenção.

Esse era um acontecimento perturbador, mas uma dama sempre se mostrava no controle, mesmo quando se sentia como se tivesse dado de cara na parede.

– Lady Clara – disse ele. Seu olhar cinzento e preciso passeou por ela, avaliando-a rapidamente. – Esse deveria ser um disfarce inteligente?

O outro cavalheiro disse:

– Radford, que diabo...

Clara levantou a mão para silenciá-lo. Se ela não assumisse o controle primeiro, os dois o fariam. Eles a tratariam como uma criança, do modo como os homens costumavam tratar as mulheres, especialmente as jovens. Murmurariam coisas suaves e a mandariam embora. Poderiam até contar ao advogado do pai dela. Ela duvidava de que regras de confidencialidade fossem aplicadas às mulheres.

Não demonstre incerteza nem ansiedade, ordenou a si mesma. *Pela primeira vez na vida, você pode fazer algo mais produtivo do que recusar propostas de casamento.*

Ela adotou a postura autoritária da avó paterna.

– Graças ao senhor, agora eu sei quem ele é – declarou ela ao outro homem, que era mais baixo, mais louro e não estava inteiramente vestido de preto. – Não faz diferença para mim que ele saiba quem sou. O senhor deve ser o eminente advogado Thomas Westcott. Não tenho muito tempo e prefiro não o desperdiçar em formalidades. Como seu colega tão habilmente percebeu, sou lady Clara Fairfax, e esta é a minha criada, Davis. O menino, Fenwick, que está tentando matar seu funcionário, aconselhou-me a consultá-lo.

Quando ela deixou o olhar passear sobre o homem alto e moreno, a sensação de familiaridade que havia experimentado em Charing Cross retornou.

– Ele parece acreditar que o Sr. Radford está especialmente apto a nos ajudar com um problema.

– Ele é um tanto peculiar, eu admito – disse Westcott.

– Isso não é sobre o cão sarnento, é? – indagou Radford. – Porque a polícia tem assuntos mais importantes...

– É sobre um menino pobre – interrompeu-o Clara.

O Sr. Radford caminhou até a janela e olhou para baixo.

– E a senhorita nos procurou? Não deve estar se referindo ao garoto lá embaixo. Ele está se defendendo. Não, espere. Melhor. Ele está dando golpes na cabeça de Tilsley. Aquele seu rapaz me parece familiar.

Após passar uma parte da infância com três irmãos mais velhos, ela podia imaginar o que ele estava vendo. Fenwick devia ter prendido a cabeça do menino com um braço e estava batendo nela com a mão livre.

– O senhor de fato o conhece. E é por isso que estamos aqui – explicou Clara.

– Como o pirralho diz que se chama? – perguntou o Sr. Radford.

– Ele não diz nada – respondeu Clara. – Ele pode ensinar o pai-nosso ao vigário. Seus empregadores o chamam de Fenwick. E ele parece achar que o senhor pode encontrar um amigo dele chamado Toby Coppy.

O Sr. Radford afastou-se da janela.

– Amigo de... Fenwick?

Ela passara os últimos dois dias estudando o notório Radford, uma tarefa não muito fácil, mesmo que não tivesse que manter sua missão secreta longe dos ouvidos de sua família.

O nome dele não figurava nos relatos habituais de atos parlamentares ou sociais. Ele aparecia principalmente em relatos de processos criminais, alguns muito longos. Pelo que Clara lera, ele parecia ser preparado, perspicaz e ter um grau impressionante de falta de tato. Embora não tivesse conseguido ler tudo, ela achou incrível que ele houvesse vencido tantos casos, quando juízes, testemunhas, jurados e até mesmo seus próprios clientes deviam ter desejado estrangulá-lo.

Ela, por exemplo, já estava ficando irritada.

– Se eu puder começar do início – disse ela –, em vez de prosseguir pelo caminho desordenado de suas perguntas...

Uma sobrancelha preta se ergueu.

– Desordenado – repetiu ele.

– Isso foi um comentário ferino, caso você não tenha percebido – explicou Westcott.

– Foi o que pensei – admitiu o Sr. Radford.

– Não que qualquer reprimenda tenha algum efeito sobre ele, milady – falou Westcott –, mesmo que ele a reconhecesse como tal. Mas ele é brilhante em todos os outros pontos, é claro.

– Foi o que me disseram – afirmou Clara. – Por isso estou aqui.

– Certamente, milady – disse Westcott. – E, como Vossa Graça se deu o trabalho de vir até aqui, devemos proceder de maneira ordenada. Francamente, fico perplexo diante do fato de um homem famoso por seu apego fanático à lógica ficar perambulando em desvios desse jeito estranho. Se Vossa Graça nos fizer a gentileza de se sentar... aqui, perto do fogo... ou do que, em um tempo mais frio, pode ser considerado fogo. Está mais limpo...

Ele parou quando Davis avançou e limpou a cadeira com um lenço e lhe lançou um olhar de censura.

– Sim, muito obrigado – disse Westcott. – E, se Vossa Graça se sentar, ficarei feliz em tomar notas. Radford, nós não precisamos de você no momento. – Ele deu um sorriso de desculpas para Clara. – Somente se o caso for a julgamento, naturalmente, o que...

– Vamos economizar tempo se eu ouvir – retrucou Radford.
– Não, não vamos – opôs-se Westcott. – Porque você vai interromper.
– Ficarei tão silencioso quanto os moradores dos túmulos sob nossa janela – prometeu Radford.
Ele cruzou os braços e se recostou na moldura da janela.
– Por favor, milady, prossiga. Sou todo ouvidos.

Foi o dente lascado.
Quando Clara entrou e o viu, sua compostura se desintegrou e, por um momento, ela pareceu uma garota espantada.
Radford conhecia aquela garotinha.
Ela se recuperou com uma velocidade notável, mas Radford vira tudo o que era necessário.
Os traços distintivos dos Fairfaxes que ele identificara no outro dia... diferentes notícias que lera em jornais e revistas... a constante sensação de familiaridade.
Com o dente lascado, a última peça do quebra-cabeça foi colocada no lugar.
Ela não era apenas um dos inúmeros membros da família Fairfax que ele via de tempos em tempos, em suas perambulações por Londres.
Era a garotinha a quem ele tinha mostrado o Heptaplasiesoptron de Vauxhall. Era a menina que tentara resgatá-lo das mãos do primo Bernard.
Ela havia crescido e estava vestida de uma maneira que, ingenuamente, imaginou ser um disfarce.
Ao contrário do chapéu cômico que usara em Charing Cross, agora ela usava uma touca escura e sem graça, desprovida de adornos. A grande borda não se inclinava como o chapéu, mostrando seu rosto perfeito emoldurado em rendas. Estava posicionada para baixo, fazendo uma sombra que escondia seu semblante. Na verdade, fora uma escolha inteligente. Um véu – a artimanha costumeira das damas – teria chamado a atenção para sua tentativa de ficar incógnita.
No entanto, ele a teria reconhecido como a moça de Charing Cross em qualquer lugar, mesmo que ela estivesse usando um véu. O vestido simples não conseguia disfarçar sua postura e sua figura.
Uma figura notavelmente bela. Ele estava consciente de seu pensamento

irracional. Mas continuou a imaginar a mesma figura em seu estado natural. Essas considerações não costumavam conduzir a um raciocínio claro.

Com dificuldade, ele afastou tais pensamentos da mente e se concentrou em observar a dama, que ignorou a cadeira que Westcott lhe oferecera e que a criada limpara.

Lady Clara permaneceu onde estava, a postura ereta, vertical...

Horizontal seria melhor, disse a voz interior do seu devaneio.

Radford ignorou a tal voz e ouviu um relato narrado com uma concisão que acreditava incompatível com o cérebro feminino. Em um conjunto chocante de poucas palavras, ela conseguiu explicar o que era a Sociedade das Costureiras e quem era Bridget Coppy.

– O pai dela está morto – explicou Clara. – A mãe é uma bêbada inveterada que faz alguns remendos nas raras ocasiões em que está sóbria. A Sociedade das Costureiras ensinou Bridget a ler e escrever um pouco. Ela persuadiu o irmão a frequentar uma escola para crianças desafortunadas. Sei que não preciso lhe explicar o que é isso.

As escolas para crianças desafortunadas eram tentativas lastimáveis de ensinar às crianças pobres o básico de que necessitavam para melhorar sua sorte na vida. Os professores não eram remunerados, muitos deles eram quase tão ignorantes quanto as crianças. Mesmo assim, era melhor do que o ensino inexistente disponível para as massas empobrecidas de Londres.

A maioria dos membros das classes altas jamais ouvira falar dessas escolas. Sendo bisneto de um duque, Radford era, tecnicamente, um membro das classes superiores. Entretanto, sua vida tinha sido diferente da maioria e ele conhecia tudo sobre o assunto.

A nota de angústia na voz de Clara revelou a Radford que as tais escolas eram uma descoberta muito recente e perturbadora para ela.

Clara não tinha ideia da vida que algumas pessoas levavam em Londres, praticamente sob seu nariz.

Mas por que deveria? E, mesmo assim, como era estranho o fato de ela ter descoberto.

Ela estava dizendo:

– Com a ajuda de Bridget, Toby estava aprendendo a ler, escrever e somar. Mas, como o senhor sabe, tipos de péssima reputação ficam rodeando essas escolas. Bridget diz que um bando de ladrões o atraiu para fora do local, e ela não o vê há mais de uma semana.

O dia, que se iluminara quando Sua Graça adentrara seu escritório, voltou ao cinza habitual.

Uma criança desaparecida, das classes inferiores. Radford sabia aonde essa história levava. E não era a um final feliz.

Primeiro, a maldita carta do duque.

Agora, outro garoto perdido entre os milhares de crianças indesejadas de Londres.

Por que ela não viera até ele por ter assassinado alguém?

Isso teria sido muito mais promissor, para não dizer estimulante.

– Bridget deseja tirá-lo da gangue antes que ele acabe enforcado – prosseguiu ela. – Ela tem certeza de que a polícia o prenderá em pouco tempo. Não acredita que seu irmão tenha inteligência ou destreza para ser um ladrão bem-sucedido.

Oh, a história fica cada vez melhor.

Era muito provável que existisse mais nesse caso do que se podia ver. Não fazia muita diferença. O menino estava condenado.

Ela desperdiçava o próprio tempo, bem como o de Radford. Estava completamente iludida se pensava que o pirralho poderia ou deveria ser resgatado. Mas é claro que ela não acreditaria nele. A moça não tinha a menor ideia do que estava querendo fazer.

Ele perguntou:

– A senhorita sabe qual gangue, precisamente?

– Fenwick não conseguiu descobrir – respondeu ela.

– Isso lhe diz alguma coisa?

– Que Londres tem muitas gangues.

– Portanto...? – questionou ele, dirigindo a testemunha.

Ela o encarou com uma expressão educada, as graciosas sobrancelhas levemente erguidas.

Nesse momento, Westcott deveria ter se intrometido para afirmar o óbvio, ou pelo menos para alertar Radford de que ele estava indo longe demais. Ele olhou de relance para o amigo.

Westcott examinava a moça como se nunca tivesse visto uma mulher antes.

Não, pensando bem, era exatamente o contrário. Ele estava fazendo o que os homens sempre faziam quando olhavam para as mulheres. Estava admirando seus seios de uma maneira que imaginou ser imperceptível, deixando-se absorver por completo nessa empreitada.

Os dela, Radford tinha que admitir, eram extraordinariamente belos. Ou isso ou suas roupas íntimas haviam sido feitas para embelezá-los. Ele debateu esse ponto consigo mesmo quando a encontrara no outro dia. Qualquer que fosse a resposta, Westcott não podia se comportar daquele jeito.

Radford, que sempre mantinha suas emoções sob controle, estava desenvolvendo uma fantasia de lançar seu amigo janela afora.

Tentando afastar essa imagem de sua mente, ele indagou:

– Vossa Graça conhece a expressão "uma agulha num palheiro"?

– Deixe-me pensar – disse ela, apertando os lábios e estreitando os olhos, num esforço exagerado de reflexão.

Ele se lembrou da menina aprendendo a dizer *Heptaplasiesoptron*.

– Sim – respondeu ela. – Por incrível que pareça, conheço, sim.

– Bom – falou ele. – Porque...

– Fenwick afirmou categoricamente que, se alguém é capaz de encontrar Toby, esse alguém é o senhor. O senhor criou sua fama como um advogado que defende as crianças pobres.

– Suspeito que seja porque advogar para indigentes, sendo incomum ao ponto da bizarrice, crie manchetes sensacionais – afirmou ele. – De fato, eu apareço no tribunal para lidar com casos muito desinteressantes: envenenamentos, roubos, assaltos, difamação e coisas do gênero.

Na verdade, poucos desses casos atraíram a atenção dos jornais mais respeitáveis. Os raros casos que o fizeram tendiam a se concentrar nos queixosos, nos acusados e nas declarações de testemunhas iludidas, não em advogados enfadonhos. Até recentemente.

– Mas o caso Grumley...

– Ah, sim, um caso espetacular – disse ele. – E que exige toda a minha atenção no momento. Posso lhe assegurar de que o juiz não me daria uma licença para caçar esse menino, ainda que eu tivesse qualquer esperança de encontrá-lo e tivesse o prazo de um ano para fazê-lo.

Uma emoção cintilou nos olhos dela; mas nem mesmo ele, um grande observador das mais sutis pistas faciais, conseguiu distinguir se ela estava decepcionada ou... aliviada.

Não que fizesse diferença.

– Sim, claro – concordou ela. – Eu li sobre o horror causado por Grumley. Eu deveria ter imaginado... Como fui tola. O senhor tem o seu trabalho a fazer. Nesse caso, talvez pudesse me aconselhar sobre como proceder.

– Eu recomendo que a senhorita deixe esse assunto de lado. Esse tipo de problema nunca tem um final...

Ele se interrompeu porque ela levantou o queixo e sua postura se enrijeceu, fazendo-o lembrar-se da menina que chutou o irmão no tornozelo.

– Mas como sou tolo – reconheceu ele. – A senhorita não vai desistir desse assunto.

– Não.

Ele olhou para Westcott. Nenhuma ajuda. Se a cúpula da catedral de St. Paul deslizasse sobre a cabeça de Westcott, ele não pareceria mais estupidamente inconsciente. Era de se pensar que ele nunca tinha visto uma mulher atraente antes.

É verdade que ela era muito mais do que atraente. Mas, mesmo assim.

Seu outro eu, o que era irracional, tinha algo a dizer sobre isso. Radford o sufocou.

– Nesse caso – continuou ele –, devo recomendar, em primeiro lugar, que a senhorita leia o tratado de Wade sobre a polícia da metrópole.

– Sr. Radford – disse ela.

– Não é preciso ler a obra toda, mas talvez a senhorita deseje examinar pelo menos o capítulo sobre delinquentes juvenis – informou ele. – Depois, no caso de Wade enchê-la de coragem, recomendo que contrate um membro da polícia metropolitana como detetive. E indico o inspector Keeler.

Antigo membro da famosa força policial de Londres, os Bow Street Runners, Keeler era, na opinião de Radford, o melhor dos melhores: calmo, persistente e um mestre do disfarce.

Clara inclinou a cabeça ligeiramente, estudando-o com uma expressão que parecia pairar entre a paciência e a exasperação. Junto com a maturidade, seu semblante parecia ter adquirido uma espécie de tela ou véu.

– Acho que eu estava mal-informada – afirmou ela. – Disseram-me que o senhor era o homem mais inteligente de Londres.

Westcott tossiu.

– A senhorita não está mal-informada – retrucou Radford.

Ela mordeu o lábio inferior e, por um instante que o hipnotizou, o dente lascado ficou à mostra.

– Que estranho – prosseguiu ela. – Imaginei que até um homem com um cérebro muito pequeno e com pouco conhecimento dos milhões de regras não escritas da sociedade perceberia que não estou em posição de envolver detetives neste caso. Damas, como o senhor sabe, Sr. Radford, não estão autorizadas a contratar profissionais, exceto em assuntos domésticos.

– Certo – respondeu ele. – E me pergunto como isso não me passou pela cabeça. Talvez tenha sido o seu aparecimento aqui, com esse disfarce tão astuto. Muito intrépido de sua parte.

– Estou disfarçada porque as damas não estão autorizadas a vir ao Temple em busca de advogados.

– Mas a senhorita entende por que pensei o contrário. Observando-a, eu poderia supor que uma reviravolta nos costumes sociais teria ocorrido enquanto eu estava ocupado fazendo com que criminosos fossem enforcados... ou não, conforme o caso.

– Os costumes são os mesmos desde a época da minha mãe – argumentou ela. – Se mudaram, foi para se tornarem mais rigorosos. Minha avó... Bem, estou divagando e sei que seu tempo é precioso. O senhor busca justiça para cinco crianças inocentes, uma tarefa hercúlea. Peço desculpas por tê-lo afastado desse digno desafio, ainda que tenha sido por apenas alguns instantes. Se o senhor não tem nenhum conselho útil para mim, vou deixá-lo trabalhar em paz.

– A senhorita poderia oferecer uma recompensa? – indagou ele. – Ou isso também não é permitido?

Clara olhou-o fixamente dessa vez. Parecia tentar ler seus pensamentos. Isso exigiria bastante empenho, já que ele não estava muito presente, por assim dizer. Hoje, ele estava tendo que se esforçar mais do que o habitual apenas para analisar os autos.

– O senhor não sabe nada sobre as damas e as regras rígidas sob as quais elas devem viver? – indagou ela.

– Vossa Graça ficaria espantada com o pouco que ele sabe a esse respeito – comentou Westcott. – Ele não frequenta muito o Almack's. E a senhorita nunca o viu na corte, certo? Ninguém jamais poderia imaginar que o pai dele é o herdeiro do duque de Malvern...

– Como se isso tivesse alguma importância... – interrompeu-o Radford. – A alta sociedade e eu não estamos familiarizados. Por razões óbvias, devo dizer, pois seus membros passam pouco tempo em tribunais criminais e eu exerço minhas atividades exatamente ali.

– Então, é melhor eu explicar, ou a próxima dama que o senhor encontrar pode deduzir que o senhor tem algum tipo de perturbação ou que lhe falta o cérebro – retrucou ela.

– A senhorita acha que o que pensam é relevante para mim? – perguntou ele.

– Eu acho que a opinião de uma dama a seu respeito deve ter algum peso se ela estiver pensando em contratar seus serviços para processar alguém. Ou num caso de homicídio, caso ela tenha esperanças de se livrar da forca.

– Se matar alguém, lady Clara – declarou ele –, ficarei muito feliz em oferecer meus serviços.

– Se eu matar alguém – disse ela –, serei muito discreta e me comportarei como uma dama; terei tanto cuidado que jamais serei pega. Mas agradeço a oferta.

Ele olhou para aquele rosto excepcionalmente atraente e acreditou nela.

– Eu poderia perguntar...

– Não – disse ela. – Isso estragaria a diversão. No entanto, devo dizer-lhe que a filha de um nobre não pode contratar detetives ou oferecer recompensas por crianças desaparecidas. Se tivéssemos permissão para fazer coisas tão úteis, meu Deus, onde isso iria parar? Por que não podemos contratar detetives para nos ajudar a encontrar maridos? Ou oferecer recompensas com o mesmo propósito? Ouso dizer que teríamos mais chances de encontrar nossas almas gêmeas se usássemos o método que o senhor acredita que eu deva utilizar para encontrar Toby Coppy.

– Imagino que a publicidade eliminaria muitos aborrecimentos – falou ele. – E todos esses rituais sociais absurdos...

– Milady, como meu colega explicou, as chances de encontrar esse menino não são nada boas, em especial nas circunstâncias hostis atuais – disse Westcott.

Radford olhou para ele. Westcott fez o gesto pequeno e rápido de cortar sua garganta, que significava *não*. *Agora* ele resolvia sinalizar? Logo quando a conversa tinha uma virada educativa e divertida?

– Mesmo que nossa agenda não estivesse cheia – prosseguiu o advogado –, nós a aconselharíamos a não tentar. Em nossa experiência...

– *No entanto* – interrompeu Radford antes que seu tolo amigo entrasse nos detalhes sangrentos –, caso seus esforços, com ou sem um detetive, se revelem infrutíferos, a senhorita será bem-vinda ao retornar aqui.

Quero dizer, quando o menino for preso. Então, poderemos realmente lhe ser úteis.

As probabilidades estavam contra Toby Coppy conseguir manter-se vivo por tempo suficiente para ser preso, mas ela parecia ter a nobre determinação de salvá-lo, e Radford reconhecia essa obstinação quando a via.

Ela o estudou por algum tempo, da mesma maneira que fizera antes.

Nada naqueles inquisidores olhos azuis lhe dizia que ela se lembrava dele.

Ora, e por que se lembraria? Uma vida inteira transcorrera desde então. Eles haviam passado poucas horas juntos. Clara era só uma criança, e ele era apenas um dos muitos colegas de escola de seu irmão. Ela só o vira uma vez. Os Radfords eram bastante comuns na Inglaterra – ou, melhor dizendo, haviam sido. Era provável que ela nem soubesse o nome dele. Longmore sempre o chamava apenas de "Professor". Com exceção daquele momento, Radford e ela tinham vivido em mundos separados. Mesmo quando Clara estava em Londres com o resto da alta sociedade, seus caminhos não se cruzavam.

Isso sem mencionar que, apesar de sua notável memória e excepcionais poderes de observação, ele só a reconhecera por causa de um dente com uma pequena lasca. Aquele que ela quebrara tentando salvá-lo de seu primo idiota.

– Obrigada, Sr. Radford, terei em mente essa sua oferta – agradeceu ela.

– Vossa Graça, lamentamos muito não poder lhe oferecer mais ajuda – desculpou-se Westcott.

É claro que ele lamentava. Ainda não conseguira admirá-la por tempo suficiente.

Ela fez um pequeno gesto com a mão.

– Compreendo perfeitamente. Foi uma tolice de minha parte.

Ela se dirigiu à porta e Westcott se apressou em abri-la. Ela parou e sorriu, então um raio de luz pareceu iluminar a sala sombria.

– Bem, então, sem ressentimentos ou ferimentos, cavalheiros? – falou ela. – Sem desmaios? Sem lágrimas? Excelente. Bom dia, Sr. Westcott.

– Bom dia, milady.

– Tenha um bom dia... Professor – disse Clara.

Ela deu uma risadinha e saiu.

Professor?

– Professor? – estranhou Westcott.

Radford fitava a porta fechada.

– O que ela quis dizer – questionou Westcott – com ferimentos e desmaios? Parecia você falando.

– Era eu. – Radford deixou sua mente vagar até Vauxhall e logo a trouxe de volta para... para o amigo. – No outro dia, em Charing Cross, quando Freame tentou me atropelar, essa moça entrou no meio do caminho. Até ele pôde ver que ela era nobre. Assassinar advogados irritantes é uma coisa, mas uma mulher da aristocracia é outra completamente diferente. Ele foi embora, sem dúvida blasfemando bastante e planejando o ataque futuro.

Radford havia sido fundamental para enviar seis dos protegidos favoritos de Freame para uma residência permanente em colônias penais, além de dois para a eternidade.

– Freame tentou matá-lo *de novo*? – espantou-se Westcott. – E você não achou oportuno mencionar isso para mim? Tentativa de *assassinato*?

– Boa sorte tentando provar que ele mirou em mim.

Radford enfrentara um problema mais difícil no que se referia às provas no caso de Grumley; um caso em que a defesa estava se beneficiando, com a ajuda de um juiz imbecil.

– Também percebi que você não achou pertinente mencionar a moça.

– O incidente não me pareceu tão importante.

Westcott arregalou os olhos.

– Naturalmente, se ela tivesse ficado ferida, eu teria tomado outra atitude – explicou Radford. – O imbecil matou um vira-lata que já estava moribundo, mas o mundo vê os cães de rua como um grande incômodo. O pessoal da limpeza recolheu o animal e a agitação logo terminou. A dama e eu não nos apresentamos. Ela seguiu seu caminho e eu segui o meu.

Westcott lhe lançou um de seus olhares. Não era completamente diferente do de lady Clara – aquele com uma mistura de exasperação e paciência... e talvez... sim, havia também um elemento de admiração. No rosto de lady Clara, no entanto, a expressão era bem mais cativante.

Porque, claro, ele estava acostumado a Westcott.

E porque, claro, ela era muito mais bonita. Mil vezes mais.

– No início, ela pareceu surpresa ao vê-lo – comentou Westcott.

– Ela veio *nos* procurar – disse Radford. – Por que associaria o sujeito de Trafalgar Square ao indivíduo pedante que desperdiça tempo do tribunal com cansativas crianças indigentes? Mas isso tudo aconteceu outro dia mesmo. Não é de admirar que ela tenha se lembrado. É claro que ela achou engraçado citar praticamente minhas próprias palavras para me responder.

– Gostaria de saber como alguém que se encontrou com você se esqueceria disso. A menos que você tenha se mantido calado, o que sei que é uma impossibilidade física. E por que *Professor*? – disse Westcott, e suas sobrancelhas se ergueram de uma maneira irritante.

– Um apelido que o irmão mais velho dela me deu quando estávamos em Eton. Ela deve ter juntado dois mais dois, concluindo que eu era o Radford que ele e Clevedon chamavam de Professor.

Ele tivera certeza *absoluta* de que ela não se lembrara dele em Vauxhall. Ficou profunda e dolorosamente curioso para saber como ela havia descoberto sua identidade e intrigado com o fato de ela ter conseguido disfarçar tão bem.

Uma dissimulação das mais intrigantes.

Ele não se recordava de ter visto algo assim fora das classes criminosas e, mesmo ali, isso era raro. A maioria dos bandidos não era inteligente. Eles eram muito astutos e mentiam com grande habilidade, mas podiam ser facilmente desmascarados por um olhar experiente.

Ela era inteligente e...

Ele se deu conta do caminho que seu pensamento estava tomando e parou. Não tinha tempo para especulações inúteis, ainda mais sobre mulheres que pertenciam a outro universo. O julgamento de Grumley estava nas etapas finais, e as coisas não pareciam promissoras.

Ela também sabia disso. Como ela...? Não, não tinha tempo para pensar nela. Havia moinhos de vento contra os quais ele precisava lutar.

Tribunal de Old Bailey
Três dias depois

Inocente.

Radford olhou para a galeria de visitantes. Lá estava lady Clara Fairfax, disfarçada, sentada ao lado da criada com cara de buldogue. Sua Graça estivera lá todos os dias desde o encontro no escritório de Westcott.

Ela sempre vestia mais ou menos a mesma roupa. Sua pele sedosa parecia áspera e sem graça, e um par de óculos cobria o nariz perfeito. Ainda assim, ele não teve dificuldades para reconhecê-la nem para perceber os sinais de consternação que ela fazia. Quando o veredito foi lido, por um breve momento sua boca se curvou e ela levou a mão enluvada à altura dos olhos.

Radford teve a impressão de que a decepcionara; e, em sua mente, apareceram imagens em que ele arrancava a peruca da cabeça, saltava no banco dos réus, estrangulava Grumley e em seguida batia no juiz sem dó nem piedade.

Esse era o seu outro eu – o irracional – se manifestando.

O Radford racional teria ficado surpreso se o veredito tivesse sido outro. Mas isso o incomodava. Ele tentou se desconectar, como sempre fazia. O método, porém, não funcionou desta vez. Mesmo distante, ele viu o sorriso malicioso de Clara quando ela saiu de seu escritório no outro dia e ouviu a risada curta e leve que ela soltou diante da expressão de surpresa que deve ter visto no rosto dele.

Radford não entendia como ela o encontrara naquele momento e por que havia aparecido no tribunal. O disfarce lhe dizia que ela não deveria estar lá e que correra algum risco. Por quê?

St. James Street
Segunda-feira, 7 de setembro

– Ei! Você!

Radford olhou na direção da voz.

Um rapaz, usando uma libré lilás e dourada, indicou com a cabeça uma passagem próxima à vitrine da loja em que Radford estava recostado.

O garoto o notara alguns minutos antes, mas não deixou de imediato o seu posto à porta da loja de roupas. Depois que escoltou uma dama para dentro do estabelecimento, o tal porteiro, garoto de recados ou o que quer que fosse, atravessou a St. James Street e chamou Radford dessa maneira gentil, entrando, em seguida, em Crown & Scepter Court.

Radford o seguiu até a estreita passagem. Observou que, dali, o rapaz conseguiria vigiar a porta da Maison Noirot e atravessar a rua correndo, caso fosse necessário.

– E então, o que você quer? – disse o rapaz.

Radford encarou a chamativa libré por um momento.

– Jonesy. Esse é um excelente disfarce – declarou ele.

– Essas são as minhas *roupas* – disse o garoto. – Eu consegui um emprego.

– Ah.

– E também não é Jonesy. É Fenwick – declarou o garoto, estreitando os olhos e desafiando Radford a rir.

– Eu ouvi algo nesse sentido.

Embora aconselhasse os outros a contratar detetives, Radford era, ele mesmo, um detetive muito bom. Sua profissão muitas vezes exigia essa habilidade. Sua natureza exigia isso. Ele se sentia atraído por mistérios e enigmas, da mesma forma que os outros homens se sentiam atraídos pelo jogo ou pela bebida.

Ele havia desvendado o enigma de Fenwick entre seus numerosos contatos nas ruas de Londres.

– As costureiras francesas – disse Radford, acenando para a loja do lado oposto da rua.

– Elas me raptaram bem no meio da rua – disse o garoto inclinando-se para ele, seu rosto a imagem da inocência surpreendida.

– Ouvi dizer que foi de trás de uma carruagem, quando você estava tentando esvaziar os bolsos de um cavalheiro. Isso foi uma idiotice. E você era um dos poucos daquele grupo que tinha algum cérebro.

– É uma longa história.

– Não me conte – falou Radford. – Não tenho tempo. Preciso enviar uma mensagem para uma mulher – explicou ele.

Fenwick fitou-o por um momento, em seguida começou a rir até quase engasgar. A diversão durou algum tempo.

Radford esperou.

– Você! – exclamou o garoto, após recuperar o fôlego.

– Não é... – *o que você está pensando,* Radford quase disse.

Ele se controlou a tempo. O que o rapaz pensava era irrelevante.

– Você está metendo os pés pelas mãos, Corvo – avisou o rapaz. – Praticamente todos os sujeitos que andam atrás dela são nobres, e você vai ter que entrar na fila, depois dos outros 560.

– Bem, eu sou mais esperto do que qualquer um deles.

Fenwick refletiu sobre isso, com uma expressão bem cética.

– É sobre Toby Coppy – disse Radford. – Você se lembra? Você a levou até mim no outro dia. – Ele estudou o rosto de Fenwick. – A propósito, estou percebendo que o inchaço diminuiu.

– Ele ficou pior do que eu!

– Tilsley parece mesmo muito pior, e os hematomas dele, ao contrário do seu, não combinam com sua roupa de gala.

Fenwick estreitou os olhos na direção dele.

– O seu *ensemble*, como acredito que as costureiras devem chamá-lo – explicou Radford.

Fenwick olhou para todo o seu esplendor em lilás e dourado.

– Elas disseram que eu podia escolher o que quisesse.

– E você quis se parecer com Luís XIV – concluiu Radford.

Fenwick franziu o cenho.

– Acho que sei quem era esse Luís aí – disse ele. – Elas estão me ensinando. Agora sei ler e escrever. E sei fazer o *mais*.

– O *mais*? – questionou Radford.

– O *mais* – repetiu Fenwick mais alto, como se falasse com um surdo ou um estrangeiro. – Quanto é quatorze *mais* seis e *mais* seis? Vinte e seis! *Mais!*

– Ah! Muito bem. Então, quanto são seis pence *mais* seis pence?

– Doze pence. Um xelim!

– Isso mesmo. – Radford pegou um xelim. – Aqui está, se você for inteligente o bastante para passar uma mensagem em segredo para a dama.

Fenwick cruzou os braços e olhou para a moeda com desdém.

– Um xelim, seu ladrãozinho – disse Radford. – Isso é doze vezes o que se costuma dar, e você sabe disso.

– Os outros me pagam mais – respondeu o pirralho.

– Pois eu não sou como os outros – retrucou Radford. – Se você não fizer isso, vou dar outro jeito. E você sabe que vou.

Fenwick deu de ombros e começou a se afastar.

Radford disse a si mesmo para ir embora. Era apenas curiosidade, nada além disso, e ele não tinha tempo a perder. Havia um caso novo à sua espera. Ele tinha que proteger os pais do maldito Bernard.

Radford tinha sua própria vida, e ela não era, nem nunca faria, parte dela.

Seu caminho nunca teria se cruzado com o dela se não fosse por um menino desaparecido, que já deveria estar perdido nas mãos dos ladrões ou já se tornara um cadáver.

Se ele a procurasse, ela pensaria que estava disposto a ajudar. E aquela era uma missão inútil. O final não seria como ela esperava. Meninos pobres se perdiam na vida o tempo todo e o melhor que ele podia fazer era poupá-los da forca. O que nem sempre conseguia.

Ele deixaria a história de lado, como a aconselhara a fazer.

Era a única atitude racional a tomar.

– Espere, seu trapaceiro mirim – chamou ele. – Aqui está mais um xelim.

Capítulo três

Não há um lugar de imundície, bebedeiras alegres, brigas noturnas e desventuras sórdidas como Saffron Hill, nas imediações de Fleet Ditch, onde grande parte da pobreza nativa da metrópole se congrega.

– Nathaniel Sheldon Wheaton, *Diário de uma estadia de vários meses em Londres,* 1830

O dia seguinte

A Sociedade das Costureiras para a Educação de Mulheres Desafortunadas estava instalada num prédio que ficava em uma fileira de edifícios estreitos e sujos, não muito longe da delegacia de polícia.

A parte de trás do edifício dava para um pátio apertado. Extremamente pequena e sem iluminação, essa faixa de terra se esforçava, como as meninas lá dentro, para ser melhor. Alguém havia criado alguma coisa semelhante a um jardim sob as árvores atrofiadas. Alguém havia varrido todos os vestígios de detritos do chão. Apenas uma folha solitária manchava sua ordem pura, mas Radford tinha certeza de que ela logo seria retirada do local. Aqui e ali, um vaso de flores alegrava a escuridão. Um banco, cuja pintura havia sido refeita nos últimos meses, ficava sob uma das melancólicas árvores.

Sentada no banco, com a cabeça inclinada e o rosto entre as mãos, Bridget Coppy chorava.

Lady Clara escolheu esse momento para chegar.

Na verdade, chamar sua entrada de chegada era o mesmo que chamar a erupção do Vesúvio de incêndio.

Sua Graça usava uma explosão rosa de organdi bordado, ostentando mangas gigantescas que, contra todo e qualquer bom senso, continuavam na moda. O vestido revelava mais do pescoço aveludado de lady Clara do que as senhoras normalmente exibiam durante o dia, e o lenço de cetim, debruado com renda valenciana e enrolado, em vez de amarrado no decote, não cobria por completo aquela parte.

Embora não fosse grande conhecedor de moda, Radford tinha boa percepção para os detalhes. Isso, junto com uma fluência rapidamente adquirida na linguagem enigmática dos vestidos, havia se revelado crucial em dois roubos, uma fraude e um assalto seguido de violência.

Isso devia explicar por que ele percebeu exatamente os detalhes do ombro desnudo, o tamanho da cintura que o cinto rodeava, o aconchego sobre a cintura ajustada e a quantidade, em centímetros, de pele acetinada visível acima do lenço.

Um chapéu de palha de arroz cobria toda essa loucura. Renda de seda emoldurava o interior da peça, onde um arco cor-de-rosa flutuava perto do olho direito. Do lado de fora, flores, folhas e ramos apontavam para o céu, partindo de fitas e arcos, o que adicionava cerca de 25 centímetros à altura dela.

Nada disso explicava por que o pequenino jardim pareceu se animar e se iluminar, e Radford optou por não analisar essa questão.

Bridget saltou do banco e fez uma reverência no instante em que lady Clara apareceu. Em seguida, quando assimilou a roupa de Sua Graça, sua boca se abriu e apenas seu olhar se movia para cima, para baixo e por toda a aparição em organdi. Aquela visão interrompeu a choradeira, algo pelo que ele ficou bastante agradecido.

– Lady Clara – disse ele. – A senhorita é extremamente pontual.

Ele não tirou o relógio do bolso. Tinha uma noção precisa do tempo, em especial quando este era desperdiçado. De acordo com seus cálculos, os últimos 25 minutos, todos, com exceção de quatro, haviam caído nessa categoria.

– Parece que estou atrasada – disse ela, olhando para os olhos vermelhos de Bridget –, mas sua mensagem estipulou duas horas.

– Queria falar com a Srta. Coppy antes que milady chegasse – explicou. Isso o pouparia de ter que ouvir duas mulheres falando ao mesmo tempo, como elas invariavelmente faziam. – Como supus, ela me contou muito pouco além do que a senhorita já me havia revelado, mas com três vezes mais palavras, pontuadas por lágrimas.

Lady Clara examinou a menina, que se recuperou o suficiente para secar os olhos com as costas da mão.

– Foi Toby, Vossa Graça – contou ela. – Ele apareceu ontem à noite. Estava horrível. A imagem me veio à mente quando o Sr. Radford começou a me fazer perguntas.

Toby ainda estava vivo. Juntando esse fato ao que Bridget lhe dissera sobre um encontro com um pilantra conhecido como Chiver, Radford estava começando a formular uma teoria, uma da qual não gostava muito.

Enquanto isso, ele tentava não se preocupar com a informação de que Sua Graça atacara um dos mais temidos e bárbaros jovens do submundo de Londres com seu chicote.

– Tem certeza de que quer salvá-lo? – perguntou ele. – Pode ser que consigamos trazê-lo de volta, mas não seremos capazes de desfazer toda a perversão que se alojou em sua mente.

Bridget assentiu.

– Ele é muito influenciável e, uma vez que eu o tenha em casa de novo e de volta à escola...

– É bastante provável que ele seja influenciado a sair de casa outra vez – completou Radford.

Se a mãe não fosse uma bêbada, ele teria mais chances. Embora não muitas, tenho que admitir, pensou Radford.

– Se ele fizer isso de novo, eu lavo as minhas mãos – disse Bridget. – Mas sei que a escola é difícil para ele, que não é inteligente. Vou tentar conseguir uma posição de aprendiz. Mas, se ele não ficar no trabalho, não haverá mais nada que eu possa fazer.

– Nós vamos ajudá-la a encontrar um lugar para ele – prometeu lady Clara.

– Nós? – questionou Radford.

– Sim.

Sua Graça lançou-lhe um olhar gelado. Ele fez o mesmo e disse a Bridget:

– Você pode retornar aos seus deveres. Posso transmitir as informações a lady Clara de maneira mais sucinta sem a sua presença.

Bridget pareceu confusa.

– Está tudo bem, Bridget – disse lady Clara. – Entre, mas limpe seu rosto primeiro. Você não quer que a diretora comece a imaginar o que o Sr. Radford poderia ter lhe dito para fazê-la chorar.

A menina pegou o lenço já úmido, esfregou o rosto, fez várias reverências desajeitadas e, finalmente, foi embora.

– Eu não a fiz chorar – retrucou Radford. – Ela não precisava de ajuda para isso. A parte mais delicada foi fazê-la contar a história de uma maneira lógica.

Lady Clara olhou para ele como se fosse uma professora muito paciente, obrigada a lidar com um aluno com dificuldades de aprendizado.

– Ela tem 15 anos – explicou Clara. – Não tem quase nenhuma instrução. É analfabeta de pai e mãe. Onde você imagina que ela poderia ter aprendido lógica?

– Um mais um são dois. Ela não iria de Whitechapel para Shoreditch passando por Bloomsbury. Não é necessário um conhecimento de geometria nem de Aristóteles para entender qual é a distância mais curta entre dois pontos, seja em léguas ou em palavras.

– A julgar pelo discurso que seu honorável amigo fez no tribunal ontem, o conceito não é claro nem mesmo para os cavalheiros educados na universidade.

– Certo – disse ele. – A propósito, por que a senhorita esteve no tribunal?

– Estava tentando não me casar – respondeu ela.

Ele ficou momentaneamente perdido, imerso em uma inesperada barafunda de emoções confusas demais para serem classificadas ou nomeadas. Mas logo deixou de lado esse outro eu, que estava perplexo, e fez seu cérebro voltar a raciocinar. Disparou:

– Essa me parece uma maneira bastante nova de se fazer isso. No entanto, se alguém resolvesse criar essa moda, acho que seria lady Clara Fairfax.

– O senhor tem pesquisado sobre mim – afirmou Clara.

– A senhorita fez o mesmo comigo – retrucou Radford.

– Dever de diligência, não é assim que vocês chamam? O senhor é interessante. Era um menino interessante, pelo que me lembro. É melhor eu caminhar um pouco. Algumas das meninas devem estar olhando pelas janelas e o vestido fica mais bonito em movimento. Disseram-me que elas gostam de me ver na plenitude da elegância. É bom para o moral delas.

Enquanto ele tentava digerir a expressão *menino interessante* – o adjetivo mais familiar a ele era *irritante* –, Clara deu início a um lento percurso pelo pequeno pátio.

Em movimento, o vestido parecia de fato muito mais esplendoroso, mas ele percebeu mais do que isso. Ela mudou a atmosfera do lugar.

O efeito da beleza, disse a si mesmo. As pessoas experimentavam sentimentos fortes olhando para uma bela pintura ou ouvindo uma música grandiosa. Seu outro eu queria sentar-se no banco e absorvê-la. Esta atitude, no entanto, não produziria resultados inteligentes ou proveitosos. Muito pelo contrário.

Assim, ele a acompanhou no circuito.

– A temporada acabou – disse ela. – A maioria das famílias se retirou para suas casas de campo. Mas o Parlamento ainda está aberto, e papai sempre permanece até o apagar das luzes. E mamãe precisa de tempo para se recuperar de... alguns casamentos que não eram para mim.

Ele a fitou. Um tom rosado matizava seu rosto delicado.

– Alguns dos cavalheiros também ficaram – prosseguiu Clara –, e agora estão fazendo propostas duas vezes por semana. Acho que esse se tornou o esporte mais recente: propor casamento a lady Clara Fairfax. E eu sei no que você está pensando.

– Duvido.

O outro eu de Radford decidiu que todos os cavalheiros deveriam ser lançados pelas janelas.

– Mas o senhor não se importa com o que as pessoas pensam a seu respeito, portanto não vou me preocupar com o que pensa de mim: que sou superficial, vaidosa, caprichosa...

– Não era nisso que eu estava pensando – disse ele.

– Não, o senhor simplesmente não pensa em mim. E por que deveria?

Céus! Ela estava brincando?

– O senhor tem coisas *importantes* para fazer – prosseguiu Clara. – Eu sei. Até mesmo Bridget tem coisas importantes para fazer. Lá está ela, tentando ajudar a si mesma e a seu irmão, que é provavelmente uma causa perdida. No entanto, ela não desiste. E há aquelas crianças pobres... e seus pais... – Ela apertou as mãos com suas luvas caríssimas. – Fico revoltada com a injustiça. Não sei como o senhor consegue suportar isso. Bem, pelo menos *tenta* auxiliar de alguma forma. Chega a fazer de um fracasso uma vitória. E lá estou eu, pobre de mim, fugindo dos meus pretendentes...

– E indo direto para o Old Bailey – comentou ele. – Então foi o desespero que a levou ao tribunal. Estou perplexo. Jamais imaginaria que aquela visita tivesse algo a ver com seus pretendentes, que, pelo que entendi, formam uma verdadeira legião.

Ela o encarou.

– Foi por isso que o senhor me convocou hoje? Estava curioso para saber a razão da minha presença no tribunal? Não tinha nada a ver com Bridget? O senhor é completamente insano?

– Se com a palavra "insano" a senhorita quer dizer irracional, sou menos insano do que a maioria das pessoas.

– Mas o senhor não quer a minha ajuda.

– Como acha que poderia me ajudar? – Ele a analisou com cuidado, seu olhar passeando do jardim maluco no topo de sua cabeça até as botas de cano curto cor-de-rosa. – Segundo me lembro, a senhorita veio até mim justamente para pedir ajuda. Não saiu sozinha para encontrar a criança.

– E o que eu deveria fazer?

Ele balançou a mão com arrogância.

– Aquilo que as damas costumam fazer – disse ele, começando a se afastar.

Ela bateu o pé no chão.

Ele se virou e olhou para o pé embrulhado em cor-de-rosa.

– A senhorita bateu o pé – assinalou ele. – Como uma criança mimada.

– Eu *sou* uma criança mimada, seu sujeito insuportável – zangou-se ela. – Só estou tentando ser menos mimada e mais útil para alguém.

– Não vejo como a senhorita poderia ser útil para mim – respondeu ele, lutando, impiedosamente, contra seu outro eu discordante. – Como qualquer um poderá confirmar, não tenho muitos escrúpulos quanto a usar as pessoas quando necessário. E eu deveria mesmo usá-la, se isso fizesse algum sentido. Mas não vou entrar em Seven Dials, em Whitechapel ou onde quer que o maldito moleque tenha se metido, carregando uma jovem dama a tiracolo... e não uma jovem qualquer, mas a filha de um nobre. A senhorita só me traria problemas; seria mais uma pessoa de quem eu precisaria cuidar, além de mim mesmo. Se acha que tenho a intenção de complicar essa questão apenas porque a senhorita está entediada e muitos homens a amam, então o pequeno cérebro que a senhorita um dia possuiu deve estar atrofiado.

Clara sentiu uma vontade enorme de golpeá-lo com a sombrinha, mas não havia trazido nenhuma; e Davis, que sempre carregava uma, estava lá dentro, onde ela determinara que ficasse.

Além disso, Clara sabia que ele estava certo.

Ela seria um estorvo.

Por que cargas d'água pensou que seria de alguma utilidade para ele?

Aquele não era mais o garoto magricela que quase quebrara a mão ao dar um soco no imbecil gorducho que falara de maneira ofensiva na presença dela.

Sim, mesmo tendo apenas 9 anos, ela entendera o motivo da briga. Com três irmãos mais velhos, Clara sabia muito bem o significado de *peitinhos*. Ela também entendera que, se Harry ou Clevedon estivessem por perto, teriam feito o que o Professor fez. Provavelmente com mais sucesso, o que havia tornado sua façanha ainda mais admirável.

Agora, ele era tão grande quanto Harry e Clevedon. E, a julgar por seu físico poderoso, cujos contornos suas roupas pretas bem cortadas deixavam visíveis, ele passou os anos que se seguiram exercitando o corpo tanto quanto a mente.

Mas ela decidiu que não pensaria em seu físico. Ele era arrogante e presunçoso de um jeito intolerável. Ela desejou que Harry lhe tivesse ensinado mais sobre lutas. Elas funcionavam tão bem para os homens, velhos ou jovens, não importando quem estivesse certo ou errado. Como ela gostaria de dar uns bons golpes no Sr. Radford!

– Não consigo entender o que a deixou tão irritada – disse ele.

– Irritada?

– Tente usar a cabeça – argumentou ele. – Que outros meios eu teria para conversar com a senhorita? Eu não circulo entre a aristocracia. Não poderia aparecer à sua porta e entregar meu cartão a um lacaio. Sua família iria questionar como havíamos nos conhecido. Seus disfarces deixaram claro que eles não sabem o que a senhorita anda fazendo.

Ela não se atrevera a contar nem mesmo à cunhada, Sophy, que poderia tê-la ajudado com os disfarces. Sophy era casada com Harry, e Clara não queria pedir a ela para esconder coisas do próprio marido.

– O senhor se deu a todo esse trabalho de me chamar aqui, da maneira mais clandestina, apenas para satisfazer a sua *curiosidade* – concluiu ela, tão calma quanto possível.

– E eu mesmo não disse isso? Não lhe ocorreu que seu aparecimento no Old Bailey soaria estranho?

– Por isso me disfarcei. Nunca imaginei que o senhor fosse me reconhecer.

– Isso não foi inteligente de sua parte.

– Foi perfeitamente razoável. – *Seu grande palerma.* – Presumi que o senhor estaria tão concentrado em sua tarefa que não notaria alguém sentado na galeria, em meio à multidão. Mas o senhor olhou para cima, eu me lembro, e deve ter reconhecido Davis.

– Reconheci a *senhorita*. Davis só me fez confirmar a descoberta.

Ela estava ciente da emoção que surgiu dentro dela. Resolveu estrangulá-la, embora preferisse estrangular o Sr. Radford.

Ela se controlou o melhor que pôde e fitou aqueles penetrantes olhos cinzentos. Um cinza excepcionalmente pálido, como um céu de inverno.

– O senhor *é* um prodígio, não é? Eu não imaginei que seria possível desviar sua atenção, ainda que por um instante, mas o senhor desmascarou o meu disfarce.

– Em primeiro lugar, minha atenção não se desviou – explicou ele. – É possível olhar em uma direção e prestar atenção em outro lugar ao mesmo tempo. Eu estive atento a todo o processo, embora já soubesse o que seria dito. Em segundo lugar, não era um bom disfarce.

– Em segundo lugar, era um disfarce muito bom. O Sr. Bates passou por mim na Ludgate Street sem me olhar duas vezes.

– O Sr. Bates não é bom observador – disse ele. O penetrante olhar cinzento passeou por ela. – Eu a reconheceria em qualquer lugar.

Ela sentiu um calor percorrer seu corpo. Mas ignorou a sensação.

– E em primeiro lugar...

– "Em primeiro lugar" costuma vir antes de "em segundo lugar" – interrompeu ele.

– Sim, mas o segundo foi uma provocação – disse ela. – E, como eu ia dizendo, em primeiro lugar...

– Está zombando de mim.

– E por que não? O senhor zomba de mim.

A boca de Radford se curvou, dessa vez de forma mais perceptível.

Ela prosseguiu:

– Em primeiro lugar, foi um exercício desafiador para mim. Com meu minúsculo cérebro, como o senhor bem sabe, precisei de uma concentração suprema para encontrar falhas nos argumentos da defesa. Algumas das sutilezas legais foram segmentadas com tantos detalhes que mal consegui entendê-las. Mas esse era o ponto, não era? Não havia como provar, sem a menor sombra de dúvida, que foram os métodos de Grumley, e não a febre, que mataram aquelas crianças.

Ele cruzou os braços e o olhar cinzento tornou-se quase dolorosamente incisivo.

Isso foi um teste, pensou Clara. E, se ela fracassasse, teria que voltar a ouvir propostas de casamento e fantasiar sobre se tornar uma excêntrica e fugir para viver em uma tenda na Arábia.

Ela começou a andar de novo, não porque precisasse, mas porque sabia que suas roupas iriam distraí-lo e ela se sentiria menos como um inseto analisado sob uma lupa.

– Suas testemunhas não se saíram bem sob o interrogatório da defesa – afirmou ela. – A pressão do juiz as deixou mais inseguras e inarticuladas. O júri não tinha opção. Naturalmente, meu erudito amigo, o senhor deve ter se dado conta disso muito antes de mim.

Radford parou e descansou uma grande mão enluvada na parte de trás do banco onde Bridget se sentara. Ele não disse nada.

Clara se obrigou a afastar o olhar daquela mão.

– Então, voltei no dia seguinte para ver se poderia descobrir a sua estratégia – prosseguiu ela.

Radford apenas a observava, de um jeito inquietante. Ele não facilitaria as coisas para ela.

Clara continuou com seus comentários.

– Com espalhafato e certo desespero, o senhor fez uma bela atuação, chamando a atenção para cada um dos atos do réu que, em conjunto, deveriam ter levado à sua condenação. Dia após dia, era aquilo que os jornais relatavam: não a parte jurídica e complicada, mas o lado dramático, algo que todos os leitores podiam entender e julgar por si mesmos.

Quase todos os jornais haviam protestado contra o veredito com veemência. Grumley fora inocentado, mas saíra como um pária, arruinado.

Ela compreendia agora, tanto no coração quanto na mente, como Radford conquistara a sua reputação.

Após um longo silêncio, enquanto tomava consciência do ruído das folhas empoeiradas e dos sons distantes das ruas de Londres, ele disse:

– A senhorita pode ir comigo até a escola para crianças pobres que Toby Coppy frequentou.

Ela quase cambaleou.

Mas damas jamais cambaleavam. Elas permaneciam eretas ou desmaiavam graciosamente.

– Depois de amanhã, às dez horas em ponto, quando os elementos mais indesejáveis estarão dormindo, ou não totalmente despertos e menos propensos a prestar muita atenção na senhorita. Mas não poderá usar *isso*. – Ele apontou para o vestido. – E nem mesmo aquela coisa que usou no tribunal. Vá e diga à diretora para mandar as meninas criarem para a senhorita algo no estilo das roupas que ela usa. Diga que é para artistas de teatro amador. Mande Fenwick me entregar uma mensagem dizendo onde devo buscá-la.

Ele tocou a aba do chapéu e se afastou, atravessando o pátio. Ela o observou ir embora. Continuou olhando por muito tempo depois de ele desaparecer do seu campo de visão e de seus passos largos já o terem levado para a próxima rua.

– Eu passei – murmurou ela. – Passei no teste.

Saffron Hill
Dois dias depois

A casa parecia prestes a desabar. As construções na área do Temple costumavam ser modernas, arejadas, de pureza cristalina em comparação ao que eram agora.

O interior era apenas um pouco melhor, sugerindo que houvera tentativas de limpá-la. *Tentativas muito malsucedidas*, pensou Clara. Dezenas de garotas sujas e esfarrapadas amontoavam-se na primeira sala em que entravam. Algumas das mais velhas vagavam pelos cantos, como fariam se estivessem nas ruas, com suas roupas berrantes proclamando seu ofício. Outras, de idades variadas, estavam sentadas sobre pedaços de papelão ou deitadas no chão, o corpo encurvado, dormindo. Provavelmente aquele era o lugar mais limpo e seguro que elas tinham para dormir.

Dois professores, um homem e uma mulher – sem qualquer entusiasmo, na opinião de Clara –, tentavam transmitir alguma forma rudimentar de aprendizado em meio àquela desordem. A mulher estava encarregada da leitura e o homem se esforçava, com paciência, para explicar a mais simples aritmética.

– É melhor se acostumar com isso antes de irmos ver os meninos – aconselhou Radford.

– Acostumar-me com isso? – repetiu ela, suavemente. – Eu gostaria de saber como é possível se acostumar com uma coisa dessas.

– A senhorita disse que queria ajudar.

– Acho que posso me acostumar com o cheiro – comentou Clara.

Ela achava que uma vida inteira não seria tempo suficiente para se acostumar com tal visão.

Aquelas garotas, amontoadas em uma sala de teto baixo, não passavam de uma gota no oceano da população indigente de Londres.

– Tente não tocar nas pessoas nem respirar muito fundo – disse ele. – Se pegar uma febre fatal, seus irmãos vão me cortar em pedaços.

– Meus irmãos terão que entrar na fila, atrás de Davis.

A criada murmurou alguma coisa, mas, quando Clara a olhou, pensou ter visto tristeza e repugnância em seu rosto de buldogue fiel.

Davis certamente havia tomado todas as precauções, enchendo os lenços de Clara com vinagre e certificando-se de que, com exceção do rosto, cada centímetro dela estivesse coberto. Ela tentara fazer com que Clara usasse um lenço com vinagre para cobrir o nariz e a boca, mas perdera a batalha.

Duas das meninas com aparência de prostitutas sorriram para o Sr. Radford. Uma delas começou a se insinuar para ele, que fez um gesto abrupto, fazendo-a recuar com um sorriso afetado e sussurrar algo para a outra garota.

O professor aproximou-se deles. O Sr. Radford conduziu-o para longe das moças e ambos conversaram em voz baixa por alguns instantes. Então o professor convocou uma das jovens prostitutas. Radford indicou, com a cabeça, um canto da sala onde não havia ninguém e a menina o seguiu. Ele não convidou Clara, mas, após um momento de hesitação, ela foi se juntar aos dois, e Davis a acompanhou.

Ele não a repreendeu, como Clara pensou que faria. Em vez disso, lançou-lhe um olhar igual ao que lançaria a um cãozinho obediente e disse:

– Ah, Sra. Faxon. Esta é Jane, que conhece Toby Coppy.

Jane a olhou de cima a baixo com desconfiança.

– Jane, a Sra. Faxon ensina na escola de Bridget Coppy. Eles estão procurando por Toby.

– Mas o que foi que ele fez? – quis saber a garota.

Bem, pelo menos foi isso que Clara supôs que ela tenha dito. Seu sotaque era muito mais incompreensível que o de Fenwick.

– Você sabe muito bem o que ele fez – retrucou Radford. – Ele abandonou a escola.

A menina deu de ombros.

– Quem não faria isso?

– Você não fez.

– Bem, ninguém me disse... – Ela parou de repente e ficou mais hostil. – Espere aí, eu conheço seus truques, Corvo. Aliás, todo mundo conhece – disse ela, elevando o tom de voz. – Não pense que vou dedurar o Toby ou quem quer que seja. Não me meto nos assuntos dos meus amigos. – Então, de maneira mais suave, mas com a mesma truculência, ela murmurou: – Não quero que me cortem em pedacinhos, entendeu? E diga a Bridget que foi ela mesma que causou isso.

Em seguida, ela se afastou.

O Sr. Radford balançou a cabeça.

– Vamos embora, Sra. Faxon. Eu sabia que só iríamos perder nosso tempo com as mulheres daqui. Elas são unidas. Isso é o que chamam de honra entre ladrões.

Radford teve que dar o devido crédito a lady Clara. Ela passou pelo primeiro teste sem ficar enjoada e sem dar sinais de desmaio.

Mas ela era irmã de Longmore, por menos que se parecesse com ele.

Então eles seguiram para a sala de aula dos meninos, onde, apesar dos incansáveis esforços dos professores e do empenho em aprender de alguns garotos valentes, a anarquia parecia prevalecer.

Ao chegar, ele escolheu o garoto mais promissor do bando e afastou-o um pouco do grupo, da mesma maneira que arrastara Jane para longe dos outros. Mas não o levou para fora da sala. Se o fizesse, não descobriria absolutamente nada.

O menino, Jos, tratou-o com ainda mais hostilidade do que Jane.

Deixando a ala dos meninos com os mesmos comentários desprezíveis que usara na sala de aula das meninas, Radford levou Clara e a criada para fora. Ele não disse uma palavra. Elas também não – sem dúvida chocadas com tudo que viram e ouviram –, mas correram junto com ele até o ponto de carruagens de aluguel, em Hatton Garden, onde subiram em um veículo antigo.

– Isso é tudo? – perguntou lady Clara tão logo a carruagem começou a se mover. – Quantas outras escolas desse tipo precisaremos visitar antes de descobrirmos alguma coisa?

– A senhorita não prestou atenção? Eles nos contaram tudo.

– Todos pareciam conhecê-lo – comentou Clara. – Aquelas meninas... Jane... – Ela se interrompeu e olhou pela janela, embora não pudesse enxergar nada através do vidro arranhado e sujo.

– Eles sabem que não preciso que soletrem cada sílaba – explicou ele.

– Por falar em sílabas, eu mal pude entender o que Jane dizia – afirmou ela. – O menino, Jos, parecia estar falando grego.

– É claro que Vossa Graça não poderia entender – disse Davis. – Jamais imaginei que seria obrigada a ver milady em um lugar como esse, ao lado de tais criaturas, vestindo aqueles trapos e com aquela menina insolente tocando suas saias.

Ela olhou para Radford. Ele deu de ombros.

– Você pode queimar o traje de milady mais tarde. No meio da noite, se preferir.

– E como faremos isso sem chamar a atenção, *senhor*? – disse a criada, frisando a palavra "senhor" e fazendo-a soar como "diabo dos infernos". – Acha que ninguém na cozinha iria perceber? Um vestido queimado na lareira do quarto de milady faria a casa inteira comentar até chegar aos ouvidos da mãe dela.

– Mande o vestido para mim – disse ele, com uma voz entediada. – Eu mesmo vou queimá-lo.

– Não se preocupe com o vestido – falou lady Clara. – O que o senhor ficou sabendo?

– Jane se referiu a um grupo que gosta de cortar as pessoas.

A criada olhou para a patroa.

– Por que não me deixa matá-lo? – pediu ela. – Esse homem é horrível. Vossa Graça se meteu com alguns homens horríveis desde que...

– Fique quieta, Davis – ordenou lady Clara. – Eu ficaria agradecida se você não lavasse a minha roupa suja na frente do Sr. Radford.

Entretanto, o eu indesejável de Radford, que estava refletindo sobre o quarto virginal da moça, passou imediatamente a imaginar sua roupa de baixo, cada camada dela, começando com o corselete e a anágua, chegando até a camisa de dentro e a pele.

– Pode me assustar quanto quiser, Sr. Radford, já que isso o diverte tanto – declarou lady Clara. – Mas vou querer saber o que o senhor descobriu.

– Em primeiro lugar, foi inteligente de minha parte levá-la junto – explicou ele.

– Inteligente? Da *sua* parte? Eu é que tinha que passar no teste.

– Se a senhorita não tivesse passado, não teria sido inteligente de minha parte, apenas uma tolice contraproducente. Mas Jane ficou com ciúme de milady.

– *Ciúme?*

– As prostitutas de rua são competitivas quanto aos homens e não fazem discriminação. Ela queria me mostrar que sabia o que a senhorita não sabia. Jos se exibiu porque é um garoto e milady é uma mulher atraente, mesmo com toda aquela coisa que passou no rosto.

A mistura que ela passara na face entorpeceu sua tez e a fez parecer áspera. Mas não escondeu sua beleza, nem mesmo para um menino pouco observador e ignorante, algo que Jos, na verdade, não era.

– É uma mistura que Davis fez para mim – falou ela. – Jos tem... 9 anos de idade?

– Quatorze – respondeu Radford. – Seus corpos podem ser atrofiados, mas eles amadurecem mais rapidamente nos mangues do que em Mayfair. Ele queria dar uma olhada na senhorita. E talvez estivesse curioso para descobrir o cheiro da limpeza. Ele sabia que tinha que pagar pelo privilégio e, assim sendo, me deu o que tinha. Em suma, Vossa Graça foi maravilhosamente útil para fazer algumas línguas falarem. Por fim, sabemos quem está com Toby.

Freame, como ele havia suspeitado. De todas as gangues de Londres, o menino tinha que se meter nessa. Graças a Chiver, que fez o motivo ficar claro.

– Eu ainda não sei – confessou ela.

– Talvez a senhorita resolva o enigma por si mesma, se se dispuser a desperdiçar energia mental valiosa nisso, em vez de escapar de casamentos. Mas não estou com vontade de provocar ainda mais sua curiosidade ociosa.

Lady Clara correra um grande risco ao acompanhá-lo. Ele jamais deveria ter permitido que isso acontecesse. Ele poderia ter descoberto aquilo de que precisava sem a presença dela, embora tivesse consciência de que teria sido bem mais difícil.

Muito bem. Ele cometera um erro. Iria corrigi-lo.

– Ociosa! O senhor disse há pouco...

– Sua criada não aprova, e todas as evidências estão a favor dela.

– Davis não é minha *mãe*.

– Não me faça contar à sua mãe – ameaçou ele. – Como Jane, não gosto de dedurar meus amigos, mas, também como ela, vou fazer isso se for provocado. Logo chegaremos à Oxford Street. É melhor eu descer aqui. Preciso conversar com alguns companheiros da polícia.

Ele fez sinal para o cocheiro.

– O senhor é o homem mais rude que...

– É o que dizem – interrompeu ele. – Desagradável também.

O cocheiro estava esperando para descer e abrir a porta. Radford lutou com a janela, conseguiu fazê-la baixar e girou a maçaneta.

A porta já estava aberta quando lady Clara o agarrou pelo braço.

– Sr. Radford...

– Milady! – gritou a atônita criada.

Ele também ficou atônito com a intimidade.

Lady Clara não retirou a mão.

A mão pequena e fina de uma dama, enluvada e pesando quase nada. Ele mal deveria ter sentido o toque, mas a percepção daquilo cravou-se nele como uma punhalada e seu sangue ferveu.

– O senhor não pode me descartar tão facilmente – declarou lady Clara.

– Não posso?

Ele cobriu a mão dela com a dele, sentindo-a tensa. Davis ficou vermelha como um pimentão e agarrou a sombrinha para bater na cabeça de Radford, se necessário. Ele não se importou. Mulheres indignadas já o haviam atingido antes, por motivos muito menos significativos.

Radford ergueu a mão irresistível de milady. Sem dúvida, ela estava chocada demais para se opor. Ele não a levou a dois centímetros abaixo de seus lábios, como era apropriado, mas à sua boca. E a beijou – não o ar, como a polidez exigia, mas a irresistível mão. E demorou-se. E absorveu o tentador perfume que vinha dela e de ninguém, ou nada, mais.

– Adeus, cara senhorita – disse ele. – Obrigado por uma manhã muito divertida. Com sorte, nunca mais nos encontraremos.

Ele soltou a mão e saiu calmamente da carruagem, ainda sorrindo.

Fechou a porta e seu sorriso desapareceu. Enfiou uma moeda na mão do cocheiro lerdo, advertiu-o para não cobrar das senhoras, mandou-o de volta ao seu lugar e pisou de novo na calçada.

Radford observou a carruagem se afastar ao longo da Broad Street e amaldiçoou a si mesmo.

Clara ficou olhando para a mão que ele beijara. Quando ela o tocou, o turbilhão de emoções a assustou, por isso quase a puxou. Não sabia que nome dar àquela sensação.

Ela não era criança, e não era tão inocente quanto deveria ser, mas quando a mão dele se fechou sobre a sua...

Desejo, desejo e desejo.

Ela já havia desejado coisas antes – liberdade, aventura, livros e lugares proibidos –, mas jamais desejara a companhia de um homem. E este não era como os outros tipos de desejo. Era profundo, dolorido e desconcertante.

Fique, ela quase lhe pediu.

Ele só havia ficado por tempo suficiente para beijar sua mão enluvada e abalar seu mundo.

Foi o calor da boca daquele homem através do couro fino... Ela sentiu que algo fez seu coração bater mais rápido. Não sabia como ele fora capaz de causar aquilo, mas não podia perguntar, porque ele já havia partido.

Ela se lembrou do menino que tanto tempo atrás lhe dissera: "Fique."

– Parece que obedeci – murmurou ela.

– Milady?

Clara notou que Davis a observava.

– Nada.

Davis alisou suas luvas.

– Bem, se ninguém o matar, ele tem alguma chance de virar um juiz, um lorde chanceler ou mesmo um duque, e ouso dizer que milady poderia fazer algo dele.

– Como se eu quisesse – disse Clara olhando pela janela.

– Claro que não, milady. Não seria nada aconselhável. Melhor tirar gente como ele de sua vida. E não será difícil. O Parlamento termina suas funções hoje e Vossa Graça estará de partida para Cheshire depois de amanhã.

– Davis...

– Esta noite serão as festas, e quase tudo já está nos baús. Todos estão na expectativa. Depois de amanhã partiremos e não haverá nenhum perigo de encontrarmos com ele outra vez.

Clara se afastou da janela e fez uma careta para a criada. Em geral, Davis se mantinha em seu lugar e segurava a própria língua, não querendo dar maus exemplos para as criadas inferiores. Mas ela estivera ao lado de Clara em inúmeras crises ao longo dos anos. E, quando as duas ficavam a sós, ela se permitia certas liberdades associadas à longevidade, à antiguidade e às muitas confidências que guardava no peito.

– Não vou para Cheshire – declarou Clara.

– Não achei que iria – retrucou Davis.

– Pare de agir como *ele*: toda esperta e sabichona. É cansativo.

– Sim, milady.

– Vou resolver isso.

– Sim, milady.

– Diga ao cocheiro para nos levar a Kensington. Preciso falar com minha tia-avó Dora.

– Não com esses trajes – disse Davis. – Milady.

Capítulo quatro

Na quinta-feira, o rei entrou na Câmara dos Lordes para suspender
as atividades do Parlamento. Sua Majestade entrou em sua
carruagem pouco antes das duas horas, acompanhado do
conde de Albemarle e do marquês de Queensberry.

– *Jornal da Corte*, 12 de setembro de 1835

Radford havia feito, segundo seu próprio julgamento, três coisas muito idiotas: colocar Fenwick em contato com lady Clara; encontrá-la na Sociedade das Costureiras e deixá-la falar; e levá-la a uma escola para crianças indigentes, onde ela poderia ter facilmente contraído uma das várias doenças que dominavam o ambiente. Ao contrário daqueles alunos, ela não havia sido endurecida por pobreza, imundície e doenças. Poderia morrer por causa de alguma coisa que não causaria sequer um soluço a alguém como Jane.

Nesse ritmo, o primo Bernard venceria a competição de inteligência.

Radford esperava que beijar a mão dela tivesse servido como uma atenuante. Ele se comportara de maneira chocante – isto é, mais chocante do que o habitual. Ela teria o bom senso de evitá-lo no futuro. E, se o seu outro eu objetasse... Bem, o seu outro eu era irracional, caso contrário Radford teria permanecido mais perto dele.

Esses pensamentos lógicos e sensatos deveriam ter restaurado o seu equilíbrio.

Ele havia tomado uma decisão e agido. Assumira o controle da situação.

No entanto, não conseguia se desprender do *sentimento*.

A sensação da mão dela apertando seu braço era como um fantasma agarrando-se a ele. Radford sentia seu toque enquanto seguia pela Drury Lane e entrava na Long Acre. E ainda o sentia após entrar na delegacia de polícia e pedir para se reunir em particular com o chefe.

A Nova Polícia Metropolitana fora criada havia apenas seis anos. Inicialmente, quase todos odiavam os policiais. Quando um deles morria cumprindo o seu dever, o veredito do legista era homicídio justificável. Mas o público estava começando a ter uma visão mais neutra, se não positiva, da instituição.

Já a polícia, tinha sentimentos contraditórios em relação a Radford. Como tantos outros, eles o achavam difícil e, às vezes, pareciam desejar que assassinatos fossem menos ilegais. Por outro lado, sua rede de informantes fazia dele uma pessoa útil e ele era reconhecido como um excelente promotor.

Para não desperdiçar o tempo de ninguém, Radford resumiu a trama.

– Chiver sentiu-se atraído por Bridget Coppy – relatou. Ele não precisava explicar quem era Chiver. – Tentando ser respeitável, sensatamente ela o rejeitou. Para mitigar seu orgulho ferido ou obrigá-la a mudar de ideia, ele atraiu seu irmão e o tirou do bom caminho. Esse é um fato costumeiro na sarjeta e eu não deveria desperdiçar o seu tempo com ele. Mas Bridget, no presente, vive na Sociedade das Costureiras para a Educação das Mulheres Desafortunadas.

– Está se referindo à escola para meninas da Hart Street?

Radford assentiu.

O chefe de polícia cerrou os lábios. Ninguém precisava lhe explicar a situação.

A escola da Sociedade ficava dentro do distrito policial da Bow Street, bem como o território de Jacob Freame. As três irmãs fundadoras da Sociedade haviam se casado com homens da aristocracia. Se a gangue de Freame causasse problemas na Sociedade das Costureiras, esses personagens poderosos cairiam sem dó nem piedade em cima da polícia. Cabeças rolariam, começando pela do chefe. Por outro lado, livrar a área de sua gangue mais problemática faria a polícia ganhar amigos em postos altos, o que seria muito bom para ela.

– Sei que há tempos vocês estão tentando prender Freame – disse Radford.

– Deixe-me ligar para Sam Stokes – falou o chefe. – Freame está em sua lista especial. E está no topo desde que Stokes fazia parte dos Bow Street Runners.

Muitos anos antes, a rua Bow fora sede dos Bow Street Runners. Após alguns escândalos de corrupção, o grupo foi dissolvido e deu-se a criação da Polícia Metropolitana. Mas Sam Stokes sempre fora honesto, paciente, persistente e muito mais inteligente e perigoso do que parecia. Agora um inspetor, ele era o melhor detetive da divisão – talvez de toda a Londres –, embora nos novos tempos a função da polícia não fosse mais detectar o crime, mas sim preveni-lo.

Ele chegou um minuto depois de ser convocado; um homem sem características especiais, que poderia desaparecer no meio da multidão. Era um sujeito de altura e constituição medianas, com um rosto comum.

– Freame novamente – disse ele, quando o Corvo lhe explicou a situação. – Já corri atrás de gente escorregadia, mas ele é o pior de todos. Parece saber quando estamos nos aproximando. Sempre que descobrimos seu esconderijo, ele desaparece e encontra outro. Não conseguimos nem mesmo pôr as mãos em seus capangas.

Chiver e Husher. Os capangas mais temidos de Freame. Husher era um homem de poucas palavras, ao contrário do arrogante Chiver. A alcunha "Husher", porém, não fazia alusão à sua taciturnidade, mas à sua habilidade favorita: silenciar as pessoas para sempre.

– Se você estiver disposto a tentar de novo – declarou Radford –, tenho algumas ideias.

Para uma jovem respeitável e solteira, entrar e sair de um disfarce não era fácil. Disfarçada, Clara não atraía muita atenção. Como ela mesma, era tão imperceptível quanto uma exibição de fogos de artifício.

No momento, ela não tinha escolha a não ser mudar de roupa em casa, na Casa Warford. Felizmente, as árvores e arbustos da propriedade eram grandes e abundantes, a ponto de isolar a propriedade do Green Park, que ficava bem ao lado. Com muito cuidado, ela podia deslizar até uma das dependências da casa e, com a ajuda de Davis, voltar a ser ela mesma.

Hoje isso foi ainda mais fácil porque o Parlamento finalmente encerrou suas atividades, o que gerou certo tumulto com todos se organizando para viajar para o campo. As mulheres estavam frenéticas com os preparativos para as festas da noite. Em meio ao caos, principalmente diante das explosões da mãe e das irmãs mais novas, Clara atraía pouca atenção.

Ela mandou chamar o cabriolé e partiu para Kensington, onde morava sua tia-avó Dora, lady Exton.

Tempos atrás, Clara teria confiado em sua amada avó paterna, que a entendia tão bem. A vovó Warford morrera havia três anos e Clara sentia falta dela e de seus conselhos sensatos. Ela havia aconselhado Clara a não esperar pelo duque de Clevedon, e estava certa.

Não era a mesma coisa com a tia-avó Dora, mas ela também crescera no que chamava de geração "menos pudica". E, como não podia envolver Sophy e suas irmãs na situação, essa parente era a única esperança de Clara.

Felizmente, ela havia programado bem sua visita. Encontrou Sua Graça cheia de tédio, incapaz de decidir como aliviá-lo. E achou o relato de Clara nada tedioso.

– Radford, você disse – repetiu ela. – George Radford cuidou de um processo de roubo para mim. Um sujeito brilhante. Mas tão irritante! O único homem que eu tinha vontade de enforcar, além do meu marido. O advogado, pelo menos, se fez útil. Mas não, não pode ser o mesmo homem. Se não estou enganada, ele se aposentou na época em que sua avó morreu.

– Refiro-me ao filho dele. Oliver. Todo mundo o chama de "Corvo".

– É mesmo? – Os olhos azuis da tia Dora brilharam. – Muito interessante. É claro que você deve ficar comigo. Sangue novo na casa... O que pode ser melhor? Quero dizer, sangue jovem que não seja dos meus filhos ou netos. Tão puritanos. Isso eles aprenderam com a família do pai. Garanto a você.

– Prometo não ser puritana – declarou Clara. – Mas acho que será difícil convencer mamãe a me deixar ficar.

Lady Exton descartou a ideia com um gesto de mão.

– Vou falar com ela ainda hoje. Ela vai estar agitada com a iminente partida para Cheshire. E, como já estará exausta com tantos preparativos, concordará com qualquer coisa para se livrar de mim. Melhor ainda, eles já terão embalado suas coisas. Na verdade, isso realmente vai dar certo.

Clara beijou-a e agradeceu.

– Não se preocupe, menina – disse a tia-avó. – Você tem que ter permissão para fazer pelo menos uma coisa reprovável antes de se casar.

– Já fiz duas – comentou Clara.

Ela lembrou à tia-avó Dora sobre o seu quase casamento e o chocante incidente no baile da condessa Igby.

Lady Exton descartou os dois acontecimentos com outro gesto de mão.

– Entreveros sociais. Isso é diferente. É claro que sei que você é inteligente demais para correr riscos tolos e, se o Sr. Radford se parece minimamente com o pai, possui uma boa cabeça, com um conteúdo melhor do que o usual.

Uma bela cabeça, enfeitada por cabelos negros e fartos e um leve encaracolado na têmpora... olhos como um céu de inverno... um nariz fino e nobre... e uma boca chocantemente competente.

Mas a aparência não era tudo, e nem sua capacidade de avivar os sentidos femininos. Ele era o que era e, provavelmente, tudo nele se acentuaria mais com o passar dos anos. Não seria bom tentar mudar um homem cujo cérebro funcionava como uma máquina.

Tudo o que Clara queria era devolver Toby Coppy à irmã, como havia prometido fazer. Talvez Toby fosse uma causa perdida. Mas ele tinha uma irmã que o amava e queria uma vida melhor para ambos, e Clara podia pelo menos ajudar a lhe dar outra chance.

Então, quando tudo terminasse, Clara voltaria ao seu mundo e sua vida normal a envolveria e sufocaria mais uma vez... como o abraço de uma jiboia.

E ela sufocaria da maneira mais discreta e elegante.

Depois de conversar mais um pouco com sua tia-avó, Clara partiu. Lady Exton mandou chamar o mordomo que a servia havia muitas décadas. Como qualquer outro chefe de pessoal de respeito, Nodes mantinha um compêndio mental atualizado da nobreza britânica.

– Radford – disse milady. – Há um duque na família, eu sei, mas não consigo me lembrar do nome.

– Malvern, milady.

– Detalhes, por favor – pediu ela.

Ele tinha, como ela imaginara, muito mais para lhe contar do que o guia *Aristocracia da Inglaterra, Escócia e Irlanda*, de Debrett, ou qualquer outra lista oficial da nobreza. Esses volumes saíam apenas uma vez por ano, seu mordomo estudava fielmente a seção "Nascimentos, Casamentos e Mortes" dos periódicos. Quando ele terminou, ela informou:

– Minha sobrinha-neta Clara ficará aqui comigo por um tempo. Quero tudo pronto para recebê-la. E diga aos criados para ficarem quietos sobre as idas e vindas dela, se quiserem manter seus empregos.

– Sim, milady.

Nodes se curvou e saiu.

Radford passou o resto do dia e o início da noite conversando com informantes, que conversaram com outros.

Às três horas da manhã, três rapazes foram apanhados invadindo uma casa em St. Clement Danes.

Eles lutaram de maneira feroz contra a polícia. Depois de quebrar o nariz de um policial, eles fugiram. Mas o menor e mais jovem tropeçou em uma bengala estrategicamente plantada e caiu. A polícia prendeu o menino. Daniel Prior, 13 anos. Quando levaram o prisioneiro embora, Radford recuperou sua bengala e foi para casa.

Conforme previamente acordado, Radford recebeu o relatório para dar início ao processo.

Edifício Woodley
Tarde de 11 de setembro

Quando Radford entrou no escritório de Westcott, encontrou o advogado encarando um objeto grande e volumoso, envolvido em papel marrom e amarrado com barbante.

– É para você – disse Westcott – Foi trazido por um entregador.

Radford olhou para o pacote.

– Eu estava prestes a abri-lo – afirmou Westcott. – Pesa pouco e não tem cheiro, o que me diz que não é um animal morto.

De vez em quando, Radford recebia mensagens de amigos ou inimigos de pessoas que ele estava processando ou defendendo. Como as habilidades desses indivíduos não incluíam a leitura e a escrita, suas comunicações tendiam a ser simbólicas.

Desta vez, porém, o remetente escrevera o nome e o endereço de Radford com bastante clareza sobre o pacote.

– Sei o que é – disse Radford.

Ele desatou o barbante e puxou o papel.

– Parece um vestido de mulher – assinalou Westcott.

– Que sujeito notável você é – declarou Radford.

Era o vestido de lady Clara. O que ela havia usado na visita à escola dos indigentes.

Westcott deu a volta na mesa. Ele estudou o vestido por um instante. Então, levantou-o e segurou-o contra o peito de Radford.

– Essa cor nunca me caiu bem – disse Radford.

O perfume dela, fraco, porém inconfundível, chegou ao seu nariz.

– Isso é uma mensagem? – indagou Westcott, levando a roupa e o cheiro embora. Ele virou o vestido para um lado e para o outro. – Bem menos ameaçador que o usual.

– Devo descartá-lo – afirmou Radford.

– Não é uma prova?

Radford olhou para ele.

– Não, claro que não – concluiu Westcott. – Você jamais destruiria provas. Devo ter sido acometido por uma dispersão momentânea de inteligência.

– Foi o que me pareceu.

– Um choque, sem dúvida. Não é todo dia que você recebe um vestido de mulher em vez de uma ameaça de morte.

– A criada de lady Clara juntou-se à lista dos que desejam me matar – contou Radford.

– Tal notícia não me surpreende. O que você fez desta vez?

– Levei lady Clara a uma escola para crianças indigentes, onde o vestido de uma prostituta teve a ousadia de tocar o dela.

– Lady Clara. – Uma pausa. – Fairfax. – Outra pausa. – A filha mais velha do marquês de Warford.

Radford assentiu.

Westcott colocou o vestido sobre a escrivaninha.

– Você a levou a uma escola para crianças de rua.

– Em Saffron Hill.

– Oh, melhor ainda – acrescentou Westcott.

Radford explicou. Em seguida, contou onde estivera durante grande parte da noite e da manhã. Westcott olhou para o vestido e ouviu sem dizer nada.

– A criada não poderia queimá-lo sozinha sem começar uma fofoca no salão dos criados – concluiu Radford.

– Um pouco extremo. Bem, é verdade que as prostitutas vagam por áreas insalubres. Mas ele pode ser lavado e tenho certeza de que alguém pode fazer bom uso dele. Talvez nossa faxineira.

– Tem razão.

Radford pegou o vestido e se dirigiu às salas privativas do escritório de

Westcott, do outro lado do corredor. Entrou na sala de estar e jogou o vestido sobre uma cadeira. Então, pegou-o de novo e olhou para ele. Em seguida, levou o corpete até o rosto e inalou profundamente o perfume demasiado fraco da mulher que nunca mais deveria ver.

Cinco minutos depois, voltou ao escritório, colocou o vestido nas mãos de Tilsley e disse:

– Dê isso à faxineira.

Old Bailey
Segunda-feira, 14 de setembro

Culpado.
Como os julgamentos na Nova Corte aconteceram muito rápido naquele dia, Daniel Prior não teve que esperar muito para ouvir sua sentença: degredo perpétuo.

Ele imediatamente começou a gritar que não tinha feito nada e que não era sua culpa. Que nem estava perto do local onde tudo aconteceu e que o problema era que todos estavam contra ele!

Prior apontou para Radford.

– Você vai me pagar, Corvo! – berrou, quando o carcereiro o segurou.

E continuou a gritar ameaças enquanto era arrastado para longe. Seus berros ainda podiam ser ouvidos, mesmo abafados, depois de a pesada porta que levava à prisão de Newgate se fechar atrás dele.

Era tudo encenação. Pelo menos em parte.

Como ele já estivera no tribunal muitas vezes, atacara um policial e era conhecido por se associar a bandidos, havia uma grande chance de Prior ser condenado à forca. Ele, então, fornecera informações sobre Jacob Freame em troca de uma recomendação de indulgência por parte da acusação: uma sentença de degredo, em vez de morte.

Radford olhou para a galeria dos visitantes.

Ela não estava lá.

E por que estaria?

Ele deixara claro que ela não lhe seria útil e se comportara tão mal ao se despedir que ela também nunca mais o acharia útil para nada.

Radford deixou a sala do tribunal e se dirigiu ao vestiário, onde trocou a peruca, as faixas de linho e a beca por trajes comuns.

Encontrou Westcott esperando por ele no corredor.

– Parabéns – disse Westcott. – O garoto teve um bom desempenho.

– Foi apenas parcialmente um desempenho – disse Radford. – Embora uma vida longa e abominável em uma colônia penal seja preferível ao enforcamento, não vale a pena comemorar.

Mesmo assim, a sentença naquele caso não fora dura. Daniel Prior era um criminoso frio praticamente desde o dia em que nascera.

– Após o truque de mágica que você realizou, aliás, um dos seus melhores, esperava encontrá-lo com melhor humor – disse Westcott.

– Ainda não temos o Freame.

– Você vai pegá-lo.

– *Se* o infeliz do menino nos deu as informações corretas. E se Freame não resolver desaparecer antes que a polícia chegue lá.

Eles saíram do prédio e depararam com uma chuva forte. O Old Bailey tremeluzia em meio a um borrão cinza e o vento forte se juntava à chuva transformando-se em chicotadas.

– É melhor arranjar uma carruagem – aconselhou Westcott.

– Para uma distância de menos de um quilômetro?

– Não estou muito disposto a ficar ensopado – disse Westcott.

– Nunca se consegue pegar uma carruagem quando chove, como você bem sabe.

Um garoto segurando um guarda-chuva grande correu até eles e disse:

– Por favor, Corvo, você precisa vir agora mesmo. Ela está ali.

Ele apontou para um fiacre parado ali perto. Os fiacres, veículos de aluguel, eram vulgarmente conhecidos como carruagem de caixão, e não apenas por causa de seu formato.

Com as cortinas abaixadas, o veículo ocultava seus ocupantes e também os protegia da chuva.

– *Quem* está ali? – perguntou Radford, enquanto entrava em estado de alerta.

– Ela – respondeu o rapaz.

O coração do outro eu deu um salto e o dia triste e escuro clareou enquanto Radford atravessava a calçada em direção ao fiacre.

– Entre – ordenou uma voz altiva e feminina.

– Ah, sim – disse ele. – Drama.

– Entre, Corvo – exigiu ela.

Ele se virou para o menino, que o seguira segurando o guarda-chuva sobre a própria cabeça, e falou:

– Diga ao meu amigo que vou me encontrar com ele mais tarde.

O moleque ficou parado, olhando para ele, enquanto a água deslizava pelo guarda-chuva e caía sobre os sapatos de Radford.

Ele enfiou a mão no bolso.

– Mercenários. É o que vocês são. Vou lhe dar um xelim, mas é melhor você entregar o guarda-chuva ao meu amigo.

O rapaz agarrou a moeda e sorriu.

– *'brigado*, Corvo! – gritou ele, correndo na direção em que Radford vira o amigo pela última vez.

Ele não se preocupou em verificar se Westcott o esperava.

Radford entrou, pingando, dentro do veículo. Um cheiro de mulher refinada imediatamente o envolveu.

– Isso é aconchegante – comentou Radford.

Que idiotice, pensou.

– Ouvi dizer que ganhou o caso – disse lady Clara.

Embora a cortina fechada quase transformasse o interior do fiacre num túmulo, ali não estava completamente escuro. As cortinas tremulavam e deixavam a luz entrar, em especial quando o vento soprava. Ele não conseguiu enxergar os detalhes do vestido dela, mas sentiu o cheiro de lã úmida. Misturado a ele, havia uma leve fragrância de ervas, que ele não pôde detalhar muito bem, e o cheiro de sua pele, que ele identificou com clareza.

– A senhorita poderia ter lido o resultado nos processos judiciais, em vez de sair neste dilúvio. Mas percebo que milady tem uma tendência autodestrutiva. Não basta provocar uma infecção pulmonar, precisa também alugar uma carruagem da qual, provavelmente, será arremessada para fora quando menos esperar, com resultados fatais.

Os fiacres eram famosos. Os cocheiros pareciam sentir-se obrigados a demonstrar como podiam ser rápidos. Isso os levava a bater em postes e em outros veículos, lançando seus passageiros no meio da rua.

– Melhor ainda, nenhuma criada à vista – prosseguiu ele. – A senhorita deixou em casa o pouco de bom senso que possui? – Ele fez uma pausa. – O Parlamento fechou na semana passada. Por que ainda está aqui?

– Em primeiro lugar, minha criada vai me encontrar em seu escritório. Não caberíamos todos no mesmo fiacre.

– Então, por que não...

– Estou tentando responder em ordem às perguntas do advogado – declarou ela. – Em segundo lugar, estou de posse de todo o meu juízo, obrigada. Em terceiro lugar, estou hospedada na casa da minha tia-avó Dora, que está a par de tudo que diz respeito ao caso do desaparecimento de Toby.

Radford estava ciente de seu outro eu oscilando entre alegria e preocupação. Freame. Chiver. Husher. Ainda nas ruas.

– O senhor vai querer ir a algum lugar? – gritou o cocheiro, acima do barulho da chuva. – Porque eu não posso ficar parado aqui, fazendo cera e bloqueando o trânsito até o guarda vir me xingar e me mandar seguir em frente.

– Inner Temple – respondeu milady.

– Senhor?

Ela soltou um pequeno suspiro.

– Por que é que, quando um homem entra em cena, a mulher fica invisível?

– Fleet Street, como já disse a dama – avisou Radford. – Inner Temple. – Para ela, Radford disse: – Eu bem que gostaria que a senhorita fosse invisível.

A carruagem balançava bastante.

Ela disse algo em voz baixa. Ele não lhe pediu que repetisse.

Estava tentando fugir de si mesmo, sem muito sucesso.

Não era verdade que ele desejava que ela fosse invisível. Tampouco desejava não ter entrado no veículo. Nenhum homem em seu juízo perfeito fugiria da oportunidade de compartilhar o assento de um veículo estreito com lady Clara Fairfax – e ainda por cima com as cortinas abaixadas. Qualquer homem em seu juízo perfeito desejaria um veículo menor, cortinas mais pesadas e uma jornada mais longa.

Ele estava profundamente consciente de cada lugar que seu corpo tocava no dela – um grande número de lugares, à medida que o infernal veículo sacudia ao longo de Ludgate Hill. Eles tinham uma curta distância a cobrir, mas a chuva torrencial fazia até mesmo o cocheiro de um fiacre ser mais cauteloso – ou, digamos, menos homicida.

Radford levou sua mente ao último assunto relevante.

– Quem é sua tia-avó Dora?

– Lady Exton, que antes era lady Dora Fairfax. Seu pai advogou para ela na questão de um roubo, um caso difícil, pois os ladrões eram mais inteligentes do que a média. Ela disse que ele é um homem brilhante, mas extremamente irritante.

Ele sentiu uma pontada de dor, mas também quase riu. Em resposta à sua carta, sua mãe escrevera:

> *Você sabe que não posso esconder suas cartas de seu pai. Mas ele diz que você não deve ficar angustiado por causa dele. Diz que Malvern terá que aprender a ter paciência. Falou que pode estar à beira da morte, mas que nenhum homem, por mais jovem e saudável que seja, é páreo para um velho advogado astuto.*

– Vou mencionar isso quando for visitá-lo – afirmou.

Assim que a deplorável história de Toby chegasse ao fim, ele iria a Richmond. Radford não via o pai desde que se consultara com ele pouco antes de o julgamento de Grumley começar. O que faria sem ele? Com quem conversaria?

– A senhorita não me disse ainda por que está aqui.

– Deixe-me pensar. – Ela colocou o dedo indicador no queixo. – Porque o senhor é irresistível? Provavelmente não. Porque Toby Coppy ainda não voltou? Certamente que sim. Está claro que o senhor precisa muito da minha ajuda.

Aquilo era tão sem sentido que por um momento – talvez pela primeira vez em sua vida – ele ficou sem palavras.

Mas não durou muito.

– Percebo que, com tantos adoradores aos seus pés, Vossa Graça está entediada. No entanto, não deixe o tédio comprometer sua razão. Meu mundo não é como a fantasia em que a senhorita vive. Ele exige que eu trabalhe dentro dos limites da lei, com a cooperação da polícia. Nós só soubemos do paradeiro de Toby de madrugada. Sugeri um plano e a polícia está preparada para executá-lo. Ninguém precisa da sua presença.

O outro eu de Radford protestou. Radford indeferiu o protesto.

O ar na carruagem parecia pulsar.

Mas ela disse com suavidade:

– O senhor conhece Toby?

– Tenho uma descrição detalhada do garoto.

– Pois eu o conheço – revelou Clara. – Falei com ele mais de uma vez e lhe dei dinheiro. Em qual de nós dois é mais provável que ele confie?

– Confiança não entra nisso. Nós...

– Pronto. Não era Inner Temple que o senhor queria? – gritou o cocheiro. – Senhor e dona, já estamos no portão.

Com a mão na parte de trás da cintura de lady Clara, Radford conduziu-a rapidamente ao longo de Inner Temple Lane, onde as paredes dos prédios os protegiam do pior da chuva e do vento, até entrarem no Edifício Woodley. Mesmo assim, ela estava ensopada. Ele a fez subir as escadas para a ala privativa do escritório, onde encontraram o funcionário Tilsley tentando equilibrar uma régua na ponta de seu nariz arrebitado.

Tilsley largou a régua e ficou boquiaberto. Isso deixou os hematomas em tons de verde, amarelo e roxo de seu rosto com uma aparência ainda pior.

– Traga carvão – ordenou Radford. – Precisamos de um bom fogo, antes que peguemos uma pneumonia. Ande logo, menino! Você sabe que damas mortas atraem atenção indesejada.

O garoto escorregou do banquinho.

– Sim, Sr. Radford, mas, quando notei a chuva, tomei a liberdade de acender a lareira no escritório do Sr. Westcott, porque sabia que iam chegar logo.

Lady Clara aproximou-se de Tilsley e estudou seu rosto.

– Oh, meu caro, foi Fenwick quem fez isso?

– Agradeço por sua amável preocupação, madame, e asseguro que revidei muito bem, apesar da outra parte ter trapaceado.

– Sra. Faxon, gostaria de lhe apresentar nosso secretário, Tilsley – disse Radford. – Ele estava ocupado na última vez que a senhora nos visitou. Ele é muito mais eficiente do que as aparências indicam.

Tilsley ficou vermelho diante do inesperado cumprimento, fazendo seu rosto ferido parecer um arco-íris. Radford raramente se lembrava de fazer elogios.

– Já que você acendeu a lareira, agora pode nos preparar um chá – prosseguiu Radford.

– Sim, senhor.
Radford abriu a porta do escritório de Westcott e a levou lá para dentro.

O dia estava chuvoso, mas a sala, com seus lambris escuros e móveis pesados, parecia sombria mesmo nos dias mais ensolarados.
Ela era a única coisa brilhante no ambiente, pensou ele.
A luz das velas e da lareira brilhava sobre a umidade que deslizava do chapéu para o rosto dela. E para o pescoço.
Molhada!
Ele a conduziu para bem perto do fogo.
– Sr. Radford, eu posso encontrar o fogo por mim mesma – disse ela, começando a desamarrar a fitas do chapéu.
– Assim não! – disse ele, indo até Clara e afastando suas mãos. – O nó vai ficar ainda mais apertado. Naturalmente, a senhorita não tem ideia de como desatar as fitas do próprio chapéu.
– O senhor se engana. É que elas não são tão fáceis de manejar quando estão molhadas e, além do mais, não consigo ver o que estou fazendo.
– Levante o queixo para que eu possa ver. Esta aba é monstruosa. Parece um bico de pato gigante e, pior de tudo, não serve nem para proteger as laterais de seu rosto.
Ela inclinou a cabeça para trás e o encarou.
Seus olhos azuis e muito claros pareciam duas águas-marinhas. A umidade sobre sua pele perfeita era como o orvalho sobre pétalas de rosa.
O chapéu era horroroso! Ela, enlouquecedoramente linda.
Um homem menos disciplinado poderia achar doloroso olhar para ela.
Ele se concentrou em desfazer os nós das fitas. Suas mãos estavam firmes. Seus batimentos cardíacos eram erráticos. Ele desatou a fita encharcada.
– Pronto. Está feito. Acho que seria melhor jogá-lo no fogo, mas, no momento, não tenho chapéus femininos para substituí-lo. – Ele arrancou o chapéu ensopado da cabeça dela e o jogou sobre a mesa mais próxima. – No entanto, eu recomendo... – Ele parou quando se virou de novo para olhá-la.
A luz do aposento cintilava em seu cabelo cor de champanhe.
Ele jamais a vira com a cabeça descoberta.
Radford tentou se desconectar, mas seu outro eu, aquele irracional, se

recusou a se afastar e, por um instante, se sentiu lançado para o mundo da *Odisseia*. Ela era bela demais para um mero ser humano. Ela era Calipso, Circe ou a própria Afrodite – as míticas enfeitiçadoras de homens.

Mas nada ali era mitologia e ele era um ser humano racional. Não podia ser enfeitiçado porque tal coisa não existia.

Clara se atrapalhou com os fechos do casaco. Ele foi ajudar.

– A senhorita não é capaz de lidar com o mais simples ato de autossuficiência.

Radford alcançou os fechos. Ela afastou as mãos dele.

– Sou perfeitamente capaz...

– Obviamente, não é – interrompeu ele, tentando de novo.

Ela se distanciou de repente.

– Deixe-me em paz.

– A senhorita não...

– O senhor não sabe o que posso ou não posso fazer. Pare de me tratar como uma idiota.

– Eu não disse que a senhorita era idiota.

– O senhor diz isso *o tempo todo* – respondeu ela, irritada. – De mil maneiras diferentes.

– Apenas mencionei fatos simples que a senhorita não consegue aceitar.

– Gostaria de ver o senhor aceitá-los. Gostaria de vê-lo tentar viver a minha vida. Não duraria vinte minutos.

– Oh, deve ser terrível viver em meio ao luxo, onde se é mimado e adorado todos os dias.

– O senhor não teria resistência para suportar isso. Morreria de tédio em uma hora.

Ele deu um passo para trás, ciente de um estranho lampejo – dor? – em seus olhos.

– É possível – começou a dizer. – Mas...

– O senhor não tem noção de como é minha vida no mundo que chama de fantasia – prosseguiu ela, no mesmo tom tenso. – Não sabe o que é passar a vida inteira numa redoma, com todos ao seu redor protegendo-o principalmente de si mesmo, porque acham que não se comporta como uma garota deveria se comportar. Não sabe o que é assistir a seus irmãos irem à escola, fazer novos amigos e ter aventuras que nunca terá. Não sabe o que é ser repreendido por ler demais e por saber demais. Não sabe o que é ser ensinado a esconder sua inteligência, caso contrário assustará os cavalheiros; e a sufocar suas opiniões, pois as damas não devem pensar por conta própria, devem sempre concordar com os homens. – Ela bateu o pé. – O senhor não sabe nada sobre mim. *Nada!*

Ela explodiu em lágrimas, soluçando profundamente, como se colocasse para fora um longo sofrimento reprimido.

Radford começou a se aproximar dela, mas controlou-se a tempo.

– Pare com isso – disse, apertando as mãos. – Pare com isso.

– Não! O senhor é um perfeito idiota!

– A senhorita está histérica – concluiu ele, com toda a calma, enquanto seu coração batia com força. – Não me faça derramar um balde d'água em sua cabeça.

Ela bateu o pé de novo.

– Eu j-já estou m-molhada, seu palerma!

– Ótimo. O que eu sempre quis ver aqui. Uma mulher irracional chorando e batendo o pé porque não pode fazer o que quer.

– Sim, eu sou irracional, seu presunçoso, arrogante e mal-educado...

– Está ficando cada vez melhor – comentou ele, ciente da agitação que sentia dentro de si. – Um ataque de birra por nada.

– Nada!

Ela se afastou e agarrou o chapéu horroroso em cima da mesa.

– Já vai? – indagou ele. – E nós...

– Seu cabeça-dura, que se acha superior! – Ela bateu com o chapéu no braço dele. – Seu insuportável... – Ela bateu no peito dele.

– É melhor parar. Estou tentando ser o mais racional que posso, mas a senhorita está transformando essa tarefa em algo extremamente difícil.

Ela tornou aquela tarefa impossível. Ela era uma deusa encolerizada. A chama de seus olhos azuis, o fogo pálido de seus cabelos e o brilho carmesim de suas bochechas.

Clara agarrou as lapelas do casaco de Radford.

– Eu gostaria de ser homem – disse ela. – Eu o derrubaria com um belo soco, quebraria o seu nariz e...

– Por favor – respondeu ele –, a senhorita está acabando com...

De repente, ele a pegou pelos ombros, inclinou a cabeça e a beijou.

Capítulo cinco

*O ADVOGADO... 1. Ao analisar seu dever para com seu cliente,
ele reflete sobre a propriedade de suas atitudes; sobre a pessoa em
nome de quem deve agir; sobre o seu modo de atuar.*

– O jurista, vol. 3, 1832

Clara sabia o que uma mulher deveria fazer quando um cavalheiro tentasse tomar liberdades. Ela deveria lutar e defender sua honra com todas as forças.

Quem quer que tenha criado essa regra jamais fora beijada por Radford.

Sua boca pressionou a dela e coisas estranhas aconteceram em sua cabeça e se espalharam por seu corpo. Ela foi invadida por sensações que desconhecia, e todas as regras de como ser uma dama, descritas de modo específico num grande livro em seu cérebro, desapareceram.

Ela não o afastou. Manteve aquele beijo com toda a firmeza possível e retribuiu da melhor maneira que pôde, dada sua limitada experiência.

Que era nenhuma.

Os beijos que ela conhecera até então não se comparavam àquilo; não podiam ser chamados de beijos.

Erguendo os braços, ela envolveu o pescoço de Radford e seu corpo se acomodou ao dele.

Ele emitiu um som profundo e desceu as mãos pelos ombros dela, passando pela barreira das mangas bufantes, para segurar seu braço. Começou a se afastar, mas ela não permitiu. Clara o prendeu e, um segundo depois, ele deslizou a mão até sua cintura, puxando-a para perto. Seu beijo tornou-se mais forte e determinado, como se quisesse apagar da mente dela qualquer outra lembrança de beijos anteriores, imprimindo o seu, para sempre, em suas memórias. E no corpo dela, onde sentimentos inusitados fervilhavam de excitação, felicidade e anseio por mais.

Sentimentos estranhos e, certamente, inapropriados para jovens damas.

Ela se deixou nadar neles como havia nadado, na infância, em águas proibidas. Flutuou na respiração dele, que se acelerava como a dela, e no calor que irradiava de sua grande figura, em um mar de segurança nada seguro. Em algum horizonte distante, havia outro reino para o qual ela se movia em uma vigorosa corrente.

Não é seguro, não é seguro.

Ela não queria segurança. Passara a vida inteira segura demais.

Queria estar em perigo; queria ser apanhada naqueles braços e sentir o peso daquele corpo poderoso. Queria não pensar em nada e viver apenas aquele momento. A sensação da lã e do linho de sua roupa, o leve farfalhar da capa contra o casaco, os aromas de fumaça de carvão, de lã úmida e de linho misturando-se com o cheiro masculino. Ela queria grudar-se nele. Queria o calor, o beijo cada vez mais intenso, os sentimentos pulsando em sua pele, desejando *mais e mais*.

Ela entrelaçou as mãos nos cabelos dele, tão grossos, pretos e bonitos, como as asas de um corvo.

Corvo.

Ele soltou um gemido abafado e a puxou para mais perto.

Um momento depois, Clara o sentiu tenso.

Então, ela ouviu. No silêncio da sala, a batida soou como trovão. Ela tentou não escutar aquele som mas ele se recusava a sumir. Ela sentiu Radford se afastar, mas sem soltá-la.

Uma batida. E outra, mais nítida.

Então, ouviu-se a voz de Tilsley, que gritava para ser ouvido através da porta fechada.

– Madame. Senhor. O chá está pronto. Espero não ter interrompido e quebrado a linha de... de... raciocínio.

O Sr. Radford levantou a cabeça e olhou-a por um momento, como se não a reconhecesse. Em seguida, soltou-a e deu um passo atrás. Ela ficou de pé, seu mundo de cabeça para baixo, pedaços quebrados da vida que ela conhecia espalhados por toda a parte, como brinquedos descartados de uma criança.

Foi graças a anos de treinamento que ela não gritou nem cambaleou demonstrando quanto estava estupefata. Isso tudo aconteceu apenas dentro dela.

Clara nunca havia sido beijada de verdade. Aquilo que ela provara antes não eram beijos. Aquilo que sentira antes não passara da emoção de fazer alguma traquinagem. Ela jamais experimentara o desejo.

Ela pensou que era sofisticada, mas, na realidade, era a mais imatura das imaturas.

Com as pernas trêmulas, ela fitou aqueles olhos cinzentos como a tempestade. Embora por fora aparentasse tranquilidade, por dentro seu coração quase explodia. Tudo o que ela conseguia pensar era: *Cometi um erro terrível*. E imediatamente retrucava: *Não me importo*.

– Sim, sim, pode entrar, Tilsley – disse Radford. – O que está esperando?

O rapaz abriu uma frestinha da porta e falou:

– Com licença. Recebi instruções, em duas ocasiões distintas, para não entrar durante as conversas do Sr. Westcott ou do Sr. Radford com seus clientes. Fui instruído a considerar, de forma cuidadosa, o grau de urgência antes de interromper qualquer reunião.

O Sr. Radford mordeu o lábio.

– Um bom menino, mas fala demais.

Ele caminhou de modo firme – enquanto os joelhos dela estavam por um fio – para o interior da sala.

Tilsley tropeçou ligeiramente, ficando com o rosto escarlate, mas não derrubou a grande bandeja com chá que carregava. Colocou-a cuidadosamente sobre a mesa mais próxima da lareira. Avivou as chamas com mais carvão e uma habilidosa utilização do atiçador. Ele não olhou nem para a dama nem para o Sr. Radford.

Após pedir que o casal avisasse se desejasse mais alguma coisa, e prometendo ficar a uma distância suficiente para ouvir o chamado, Tilsley saiu e fechou a porta atrás de si.

Seguiu-se um momento de silêncio, enquanto a luz das velas e do fogo brilhava sobre as prateleiras cheias de livros e as paredes, mesas e cadeiras faziam sombras no rosto do Sr. Radford. E ela pensava: *O que vou fazer? O que vou fazer com ele?*

Ele quebrou o silêncio.

– Não vou perguntar se a senhorita terminou de ter uma crise histérica. Estaria claro até para a mais reles inteligência que a senhorita armazenou anos desse produto, e ele tenderá a sair em diferentes intervalos. Não vou me desculpar por beijá-la. Não vou criar justificativas por tê-lo feito. Os fatos são simples e óbvios. A senhorita estava encolerizada. Lady Clara Fairfax encolerizada é muito emocionante. Eu sou um homem. Sucumbi a um impulso masculino normal e natural. – Ele encontrou o olhar admirado de Clara. – E *não* prometerei nunca mais fazer isso. Se a senhorita optar por continuar me atormentando, terá que se arriscar. Meu autocontrole está acima da média, mas não sou um autômato e meu mecanismo interno não é o de um relógio.

– Em primeiro lugar – começou ela, com voz instável e rouca.

Ele ergueu uma das mãos.

– Vou desatar a sua capa e a senhorita tentará, com todas as forças, resistir aos impulsos de gritar comigo, ferir-me ou exigir uma *discussão*.

Eu não o estou atormentando, ela estava prestes a dizer. Mas isso era mentira.

Ela o atormentara desde o início. Dizia a si mesma que seu intuito era ajudar uma garota esforçada a ter uma vida decente. Mas Clara não era necessária. Ela só queria *ser* necessária. Estava apenas seguindo-o, como fazia com os irmãos até sua mãe colocar um ponto final na brincadeira.

É nisso que dá deixá-la fazer o que quer, brigou mamãe, dias depois do contratempo em Vauxhall, quando descobriu o dente lascado. *É nisso que dá deixar os meninos a mimarem. Vai estragar a própria aparência e nunca aprenderá a se comportar. E então o que vai acontecer quando chegar à idade de se casar? Será uma moça espevitada, culta e ninguém vai querer se casar com você.*

Clara nunca tinha contado a ninguém como havia quebrado o dente.

Não se arrependia da atitude que tomara e não se importava com o dente. Pelo menos fizera *alguma coisa*.

E foi bom ter podido fazer ao menos aquilo, pois, desde então, não obtivera permissão para fazer quase nada realmente importante.

Ela se recusava a se considerar errada por desejar ser útil. Tinha 22 anos e sua vida, até aquele momento, era um belo castelo vazio. Ansiava por algo mais.

Clara levantou o queixo, embora ainda não tivesse completo controle dos músculos e quisesse se sentar.

– O senhor pode desamarrar a minha capa e vou tentar não incomodá-lo, mas não posso prometer nada, a não ser que o senhor faça o seu trabalho *sem falar*.

A boca de Radford se curvou, muito levemente, para cima.

A boca que estava sobre a dela havia poucos instantes.

Clara prendeu um suspiro. Ele avançou, desfez os laços da capa, tirou a roupa de seus ombros e a colocou sobre uma cadeira.

– Em primeiro lugar? – disse ele.

– Não importa.

Ela precisava de uma nova tática, mas o beijo embotara seu cérebro e ela não conseguia pensar. Precisava encontrar uma maneira de deixá-lo em paz sem ser mandada embora.

Clara tentou encontrar uma pista no que ele havia dito, mas sua mente não cooperava. Tudo o que ela sabia era que Radford era o único homem do mundo que, depois de um beijo como aquele, faria um discurso assim.

Caminhou tão firmemente quanto pôde até uma cadeira ao lado da mesa onde fora colocada a bandeja de chá.

– Uma coisa que eu sei fazer bem é comandar um chá.

– Seus sapatos estão molhados – disse ele. – É melhor tirá-los.

Ela olhou para suas botas e observou, desanimada, as fitas enfiadas nos longos conjuntos de minúsculos ilhoses.

– Sei como fazê-lo, em teoria. Na prática, eu precisaria ser uma contorcionista. – Isso para não mencionar que ela estava pegando fogo só de pensar em mostrar seus pés, cobertos apenas com meias finas. – Vou colocar os pés perto da lareira enquanto bebo meu chá. Não que eu nunca sinta frio, mas sei que o senhor cismou que vou morrer devido a uma simples exposição à umidade. Parece que não sou a única nesta sala que sofre de histeria. Posso ser uma dama, e inútil em muitas situações, mas não sou delicada.

Ela se sentou e se concentrou na bandeja de chá. Um chá preto de boa qualidade. Sem bolos ou sanduíches, mas com manteiga e pão fresco, cortado e organizado de maneira ordenada. Leite fresco e forte também, como ela pôde perceber pelo discreto cheiro.

Ele se sentou na outra cadeira.

– Pensei ter ouvido que sua criada a encontraria aqui.

– Talvez ela tenha encontrado com o Sr. Westcott e eles tenham começado um *affaire d'amour*. Isso seria interessante. Ela chegaria com os cabelos em desordem e a roupa abotoada de modo incorreto.

Radford sorriu e o coração dela acelerou.

Foi apenas o fantasma de um sorriso, que desapareceu em um piscar de olhos, mas que mudou seu rosto, e ela vislumbrou, também num relance, um homem fora de seu alcance.

Ela realizou a tarefa de anfitriã que saberia fazer com os olhos vendados, no meio de um bombardeio.

Ele tomou um torrão de açúcar, sem leite, e fez dois terços do pão e manteiga desaparecerem com suave eficiência.

Clara jamais o imaginara comendo. Jamais o imaginara com fome. Não tinha certeza de que tivesse pensado nele como um ser humano, exceto quando se lembrava do menino em Vauxhall.

E há poucos instantes, quando ele a tocou. Quando a beijou.

Apaixonadamente.

Ou assim parecia. Como ela poderia ter certeza?

Ela queria paixão. Havia rejeitado o homem que supostamente fora feito para ela porque sabia que não sentiam paixão um pelo outro. Na realidade, ainda não tinha certeza do que era paixão. Só tivera uma chance de experimentar essa possibilidade.

Clara bebeu o chá, mas comer estava além de sua competência para fingir normalidade. Ela lhe disse para terminar com todo o pão se assim quisesse, e ele o fez. E, por algum motivo, o coração dela doía enquanto o observava.

– Parece que eu estava faminto – comentou ele ao acabar de comer. – Bem, foi uma longa noite com nosso jovem criminoso. Ele resistiu até o último minuto, aterrorizado pelo enforcamento, mas com muito mais medo daquilo que Freame ou, mais provavelmente, um de seus assassinos favoritos faria se ele abrisse a boca. Depois, ainda teríamos que lidar com o juiz, que queria enfocar Daniel Prior havia tempo. Persuadi-lo a não fazer isso levou mais tempo que o necessário. E tempo é um artigo de que não dispomos muito numa situação como essa. Mas os policiais estão prontos para agir. Sendo assim, sairemos amanhã de manhã bem cedo para pegar Toby Coppy e, com sorte, um bando de criminosos.

Radford fez uma pausa e ela esperou o discurso listando as razões pelas quais ela não teria permissão para participar.

Em primeiro lugar...

Ele disse:

– A senhorita pode se juntar a nós se prometer, e prometer de modo solene, que vai fazer *exatamente* o que eu mandar.

E esse foi o Erro Número Sete.

Erro Cinco: Levá-la ao escritório, em vez de dizer ao cocheiro para levá-la de volta ao lugar de onde ela saíra.

Erro Seis: Beijá-la. O que aconteceu? Ele ainda estava... inquieto. Não, excitado era a verdade brutal, e ele estava experimentando um grau incomum de dificuldade de acalmar a si mesmo.

Isso explicaria o fato de ele ter cometido o Erro Número Sete.

A cor desapareceu do rosto dela e Radford quase pulou da cadeira, achando que ela ia desmaiar.

Mas a cor voltou, em um tom mais rosado que o normal. Ela abriu a boca, revelando, por um breve instante, o dente com a pequena lasca. Então, a fechou.

Uma boca linda, saborosa e sem experiência com beijos.

O lado racional de Radford estava rangendo os dentes.

Se Tilsley não tivesse batido na porta e gritado... Mas suposições não levam a nada. Tilsley os interrompera bem na hora, e ponto final.

– Quando o senhor diz... – Sua voz estava mais aguda que de costume. Ela fez uma pausa, ergueu o queixo e continuou no tom normal. – Quando diz que devo prometer fazer exatamente o que o senhor mandar...

– É exatamente isso o que eu quis dizer. Se não puder prometer, com sua sagrada palavra de honra...

– Suponha que alguém o mate. Como vou fazer exatamente o que o senhor mandar?

– É melhor não discutir minúcias comigo – alertou ele. – Faço isso para ganhar a vida, e até mesmo antes. Estou exigindo que faça o que exijo que todos os meus clientes façam. Se eles não forem guiados estritamente por mim, se interferirem, questionarem ou deixarem de cooperar, não respondo pelas consequências.

– Muito bem, eu prometo. Mas...

– Sem mas – interrompeu ele. – Não posso acreditar que me ofereci para levá-la junto. Já estou quase arrependido. Mas é tarde demais. Sei que, se eu voltar atrás em minha palavra, a senhorita vai começar a chorar, e eu já aguentei o suficiente por hoje.

Isso não era de todo verdade.

Ele estava acostumado a ver mulheres chorando. Em geral, precisavam dele porque estavam em apuros. Mulheres em apuros choravam. Copiosamente.

O que o incomodava era muito mais perturbador do que as lágrimas de Clara. O que o perturbava era o discurso furioso e desesperado da moça. Ele não conseguia se distanciar daquelas palavras ou apagá-las de sua mente.

Ele se lembrou da menininha inteligente, corajosa e cheia de vida. E agora percebia como a vida de dama a deixara presa, como se estivesse em uma gaiola. Ele entendeu, pois era inteligente demais para não fazê-lo, que ela estava sufocando.

Foi por isso. Foi por isso que ele cometeu o Erro Número Sete.

– Por favor. Prometo fazer o que o senhor mandar.

Por favor. Ah, que ótimo. Uma facada no coração depois da facada na cabeça.

– Muito bem – disse ele. – Em primeiro lugar, a senhorita não pode levar sua criada. Já vai ser ruim o suficiente o fato de eu levar uma mulher. Duas, então, nem se fala.

Quando ia abrir a boca para discutir, ele a encarou. Então, ela respirou fundo, cruzou as mãos sobre o colo e assentiu.

– Em segundo lugar...

Ele se interrompeu porque ouviu vozes.

– O que diabo você quer dizer? – Westcott falava. – É meu escritório.

– Sim, senhor, mas...

– Saia do caminho.

Lady Clara manteve as mãos cruzadas e apenas olhou para a porta, as sobrancelhas levemente erguidas, como se estivesse diante de um deslize.

A porta se abriu e Westcott entrou, com Davis logo atrás.

– Eu só digo uma coisa, Radford, isso já passou dos limites. O garoto irritante estava em frente à porta, a *minha* porta, e disse...

– Sra. Faxon, acredito que se lembre do Sr. Westcott – interrompeu-o Radford.

Lady Clara assentiu de maneira majestosa. Seu cabelo caía um tanto indisciplinado sobre os ombros e seu vestido estava todo enrugado, mas suas roupas úmidas dirigiam a culpa para a tempestade, não para Radford. Nem por um instante ela traiu a verdade do que tinha acontecido pouco antes. Westcott jamais suspeitaria de que seu amigo e colega a tivesse beijado de uma maneira tão rude, muito além do que seria remotamente aceitável ou seguro, e que ainda não se recuperara por completo.

– Eu estava começando a ficar preocupada, Davis – falou lady Clara. – Imaginei que a encontraria aqui, esperando por mim.

Westcott não deu a Davis a chance de responder. Como se ela fosse uma cliente, assumiu o papel de advogado e respondeu por ela.

– A Srta. Davis teria chegado aqui em questão de minutos, não fosse a multidão no tribunal quando a sessão terminou. Como sempre acontece, o cocheiro da carruagem de aluguel fez um desvio para evitar a confusão. Mas houve um acidente perto da prisão Fleet. Alguém ficou ferido e um veículo, amassado.

– Não vi nada – disse Davis. – Não dava para ver, por causa da chuva e da janela suja. O cocheiro me explicou por que tínhamos que parar. Uma multidão havia se reunido. Fomos obrigados a esperar algum tempo.

– Você fez o mesmo desvio? – perguntou Radford ao amigo. – Eu o esperava aqui bem mais cedo.

– Decidi esperar o pior da chuva no café – explicou Westcott. – Quando melhorou, usei o guarda-chuva que você tão gentilmente me enviou e caminhei. Encontrei a Srta. Davis no portão.

– Então, estamos todos aqui – declarou lady Clara.

– Sim, minha senhora, e está na hora de voltar – afirmou Davis. – Lady Exton estará esperando por Vossa Graça.

– Madame, ou seja, a *Sra. Faxon*, não voltará ainda – ressaltou Radford. – Temos negócios a tratar. Vamos recuperar Toby Coppy e preciso da ajuda que ela pode me oferecer.

Os olhos da empregada se arregalaram. Abriu a boca para falar algo, mas fez apenas uma careta.

Westcott, não sendo um criado, não sentiu qualquer necessidade de se conter.

– Você está louco? Não pode levar lady...

– A Sra. Faxon é vital para a missão – interrompeu Radford, com um olhar para a porta.

Pelo que sabia, Tilsley não costumava bisbilhotar, mas Radford achou melhor fechar a porta. Depois disse em voz baixa:

– Vamos manter nosso secretário fora disso por enquanto. Quanto menos pessoas souberem, melhor. – Ele olhou para Davis. – Nada de mau acontecerá a sua senhora. Eu lhe dou minha palavra. Nem ela nem eu vamos participar diretamente. Esse é um assunto policial, e eles não querem amadores prejudicando seus planos. Mas a empreitada vai avançar com mais suavidade e rapidez se a dama estiver por perto para identificar Toby. Se ele relutar, ela pode persuadi-lo a cooperar.

– Está tudo bem, Davis – disse lady Clara. – Estarei cercada por policiais.

– Sim, milady. Se a senhora diz.

– Se me permite, devo aconselhar fortemente Vossa Gr... a senhora... a não ir – alertou Westcott. – Se algo der errado...

– Percebo que existe a possibilidade de haver acontecimentos não planejados – respondeu Clara. – Pode ter certeza de que levarei uma arma. E, se isso não for suficiente, o Sr. Radford estará por perto para conversar com os meliantes até eles se suicidarem.

O fato de Radford ter uma personalidade ditatorial se mostrou positivo. Ele acabou com todas as discussões que se seguiram.

A criada estava furiosa por não ter sido autorizada a ir. Ele não estava feliz por excluí-la, mas a última coisa de que precisavam era de outra mulher, em especial aquela que poderia facilmente tentar ações equivocadas para proteger a patroa. Ele já havia complicado as coisas o suficiente.

Na hora seguinte, ele disse a si mesmo uma dúzia de vezes para voltar atrás em sua palavra. Qual a pior coisa que lady Clara poderia fazer? Odiá-lo? Esbofeteá-lo?

Ele era um homem racional. Valorizava a lógica. Sabia que sua promessa era irracional e que precisava voltar atrás. Tentou fazê-lo uma, duas, três vezes – e, a cada tentativa, o discurso tenso dela sobre a vida que levava ecoava em sua cabeça. E as palavras sensatas que ele deveria dizer ficaram presas na garganta.

Em vez disso, ele disse a Davis o que sua senhora deveria vestir e a que horas ela precisava estar pronta. Fez sugestões sobre maneiras de evitar que vizinhos e outros criados a vissem sair. A moça não deveria levar nenhum tipo de arma com a qual pudesse se machucar – isso o fez receber um olhar letal de milady –, mas uma bengala ou sombrinha, disse ele, eram inteiramente razoáveis em qualquer um dos bairros menos respeitáveis, de dia ou de noite.

– E, se a situação piorar, vou começar a falar sem parar, até que eles implorem por misericórdia.

Radford fez o impossível para não rir quando lady Clara disse estas palavras.

Embora geralmente apreciasse piadas à custa de Radford, Westcott não riu. Ele não estava sorrindo quando lady Clara e a criada se retiraram.

Westcott seguiu Radford até a ala privativa do escritório.

– Você enlouqueceu? Não pode levar a filha do marquês de Warford em uma *ação policial*.

– Prometi que levaria. Não posso voltar atrás em minha palavra.

– É claro que pode! Como ela conseguiu convencê-lo? Houve coerção? Porque você sabe...

– Não seja ridículo. Como ela poderia me coagir? Com seu chapéu molhado?

Radford foi para seu quarto e começou a tirar as roupas molhadas.

– Sei que você está disposto a usar o que quer que seja para alcançar seus objetivos – disse Westcott –, mas essa luta não é sua. Não é seu trabalho capturar líderes de gangues e seus comparsas. É para isso que existe a força policial. Para prevenir o crime!

– Eu só vou pegar o idiota do irmão de Bridget – disse Radford. – O resto é com a polícia.

Fez-se silêncio enquanto ele se vestia.

– Se alguma coisa acontecer à sua filha, lorde Warford irá destruí-lo – avisou Westcott.

– Só se seus três filhos deixarem qualquer coisa de mim para o pai destruir – retrucou Radford.

– Eu não quis dizer que ele o mataria. Para você, há consequências muito piores. Se alguma coisa der errado nessa aventura insana, por exemplo, se os jornais ficarem sabendo, você estará acabado. Talvez tenha que deixar a Inglaterra.

Absolutamente verdadeiro. Seu lado racional estava arrancando os cabelos.

– Nada de mau acontecerá com ela – disse Radford. – E ninguém vai descobrir. Se eu achasse que descobririam, teria alegado insanidade temporária e ordenado que ela voltasse para casa e parasse de me incomodar.

– Estou esperando para saber por que você não o fez.

– Não seja idiota, Westcott. Por que pensa que não o fiz?
– Por que, maldito seja? Por quê?
Radford encolheu-se em seu casaco.
– Porque ela olhou para mim com aqueles enormes olhos azuis e disse "Por favor".
– Meu Deus.
Radford pegou o chapéu e as luvas.
– Aonde você vai? Já não causou danos suficientes no dia de hoje?
Ele dirigiu-se para a porta.
– Vou a Richmond – respondeu Radford. – Gostaria de ver meu pai uma última vez antes que alguém me mate.
E saiu.

Residência Ithaca, Richmond
Naquela noite

Radford contou ao pai o que lady Clara havia dito, sobre falar até os meliantes pedirem para morrer. E eles riram juntos, o pai se divertindo muito com a história.

George Radford não estava bem. A aparência tensa de seu rosto revelava sua dor, embora ele mesmo não o fizesse. Ele se reclinou em um dos sofás da biblioteca, de onde podia olhar o rio lá fora.

Mas estava muito escuro para se enxergar qualquer coisa. Radford sabia que suas visitas traziam ao pai distração da dor e da tristeza, assim, falou bastante, contando-lhe quase tudo e excluindo alguns detalhes, como sempre. O beijo em lady Clara foi um dos comentários deixados de lado. Entretanto, a maneira como seu pai o questionou fez com que percebesse que o cérebro do homem ainda funcionava com altíssima eficiência.

– Mas é claro que você deve deixar lady Clara ajudar. Ela foi atrás de Chiver com um chicote, como você me disse.

Evidentemente, desconhecendo a conexão desse fato com o desaparecimento de Toby, Clara não mencionou a briga quando contou a história pela primeira vez, no escritório de Westcott. Só depois de conversar com Bridget, Radford teve consciência dessa ligação e percebeu quanto isso revelava sobre lady Clara. O incidente fizera Bridget idolatrá-la e, por isso, confiar nela. O que acabou criando essa caça absurda ao rapaz.

– Ela não é tímida – disse Radford.

– Eu nunca acreditei em mimar as mulheres – comentou o pai. – Como sua mãe já assinalou em mais de uma ocasião, as mulheres não são crianças, a menos que sejam educadas para pensar assim.

Ele tinha mais a dizer sobre as mulheres. E Radford, que chegara com a intenção de permanecer por apenas uma ou duas horas, ficou por lá, falando e ouvindo, até o pai adormecer. Logo caiu no sono também, ao lado do sofá onde o frágil homem estava deitado.

Infelizmente para o pai, mas felizmente para Radford, o homem mais velho não dormia bem. Foi ele quem acordou o filho, com uma cutucada da bengala em suas canelas.

– Acorde, acorde! Está maluco? Vai perder seu compromisso!

Minutos depois, Radford estava voltando para Londres. Chegou ao Edifício Woodley quando o céu começava a clarear. Tenho bastante tempo, disse a si mesmo, enquanto subia correndo as escadas e entrava nos aposentos privativos.

Encontrou Westcott dormindo numa poltrona. O advogado acordou quando Radford entrou.

– Seu pai está bem? – perguntou Westcott.

– Dentro do possível, sim. Está com bom ânimo. Acabei pegando no sono. Estava mais cansado do que imaginava.

– Tenho notícias preocupantes para você – disse Westcott.

Ele se levantou e pegou, sobre a lareira, uma carta que se encontrava entre um par de sapos de cerâmica que duelavam.

Ele entregou a carta a Radford, que logo a desdobrou e leu.

Sua Graça, a duquesa de Malvern, havia morrido após sofrer um aborto. Radford deveria se dirigir imediatamente à casa do duque.

Capítulo seis

Por que cocheiros de carruagens de aluguel devem ser limpos?
Nossos ancestrais os achavam sujos e os deixaram assim. Por que
deveríamos, com a frenética ambição de "seguir em frente", desejar
andar a dez quilômetros por hora, enquanto eles se sentiam
satisfeitos por andar sobre as pedras a seis?

– Charles Dickens, janeiro de 1835

Kensington
Terça-feira de manhã

Clara andava de um lado para outro na sala de estar da tia-avó.

– Eu deveria ter imaginado – disse ela. – Foi tudo uma enganação. Ele só disse aquilo para me acalmar. Aquele sujeito odioso foi sem mim!

Ela se levantara em um horário em que a maioria das jovens damas de sua classe estariam chegando em casa, depois dos divertimentos noturnos. Fora para a cama cedo, como uma criança, e se vestira como uma professora... Tudo isso para nada.

Olhou de novo para o pequeno relógio preso a seu corpete.

– Eu deveria ter percebido. Ele foi cooperativo demais. Mas não faz mal. Sei onde devemos encontrar a polícia. Vou sozinha.

Davis estava à janela, olhando para fora.

– Será que o Sr. Radford lhe deu a informação correta?

Clara parou de andar.

– Você acha que, além de tudo, ele ainda mentiu?

– Não posso afirmar, milady – respondeu Davis. – Não estou familiarizada com as ruas às quais ele se referiu. Talvez tenha dito a verdade. De qualquer maneira, milady pode levar um lacaio junto.

– Não posso levar um lacaio!

– Se pretende ir sem o Sr. Radford, milady, seria melhor levar alguém. Pense só no que poderia acontecer se milady chegasse sem ser esperada ou desejada. Devemos considerar a possibilidade de o Sr. Radford dizer à polícia para prendê-la. Nesse caso, seria bom milady ter um criado à mão para buscar um advogado.

– Prender a *mim*? – questionou Clara. – Eles não prenderiam a filha de lorde Warford; ainda que me encontrassem sobre o cadáver do Sr. Radford com uma faca cheia de sangue na mão... Ninguém ousaria me prender, não importaria o que senhor Sabe-Tudo dissesse. Ora, se papai... – Ela se interrompeu ao perceber suas palavras e seus pensamentos.

Se o pai descobrisse o que ela estava aprontando... Não importava o que ele faria. Seria nada em comparação ao que aconteceria à sua mãe. Ela teria um ataque do coração e Clara se sentiria culpada pelo resto da vida.

– Pois é, milady – comentou Davis, lendo o rosto da patroa ou até mesmo seus pensamentos. – Bem, de qualquer maneira, ele chegou.

Clara correu para a janela. Como todas as carruagens de aluguel, a que se aproximava lentamente da casa era uma relíquia, outrora o orgulho de uma grande família.

Talvez, na época de sua bisavó, o veículo fosse belo, pintado de um amarelo bem forte. Agora, ele tinha cor de mostarda manchada. Embora as janelas parecessem mais novas e mais limpas do que as da maioria, elas eram pequenas. O brasão desbotado parecia trazer um ganso meio depenado, empalado em uma forquilha, em meio a um campo de couves podres. As rodas eram de um verde sombrio, com exceção da que era de um vermelho bastante encardido – e a pilha de trapos do compartimento de bagagem devia pertencer ao cocheiro.

Ela não conseguia enxergar Radford, mas ele devia estar lá dentro, uma vez que dissera que estaria. No entanto, ele não sairia, não pararia o veículo e não acenaria. Uma carruagem como essa, parada na frente da casa, daria à vizinhança muito assunto sobre o qual conversar. O cocheiro só diminuiria a velocidade quando passasse pela casa da tia-avó Dora – esse era o sinal – e, em seguida, seguiria em frente.

Clara saiu de casa de maneira sorrateira e caminhou sem pressa até estar longe da vista das propriedades vizinhas. Então, levantou as saias e correu até o lugar do encontro.

– Não era necessário correr – disse Radford. – Temos muito tempo.

Sentada de frente para ele, Clara ainda tentava recuperar o fôlego. Ela levou um momento para responder.

– Pensei que o senhor havia decidido me deixar para trás. Disse que passaria às cinco e meia. Já são mais de seis horas.

– De acordo com a minha experiência, as mulheres estão sempre atrasadas, mesmo para o tribunal. Consequentemente, aprendi a marcar o encontro para uma hora antes. A senhorita deve tomar como um elogio o fato de eu ter previsto apenas meia hora para o seu atraso.

Por um momento, ela só conseguiu olhar para ele, enquanto oscilava entre incredulidade e raiva.

– Um *elogio*? – disse ela. – O senhor tem alguma ideia de como é presunçoso e desagradável?

– Uma ideia bem precisa, graças ao fato de as pessoas me dizerem isso o tempo todo.

– Eu poderia ter dormido por mais meia hora – reclamou Clara.

– Isso significa que milady vai ficar rabugenta e emburrada?

– Somente com o senhor – respondeu ela.

Uma dama era sempre cortês. Mesmo que precisasse administrar uma desfeita, deveria fazê-lo da maneira mais polida possível. Clara aprendera truques para dissimular irritação, impaciência ou qualquer uma das inúmeras reações grosseiras. Havia aprendido a apresentar uma fachada elegante perante toda e qualquer situação. Ela lembrou a si mesma de que não era mais criança para dar chiliques por qualquer coisa. Era uma dama da alta classe, que não permitia que um mero homem, não importava quão irritante fosse, a tirasse do sério. Ela cruzou as mãos sobre o colo e, calmamente, olhou para ele. E foi então que percebeu que havia algo errado.

– Isso é um disfarce ou o senhor dormiu sem trocar de roupa? – perguntou ela.

Ele olhou para si mesmo. Usava o preto costumeiro, mas estava bastante amarrotado.

– Dormi com essas roupas. Estava em Richmond. Saí cavalgando de lá a tempo, mas me atrasei em meus aposentos. Calculei que não haveria tempo para me trocar e depois viajar de novo na direção oeste para buscá-la.

– Cavalgando? O senhor *cavalgou*? De Richmond?

– Sim, sou capaz de manejar um cavalo, milady.

– Eu sempre o imagino viajando em uma carruagem ou caminhando. O senhor é tão... urbano. Um verdadeiro londrino. Nem consigo imaginá-lo no campo. Richmond é muito... verde.

– Verde e linda. Meus pais desfrutam de uma das melhores dentre muitas belas vistas. Fui visitá-los, no caso de a senhorita ou outra pessoa me matar hoje.

– Seus pais.

– Tenho pai e mãe. Sem dúvida, a senhorita imaginou que eu tivesse saltado da testa de Zeus, como Atena. Mas não, sou um mero mortal, vindo do lugar costumeiro. Tenho minha parcela habitual de progenitores, um de cada gênero, vivos e bem, relativamente falando, na bucólica Richmond.

– Sim, claro. Minha tia-avó Dora me disse que seu pai havia se aposentado. – Ela fez uma pausa. – O senhor disse que estavam bem, relativamente falando. Espero que não estejam doentes.

– Meu pai se casou tarde na vida. Ele tem 80 anos e... está frágil.

Foi muito sutil. Talvez fosse sua imaginação, mas ela pensou ter ouvido um traço de dor na voz dele. Sentiu o coração apertado e teve vontade de pegar sua mão. Mas não o fez. Tinha certeza de que Radford não aceitaria gestos que interpretasse como pesar ou até mesmo compaixão.

– E o senhor achou que melhoraria a saúde dele saber que estava prestes a arriscar sua vida? – indagou ela, da maneira mais suave possível.

Ele deu uma risada curta.

– Eu sabia que isso elevaria o ânimo dele. Meu pai não pode mais fazer esse tipo de coisa. Quando estava na ativa, a antiga força policial e os vigilantes eram encarregados de manter a ordem e caçar os vilões. Londres naquele tempo, segundo ele, era um lugar menor, mas não tão tranquilo. Sei que ele escolheu essa carreira porque testava seu intelecto de maneiras que ele não acreditava que uma carreira militar ou religiosa pudesse fazer. Bem, essa não foi a única razão. Sendo um cavalheiro, não podia fazer parte da força policial e nem ser um vigilante, por isso decidiu que agir contra ou a favor deles seria a melhor opção.

Radford contou mais sobre a maneira como a prática do Direito havia mudado desde o início da carreira do pai, com advogados cada vez mais representando o acusador ou o acusado em corte, em vez de essas pessoas atuarem por si mesmas.

No meio de uma frase em que explicava a política por trás da lei de 1829, que criou uma Força Policial Metropolitana, ele de repente indagou:

– Por que a senhorita não dormiu ainda? Estou no auge do meu pedantismo e vejo que não está sequer bocejando, apesar dos trinta minutos de sono dos quais a privei.

– O senhor estava tentando me fazer dormir? Na esperança de que eu cochilasse e não visse o que está por vir? Não vai funcionar. Não consigo me lembrar de quando foi a última vez que ansiei tanto por alguma coisa.

– Eu me recuso a acreditar que sua vida seja tão monótona – comentou ele.

Monotonia não era o problema. Opressão, sim. E desespero.

Ela olhou pela janela.

– Não é o tipo de coisa que se percebe até que se vislumbra algo diferente. Pensei que estava mais ou menos contente, até o dia em que vi aquele menino desagradável tentar fazer com que Bridget fosse embora com ele.

Acontecera um dia depois de seu aniversário.

Era como se ela tivesse passado por um marco e, de repente, enxergasse um sinal em uma encruzilhada. Estivera viajando sem pensar em uma direção específica, ao longo da estrada principal – a estrada do rei, de certa maneira. Mas o incidente a fez parar e procurar uma rota alternativa.

Clara não havia percebido isso antes. E, mesmo agora, não tinha certeza de que compreendera de verdade. Tudo o que sabia era que sua visão do mundo mudara.

– Vamos torcer para pegarmos o danado hoje – disse ele. – Não é alguém que se queira deixar correndo solto por aí, cheio de rancor. E, quanto a isso, há alguns detalhes para resolvermos. Tive que deixá-los de fora da discussão de ontem por causa das outras pessoas presentes.

– Não me lembro de nenhuma discussão. Só me lembro do senhor me dizendo o que eu deveria fazer e me avisando para segurar minha língua. Lembro-me também do Sr. Westcott fazendo objeções, que o senhor tratou de dispensar.

– A senhorita pretende criticar as falhas de minha personalidade durante todo o percurso? Porque, se não estiver interessada nos detalhes do que está por vir, eu gostaria de me preparar para a morte, a vergonha, a desonra ou, o pior, o fim do que deveria ter sido uma carreira legal brilhante.

Ela se afastou da janela, cruzou os braços e o encarou.
– Ótimo! – exclamou ela. – Drama.

A casa ficava em um beco sujo, fora da Drury Lane, espremida em meio a outras de feitio semelhante. Algumas pareciam mais, outras menos, decrépitas, mas todas eram pouco convidativas. O andar térreo tinha uma loja lúgubre, sem características de identificação. A luz da manhã mal conseguia entrar no beco. Nas vitrines, ela desistira de tentar. Os objetos escondidos atrás do vidro escuro poderiam ser móveis ou louças, roupas velhas ou caixões; não era possível saber. Uma loja de artigos de porcelana ficava ao lado, com vitrines ligeiramente mais limpas e um letreiro legível. Para além de uma loja de penhores perto da extremidade ocidental do beco, os outros negócios pareciam funcionar no anonimato.

Radford viu lady Clara examinar o relógio preso a seu corpete.
– A polícia estará aqui em breve – disse ele.
O beco era estreito. Tomando extremo cuidado, uma carruagem pequena conseguiria passar. Mas o cocheiro – um sargento da polícia – fingiu que ficara entalado. Enquanto isso, uma grande carroça bloqueava a outra extremidade.

Era melhor Stokes e sua equipe chegarem logo, antes que alguém notasse os dois veículos bloqueando as saídas do beco e avisasse aos outros.

Radford percebeu o movimento. Olhando através da pequena janela, viu o primeiro policial deslizar pelo beco. Outros estariam se movimentando para bloquear as rotas de fuga – na parte de trás da casa e nos locais de saída no pátio. Pelo menos era o que ele esperava que estivessem fazendo.

Não era fácil ficar na carruagem observando. Ele queria estar com os policiais. Queria liderar o ataque.

Mas isso seria impróprio. Seu lugar era na sala do tribunal.

E o de lady Clara era no salão de baile ou na sala de estar, onde, é claro, ela brilharia tanto quanto qualquer advogado desejaria brilhar na corte. Ele entendia o fato de ela se sentir... restringida. Mesmo assim, sabia que ela não fora feita para aquele mundo, o seu mundo. Mesmo em seus melhores momentos, ele não era nada bonito.

– Eles estão aqui – disse ele. – Agora, vamos torcer para que ninguém estrague o plano.

Ela se inclinou para a frente, de modo a olhar pela pequena janela. Como ele sugerira, Clara usava um estilo de roupa de professora: um chapéu e um vestido mais sérios, de um azul mais escuro, colarinho engomado, mangas estreitas, uma empertigada linha de botões, sem laços, babados ou pedaços de rendas para suavizar sua austeridade. Até o relógio era simples e prático.

Clara se vestira como fora aconselhada a fazer, e ele não podia culpar ninguém além de si mesmo. Era culpa dele não haver nada para distrair seu olhar da mulher ao seu lado, nada para camuflar suas esplêndidas curvas.

Ela cheirava a vegetação fresca, e isso criava em sua mente uma visão que acalmava a alma – a casa de seu pai. Mas as imagens pitorescas de Richmond lutavam contra pensamentos mais carnais.

Seu rosto estava a centímetros do dele. Ele quase podia provar sua boca. O lado irracional de Radford, seu outro eu, estava se tornando muito teimoso. Ele afastou aquele ser inútil de sua cabeça e procurou se distanciar um pouco dela, de sua pele cheirosa e sedosa, de sua boca macia.

– Vamos torcer para conseguirmos tirar Toby de lá inteiro – disse ela. – Oh, não. O que está acontecendo?

Com a agilidade de um felino, um menino esgueirou-se para fora de uma janela e desceu rapidamente pela frente do edifício.

– Maldição! – exclamou Radford. – Eles ouviram nossos homens vindo.

Outro rapaz o seguiu. Um momento depois, dois outros rapazes saíram do prédio vizinho.

– Eles estão fugindo! – gritou Clara. – Não podemos pará-los?

– Paciência – pediu ele, embora suspeitasse de que algo tivesse saído errado. – Os meninos foram obrigados a correr, e a primeira coisa que eles aprendem é a correr bem depressa. É por isso que estamos bloqueando as saídas e temos tantos homens lá fora. Um ou dois garotos mais ágeis e rápidos podem até escapar, mas não todos.

Muitos outros garotos saíram da casa. Dezenas deles, descendo pela frente do edifício ou correndo porta afora, como ratos fugindo de um armazém em chamas. Mas, com policiais no caminho, não puderam passar pela carruagem nem pular por cima dela. Eles se viraram e tentaram o caminho oposto. Alguns batiam em portas vizinhas pedindo que os deixassem entrar. Outros tentavam passar pelos policiais que os esperavam. Então, ouviu-se um grito acima de toda a luta, blasfêmias e ameaças. Um coro de vozes jovens e agitadas ecoou pelo beco.

– O que foi isso? – perguntou lady Clara.

– Não tenho certeza.

Radford empurrou a janela para olhar melhor.

– Afaste-se – ordenou Radford. – Não deixe que eles a vejam. Nós...

Ele se interrompeu quando se deu conta do motivo do tumulto.

Ele abriu a porta e saiu.

– Fique aqui – ordenou mais uma vez.

– Sr. Radford.

Mas ele não estava ouvindo. Estava atravessando o beco, olhando, como todo mundo, para a figura que corria pelo telhado.

Os garotos haviam parado de tentar escapar para poderem assistir ao espetáculo e estimular Chiver. Com seu chapéu colocado, como sempre, em um ângulo insolente, ele escalou o telhado do esconderijo, indo para o do edifício ao lado. O telhado era íngreme e ele escorregou duas vezes, mas conseguiu se apoiar em algum objeto – talvez uma corda – e se arrastar novamente para cima.

Um policial apareceu no telhado do edifício de onde Chiver havia fugido. A polícia lá dentro provavelmente encontrou obstáculos. Um oficial deveria ter ido direto para o telhado, para evitar esse tipo de coisa.

– Você não tem para onde ir, Chiver! – gritou o oficial. – Desista!

Radford correu pela calçada, passos à frente do menino lá em cima.

– Corra, Chiver! – gritou um dos rapazes. – Mostre do que você é capaz!

– Não deixe eles pegarem você!

– Mostre a eles, Chiver!

Os outros também gritaram.

Agarrando-se à corda, Chiver caminhou para cima. Segurou-se na chaminé em ruínas e conseguiu subir até o topo do telhado. A corda já deveria estar amarrada lá, concluiu Radford. Eles haviam criado rotas de fuga. Freame, sem dúvida, embora essa opção de rota fosse um risco para ele.

A essa altura, todo o beco acordara. As pessoas iam até as janelas, tentando entender o que estava acontecendo. Os vizinhos do outro lado da rua avisavam:

– Ele tem um ponto de apoio!

– Não vai aguentar o peso dele!

– Lá vai ele!

– Não, ele voltou!

– Ele é maluco! Para onde está indo?

Radford atravessou o beco pelo lado oposto, mantendo-se à frente do garoto no telhado.

Observou Chiver transpor o pico do telhado, passar uma perna por cima e começar a deslizar para o outro lado. A corda escorregou de suas mãos. Ele agarrou o canto inferior da chaminé e se segurou lá, enquanto lutava para recuperar o equilíbrio.

Um policial tentava subir pelo outro lado.

– Ele está indo pegar você, Chiver! Não pare!

Chiver foi descendo com cautela. O telhado seguinte ficava alguns metros abaixo. Ele pulou e o atravessou – e parou abruptamente.

Entre o edifício em que ele se encontrava e o seguinte havia um fosso. Os dois prédios eram afastados um do outro e ele teria que saltar cerca de três metros sobre o vazio.

– Desista! – gritou Radford. – Você não tem asas!

– É você, Corvo? – berrou o garoto. – Por que não voa até aqui e me pega, então? – Ele riu.

– Pule! – incentivou um dos rapazes. – Você consegue, Chiver!

– Você consegue! – repetiam os meninos em coro.

Chiver puxou o chapéu para um ângulo mais fechado.

– Posso fazer isso sem dificuldade! – gritou de volta.

Chiver começou a se afastar, para dar impulso à corrida. Mas o policial estava descendo pelo telhado mais alto.

– Fique onde está, rapaz! – ordenou ele.

– Nem pense nisso – respondeu Chiver.

– Não seja idiota! – berrou Radford. – Suas pernas não são compridas o suficiente!

– Veremos! Você vai me ver voar, Corvo! Fique olhando!

Com uma risada, o rapaz recuou um passo e saltou, um segundo antes de o oficial conseguir pegá-lo, e agarrou a beira do telhado vizinho.

Os meninos, que ficaram em completo silêncio durante o pulo, gritaram em comemoração. Chiver ficou agarrado ali por um momento interminável, as pernas balançando enquanto tentava impulsionar o corpo e jogar uma perna para cima do telhado. Então, suas mãos começaram a deslizar e ele caiu, com um grito tenebroso, que só se calou quando seu corpo bateu nas pedras do calçamento.

Clara ouviu gritos, um súbito silêncio, uma explosão, depois silêncio outra vez. Ela olhou pela janela a tempo de ver Radford virar a esquina, seguido de um policial. Outros policiais estavam segurando mais meninos e levando-os para o final do beco. Ela deveria ficar na carruagem e chamar quando visse Toby, mas não o viu.

Ela puxou a aba do chapéu para baixo, abriu a porta e saltou da carruagem.

O cheiro amargo de garotos sujos atacou suas narinas e, por um instante, ela pensou que ia vomitar. Mas não havia tempo para isso. Alguma coisa não planejada havia acontecido. Pela expressão nos rostos dos meninos, tinha sido algo terrível. A maioria dessas crianças fora endurecida pelo crime, de acordo com Radford. No entanto, mesmo enquanto lutavam e desacatavam a polícia, seus corações não pareciam estar ali.

– O que aconteceu? – perguntou ao policial mais próximo. – O que foi aquele barulho?

– Foi Chiver! – gritou um garoto muito pequeno. – Caiu do telhado.

– Bum! – disse alguém, com um riso que parecia falso.

Ela estremeceu.

– Nenhum deles é o menino, senhora? – quis saber o policial.

Ela balançou a cabeça negativamente.

– Onde está Toby? – perguntou ela aos garotos.

– Nunca ouvi falar dele – respondeu um deles.

– Caiu do telhado com Chiver – disse outro.

– Não, foi para Billingsgate comer ostras – informou um terceiro.

Seguiram-se risos e respostas mais fantasiosas.

Ela partiu em direção à casa.

– Senhora, é melhor não ir lá – avisou o policial. – Ainda não sabemos quem está lá dentro. Eles têm todo o tipo de esconderijo ali.

Se eles tivessem esconderijos, Chiver teria usado um em vez de saltar de um telhado, pensou ela.

Clara segurou com firmeza o guarda-chuva de Davis e marchou até a porta da casa. Estava aberta. Um policial tentou impedi-la, mas ela adotou o ar autoritário de sua avó e mandou que ele se afastasse, ameaçando-o com o guarda-chuva.

Um dos meninos tentou correr e o policial teve que persegui-lo.

101

Clara aproveitou e entrou na casa. Desta vez, o cheiro quase a fez sair. Os odores de sujeira e decadência subiam até suas narinas de forma quase sufocante. Ela piscou, tentou respirar apenas pela boca e começou a subir a escada estreita.

Aquilo era pior, muito pior, do que a escola para indigentes. Ela mal podia enxergar o que estava à sua frente, e talvez isso fosse até melhor. A escada rangia e toda a casa parecia gemer, mas ela não viu qualquer sinal de vida humana.

No primeiro andar, duas portas estavam abertas. Em ambas ela percebeu sinais claros de pânico recente: roupas e cobertores jogados, louça em pedaços, uma cafeteira derrubada, uma cadeira virada. A lareira estava quase apagada, com apenas um pouquinho de carvão queimando fracamente.

Ela sabia que os meninos haviam entrado ali um pouco antes do amanhecer. Segundo Radford, eles dormiam de manhã e à tarde saíam para bater carteiras, roubar roupas dos varais e coisas desse tipo. À noite, invadiam casas ou cometiam outros crimes que requeriam a ajuda da escuridão, como atacar qualquer pessoa que lhes parecesse frágil ou incapaz de lutar. De manhã cedo era o melhor momento para pegá-los. Eles acordariam grogues, com menos velocidade de reação. Pelo menos, era o que haviam esperado. Mas, pelo jeito, eles não estavam muito sonolentos.

– Toby! – gritou ela. – Você me conhece. Sou amiga de Bridget, lá da escola dela.

Nenhuma resposta. Clara encontrou uma vela e um pedaço de palha. Encostou a palha no carvão quase apagado e a usou para acender a vela. Olhou todos os cantos e atrás das cortinas esfarrapadas, sempre chamando por Toby. Então conferiu o outro quarto da mesma maneira.

Nenhuma resposta.

Com o coração apertado, atravessou o corredor sombrio e subiu as escadas frágeis até o andar seguinte. A primeira porta se abria para um quarto menor do que os de baixo, mas abarrotado de cestos com objetos de metal e madeira. Artigos de vestuário e roupas de cama pendiam das cordas. O espólio dos ladrões. Um tesouro de provas para a polícia.

– Toby! – chamou mais uma vez.

Ela pensou ter ouvido alguma coisa. Poderiam ser pombos ou ratos. Segurando a vela bem alto, Clara entrou em outra sala.

– Toby?

Um soluço. Outros sons. Palavras ininteligíveis.
– Toby, sou eu, a amiga de Bridget. Você se lembra de mim, tenho certeza.
Um gemido. Tosse.
Ela se moveu na direção dos sons. Eles vinham de um monte de cobertores grossos e malcheirosos. Quando Clara se aproximou, a pilha se moveu.
– Toby?
– Por favor, me ajude. Não posso correr. Estou muito doente.
Clara se ajoelhou e retirou alguns dos cobertores nos quais o garoto estava enrolado. Ele tremia.
– Toby.
– Eles me abandonaram – grunhiu ele. – Eu vou morrer?

Enquanto alguns dos meninos menores se lamentavam por Chiver, um dos mais velhos teve uma ideia inteligente e começou a gritar:
– Assassinato! A polícia matou o pobre do Henry!
Ah, que ótimo. Era disso que eles precisavam. Um tumulto.
Os outros garotos o imitaram, seguidos pelas pessoas nas janelas dos edifícios vizinhos. Algum lixo caiu sobre os policiais, mas não tijolos. De qualquer maneira, eles estavam acostumados ao abuso e, em várias ocasiões, já haviam demonstrado sua habilidade para reprimir motins.
Sam Stokes apareceu, sem Freame em custódia, o que significava que o líder da gangue havia escapado novamente.
O rosto insípido do inspetor não demonstrava nada. Qualquer desapontamento, desânimo ou frustração que sentisse não perturbavam sua expressão. Ele entrou na briga com sua habitual e discreta tranquilidade.
Radford deixou que ele e seus homens lidassem com o problema e voltou para o beco. Seu olhar foi direto para a carruagem e sua porta aberta. Ele começou a correr.
– Onde ela está? – gritou ele.
Um sargento sacudiu o polegar em direção à casa.
– Ela entrou, senhor. Não tive como detê-la. Não sem violência.
– Ela estava armada com um *guarda-chuva*! Você não pode controlar uma mulher carregando um guarda-chuva?
Ele não esperou pela resposta e correu porta adentro.

– Clara! Estou avisando: é melhor você não estar aqui! Clara!

Radford subiu correndo a escada, o coração explodindo no peito. Esses prédios antigos estavam em ruínas. Despencavam o tempo todo. Na semana anterior, quatro pessoas haviam morrido em um desabamento.

Mas não. Freame podia até arriscar seus meninos – ele poderia sempre encontrar outros –, mas não armazenaria sua pilhagem em um edifício instável.

Entretanto, haveria muito roedores e outros parasitas. E fezes, que produziam doenças. As paredes eram úmidas. O local cheirava a mofo e coisas piores.

E quem poderia saber quantos bandidos se escondiam ali?

Mas esse era seu lado irracional se manifestando, entrando em pânico e deixando a imaginação correr solta. Ele o afastou de sua mente e correu para as escadas.

– *Fique aqui*, eu lhe disse – murmurou ele. – Quando eu colocar minhas mãos em você, minha bela dama, vai desejar ter ficado em casa com suas agulhas e seus pretendentes.

Radford ouviu passos que faziam o chão ranger. E o farfalhar de anáguas. Ele olhou para cima. Ela se aproximou do corrimão instável.

– Não se apoie nisso! – alertou-a Radford. – Não toque nisso!

Ela recuou um passo.

– Aí está você – falou Clara.

Lá estava ela, aparentemente sem ferimentos. Antes que ele pudesse respirar aliviado, ela ordenou:

– Venha, Sr. Radford. Rápido! Toby está doente e preciso de ajuda para carregá-lo.

Radford blasfemou, depois subiu as escadas e entrou no cômodo.

Ajoelhou-se junto ao rapaz. Colocou a mão sobre sua testa e verificou seu pulso.

Ele a ouviu se aproximar, o chão rangendo sob seus pés.

– Afaste-se – disse com firmeza. – Acho que é apenas um calafrio, mas não há como ter certeza. Faça algo útil uma vez na vida: traga-me os lençóis ou cobertores mais limpos que puder encontrar. Deve haver muitos por aí para escolher. – Ele olhou ao redor. – Eles parecem ter roubado inúmeros varais.

Clara não discutiu dessa vez. Pouco depois, retornou com os braços cheios de roupas de cama. Ele desembrulhou o irmão idiota de Bridget dos cobertores imundos e o envolveu nas peças limpas que ela acabara de trazer. Pegou o menino em seus braços – não pesava quase nada – e se levantou.

– Vá na frente – disse ele. – Preste atenção em objetos afiados nas escadas. O tétano é fatal, não importa o que os médicos charlatões digam.

O Sr. Radford levou Toby pelas escadas com uma gentileza que contradizia o fluxo constante de censuras que dirigia a Clara.

Ela deveria ficar no veículo. Prometera fazer exatamente o que ele mandasse. Quebrara sua promessa. Ele não deveria se surpreender. E de fato não se surpreendia. De jeito nenhum. Tinha confiado nela – uma atitude idiota de sua parte, é claro, e mal podia acreditar que fora ingênuo a esse ponto. Como todos os outros da sua classe, ela não tinha consideração por ninguém. Ela era bem-vinda para arriscar o próprio pescoço – na verdade, ele esperava que o fizesse, mas em outro momento e longe dele –, porém, não tinha o direito de arriscar a sua *carreira*. Se alguém a tivesse apanhado enquanto ela fuçava o lugar atrás de Toby Coppy, a reputação de Radford estaria *arruinada*. Ele teria sorte se conseguisse permissão para advogar em terras no fim do mundo.

Quase chegando ao andar térreo, eles depararam com a polícia subindo a escada. O Sr. Radford interrompeu seus pensamentos raivosos para dizer onde estava o produto do roubo dos ladrões.

– Nenhum sinal de Freame? – perguntou um oficial. – Nós também não vimos Husher.

O Sr. Radford sugeriu onde eles deveriam procurar por esconderijos.

Clara se espantou ao perceber que ele estava ciente de todo o ambiente à sua volta. Na verdade, ele parecia ter memorizado a sala e seu conteúdo. Em detalhes. Havia notado pelo menos uma dúzia de coisas que ela não percebera. Mas ela, na realidade, concentrara toda a sua atenção em Toby.

– Alguns ainda podem estar por aí, mas duvido que vocês encontrem Freame – acrescentou Radford. – Se ele estava aqui quando chegamos, é provável que tenha fugido durante o espetáculo que Chiver fez para nós.

Então, Clara viu o risco que correra e entendeu o motivo da raiva do Sr. Radford. O edifício não ficara necessariamente vazio após a chegada da polícia. Um garoto tinha corrido para o telhado. Outros poderiam ter se escondido. Freame poderia estar ali ainda. E alguém chamado Husher. Enquanto a polícia corria atrás dos meninos fugitivos, esses meliantes poderiam estar encobertos por roupas e lençóis, esperando uma oportunidade de escapar.

Se a tivessem apanhado, ela teria sido uma ótima refém.

Não demorou para que a mente de Clara pintasse um quadro do que teria acontecido depois, e depois, e depois... Ela teve que se segurar no corrimão, pois o sangue estava fugindo de seu cérebro.

– Não se atreva a desmaiar agora – disse Radford. – E tire as mãos desse corrimão sujo. Você não raciocina? Pode pegar uma infecção fatal. Preciso lhe explicar tudo?

O sangue voltou a circular em seu cérebro e, por um instante, ela teve vontade de levantar o guarda-chuva e golpeá-lo.

Mais tarde, disse a si mesma. Quando ele não estiver carregando, em seus braços, uma criança doente.

Radford a deixou tão furiosa que ela se recusou a desmaiar.

Eles quase conseguiram pegar Freame.

Ele chegara para examinar o que os meninos haviam roubado e ficara feliz com o resultado. Então, soube que um dos garotos novos estava doente. Como se isso não fosse irritante o suficiente, descobriu quem era o tal moleque. Acordou Chiver e lhe deu um soco como castigo por ter misturado assuntos pessoais com negócios. Entre isso e debater sobre como se livrar do garoto doente mais depressa, Freame não notou nada de errado no beco lá embaixo. Quando percebeu, a polícia já estava subindo as escadas e tomando o pátio, bloqueando todos os caminhos.

Ele mandou Chiver subir no telhado, ostensivamente, para fugir. A verdade era que Freame precisava distrair a polícia. Enquanto todo mundo acompanhava a fuga de Chiver, Freame entrou no prédio ao lado por uma porta secreta que só ele conhecia.

Ficou escondido na loja de porcelana até a confusão acabar. Ele não pôde ver muito, mas ouviu algumas coisas.

Uma voz de mulher, chamando por Toby. Uma mulher que falava como uma aristocrata.

Corvo gritando por "Clara".

Freame não acreditava em coincidências. Ele não acreditava em quase nada. Mas sabia somar dois mais dois. A mulher alta e nobre que chamara por Toby e a mulher alta e nobre que dera uma chicotada em Chiver só podiam ser a mesma "Clara", cujo nome o Corvo gritou.

Fora uma má ideia misturar-se com as classes superiores. Freame advertira o falecido Chiver sobre isso, mas ele não tinha muita coisa dentro daquela cabeça dura. Um homem mais inteligente contabilizava as probabilidades. Um homem com cérebro media o lucro futuro contra o risco presente.

Afinal, Freame estava em um negócio arriscado. E não se importava muito com a maneira como mataria o Corvo Radford, desde que acabasse com ele. Chiver estava morto, mas Husher não. Eles calariam Radford, de um jeito ou de outro.

O líder da gangue sorriu.

Se a maldita vadia alta era a melhor forma de apanhá-lo, isso só deixava a situação ainda mais divertida.

Capítulo sete

*O ADVOGADO... 2. Considera o princípio em que se baseia a profissão
de advogado. Por nossa tendência a errar, maior cautela é necessária
na descoberta da verdade, tanto no mundo natural quanto no moral.*

– *O jurista*, vol. 3, 1832

Radford entregou Toby a um policial, instruindo-o a levar o menino para o hospital St. Bartholomew, em Smithfield. Ao contrário de outros hospitais, que tinham dias específicos para aceitar pacientes, o St. Bartholomew o admitiria sem dificuldade. O agente da lei cuidaria para que somente pessoas autorizadas pudessem visitar o menino.

Ele teria levado o moleque para um hospital mais próximo, em Kensington, mas Radford queria lady Clara o mais longe possível de Toby Coppy.

Explicou tudo a ela quando voltou à carruagem que o aguardava na Drury Lane, agora com o cocheiro pronto para dirigi-la.

– Sei que me arrisquei – disse ela, enquanto o veículo partia. – Mas não podia deixá-lo lá. Ele estava doente e assustado.

Radford olhou para seu belo rosto. Lembrou-se do que seu pai lhe dissera sobre as mulheres. Na verdade, do que sua mãe lhe havia dito.

Seu lado racional lutava brava e ferozmente contra o irracional.

– Foi uma atitude corajosa – declarou ele.

Ela estava olhando pela janela, as mãos firmes sobre o colo.

Virou-se bruscamente para ele. Seu rosto estava pálido e cansado.

O pânico aumentou. Ele tratou de afastá-lo.

– Não me diga que vai passar mal. A senhorita teve milhares de oportunidades enquanto estava naquela casa e razões muito melhores. Pelo menos espero que os motivos anteriores tenham sido maiores do que agora. – Ele inclinou a cabeça para cheirar as próprias roupas. – Ou serei eu?

– É o senhor – respondeu ela. – O senhor disse algo que soou como um elogio. E disse para *mim*.

– Eu poderia lhe dizer também, com maior fervor, que foi uma coisa muito estúpida de se fazer. Mas já repeti isso tantas vezes, de tantas maneiras diferentes, que o assunto está começando a me entediar.

– Eu não me senti valente. Estava nauseada e aterrorizada.

– Mas fez tudo aquilo mesmo assim.

– Não sei se teria feito se fosse um garoto desconhecido. Mas ele era irmão de alguém que eu conhecia, uma garota trabalhadora a quem eu queria ajudar. Eu o conheci e falei com ele. E pensei: "E se um de meus irmãos tivesse se metido em confusão?" Por que estou dizendo "E se"? Eles sempre se metiam em confusão. E um sempre ajudava o outro. – Ela fez uma breve pausa. – Eles vinham em meu socorro também.

Radford lembrou-se da menininha atacando Bernard.

– Mas você é uma menina. Levando-se em conta a educação que recebeu, foi um ato heroico. Falo como advogado de defesa. Como advogado da acusação, posso apresentar evidências irrefutáveis de estupidez, imprudência e insanidade temporária. Mesmo eu pensaria duas, três, dez vezes antes de adentrar num lugar como aquele. Nós não somos como aquelas crianças, lady Clara.

– *Nós* – repetiu Clara.

– Sim. Ao contrário das aparências, tive uma educação de cavalheiro. Para ser franco, quase expeli o meu café da manhã quando cruzei o limiar da porta. Não pude acreditar que Freame vivia em um lugar como aquele, como insistia Daniel Prior. Mas como os meninos iam saber com certeza onde Freame morava? Ele poderia ter sua própria suíte em um bordel ou cassino clandestino em qualquer outro lugar. Mas é mais simples alojar os meninos em uma espécie de dormitório, armazenando a mercadoria perto de comerciantes de bens roubados em quem ele confia.

– A casa de penhores da esquina?

– Muito provavelmente.

Ela não disse mais nada e se virou para olhar pela janela novamente.

As janelas estavam limpas. Ele providenciara para que estivessem assim, insistindo em que o interior do veículo também ficasse asseado.

A luz da manhã dava ao rosto dela um brilho rosado, mas sua palidez permanecia. Ele deixou seu olhar descer abaixo da longa fileira de sombrios botões de metal, das mãos enluvadas, dobradas tão firmemente em seu colo. As luvas estavam sujas.

Clara fora corajosa. Que outra jovem mulher de sua posição teria agido como ela agiu? Entretanto, agora que a crise havia passado, ela começava a tomar consciência de tudo o que vira e fizera. Por isso estava tão pálida.

Radford disse a si mesmo que ela era teimosa e que lições difíceis eram a única maneira de fazê-la aprender. Mesmo assim, ele criava discursos calmantes em sua mente. Mas, antes que pudesse fazer ou dizer qualquer coisa, a carruagem começou a diminuir a velocidade. Ele olhou pela janela.

– Bedford Street – disse ele. – Vamos descer e trocar de veículo. Minha presença na cena do ocorrido não é nenhum segredo, não há nada de especial nisso. No entanto, ninguém sabe ainda quem a senhorita é e eu gostaria de manter as coisas dessa maneira.

Eles desembarcaram e subiram em outra carruagem. No ponto seguinte de veículos de aluguel, fizeram mais uma troca. Seguindo as instruções de Radford, os cocheiros seguiram por rotas tortuosas. Finalmente, ele e lady Clara se instalaram na última carruagem, conforme o planejamento, e começaram a se dirigir mais para o oeste.

Viajaram em silêncio, e ele não tentou quebrá-lo.

Ela estava perdida nos próprios pensamentos. Ele também tinha muitas reflexões a fazer. Havia empurrado essas questões para o fundo de sua mente, porque, como relatara a Wescott naquela mesma manhã, um homem não poderia estar em dois lugares ao mesmo tempo e não seria possível faltar a um encontro com a Polícia Metropolitana, especialmente devido a uma empreitada instigada por ele mesmo. Haveria muito tempo para lidar com Bernard depois que Radford levasse lady Clara de volta ao mundo ao qual ela pertencia.

Esse seria o fim de seu desvio de curso profissional. Ele voltaria para o seu meio, ela voltaria para o dela e os dois nunca mais se veriam.

Seu outro eu, o irracional, exigia saber por quê. Uma furiosa discussão acontecia dentro de Radford quando ela disse:

– Será que Toby vai se recuperar?

– Sim, sim, claro. Não havia nada de alarmante em seus sintomas. Se ele tivesse uma moradia adequada, poderia se recuperar em casa mesmo.

– É difícil encontrar lugares para crianças pobres doentes, não é? – questionou ela. – Se a família não pode cuidar delas, uma pessoa gentil deve acolhê-las, caso contrário só lhes resta ir para um abrigo. Ou para um lugar como a fazenda de Grumley. – Ela tocou a própria têmpora com dois dedos. – Esse mundo está fora da minha compreensão, Sr. Radford.

– Imagino que sim.

Ele queria pegar a mão dela e segurá-la, confortá-la. Mas Radford não era o tipo de pessoa que confortava. Não fazia parte de seu trabalho e era, em suma, uma ideia tola.

– Os meninos disseram que Chiver caiu do telhado – disse ela. – Foi por isso que o senhor correu para o beco ou o que quer que fosse aquilo?

– Havia uma chance de ele estar vivo. Ouvi falar de pessoas que sobreviveram a tais quedas, embora não intactas. Mas ele quebrou o pescoço. Não vai mais incomodar Bridget nem qualquer outra pessoa. Ele enganou o carrasco. E não vai revelar nada. Muito conveniente para Freame.

– O senhor acha que ele estimulou Chiver a fazer aquilo? Atravessar os telhados?

– Sim. E com facilidade. Chiver sempre gostou de se exibir.

Um breve e tenso silêncio.

– Não sei como o senhor consegue. – Ela fez um gesto de abandono e desespero. – Como mantém o equilíbrio. Toda essa pobreza e desesperança.

– Não costumo passar meu tempo nesses lugares, acredite se quiser. Tenho informantes, sim, porque represento a polícia de tempos em tempos. Mas, como lhe disse, a maioria dos meus casos é tedioso. Recebo uma síntese do caso. Estudo as evidências e as leis relevantes. O caso Grumley foi uma exceção.

Ela encontrou o olhar de Radford.

– O senhor se envolveu no negócio dessa gangue por minha causa.

– A senhorita sabe ser bastante insistente. E ficou claro que, se eu não assumisse a situação, a senhorita tentaria por si mesma.

Essa não era a única razão. Não era, de fato, a verdadeira razão. No dia em que se encontraram no jardim da Sociedade das Costureiras, ele ficou... Como? Enfeitiçado era a maneira que outro homem explicaria a si mesmo. Mas isso era uma simples metáfora.

Ele a vira caminhar no modesto jardim, em todos os seus organdis e rendas, com flores e ramos disparando de seu chapéu, como foguetes.

Ele a vira caminhar e deixar tudo ao redor dela pulsante. Ouvira e se maravilhara com o esmerado resumo da estratégia que ela o vira usar na corte – a mesma estratégia que o advogado de Grumley não conseguira entender até que fosse muito tarde.

– Não por mim mesma – disse ela. – Não sou tão imprudente. Mas eu teria ido perturbar outra pessoa.

Em sua mente ele decidiu que, quem quer que fosse essa outra pessoa, deveria ser lançada numa fogueira.

Seu lado racional declarou:

– Eu vi pelo lado positivo. Era uma oportunidade para nos livrarmos de Freame. Isso não mudaria o mundo, nem mesmo um bairro. Outro líder de gangue tomaria seu lugar sem demora. Essa espécie não corre perigo de extinção. Mas ele está excepcionalmente interessado em me matar, e isso é um grande incômodo. Em vez de olhar para mim como um adversário digno, ele guarda rancores. Mas é assim que funciona a mente criminosa, lady Clara. É bem simples. Eles veem o mundo através de suas próprias lentes deturpadas.

Ela desviou o olhar.

– Assim como eu – comentou ela. – Até visitar a escola para crianças pobres, eu não fazia ideia de como meu mundo era pequeno. E o dia de hoje foi ainda mais educativo.

– A senhorita não precisa dessas lições.

– De um modo geral, não. Mas, entre outras coisas, hoje tive uma pequena ideia de como começar a procurar um lugar para Toby.

Ele precisou de um tempo para assimilar aquelas palavras, pois imaginara que estavam tendo uma conversa racional. Pela primeira vez, ele parecia estar falando com uma espécie de... amigo. Era como falar com Westcott, mas um Westcott com um exterior muito mais atraente. No entanto, ela não era uma amiga. Era uma mulher excepcionalmente inteligente e obstinada. Uma mulher *tenaz*.

– Eu disse insanidade *temporária*? – questionou ele. – Meu Deus! Honoráveis colegas, membros do júri, por favor, permitam-me apontar o meu grave erro. A mulher em questão não sofre de insanidade temporária. É uma doença crônica.

Aquele olhos azuis e inquisitivos se voltaram para ele.

– E agora, o que o deixou tão zangado?

– A senhorita não vai encontrar um lugar para Toby Coppy. Não terá mais nada a ver com ele. Não vai chegar a menos de quinhentos metros dele.

– Prometi a Bridget que lhe daria um posto de aprendiz – respondeu ela, com paciência. – Que problema pode haver nisso? Vou falar com a diretora e ver se é possível ele se alojar perto da Sociedade das Costureiras. A diretora poderá me aconselhar sobre como encontrar trabalho para ele.

Ele olhou dentro daqueles inocentes olhos azuis e viu-se lutando contra a vontade de sacudi-la. Abriu a boca, pronto para chamá-la de dez sinônimos de idiota.

Paciência, aconselhou a si mesmo. Ela era ingênua, só isso.

A paciência, no entanto, não era uma de suas virtudes. Ele teve que se esforçar muito para deixar de lado alguns desaforos e se obrigar a dizer com uma paciência sobre-humana:

– Não.

Ela franziu a testa.

– Essa não é uma boa ideia – explicou Radford. – A senhorita não pode envolver a diretora nos problemas da família Coppy. Só vai complicar a situação de Bridget na escola. As outras meninas vão achar que ela está sendo favorecida. Tornarão a vida dela difícil. Mais difícil. Milady não entende essas pessoas e seu mundo. Já admitiu isso para si mesma, e não conhece metade da história. Elas não raciocinam como a senhorita. Deve manter-se fora disso. De uma vez por todas.

– Eu *prometi*.

– Então, mantenha sua promessa de uma maneira sensata. Westcott pode encontrar um emprego para Toby.

Ela franziu o cenho, e o fato de ela só parecer ainda mais inacreditavelmente bonita foi uma prova do extraordinário poder de seus traços.

– Eu não tinha pensado nisso – refletiu ela. – Devo estar mais cansada do que percebi. Não dormi muito.

Sua mente começou a visualizar imagens de Clara acordada em seu leito virginal. Sendo um homem hábil em resolver problemas, ele não teve dificuldades para conceber algumas maneiras de ajudá-la a dormir. E sufocou essas imagens.

– Então, pense nisso também. Tente aplicar a razão à situação em que a senhorita se colocou. Um ser racional compreenderia a importância de desaparecer das redondezas até que a situação se acalme. Um ser racional entenderia a necessidade de se manter fora de vista até que as pessoas se esqueçam de sua aparência.

– Aqui está uma mudança interessante – disse ela. – O senhor é o primeiro homem que me diz que sou fácil de esquecer.

Radford estava totalmente consciente de que não iria esquecê-la. Jamais. Quanto será que ainda faltava para chegar à casa em Kensington?

– Para meninos como eles, sim – explicou ele. – Têm muitas distrações emocionantes, como, por exemplo, tentar não morrer de fome. E também precisam evitar o espancamento, a prisão e a forca. Costumam beber em excesso, também. Desapareça por um mês ou mais e, quando voltar, ninguém será capaz de identificá-la em um grupo de uma dúzia de louras aristocráticas.

– Apenas um mês ou mais. Imagine só.

– Seis meses, ou para sempre, seriam mais aconselháveis, mas sei que nem adianta lhe propor isso.

– O senhor está exagerando. Já notei que tem essa tendência. Creio que essa atitude se deve à sua obrigação de ser dramático no tribunal.

– Dramático!

– Tente pensar nisso de maneira racional – disse ela. – Em primeiro lugar, é improvável que eu veja qualquer um desses meninos no Almack's ou no Queen's Drawing Room. Em segundo lugar, a maioria, se não todos, em breve deixará Londres para uma residência perpétua em uma colônia penal na ilha de Norfolk. Em terceiro lugar, tudo o que sabem sobre mim é que sou uma senhora que estava procurando pelo irmão de Bridget Coppy. O que há de notável nisso? Todo mundo sabe que as damas amparam a Sociedade das Costureiras. Todo mundo sabe que as senhoras praticam a caridade para se sentirem úteis e virtuosas. Todo mundo sabe como nos entediamos, sendo ricos e mimados e tendo dezenas de pretendentes definhando atrás de nós.

Ela estava absolutamente certa.

– A senhorita tem certa razão.

– Tenho?

Ela se inclinou para encará-lo e ele sentiu seu perfume.

– O senhor achou difícil dizer isso? Pareceu doloroso. Mesmo assim, estou impressionada.

Ela se acomodou no assento e fingiu se abanar com a mão enluvada.

– Mas... – disse ele.

– Sempre há um *mas*.

– O problema é que eles sabem que a senhorita pode *identificá-los* – declarou ele.

Ela rejeitou a ideia com um gesto de mão majestoso.

– Que bobagem da parte deles – comentou ela. – Todo mundo sabe que nós, as damas, não sabemos diferenciar um pobre de outro. Todos parecem iguais sob a sujeira e os trapos. Não que alguém queira olhar de perto para eles, já que seria necessário aproximar-se o suficiente para cheirá-los. Todos sabem que estamos perfeitamente felizes em deixar que os assassinos e os ladrões façam seus negócios, desde que fiquem fora de nossos bairros e só roubem e cortem a garganta de seus próprios vizinhos.

Ele a fitou.

– Terminou?

– Não cheguei nem perto. Eles sabem que nunca apareceríamos em um lugar tão sórdido quanto uma sala de audiências. Uma dama nunca seria tão vulgar a ponto de se sentar no banco das testemunhas. Nesse caso, seria mais fácil ela se sentar no banco dos réus, porque sua reputação a faria ser considerada culpada. Ela seria enforcada, talvez esquartejada e minuciosamente dissecada depois disso.

Ela ergueu o queixo perfeito e o olhou com ar de desafio.

Radford ficou dolorosamente tentado a fazer algo que seu lado racional tinha certeza de que só faria piorar as coisas.

– Muito bem – concordou ele. – Faça como quiser. Não tenho tempo de bancar a babá. Tenho um caso de difamação para processar, um pai moribundo para visitar, um funeral para assistir em Herefordshire e assuntos tenebrosos de um primo louco para resolver, tudo ao mesmo tempo. Vou deixar a função para lady Exton. Que os céus a protejam!

Ela seguiria seu caminho e ele seguiria o dele.

Dentro de pouco tempo, na verdade. No final da viagem através de Londres.

Ele olhou para fora, pois olhar para Clara o deixava infeliz e inquieto e Radford estava passando o diabo para tentar não se envolver. Ficou surpreso ao ver quanto já haviam percorrido.

– Ah, estamos quase em Hyde Park Corner – constatou ele, demonstrando tranquilidade.

Clara queria arrancar a própria língua. Queria bater em si mesma. Mas não fez nada disso, porque a primeira opção era difícil de ser feita e a segunda era vulgar e, possivelmente, um sintoma de insanidade.

– O que há de errado com o senhor? – questionou ela. – Por que me deixou continuar com minha esbravejante autopiedade? Por que não me avisou? Quem morreu?

Ele não respondeu de imediato. Primeiro, olhou pela janela. Então, fitou as próprias mãos, que descansavam sobre os joelhos. Nesse momento, franziu a testa e disse:

– Uma jovem mulher, infelizmente. Eu não devia ter falado sobre isso daquela maneira tão despreocupada.

Uma jovem mulher.

Clara teve a mesma sensação que experimentara no dia em que tentou, embora fosse proibido, patinar em um lago e o gelo cedeu sob seus pés, fazendo com que mergulhasse em águas congelantes.

Ela ignorou o sentimento. Era muito tolo para ser explicado em palavras. Ele era um homem; e um homem atraente, se sua capacidade de ser desagradável fosse colocada de lado. Mas as mulheres tinham que ignorar as falhas de personalidade dos homens, de outra forma ninguém jamais se casaria ou se reproduziria e a raça humana chegaria ao fim.

É claro que havia uma jovem mulher na vida dele. Será que lady Clara Fairfax achava que era a única mulher no mundo só porque tantos homens tolos agiam como se ela fosse? Será que achava que o Sr. Radford seria como todo o resto e abandonaria todas as outras – ou fingiria abandoná-las – para adorá-la em seu altar?

Que absurdo. Ela sabia que era apenas a Mulher Mais Elegante do Ano a Ser Cortejada e isso, antes de tudo, era mérito de suas modistas.

Mas as roupas não o dominariam. Ele julgaria por si mesmo.

Ele não era nada parecido com os outros homens que ela conhecia.

– Depois de uma manhã como essa? – comentou ela. – Com tantas coisas na cabeça? Quem esperaria que o senhor observasse cada palavra? Mas aqui estou eu, mostrando minhas habilidades de argumentação, quando o senhor perdeu alguém a quem ama. Não devia ter me deixado tagarelar desse jeito.

– Em primeiro lugar, conversar com a senhorita foi educativo e divertido. Com disciplina, a senhorita seria uma boa advogada, caso as mulheres pudessem assumir essa profissão. Em segundo lugar... eu não a conhecia.

A sensação de congelamento diminuiu.

– Mas ela era jovem – prosseguiu ele. – E morreu, sem dúvida, por tentar, repetidamente, produzir um herdeiro para o meu primo ignorante. A senhorita se lembra de Bernard? A senhorita deixou uma pequena lasca de seu dente no cotovelo dele.

Ela assentiu. Como poderia esquecer Bernard? Em sua opinião, ele era o responsável direto pelo fim de sua liberdade... e por sua vida ter tomado um rumo muito errado.

– A senhorita ficará feliz em saber que ele desenvolveu uma infecção. Mas sobreviveu. Há bem pouco tempo, ele se tornou o duque de Malvern. No momento, ao que parece, sua mente está devastada pela dor. Ou pelo desapontamento. Ou por alguma coisa. De qualquer forma, todos estão alarmados e me queriam lá ontem.

– Herefordshire – disse ela, afundando no lago novamente.

– Sim.

– Por quanto tempo?

Por que ela perguntou aquilo? Que diferença faria? Ele acabara de dizer que nunca mais a veria.

– Difícil dizer. Mas não pense que os negócios de Toby Coppy serão negligenciados em minha ausência. Em Richmond, vou escrever para Westcott e ele vai encontrar um lugar para o menino. A falta de intelecto não será problema. Em algumas profissões, quanto menor o cérebro, melhor. Alguns diriam que isso também vale para os advogados, mas eles se esquecem do fato de que é preciso ler e escrever, pelo menos um pouquinho. Por outro lado, grande parte dos meninos é inútil em ofícios manuais. O nosso Tilsley, por exemplo. Mais ou menos um caso de caridade. Porém, o nosso raciocínio foi, primeiro, que ele é jovem e barato, e poderíamos treiná-lo corretamente sem ter que livrá-lo de maus hábitos...

– Sr. Radford.

Seu olhar cinzento encontrou o dela.

– Lady Clara.

Ela engoliu em seco.

– Acredito que nunca mais nos veremos.

– Calculo que as chances de isso acontecer são bastante fortes.

Fique, ela queria dizer. *Não estou pronta para não tê-lo em minha vida.*

Ela prosseguiu:

– Então, é melhor eu agradecer ao senhor por me ajudar a recuperar o irmão de Bridget.

– É melhor não – respondeu ele. – Todo este empreendimento foi contra o meu melhor julgamento.

– Mas não contra o *meu* – disse ela. – Foi difícil, doloroso, repugnante e chocante, mas era o que eu queria fazer e fiz. Não apenas li ou ouvi falar sobre o assunto. Eu estava lá, fiz parte da história. Vi um mundo diferente e compreendi algumas coisas que eu jamais poderia entender antes. E acho que serei uma pessoa melhor depois dessa experiência.

– Acho que a senhorita está romanceando – afirmou ele. – Acredito que terá pesadelos. Acho que sua criada deve queimar cada fibra da roupa que está vestindo. E vou me punir durante todo o caminho para Richmond por não tê-la amarrado no assento daquela carruagem. Olhe só as suas luvas!

Ela as olhou. Ficaram inacreditavelmente imundas em um tempo extremamente curto. Clara as retirou.

– Mesmo quando estava usando aquele disfarce idiota, no primeiro dia em que veio ao meu escritório, a senhorita estava *impecável*. Isso não a fará ser uma pessoa melhor.

– Fará, sim. E Toby também será uma pessoa melhor.

– Sim, pobre Toby. A senhorita está decidida a manter sua promessa à irmã dele. Percebo que é muito determinada em relação às suas promessas. E quanto ao que prometeu a mim? *Por favor*, a senhorita disse, da maneira mais angelical. E eu, entre todos os homens, deveria ter sido esperto o suficiente para não me deixar comover por atitudes patéticas... e grandes olhos azuis ameaçando chorar...

– Grandes olhos...

– Mas não, parece que fui tão lerdo quanto qualquer outro homem em Londres. *Prometo fazer o que o senhor mandar*, a senhorita disse. E eu acreditei.

– Oh, Sr. Radford – disse ela, movendo-se para a borda do assento e inclinando-se para ele.

– Impulsividade. Essa é a palavra. É assim que uma pessoa acaba com um dente lascado. Tomara que a pior consequência de hoje sejam as luvas sujas. Pode me agradecer, na verdade. Será graças ao fato de eu cometer um erro após o outro que a senhorita vai acabar contraindo uma infecção ou tétano. Sete erros pela minha contagem. Não, oito. O de número oito foi acreditar em sua promessa. Não, já chegamos, no mínimo, ao número nove. O de número nove foi...

– Pare. Pare com isso.

Ela estendeu a mão e agarrou o casaco de Radford. Antes que ele pudesse dizer mais alguma coisa, ou que ela pudesse pensar duas vezes, Clara o puxou e o beijou. Na boca. Ferozmente. Desesperadamente. Da maneira mais imprópria para uma dama.

Erro Número Dez. Clara estava em seu colo e Radford não sabia como ela chegara ali. Não sabia quem era o transgressor, e não se importava.

Ele não estava pronto para dizer adeus.

Quanto mais se aproximavam de Kensington, mais transtornado se sentia.

Queria mais tempo. Queria mudar a direção da carruagem e continuar a viagem para sempre, embora o seu lado racional soubesse o que ele devia fazer e todas as razões pelas quais devia fazê-lo.

Mas agora ele a tinha em seus braços. Radford agarrou a nuca de Clara com possessividade, como se temesse sua fuga. Mas ela o beijava sem dúvida nem hesitação, mostrando que aprendera as lições perigosas que ele lhe ensinara.

Da última vez, ele tivera apenas uma tentadora amostra das possibilidades. Experimentara surpresa e um pouco de choque, juntamente com o sabor inocente de Clara.

Desta vez, ela estava provocando danos. A pressão suave de sua boca fez seu corpo vibrar e seu coração saltar, levando calor aos seus músculos. Seu cérebro se encolheu, tornando-se pequeno demais para formar um pensamento coerente. Em vez de pensar, ele *sentiu* – a deliciosa força de sua boca, o calor de seu corpo se comprimindo contra o dele, o peso de seu corpo de curvas perfeitas em seu colo.

Ele a envolveu em seus braços e a apertou com força contra si. Ela se ajustava perfeitamente ao corpo dele, como se aquele fosse e sempre tivesse sido o seu lugar.

Ela cheirava mal, assim como ele, mas isso era irrelevante. Em meio àquele odor ruim, a fragrância da verdadeira Clara surgiu: um leve perfume de ervas que se misturava com perfeição ao cheiro de sua pele e enchia o nariz e a cabeça de Radford, como se fosse uma névoa tomando conta de onde antes havia claridade. A sensação cada vez mais distante do mundo terrível que haviam acabado de visitar deu lugar imediato ao calor, ao aroma e ao sabor dela.

Radford interrompeu o beijo e enterrou o rosto no pescoço dela, sorvendo seu perfume. Beijou cada milímetro de pele acima da gola dura de seu vestido e ela arquejou e deu um breve suspiro. Ela enredou os dedos em seu cabelo e ele estremeceu com o toque. Ele encarou aquele rosto extraordinário enquanto ela o puxava, trazendo sua boca de novo para a dela.

Desta vez, o beijo foi mais feroz, tão poderoso que ela o fez esquecer de que era inocente. Ele pressionou mais, sua língua insistiu e então ela abriu os lábios para ele. O beijo rapidamente se aprofundou, sua língua se entrelaçando com a dela. Ela agarrou os ombros dele, como se quisesse abraçá-lo para sempre.

Ele deslizou as mãos pelas costas dela, descendo ao longo da espinha até a cintura. O vestido era duro, austero e proibitivo, como ele insistia que fosse. Debaixo dele, camadas de roupas íntimas criavam uma barreira entre suas mãos enluvadas e a pele dela.

Ele escorregou as mãos e apertou a cintura de Clara, depois subiu pela curva suave, até a saliência do rígido corpete, para cobrir seus seios. Ele não estava pensando. Era apenas instinto e prática. Ele deslizou o polegar até um botão proibido e expulsou-o da casa.

A mão de clara cobriu a dele. Ela interrompeu o beijo.

Ele se deteve, tanto quanto pôde. De repente, tomou consciência do batimento do próprio coração e da aspereza de sua respiração. Ele estava muito mais exaltado do que a situação poderia autorizar. Um botão!

A respiração dela também estava acelerada, seu corpete subindo e descendo sob a mão dele. Ele achou que ela iria empurrá-lo, mas Clara apenas manteve a mão sobre a dele, sobre o seio dela.

Ele a olhou. O rosto de Clara estava ruborizado, os lábios inchados, os olhos brilhando. Seu chapéu estava torto e, debaixo dele, uma mecha de cabelo dourado balançava perto da sobrancelha.

Ele não queria ser racional e sensato, pois isso significava parar e ele não queria parar. Ainda não... Queria fazer coisas indescritíveis com Sua Graça, bem ali, dentro daquela carruagem de aluguel.

Radford se forçou a recobrar o bom senso.

Ele escorregou a mão para fora da mão dela e enfiou o botão de volta na casa.

Não queria que ela recobrasse o juízo, mas ela o fez. Com um movimento suave, Clara saiu do colo dele e voltou para seu assento. Endireitou o chapéu, alisou a frente do vestido, cruzou as mãos e olhou pela janela.

– Não vou perguntar se o senhor terminou de ficar histérico. Está claro, até para a inteligência mais medíocre, que o senhor armazenou anos desse produto e ele tenderá a sair em diferentes intervalos – disse ela.

– Histérico!

– Não vou me desculpar por beijá-lo – prosseguiu Clara. – Não vou dar desculpas por tê-lo feito. Os fatos são simples e óbvios. O senhor não queria parar de me repreender e de vociferar. Eu já estava cansada. Sucumbi a um impulso feminino normal e natural para silenciar um homem falando tolices. – Ela se virou e encontrou o olhar dele, o queixo para cima, os olhos brilhantes, as bochechas rosadas. – E *não* prometerei nunca mais fazê-lo. Parece que também guardei uma grande quantidade de rebeldia ao longo dos anos, e o senhor tem a habilidade de libertá-la. O senhor é extremamente irritante.

– A senhorita poderia ter me golpeado com o guarda-chuva.

– Talvez na próxima vez – respondeu ela. – Oh, eu me esqueci. Não haverá uma próxima vez. Ótimo. Aqui é onde nos separamos.

A carruagem parou.

Radford ainda tentava digerir a palavra *histérico*. Ele olhou para fora. Estavam na Kensington High Street. Já.

– Obrigada por uma experiência muito educativa. Acho que o senhor deveria escrever para mim, mas suponho que não o fará.

– Isso seria...

Imprudente. Muito imprudente. Quanto mais cedo ele se separasse dela, mais cedo se recuperaria.

O cocheiro abriu a porta.

Ela se levantou. E começou a se afastar antes que ele pudesse se recompor.

Radford se ergueu, prestes a segui-la, mas recuperou a razão. Não podia segui-la. Não podia acompanhá-la até a casa da tia-avó. A manhã já avançava e as chances de ela ser reconhecida haviam aumentado de maneira radical.

A porta da carruagem se fechou.

Ele se sentou novamente e observou pela janela até que ela virou a esquina e desapareceu de vista.

Radford fez sinal para o cocheiro seguir em frente, embora não soubesse mais aonde ia. Olhou para as mãos e ficou perplexo diante delas e de si mesmo. Seu olhar pousou no chão do veículo e ele viu as luvas que ela devia ter deixado cair quando se levantara para agarrá-lo.

Ele as pegou, apertou-as contra o rosto, depois as colocou no bolso interno do paletó.

Capítulo oito

O ADVOGADO... Assim, nosso advogado tem sempre a honestidade e
a coragem de desprezar todas as considerações pessoais e não pensar
em qualquer consequência, apenas no que pode resultar, para o
público, do fiel desempenho de seu dever sagrado.

– O jurista, vol. 3, 1832

Residência Exton, Kensington
Terça-feira, 22 de setembro

Uma dama deveria saber como fazer essas coisas.

Todo mundo sabia que os cavalheiros podiam ser obtusos, especialmente quando se tratava de assuntos do coração. Todos sabiam, também, que os cavalheiros precisavam acreditar que estavam no comando. Portanto, as damas tinham que aprender maneiras de comunicar o óbvio sem serem óbvias.

Clara não entendia o que poderia ser mais óbvio do que agarrar um homem pelo pescoço e beijá-lo. Ela até sugerira que o Sr. Radford lhe escrevesse. Mas oferecera também uma saída, e ele era um especialista em brechas e tecnicalidades.

Talvez as sutilezas costumeiras do modo de agir de uma dama fossem um desperdício quando utilizadas com homens como o Corvo Radford. Mas, o que ela estava pensando? Nenhum homem no mundo era como Radford.

Ela se sentou à escrivaninha, pena na mão e uma folha de papel em branco à sua frente.

Damas solteiras não escreviam cartas para cavalheiros que não fossem membros da família ou, no mínimo, pessoas íntimas da família. E os cavalheiros não deveriam escrever para essas damas.

Ele sabia que suas breves mensagens enviadas através de Fenwick – "Esteja em tal lugar, em tal hora" – não se qualificavam como correspondência, mesmo que fossem clandestinas. Mas ela o convidara a se corresponder, certo? E agora, uma semana se passara sem uma única palavra dele. Não era possível que ainda estivesse viajando. Ele teria chegado à casa do duque de Malvern em um dia, talvez dois, se se atrasasse um pouco, algo que ela duvidava que acontecesse com o Sr. Radford.

Clara sabia para onde, em Herefordshire, ele tinha ido: para o Castelo de Glynnor. Segundo o mordomo da tia-avó Dora, o duque anterior, o quinto duque de Malvern, havia começado a construí-lo na virada do século. Clara encontrara uma foto do castelo no segundo volume de *Jones' Views*, que ilustrava as casas da nobreza da Grã-Bretanha.

A tia-avó contou que ninguém que ela conhecia costumava visitar a família. Ela não se lembrava da última vez que vira o duque anterior em Londres.

– Acho que a única vez que algum dos Radfords veio à cidade foi para procurar esposas, embora, com frequência, eles a encontrassem em outro lugar – explicou ela. – Sua Graça gostava de manter a família à sua disposição e ele não tolerava Londres. Não me lembro da última vez que algum deles esteve na casa da cidade, muito menos viveu nela. Em geral, ela era habitada por estranhos.

Clara achou difícil imaginar um londrino como o Sr. Radford morando no campo, feliz, em uma imitação de castelo medieval. Ele deveria estar arrancando os cabelos. Podia imaginá-lo fazendo isso – deixando de lado seu comportamento frio e se entregando à paixão... como quando ele a beijou... e ela desejou...

Mas ela não tinha mais certeza do que desejava. Não tinha dormido bem nas últimas noites e sua cabeça estava confusa. E pensar lhe provocava dores. Clara baixou a pena e fechou o tinteiro. Empurrou o papel para longe.

Um pouco mais tarde, quando Davis apareceu, Clara falou:

– Acho que não vou me juntar à minha tia para o jantar esta noite. Não me sinto muito bem.

Em seguida, ela cambaleou, e teria caído da cadeira se Davis não a tivesse agarrado.

– Não me sinto bem – repetiu Clara. Sua voz parecia estranha e arrastada. – Minha cabeça...

– Sim, milady. Sua aparência também não está boa. É melhor ir para a cama.

Castelo de Glynnor, Herefordshire
Quinta-feira, 24 de setembro

Bernard ainda estava bêbado.

Sua Graça, o duque de Malvern, estava bêbado quando Radford chegou, um dia antes do funeral da duquesa. Radford conseguira manter o primo sóbrio para o funeral. Foi um erro. A sobriedade só fez Bernard se tornar mais beligerante.

Seus cunhados sentiram o peso de sua raiva, mas os clérigos e até mesmo o sacristão também receberam a sua parte. Bernard resmungou durante a leitura dos Salmos e adormeceu durante a leitura dos Coríntios. Quando levaram o corpo de sua esposa para o mausoléu, ele soluçou alto, até que o pároco chegou ao trecho "pois eles descansam de seus trabalhos". Então, Bernard explodiu em gargalhadas.

Os outros membros da família não se demoraram. Estavam, como sempre, em guerra uns com os outros e até mesmo um castelo rapidamente se tornava pequeno demais para conter todos eles.

O duque de Malvern possuía meia dúzia de casas, incluindo a que deveria ser a casa ducal, Radford Hall, em Worcestershire. Mas o pai de Bernard quis um castelo medieval. Com torres. Levara trinta anos para construí-lo e mobiliá-lo. Essa empreitada, combinada com o projeto contínuo de fomentar problemas entre os parentes, não deixou tempo para outros negócios. Nos últimos cinco anos, em especial, todo o patrimônio e outros assuntos legais foram relegados a segundo plano e agora se encontravam em um estado de caos que seria capaz de enlouquecer qualquer advogado. Mas, em primeiro lugar, Radford não era um advogado que representava nas instâncias inferiores, em segundo, ele gostava de resolver enigmas. Quanto mais complicados, melhor.

O castelo, por outro lado, era esplêndido. Bonito e construído com todo o conforto moderno, tinha uma vista maravilhosa para todas as direções. Radford se surpreendeu mais de uma vez pensando na reação de lady Clara àquele lugar. Imaginou que ela acharia engraçado, mas, provavelmente, gostaria. No entanto, ele tinha certeza de que Clara preferiria a antiga casa em Worcestershire, devido aos atributos do local.

Ele estava fazendo um péssimo trabalho tentando não pensar nela. Mesmo tendo assuntos mais do que suficientes para ocupar seu gigantesco cérebro, não conseguia tirá-la da cabeça.

Com os outros parentes fora do caminho, ele abordou Bernard.

Encontrou Sua Graça na biblioteca – de modo algum lendo um livro –, estirado em um sofá perto do fogo. Tinha um copo e uma garrafa de bebida nas mãos. Aos seus pés, uma revista esportiva manchada de vinho.

Como havia mais de Bernard do que costumava haver, ele precisava da maior parte do sofá para se estirar. Quando Radford se juntou ao primo, ele levantou os olhos.

– Você *quer* que eu herde? – perguntou Radford.

Ainda que preâmbulos fizessem parte de seu estilo, eles seriam desperdiçados com Bernard.

O duque piscou.

– É o pequeno Corvo, não é? Meu muitíssimo querido primo. Se eu não estivesse tomado pelo luto, eu o jogaria daqui para fora. Por que eles não o fizeram, então? Ou será que me esqueci de avisá-los?

– Foi você quem me chamou, seu idiota – disse Radford. – Você demitiu seu feitor e seu administrador.

– Eles me incomodavam.

Sim, com os negócios imobiliários. Ou, em outras palavras, com suas responsabilidades.

Bernard era um valentão sem cérebro. Radford não gostava dele. Mas decidiu se desconectar de sua aversão, pois o ducado era mais do que um homem. Ele incluía grandes fazendas em diversas partes da Grã-Bretanha e todas as pessoas cujo sustento dependia dessas propriedades. A maior parte delas estava longe de ser rica e trabalhava duro para conseguir o pouco que tinha.

Para o duque de Malvern, elas simplesmente não existiam. Por outro lado, seu próprio conforto o preocupava bastante. Quando Radford o fez compreender que a incapacidade de gerir as responsabilidades ducais resultaria em todo tipo de aborrecimento, inclusive diminuição de sua renda, Bernard lhe disse:

– Então é melhor você cuidar disso.

Radford concluiu que era melhor mesmo. O processo por difamação provavelmente não chegaria ao tribunal antes de um mês, se algum dia chegasse. Trabalhar para o primo manteria sua mente ocupada. Radford teria menos tempo para divagar em reflexões improdutivas, especulações e debates sobre se deveria escrever para lady Clara.

– Percebo que você é uma pessoa mais agradável quando bebe – disse ele ao primo. – Portanto, pelo bem daqueles que são obrigados a viver com você, não vou lhe pedir que pare por completo. Mas, a menos que esteja ansioso para que eu herde tudo, recomendo que reduza pela metade a quantidade de substâncias intoxicantes que ingere.

Ele se aproximou e estudou os olhos do duque. Eles não eram cinzentos, como os de Radford, mas cor de avelã. O branco também não era branco. Era difícil ter certeza, mesmo à luz do dia, porque os olhos de Bernard estavam sempre vermelhos, mas Radford detectou uma coloração amarelada.

– Seu médico acredita que um excesso de bile represente um perigo imediato para sua saúde – prosseguiu ele. – Diante das evidências, devo concordar com ele, embora, em geral, eu considere que os médicos são atrasados, supersticiosos e com tendências a adoração de teorias antiquadas, mesmo em clara e inconfundível contradição com a experiência clínica.

– Quer repetir isso em nossa língua? – pediu Bernard. – Você sempre foi tão falante. Palavras rebuscadas também. E latim, grego... Como permaneço acordado quando você fala é um mistério para mim. E sente-se, maldição. Você está me dando dor no pescoço.

Radford pegou uma cadeira e se sentou onde pudesse encarar o primo.

– Se você não se tornar mais moderado em seus hábitos, morrerá jovem. Antes disso, porém, se tornará impotente. O que significa que...

– Sei o que significa. – Bernard riu. – Membro desolado e caído. É esse o seu problema, pequeno Corvo? O que o faz ser um chato?

– É do *seu* membro que estamos falando, seu imbecil – retrucou Radford. – O negócio é o seguinte: você quer se casar de novo, certo? Deseja tentar novamente ter filhos?

– Filhos vivos – gemeu Bernard. Ele piscou com força e seu rosto ficou amassado, com dobras trêmulas. – Ela... Só duas meninas, e elas não duraram muito. Ela perdeu os outros antes que pudessem nascer. Então, ficou doente. Ora, como é que eu ia saber? Maldita mulher estúpida. Não sei por que sinto falta dela.

– Porque ela era muito mais do que você merecia. Ouça-me, primo. Nós dois sabemos que muitos pais venderiam suas filhas em idade de casar para um duque que deseja um herdeiro, ainda que estivesse coberto de verrugas e chagas e morrendo de demência sifilítica.

Bernard tentou se levantar. Mas como sua grande barriga não o deixava ir longe, ele não parecia uma ameaça. Na verdade, o gesto foi cômico.

– Não tenho sífilis, seu merdinha bicudo!

– Pelo bem de sua futura noiva, fico feliz em saber. Também estou feliz por saber que sua educação não foi inteiramente desperdiçada, pois você parece entender algumas palavras rebuscadas.

– Se não estivesse doente de tristeza, eu lhe daria um murro.

O duque afundou de volta no sofá.

– Eu só gostaria de salientar que, não importa de que doenças você sofra, não importa quão jovem e atraente seja sua próxima noiva, você só conseguirá gerar outra criança se parar de ingerir a quantidade de bebida e láudano que ingere atualmente.

– Você não percebeu que estávamos em um funeral?

– Não insulte minha inteligência culpando a dor – protestou Radford. – Você é imoderado desde a infância. Até este funeral, fazia seis anos que ninguém o via sóbrio.

Bernard reabasteceu o copo e, por um momento, olhou para Radford por sobre a borda. Em seguida, inclinou a cabeça para trás e bebeu de uma só vez.

– Ah, que resposta espirituosa – disse Radford, levantando-se. – Bem, eu já disse tudo o que precisava dizer.

– Você não vai embora!

– Não temos essa sorte – comentou Radford. – Nenhum de nós dois. Tenho um encontro com seu novo administrador de terras.

Encontrar um substituto não fora fácil. O último havia deixado as coisas em grande desordem, não totalmente por sua culpa. Nem todos os homens qualificados eram como Radford, encantado com a perspectiva de desatar um nó górdio.

– Oh, eu tenho um? Tão idiota quanto o anterior?

– Sim, mas você vai pagar mais para compensar. Além disso, recontratei o seu feitor, Dursley, porque ele é o sujeito mais competente que há por aqui.

Bernard piscou com força. Provavelmente não se lembrava de quem era Dursley.

— Por favor, não incomode o seu pequeno e delicado cérebro com nada — declarou Radford. — Vamos nos esforçar para resolver tudo sem você. — Ele estava prestes a sair da sala quando parou e perguntou: — A propósito, já que estou fazendo tudo, Sua Majestade quer que eu encontre também uma noiva? Dada a sua saúde atual, recomendo que se apresse.

— Ah... Seu espertinho. Claro, ache uma noiva para mim! Como é bonzinho o meu pequeno Corvo.

Radford saiu. Alguém com um estômago forte e muita força de vontade poderia chicotear o idiota do seu primo até consertá-lo. Ele poderia escrever para lady Clara e pedir sugestões...

Acho que o senhor deveria escrever para mim, mas suponho que não o fará.

Não, ele achou melhor não. Tinha certeza de que seria o Erro Número Onze.

A mensagem chegou pouco tempo depois, enquanto Radford estava conversando e tratando de documentos com Sanborne, o novo administrador.

Embora tivesse a letra de Westcott, Radford a teria deixado de lado se não tivesse chegado por via expressa. Ele sabia que Westcott não enviaria uma carta expressa apenas para incomodá-lo com negócios legais. Com o coração acelerado, ele a abriu.

Westcott havia colocado um segundo documento no interior. Ele escrevera apenas: "Carta anexa recebida hoje das mãos da criada de Sua Graça. Por favor, leia imediatamente."

Ambas as mensagens eram datadas do dia anterior.

Davis escrevera:

Caro Sr. Westcott,

Milady foi para a cama sentindo-se mal e, no início desta manhã, acordou reclamando de uma terrível dor de cabeça. Desde então, está febril, sofrendo de dores nas articulações e nos músculos. O médico de lady Exton disse que este é um ataque febril e avisou que, caso ela não melhore, fará uma sangria em milady na próxima vez que vier aqui. Tenho certeza de que isso não é prudente, mas o Dr. Marler não sabe onde milady esteve e, mesmo que eu tivesse a coragem de contar, ele jamais acreditaria em uma criada. Ele trata dos membros da nobreza e a maioria deles só imagina que está doente. Ele não deve saber nada sobre a febre da prisão. E não acreditaria em mim, ainda que eu tivesse a ousadia de dizer o que penso. Ele é como a maioria dos outros médicos: não ouve ninguém. Mesmo que acreditasse, tenho medo de que piorasse as coisas. Lady Exton é esperta, mas acredita que o médico sabe tudo. E, assim, minha pobre senhora fica mais doente a cada hora, sem ninguém por perto que saiba como ajudá-la. O senhor pode dizer ao Sr. Radford, em meu nome, que agradeço pelo apuro em que nos colocou. Ele prometeu que nenhum mal aconteceria à minha querida senhora, mas aqui está ela, muito doente. Se ela morrer, prometo fazê-lo pagar e, em seguida, irei alegremente para a forca.

Ele sentiu um frio nas entranhas.

Febre da Prisão. Tifo.

Mas não podia ser. Ele, mais do que qualquer outra pessoa, teria reconhecido os sintomas do tifo em Toby Coppy. Com quem mais ela teria estado em contato naquele lugar pútrido?

Mas o que ela teria inalado ou tocado?

– Devo partir imediatamente – disse a Sanborne.

Ele saiu correndo da sala, encontrou o mordomo e ordenou que suas malas fossem empacotadas e que uma carruagem fosse disponibilizada.

Ele encontrou Bernard onde o deixara.

– Preciso voltar para Londres – informou Radford. – É urgente.

– Não, você não vai – retrucou Bernard. – Você precisa estar aqui. Urgentemente. Porque estou de luto e porque minha mente está desordenada.

– Isso é mais importante do que você.

– Você disse que cuidaria de tudo, seu merdinha!

– E vou cuidar, mas não agora.

– Você não pode ir! Não pode deixar tudo e fugir só porque...

– Bernard, não tenho tempo para isso – disse Radford. – Eu pedi uma carruagem. Controle-se está bem? Precisam de mim com muito mais urgência em Londres do que aqui.

Bernard olhou-o com desconfiança.

– Meu querido Corvo está com pressa. Não é o seu venerável pai, é?

— Ainda não — respondeu Radford com firmeza.

— Uma mulher, então — concluiu Bernard, sorrindo. — Ora, meu querido Corvo tem uma namorada. Quem diria?

— Primo, você já bebeu bastante por esta semana. Está precisando de um banho. Você é um homem de 30 anos. Deixe de ser criança!

Bernard encheu o copo outra vez.

— Bem, se você vai se transformar em uma babá tediosa e insistente por causa da minha bebida, então vá mesmo. Vá para Londres. E que o diabo o carregue. Mas pegue a carruagem de viagem. E leve Harris para conduzi-la. Chegará lá mais rápido. — Ele esvaziou o copo e começou a encher outro, mas a garrafa estava vazia. — E você — berrou para o lacaio perto da porta —, traga alguma coisa para eu beber!

Radford saiu.

Parando apenas para mudar de cavalos e deixar Harris se refrescar, Radford chegou a Kensington na sexta-feira à tarde. O criado de lady Exton o olhou de cima a baixo, com expressão duvidosa. Radford queria socá-lo. Estava cada vez mais difícil observar as situações com frieza, como sempre fizera. Estava cada vez mais difícil evitar que seu eu irracional aflorasse...

Mas o fato é que sua aparência devia estar péssima. A barba por fazer, as roupas amarrotadas. Ele havia parado rapidamente na casa dos pais para lavar o rosto. Não trocara de roupa. Nenhum criado que desejasse manter seu emprego permitiria que um homem no estado de Radford entrasse para ver qualquer pessoa sem permissão expressa.

Sendo assim, Radford só conseguiu entrar ao dizer que vinha diretamente da casa do duque de Malvern. Em seu íntimo, ele estremeceu por usar o título do primo para lhe abrir portas. Mas em seu frenesi de impaciência para ver Clara, Radford ignorou seus princípios.

O criado chamou um lacaio, que levou algum tempo para aceitar o cartão de Radford e sair do vestíbulo da maneira mais irritante e lenta possível.

Radford exerceu bastante autocontrole para não derrubar o homem e passar por cima dele. Em vez disso, disse a si mesmo para se acalmar e se contentar em andar de um lado para outro na pequena antecâmara para onde foi levado. Se o lacaio voltasse e dissesse que lady Exton não estava em casa, *então* Radford lhe daria um soco. Depois de uma interminável espera, o lacaio voltou e o conduziu para um salão. A palidez de lady Exton e o estado de desorientação lhe disseram que a criada não exagerara.

– Preciso ver lady Clara imediatamente – disse ele.

– De forma nenhuma – respondeu lady Exton. – Mandei chamar o Dr. Marler de novo. Ele a deixará bem em pouco tempo.

– Eu tenho certeza absoluta de que ele jamais viu um caso de tifo.

– Tifo! Minha sobrinha? O senhor enlouqueceu?

– Tenho evidências para comprovar esse diagnóstico, mas não temos um instante a perder. Mesmo se seu médico tiver experiência com essa doença, é provável que ele a mate, com a melhor das intenções e volumes de conhecimento médico para provar a justeza de seu tratamento. Ele vai querer sangrá-la, o que até mesmo alguns dos mais palermas de sua profissão de ignorantes sabem que não é prudente nessas circunstâncias.

Ele queria estrangular aquele médico imbecil. Já era ruim Radford ter perdido um dia, quando cada minuto era importante. Pior ainda era saber que cada minuto do tempo perdido deixara Clara vulnerável à ignorância e aos preconceitos dos outros.

– E o senhor estudou medicina, não é mesmo, Sr. Radford?

– Eu tive tifo e sobrevivi – respondeu ele.

Isso acontecera em Yorkshire, depois que ele e o pai visitaram uma escola. Era um caso não muito diferente da situação da fazenda de Grumley, que seu pai havia levado aos tribunais. Ambos pegaram a doença. Ninguém sabia exatamente como ela era transmitida, embora quase todos acreditassem que fosse contagiosa.

Seu pai adoecera primeiro, e Radford cuidara dele porque não confiava em mais ninguém para fazê-lo. Felizmente, eles haviam estudado sobre a doença quando se preparavam para a viagem. Os numerosos tratados, relatórios e palestras ofereciam teorias e tratamentos contraditórios. Mas um ou dois continham elementos que ele considerava mais lógicos do que outros, além de apresentar, juntamente com as evidências, estatísticas úteis. Ele adotou e adaptou os tratamentos que acreditava menos prováveis de matar o paciente.

– Não temos tempo para discutir, milady – avisou ele. – Cada minuto conta. – Talvez ele tivesse chegado tarde demais. Tratar a doença na primeira fase era crucial. – Diga-me onde ela está e me poupe do trabalho de encontrá-la.

– O senhor pode ser um homem famoso nas cortes criminais, Sr. Radford, mas não é médico. Vai ficar longe de minha sobrinha. Pelo que sei, isso é sua culpa – acrescentou ela, em voz mais baixa. – Ela esteve com o senhor na semana passada e não se sente bem desde então.

Era culpa dele que a vida de Clara estivesse em perigo. Ele sabia disso. Mas culpar a si mesmo e ouvir acusações eram perda de tempo.

Ele marchou para o pé da escada e gritou:

– Davis!

Dois criados fortes seguiram-no.

– Davis! Onde diabo você está?

A empregada apareceu no topo da escada.

– O senhor demorou – falou ela.

Ele fez menção de subir as escadas. Um lacaio o atacou.

– Tom! – gritou a criada. – Largue o cavalheiro ou eu vou lhe ensinar boas maneiras, pode acreditar.

Tom recuou.

– Davis! – A voz de lady Exton soou atrás dele.

A voz da autoridade, diante da qual os criados se acovardavam, ou pelo menos fingiam, se soubessem o que era melhor para si mesmos.

Davis, o buldogue fiel, manteve-se firme.

– Milady, eu mandei chamar esse cavalheiro por causa da saúde de Sua Graça e espero que ele faça o que precisa ser feito. Com todo o respeito, milady, seu médico não reconheceu a doença quando ela estava na cara dele e só espero que ele não tenha assinado a sentença de morte de lady Clara.

Lady Exton engasgou. A criada fez sinal para Radford.

– O que o senhor está esperando? É melhor ajudar minha patroa, ou eu vou ajudá-lo a ir para o céu bem antes da sua hora, *senhor*.

– Davis, vou escrever para lorde Warford sobre o seu comportamento – disse lady Exton.

– Sim, milady, espero que sim. Sr. Radford, por que o senhor está demorando?

Ele subiu as escadas correndo.

Houve um barulho fora do quarto, um barulho horrível que fez a cabeça de Clara latejar. Mas ela já estava latejando havia tempo. E a dor de cabeça se espalhara para seus braços, pernas e também para o estômago.

Ela sentiu uma mão fria em sua testa.

Não era a mão de Davis.

Oh, não, não o médico outra vez... Ele disse que a cortaria e ela duvidava que tivesse forças para lutar contra ele agora. Sentia-se tão fria...

Tremendo, ela abriu os olhos.

– Como se atreveu a adoecer? – ralhou ele, com uma voz baixa e áspera.

Não era o médico.

Ela tentou se concentrar, mas sua cabeça doeu. O quarto estava claro demais. Havia um brilho ofuscante em sua cabeça. Entretanto, a voz... Ela conhecia essa voz. Devia estar sonhando.

– É melhor você ficar boa – disse ele. – Se você não melhorar, Davis vai me matar e depois será enforcada. A senhorita não quer que sua fiel criada seja pendurada em uma corda, milady, e, por certo, não por conta de uma febre insignificante.

– Corvo – sussurrou ela.

Sim, estava sonhando. Ela fechou os olhos.

O Dr. Marler chegou pouco depois. Como lady Exton não tinha coragem de mantê-lo fora do quarto da doente, Radford teve que lidar com ele.

Ele tentou explicar, mas teria sido mais fácil conversar com uma pedra. O médico se opôs a ser questionado – ou "interrogado", como ele disse – por um *advogado*.

Mas Radford já havia lidado com juízes e criminosos obstinados e teimosos. Ele atormentava as testemunhas até elas começarem a berrar. Radford lembrou a ele que estavam no quarto de uma doente. O médico saiu furioso. Radford o seguiu até o corredor, ainda questionando: Quantos casos de tifo ele havia tratado? Era uma doença comum entre as classes altas? O médico estava familiarizado com as palestras clínicas de Richard Millar sobre o assunto?

– Como se atreve a insinuar que Sua Graça sofre dessa vil doença? – perguntou Marler, furioso. – Millar escreveu sobre uma epidemia em *Glasgow*. É uma doença das classes inferiores. Febre da Prisão. Dos *irlandeses.*

– É um contágio, que pode circular no ambiente ou aderir a roupas e outros artigos – alegou Radford. – Aquele que visita, para fins de caridade, por exemplo, uma sala de aula ou um alojamento lotado e malventilado, pode ser exposto. Se o senhor ainda não teve essa doença, peço-lhe, pelo bem de seus pacientes, que entregue esse caso a um colega que tenha sobrevivido a ela. Enquanto isso, como alguém que sobreviveu, eu não estou em perigo.

O médico continuou a argumentar, mas Radford percebeu que a possibilidade de contrair uma doença das classes baixas – um mal comum entre os *irlandeses*, que horror! – estava se estabelecendo na mente dele e, aos poucos, o médico começou a descer das alturas onde se colocara.

Muito bem, concordou Marler. Ele procuraria um colega, um dos cavalheiros que frequentavam um hospital. Entretanto, deixaria suas ordens com a empregada de Sua Graça. Esperava que fossem seguidas à risca.

Ele partiu em um estado de raiva capaz de destruir o equilíbrio crucial de seu organismo. Não o teria consolado saber que aqueles que se encontravam em desacordo com Radford tendiam a apresentar sintomas semelhantes.

– Quem o senhor está provocando agora? – Eram palavras de lady Clara, vindas da cama em que se encontrava deitada, frágil como uma criança. Era difícil reconhecer sua voz, tão fraca e tênue. – Estamos no tribunal? Eu matei alguém? Não deixe que ele me corte, por favor.

Ele foi até a cama. O rosto de Clara estava pálido e tenso.

– Não deixe que ele me corte, por favor – repetiu ela.

Ele engoliu em seco.

– Não seja tola. É claro que não deixarei ninguém cortá-la. E também não haverá sanguessugas, a menos que a senhorita me deixe irritado.

Essas palavras despertaram nela um leve sorriso, mas ele podia ver sua vitalidade diminuindo.

Radford se afastou da cama e olhou para Davis, cujo rosto, felizmente, estava corado de emoção, e não pálido. Se a criada adoecesse, ele não tinha certeza do que faria.

– Na outra noite, quando ela disse que não se sentia bem, fiquei preocupada com o que poderia ser – disse Davis. – Passei nela uma esponja com água fria e vinagre. Sei que alguns dizem que não se deve fazer isso, mas ela estava quente.

– Você agiu corretamente. Teremos que recorrer a esse método de novo, pode ter certeza.

– Eu tentei mantê-la segura – explicou Davis. – Por medo de vermes, eu a esfreguei quando ela voltou de sua... aventura. Senhor, ela chamou isso de *aventura*. – As lágrimas encheram os olhos da criada. – E, quando a repreendi e disse que era um milagre ela não ser uma hospedaria para insetos, ela riu. E disse algo a respeito de um poema sobre um piolho.

Robert Burns, pensou ele. Só Clara riria e pensaria naquele poema.

Ele se lembrou de sua risada ao se retirar do escritório de Westcott e chamá-lo de "Professor". Lembrou-se da forma como seu sorriso iluminara tudo, como se ela carregasse a sua própria luz solar.

– Eu li que se deve raspar a cabeça – prosseguiu a criada, contorcendo o rosto –, mas não tive coragem de fazê-lo, senhor. Minha linda menina.

– Não há necessidade. Não duvido de que tenha esfregado cada item. Mas o que quer que a tenha deixado doente entrou nela antes que você pudesse retirá-lo.

– Eu cuido dela desde que tem 9 anos. Ela sempre foi muito travessa. É melhor o senhor fazer com que ela fique boa de novo.

– E farei – respondeu ele. *Assim espero.* – Em primeiro lugar, vamos tirar tudo do quarto. Vamos começar com tudo fresco e limpo. Quero as janelas abertas. Isso significa que precisamos de um bom fogo para manter o quarto aquecido enquanto refrescamos o ar.

Quando a lareira foi acesa, Radford jogou as instruções do médico dentro dela.

Radford não sabia o que teria feito sem a ajuda da leal criada. Ele era perfeitamente capaz de intimidar os outros e controlar situações. Manipular um júri era uma habilidade na qual era especialista. Mas qualquer batalha exigia tempo e energia mental, algo que ele não podia desperdiçar no momento. A tarefa à sua frente demandaria todos os seus recursos. Ele precisava se concentrar em lady Clara. Somente com Davis como aliada isso seria possível.

O resto da criadagem tinha medo da criada de Clara. Quando ela dava uma ordem, ninguém se atrevia a dizer "Eu não estou autorizado" ou "A patroa não vai gostar", ou a pedir permissão dos criados mais antigos. Ela logo recrutou um par de domésticas fortes para abrir as janelas, esvaziar o quarto e deixar tudo muito limpo.

Todos os cuidados pessoais da patroa, no entanto, eram exclusivamente dela, e Radford era expulso quando ela passava a esponja no rosto e no pescoço de lady Clara ou tentava oferecer um pouco de alimento a ela. Davis conseguira lhe dar algumas gotas de láudano a intervalos, com muita cautela. Ela devia ter calculado bem as doses, porque Clara permanecia um pouco alerta e parecia digerir o pouco que comia.

Ciente de que sua vigília seria longa, ele deixou Davis fazer seu trabalho e desceu para fazer as pazes com lady Exton.

Radford encontrou a condessa andando de um lado para outro na sala que outrora abrigara o escritório do marido. A decoração revelava que ela havia erradicado todos os vestígios do falecido conde.

– É tifo, não é? – disse ela, quando Radford entrou. – O Dr. Marler me disse que isso não faz sentido, mas foi embora com muita pressa. Disse que mandaria um colega, já que ele não era do seu agrado e que Clara fora rude com ele por ocasião de sua primeira visita.

– Que bom senso ela tem – concluiu ele.

– Ele queria sangrá-la, mas ela contestou, dizendo que foi o médico que sangrou lorde Byron que o matou, não a febre. E ela não consentiria que ele a tocasse com seu bisturi sujo. Disse que não sabia onde ele tinha estado antes. – A boca de lady Exton tremia. – Ela é tão parecida com a avó, tão altiva e autoritária, mesmo em seu leito de enferma. Precisei de todas as minhas forças para manter a calma, apesar das preocupações.

Ela estava ansiosa e conversava do jeito que as mulheres costumavam fazer quando confrontadas com uma situação de horror. Radford previu pelo menos uma hora de tempo perdido, com a dama falando sem parar.

Pelo bem de Clara, ele travou uma furiosa luta mental para conseguir uma abordagem que demonstrasse mais tato. Afinal, ele era um advogado. Poderia argumentar uma causa de uma centena de ângulos diferentes. Lidar com essa senhora exigiria a linguagem mais gentil que ele usaria com juízes de disposição hesitante e compreensão lenta.

Quando lady Exton fez uma pausa para respirar, ele disse:

– Recusar-se a ser sangrada pode muito bem ter salvado a vida dela, e eu aplaudo Vossa Graça por tão sabiamente tê-la apoiado. Sei que este é um momento preocupante para a senhora. Minha chegada repentina, com toda a minha sujeira e incivilidade, não era algo que pudesse acalmá-la. Imploro o seu perdão. Mas devo aconselhar Vossa Graça a sentar-se. Não se desgaste tanto.

A tensão começou a diminuir e a senhora se sentou, convidando-o a fazer o mesmo. Com a coluna ereta como uma vara e as mãos cruzadas sobre o colo, só um ligeiro tremor dos dedos traía sua agitação.

– Não posso afirmar de forma categórica que lady Clara esteja com tifo – explicou ele. – Mesmo os médicos mais experientes podem ter dúvidas quanto à doença. Mas vejo todos os sinais e prefiro não arriscar a saúde dela assumindo que é uma doença mais benigna.

Ela respirou fundo.

– E devo dizer que Davis fez tudo o que eu teria feito se estivesse aqui quando Sua Graça se sentiu mal pela primeira vez. Lady Clara é uma jovem forte, mental e fisicamente. Há motivos para sermos otimistas. Mas temos três semanas ou mais pela frente...

– Três semanas!

– Três semanas até termos certeza de que ela está segura.

Ele a observou assimilar as palavras e se controlar, como algumas senhoras conseguem fazer tão bem, ou melhor, quanto os homens.

– Ou seja – resumiu ela, depois de alguns instantes –, ela pode morrer a qualquer momento em três semanas.

– Não vou permitir isso.

Ela desviou o olhar na direção da escrivaninha.

– Preciso avisar aos pais dela. Eu evitei, não querendo que lady Warford viesse até aqui em total histeria.

– Lady Clara precisa de sossego – disse Radford. – Ela precisa descansar. Precisa de atenção constante. O que ela não precisa é de toda a família em cima dela ao mesmo tempo, que é o que a senhora sabe que vai acontecer se ficarem sabendo. E ainda há o risco de contágio. Não posso garantir, enquanto a tratamos, que outra pessoa, mais fraca, não vá contrair a doença.

Ele lembrou a Sua Graça que a cunhada de lady Clara, lady Longmore, poderia muito bem estar grávida. Além disso, a irmã de lady Longmore carregava em seu ventre o filho do duque de Clevedon. Ela colocaria em perigo essas mulheres e seus filhos?

Lady Exton não era uma mulher ignorante. Diante das provas apresentadas, dos vários exemplos que ele produziu a partir de sua experiência pessoal em Yorkshire e de mostrar ele próprio e seu pai como Prova A e Prova B, o júri de uma só mulher chegou a um veredito inteligente.

– Muito bem – disse ela. – Vou escrever para eles, de outra forma vão estranhar o silêncio. Escreverei da maneira de sempre, embora contando mentiras. – Ela se levantou e ele a imitou. – Quanto ao senhor, vou mandar preparar um dos quartos de hóspedes. Em seguida, me porei a inventar mais mentiras para explicar sua presença aqui.

– Sou advogado. Por que mais eu estaria aqui, se não para tratar de assuntos legais?

Capítulo nove

*O tifo, depois de atingir um determinado estágio,
prosseguirá em seu curso (com algumas raras exceções),
apesar de todos os obstáculos que a medicina já
inventou para controlar sua evolução.*

– Richard Millar, *Exposições clínicas sobre o tifo contagioso,
epidêmico em Glasgow e arredores*, 1833

Após enviar uma mensagem para Westcott, pedindo roupas limpas e outros itens, Radford voltou para o quarto de lady Clara. Davis estava sentada junto à cama, tricotando.

A cama era moderna, em estilo grego, com mulheres de seios nus segurando as colunas. Bastante oportunas. É claro que lady Clara tinha que ter um par de cariátides ao pé da cama, guardando o templo da deusa! Outros artigos em estilo grego ficavam acima da lareira. Um carrilhão de mesa com detalhes elaborados dominava o centro. Cupido estava em seu pedestal, apontando para o tempo na parte giratória que cercava a caixa. Urnas gregas comuns ficavam em cada lado do relógio e uma fileira de figuras familiares do mito clássico posavam ao lado das urnas.

Observando o leito de Clara, ele notou que a roupa de cama se encontrava em total desalinho. Em um de seus estados mais febris, a paciente devia tê-las afastado... oferecendo uma visão de sua camisola da cintura para cima. Uma peça simples, virginal, sem rendas e com apenas alguns babados... Mesmo pálida e doente, ela suplantava em graça e beleza as deusas e ninfas à sua volta.

Radford não tentou dizer a si mesmo que não devia pensar na silhueta de Clara em um momento como aquele. Em primeiro lugar, ele era um homem com grande poder de observação. Em segundo, ele era um homem.

Embora as evidências revelassem que ela estivera inquieta, Clara parecia dormir em paz agora.

Ele se aproximou da cama e, de modo gentil, tomou o pulso dela. Ela abriu os olhos.

– Não é você – balbuciou ela.

– Claro que sou eu – disse ele. – Seu pulso é forte.

– Você está segurando a minha mão – disse ela, sorrindo.

Ele pousou a mão da moça sobre a cama e a soltou. Não era o que queria fazer. Queria segurá-la e mantê-la viva apenas com sua força de vontade. Na verdade, tinha medo de soltá-la e ela escapar dele para sempre.

Mas aquele era um pensamento ilógico e supersticioso. Ele precisava manter um distanciamento. Emoção levava a pânico, que levava a erros de julgamento.

– Diga-me como se sente – pediu ele.

– Estou sonhando – respondeu ela.

– É por causa do láudano.

Não era o remédio ideal nessa fase da doença, mas era o único meio relativamente seguro que Davis encontrara para aliviar a dor.

– Acha mesmo? – perguntou Clara. – Não me sinto tão doente agora. Estou muito repulsiva?

– Totalmente repulsiva. Eu não pude suportar. Fugi do quarto e fui procurar outra moça menos repugnante de quem cuidar.

– Você está cuidando de mim?

– Ninguém mais queria essa função. Nem mesmo o médico.

Ele ouviu a sombra de uma risada.

– Está com fome? – questionou Radford.

Ela começou a confirmar a cabeça, depois fez uma careta e parou.

– Não.

– Vou pedir mais um pouco de caldo – disse ele.

O tifo causava, entre outros sintomas, uma forte dispepsia. Ele sabia que ela não desejaria comer nem beber, mas precisava conseguir que se alimentasse, ou a doença a enfraqueceria de forma fatal.

– Vou cuidar disso – falou Davis.

Ela deixou de lado o tricô, levantou-se e saiu do quarto.

Após um momento de hesitação, ele tomou a cadeira da empregada.

– Você deve tentar ingerir algum alimento – disse à sua paciente. – Deve fazer exatamente o que eu digo e ficar bem, pois eu prometi que se restabeleceria. E, se isso não acontecer, serei desonrado e então...

– Já sei. Sua carreira estará *arruinada*. O senhor é mesmo encantador.

– É o que todos dizem.

– Não dizem, não. Jamais. Aposto qualquer coisa que ninguém jamais lhe disse uma coisa dessas.

– Talvez não tenham dito encantador. Talvez... Ah, sim, agora me lembro, a frase era "tolerável em pequenas doses".

– E, no entanto, senti sua falta – declarou ela. – Imagine só.

Ela tornava difícil manter o distanciamento. Agora, pelo menos, era impossível.

– Também senti sua falta – admitiu ele, com certa aspereza.

– Claro que sim. Porque sou tão adorável.

– Você não é adorável – disse ele. – Você é muito irritante. E cheia de vontades. Mas estou acostumado a criminosos duros e juízes patéticos e estar com você me lembra do tribunal.

Um sorriso, agora mais parecido com o normal.

Ele sentiu seu corpo relaxar um pouco, como se houvessem retirado de seu organismo uma parte do grande peso que carregava. Radford sabia que aquele peso permaneceria com ele até que ela estivesse bem, até que retomasse sua própria maneira obstinada de ser, desafiando-o e deixando-o louco.

– Só você diria isso – disse ela. – Eu li sobre os corvos. São muito inteligentes. Mesmo quando não os vemos, eles nos veem. A melhor maneira de observar um corvo é ficar deitado de costas, em silêncio.

– Bem, é melhor você não falar muito.

– Ele nunca parte para o enfrentamento, sempre age por meio de táticas, e é quase impossível de se prender. – Suas pálpebras caíram. – Estou cansada, Corvo.

– Está falando demais. Assim não terá forças para tomar seu caldo.

Clara fechou os olhos.

– Sim. Tão inteligente de minha parte.

Radford ficou ao lado dela, velando seu sono, até Davis retornar.

Então, ele se afastou para um canto distante da sala e olhou para o jardim, enquanto ouvia a criada convencer a patroa a comer:

– Uma colherzinha, milady. Vamos. Mais uma. Isso mesmo. Um pouco mais. Vamos lá. Prometo que vai se sentir melhor.

De repente, um oceano de cansaço tomou conta dele. A preocupação, as refeições perdidas, a falta de sono, tudo irrompeu ao mesmo tempo, fazendo-o afundar sob tamanho peso. Ele caiu na cadeira mais próxima e, num minuto, adormeceu.

Davis o acordou.
Ele não sabia por quanto tempo dormira. Por horas, provavelmente. As janelas estavam escuras. Apenas uma vela queimava ao lado da paciente.
– Ela ficou melhor por algum tempo, senhor – disse Davis, com suavidade. – Mas, então, teve uma forte dor de estômago. Tenho medo de lhe dar mais láudano. Ele acalma a dor e a ajuda a dormir, mas sei que perturba as entranhas.
Radford foi até a cama e colocou a mão sobre a testa de Clara. Estava quente. Clara levantou a mão, colocou-a sobre a dele e a pressionou. Sua mão estava quente também. A febre aumentava.
Ela disse algo que ele não entendeu.
– Sua cabeça? – Ele se inclinou e pôs o ouvido perto da boca de Clara.
A voz dela era fraca e apática.
– Corte-a, por favor – pediu ela.
– Você sente dor nas costas? – questionou ele.
– Corte também.
– Nas pernas?
– Também.
Ele tinha apenas uma confusa lembrança de seu próprio sofrimento durante sua luta contra o tifo. Os sofrimentos de seu pai, entretanto, estavam vivos em sua memória.
Embora George Radford não se queixasse, ele não conseguia esconder a evidência de suas dores. Radford conservou uma memória poderosa do rosto envelhecido, tenso e branco, a boca retesada e as linhas profundas irradiando dos olhos. Radford lembrou-se também do que sentiu enquanto observava: seu interior completamente gelado e vazio, com medo de perder o pai.
– Ela precisa dormir – disse ele a Davis. – Você também. Esteve ao lado dela, tenho certeza, desde o momento em que ficou doente, sem descansar um minuto sequer.

– Não posso descansar enquanto milady está tão doente.

– Diga-me, como você vai poder ajudá-la se estiver cansada demais para pensar ou até mesmo enxergar corretamente? Eu já descansei um pouco. Posso fazer o que precisa ser feito. Já fiz isso antes e não fico nauseado à toa. Westcott mandou minhas coisas?

Para sua surpresa, elas estavam ali perto. Ele achou que ficaria exilado em um dos quartos que mais pareciam celas nos andares superiores, onde eram alojados, em geral, os solteiros da classe menos nobre. Em vez de disso, lady Exton lhe dera o aposento quase ao lado. Sem dúvida, esse privilégio se devia ao fato de George Radford ter ganhado aquele seu problemático caso de roubo. Ele o chamava de "um belo quebra-cabeça", o que significava que um advogado mediano o teria considerado impossível de vencer.

Radford não acreditou, nem por um segundo, que suas desculpas tivessem conquistado o coração de milady. Como dizia Westcott, seus pedidos de desculpas raramente chegavam perto de cumprir essa definição. Além disso, Radford nunca se preocupara em aprender a arte de cair nas boas graças de alguém.

Não, seus aposentos convenientes não tinham nada a ver com sua compreensão limitada de um discurso educado. Seu pai devia ser a razão pela qual Sua Graça não mandara um grupo de lacaios jogá-lo fora da casa pessoalmente.

Mas ele não podia pensar no pai agora. Sua mãe cuidava dele com competência e amor. Sem mencionar que ele estava um pouco mais animado na última vez em que o visitara. Ou, pelo menos, fora essa a sua impressão. Ele entrara e saíra de casa depressa demais, dando apenas uma breve explicação sobre sua ida a Kensington, e podia ter apenas imaginado que o pai estava mais bem-disposto.

Mas não tinha problema. Pensaria em sua família mais tarde.

A tarefa crucial naquele momento era impedir que lady Clara sucumbisse à doença.

– Peça que alguém me traga a caixa de medicamentos – disse ele à criada. – E vá dormir agora, enquanto pode. Vou precisar de você mais tarde.

Ela parou por um momento ao lado do leito de Clara, acariciou sua testa e saiu do quarto.

Antes que a porta se fechasse atrás de Davis, ele a ouviu murmurar algo.

Em poucos minutos, o jovem lacaio William apareceu com a caixa de medicamentos.

– Estou a postos, aqui no corredor, senhor – disse ele. – Qualquer coisa que precise para Sua Graça, ficarei satisfeito e grato por ajudar. Ficarei até o amanhecer. Depois, virá Tom. A Srta. Davis disse que alguém deve estar sempre por perto.

Agradecendo a ele, Radford pegou a caixa de medicamentos que seu pai lhe ensinara a carregar sempre que viajava. Montou e colocou no fogo o seu conjunto portátil de fazer chá e preparou uma dose de chá de casca de salgueiro. Usou o relógio de bolso para marcar a hora exata.

Quando se dirigiu para a cama de Clara, ela estava de olhos fechados, mas sua respiração e os movimentos inquietos de suas mãos sobre a roupa de cama lhe diziam que ela não estava dormindo.

– Tenho algo delicioso para você – informou ele.

As pálpebras de Clara se abriram até a metade.

– Nada é delicioso – disse ela.

– Entendo. Você chegou à fase rabugenta do tratamento.

– Acho que você deveria ir embora – afirmou ela.

– Normalmente, minhas orelhas formigam quando ouço suas opiniões. São tão engraçadas. Mas essa foi tediosa. Eu a rejeito como imaterial. Preparei um chá de casca de salgueiro com minhas próprias mãos refinadas, e você vai beber. Não há a menor chance de eu ir embora até que você esteja bem. Como não está bem, não tem forças para me mandar embora.

Ela virou a cabeça.

– Clara.

Ela se virou para olhar para ele, nos olhos azuis um brilho da menina combativa que ele conhecia.

– *Lady* Clara para o senhor. Ou milady. Ou Vossa Graça, *Sr.* Radford.

Ele segurou uma gargalhada. Lembrou-se do primeiro dia em que a vira depois que virou adulta. O chapéu maluco. O vestido que se assemelhava a uma delirante ideia que um chef francês faria de um bolo. O ar altivo com que ela ordenou que chamasse um policial.

Ele queria aquela Clara de volta.

– Se quer respeito, deve tomar seu remédio como uma valente aristocrata – declarou ele. – Pense nos nobres franceses que caminharam até a guilhotina, os queixos duplos para o alto.

A boca de Clara tremeu.

– Na verdade, eu tinha em mente o queixo do meu primo, que não tem nada de francês – explicou ele. – Você já viu aquela velha caricatura do Príncipe de Gales, feita por Gillray? Seu título é "Um voluptuoso sob os horrores da digestão". Foi feita no tempo de sua avó. Meu pai tem uma cópia emoldurada na parede do escritório. O príncipe está recostado na cadeira, cutucando os dentes com um garfo. Sua barriga é tão grande que as calças não conseguem cobri-la, e metade dos botões está aberta. Seu colete também está aberto, esticado, com apenas um botão fechado. Atrás dele, há um penico quase transbordando. E também uma mesa cheia de doces. Garrafas vazias aos seus pés. Foi nisso que meu primo me fez pensar na última vez em que o vi.

– Primo? Você quer dizer Bernard Bestial?

Ela parecia mais alerta.

– Não lhe contarei nenhuma história ridícula, a menos que você tome seu remédio – disse Radford.

Ela levantou o queixo e, embora sua cabeça, coberta por uma touca enrugada, estivesse apoiada no travesseiro, o trejeito de aristocrata arrogante não estava completamente perdido.

– Muito bem. Você está me perturbando e não vai embora. É melhor mesmo me envenenar. Pelo menos será algo diferente.

Ele colocou o chá sobre a mesa de cabeceira. Então, hesitou.

Sabia o que fazer e como fazê-lo. Tivera que ajudar o pai a encontrar uma posição em que ficasse mais sentado, a fim de alimentá-lo. Ele sabia que poderia fazê-lo causando a menor dor possível. Mas ela não era o seu pai.

Era uma jovem vulnerável, vestida com nada mais do que uma camisola. E ele, logo ele, sentiu-se intimidado.

Na verdade, sentiu-se de repente um tanto insano.

Ela estava doente. Ele afastara todo mundo, exceto a criada, e se responsabilizara por seus cuidados. Tornara-se seu enfermeiro e seu médico porque temia que a matassem com suas boas intenções e pouco conhecimento. Antes que a doença seguisse seu curso, era provável que ele empreendesse muitas ações mais íntimas.

Radford agia como se nunca tivesse visto uma mulher despida. Como se nunca tivesse tocado aquela mulher antes. Ele já a tivera nos braços. No colo...

Ele deveria ter-lhe escrito, como ela havia pedido, daquela maneira provocativa e despretensiosa que causara tantas perturbações em sua mente.

Tarde demais para cartas, amáveis ou não.

Ele deslizou o braço sob os ombros de Clara para levantá-la e, com todo o cuidado, colocou um dos travesseiros atrás dela. Embora ela não tenha gemido, ele notou a dor estampada em sua face. Queria tomá-la em seus braços e prometer que tudo estaria bem. Que ele a faria ficar bem outra vez.

– Você aguenta se eu a levantar um pouco mais? Não quero que você engasgue. Uma acusação de assassinato perturbaria gravemente o meu plano de me tornar Lorde Chanceler.

Isso rendeu a ela um sorriso fraco.

– Mais um travesseiro – pediu ela. Clara respirou fundo e soltou o ar, o peito subindo e descendo. – Eu me sinto... melhor... com a cabeça erguida.

Radford pegou mais um travesseiro e a levantou.

Esperou que ela se acomodasse, pegou a xícara de chá e a colher.

– Seu primo – disse ela. – Conte-me sobre seu primo.

Ele começou a relatar a saga de Bernard Bestial.

Clara estava apavorada.

Ninguém dissera o que tinha de errado com ela. Isso era preocupante. Ela ouvira Radford e o médico discutindo, mas seu cérebro estava confuso demais para acompanhar a conversa. Só se lembrava da voz alterada do Dr. Marler e do tom de Radford, impassível, deixando o médico enfurecido.

Ela imaginou que devia estar gravemente doente, uma vez que ninguém vinha visitá-la e até mesmo a tia-avó Dora deixara de cuidar dela. E – o mais assustador – que a doença fizera o Sr. Radford sair de Herefordshire para ficar ao seu lado.

Não que Clara preferisse os outros. Ela não queria ver a expressão preocupada da tia-avó. E certamente não queria ouvir a mãe agir como sempre fazia cada vez que algo não estava do jeito que ela acreditava que deveria estar. De qualquer forma, a mãe jamais cuidara dela. Não tinha a menor ideia de como fazê-lo.

Até a chegada de Davis, só as babás cuidavam de Clara.

Mas ela não ficava doente havia anos.

E agora, adoecera da maneira mais espetacular, com uma praga desagradável de algum tipo. Seria cólera? Não; se fosse, ela já estaria morta, certo? Há quanto tempo estava doente?

Fazia alguma diferença?

Ele viera e estava ali, falando sobre Bernard Bestial e fazendo-a rir. Por dentro, pelo menos. Rir abertamente era muito trabalhoso. Provocava fraqueza, e isso a assustava. Por enquanto, precisava se esforçar muito para beber o chá que prometia aliviar a dor e a febre.

No entanto, enquanto ele falava, o medo recuava. Ela gostava de ouvi-lo contar sobre sua juventude, escutando sua voz baixa e sua atraente rouquidão. O som provocava sentimentos cujos nomes ela ignorava. A voz dele a fazia estremecer e ela sabia que não era devido ao frio.

Enquanto ele falava, oferecia a ela uma colher do chá. Ela queria tomá-lo sozinha, sem ajuda, mas não tinha forças. Sentia-se fraca como um bebê. Fazia um enorme esforço para manter a cabeça erguida, odiando sentir-se impotente, ainda mais diante dele. No entanto, estava contente por ser ele a cuidar dela. O seu Corvo. Rude e cáustico. E engraçado. Ao contrário dela, ele dizia o que tinha vontade. Estivesse onde, e com quem, estivesse.

Ela, ao contrário, costumava inspecionar com antecedência os próprios gestos, atos e palavras, para se prevenir de possíveis violações das regras de vida de uma dama. Exceto quando estava com ele.

Ele era o Corvo, em nada parecido com os outros homens que conhecia. Nem mesmo Clevedon exigira tanto de seu intelecto e de sua sagacidade.

Nenhum outro homem provocara nela o que Radford provocara.

Bastava ele fitá-la. Ou tocá-la. Ou falar com ela.

A história de Bernard teve início no primeiro dia de Radford em Eton, quando a ridicularização começou. Pouco tempo depois, seus colegas de classe o apelidaram de Corvo, um apelido do qual ele gostou, mas nunca deixou que percebessem. Embora estivesse doente e confusa, Clara não teve problemas para compreender como a personalidade pouco encantadora de Radford e seus discursos de quem sabe tudo deviam piorar as coisas para ele na escola.

– Você gostava de sofrer? – perguntou ela.

– Teria sido melhor eu ficar bajulando meu primo? Dessa forma, quando ele ou qualquer outra pessoa abusasse de mim, eu saberia, sem dúvida, que fizera por merecer. Além disso, a experiência foi inestimável para que eu me preparasse para atuar no tribunal.

A história não era apenas sobre as zombarias sofridas. Ele tinha histórias engraçadas para contar sobre Bernard, que não era um gigante intelectual, e sobre os professores e outros meninos.

Sem perceber, ela terminou de beber o chá. Sentia-se melhor do que antes; já não estava tão quente nem tão dolorida. Quando Clara esvaziou a xícara e ele retirou o travesseiro extra, ela pediu:

– Não pare de falar. Nunca pare de falar.

A voz de Radford foi o último som que ela ouviu antes de adormecer.

Dias e noites se passaram, enquanto Radford e Davis se esforçavam para manter, tanto quanto possível, lady Clara bem alimentada e livre de dor e de febre. Chá de casca de salgueiro alternado com chá de sena e gengibre eram seus principais medicamentos. E caldos, mingaus e uma bebida feita com leite quente coalhado – qualquer coisa que pudesse dar a ela alguma vontade de comer – eram seu alimento. Mantê-la forte era crucial, pois cada estágio da doença se encarregaria de sugar suas forças.

Os criados trabalharam para ajudá-la em sua luta. As moças surgiam com bandejas belamente decoradas, com refeições tentadoras. O cozinheiro usou de sua arte para preparar alimentos que pudessem ser facilmente engolidos e, ao mesmo tempo, fossem atraentes. De forma discreta, lady Exton pegava frutas e legumes que estavam fora da estação nas estufas de seus amigos. Qualquer coisa valia para abrir o apetite da paciente.

Todos os dias, as criadas ajudavam Davis a mudar a roupa de cama e arejar o quarto. Entretanto, banhar e vestir a paciente era privilégio exclusivo de Davis.

Enquanto a doença seguia seu curso, o advogado e a criada estabeleceram uma rotina. Davis vigiava durante o dia, ele assumia o comando durante a noite.

Para se manter ocupado e alerta enquanto Clara dormia, ele trabalhava. Radford moveu a escrivaninha, posicionando-a de forma a permitir que pudesse vê-la e ouvi-la, mantendo a vela solitária fora da linha de visão de Clara. Seus olhos estavam extremamente sensíveis à luz.

Na quinta-feira, sua sétima noite na Residência Exton, ele se sentou à mesa para fazer anotações sobre o caso de difamação. O quarto estava em silêncio, exceto pelo ruído da pena raspando o papel, o tique-taque do relógio sobre a lareira e o som fraco do vento que balançava as folhas de outono.

– A temporada, a temporada – disse ela, com a voz quase inaudível. – Terminou. Como você pôde, Clara? Até ela. Sim, mamãe, melhor ela do que eu.

Radford largou a pena e foi sentar-se ao lado de Clara. Ela movia a cabeça de um lado para outro enquanto suas mãos empurravam algo invisível.

– Clara – chamou ele.

Ela o olhou.

– Eu preciso. Não deixe Harry matá-lo. Você não entende?

– Acorde, Clara.

– Vou viver como uma excêntrica na Arábia e morar em uma tenda.

Gentilmente, ele pegou as mãos dela e as colocou sobre a roupa de cama.

– Clara, você está sonhando.

– Aquele menino. Vou mostrar a ele. Um golpe bem no... não sei. Não, não, não, Portsmouth é daquele lado.

Ela murmurou algo ininteligível. Ela não estava sonhando. Estava delirando.

Foi uma longa noite. A febre parecia perigosamente alta. Passar a esponja em seu rosto, pescoço e mãos era difícil, pois ela não ficava quieta. Fazê-la engolir qualquer coisa, como uma bebida refrescante, era ainda mais complicado. Algumas vezes, ela se acalmava por um tempo. Então, no meio de uma conversa normal, começava a falar coisas sem sentido. A certa altura, Clara pensou que a cama fosse sua carruagem e tentou dirigi-la. Ao amanhecer, ela se acalmou e adormeceu.

Quando Davis entrou, ele deu uma versão curta e otimista dos eventos da noite. Embora suspeitasse que Clara dormiria durante todo o dia, como faziam alguns pacientes, trocando a manhã pela noite, ele queria que Davis se preparasse para o caso de o delírio recomeçar.

Radford foi para seu quarto e disse a si mesmo que o delírio não a mataria. Não era o melhor dos sinais, em especial quando a febre parecia tão alta, mas não era necessariamente fatal. Mesmo cansado, Radford demorou muito mais do que o habitual para pegar no sono.

Quando chegou sua vez de render Davis, ela relatou que a patroa dormira a maior parte do dia, acordando algumas vezes e tomando um pouco de caldo antes de adormecer novamente.

No entanto, após uma noite de relativa calma, Clara acordou agitada. Ela se sentou e começou a falar com uma voz baixa e furiosa:

– Seu desgraçado. É mentira... Por que sempre eu? Você não... Por quê? Não é justo. Não, não, nada é justo.

– Clara, sou eu.

Ela o olhou.

– Oh, é o que você diz. O que todo mundo faz. Como você pôde? Como você pôde, Clara?

– Você é Clara – explicou ele, com paciência. – Eu sou o Corvo.

Ela o encarou, e ele não tinha ideia de quem ou o que ela viu.

– Deite-se – disse ele. – Você precisa descansar.

– Eu quero ir ao Circo Astley e ficar de pé nas costas do cavalo com as bandeiras. Quero dar voltas e voltas cada vez mais depressa, até minha cabeça sair voando.

– Amanhã. Se o tempo estiver bom. Mas primeiro você precisa descansar. – Ele tentou guiá-la de volta para os travesseiros, mas ela o empurrou. – Muito bem, já que você está de pé, por que não toma uma bebida gostosa e gelada?

Ele se afastou para pegar um copo de limonada na jarra pousada perto da janela para se manter fria.

– Corvo?

Radford se virou para ela, que estava deitada sobre os travesseiros, olhando para o dossel.

Ele trouxe a limonada até a cama.

Seu olhar encontrou o de Radford.

– É você – falou ela.

– Espero que sim.

– Corvo – disse ela, sorrindo.

Ele soltou a respiração que não percebera que havia prendido.

E as coisas continuaram assim. Ela dormia de dia e ficava acordada à noite. Por algum tempo, então, sua mente começava a vagar. Durante a maior parte do tempo em que delirava, Clara dizia coisas sem sentido, embora permanecesse calma. Noite após noite, ela continuou assim. Mas no domingo, depois de um tempo balbuciando bobagens sem se exaltar muito, ela ficou inquieta.

Às vezes, quando ele conversava, Clara parecia relaxar, mas nessa noite ela foi ficando cada vez mais agitada, virando-se de um lado para outro. Até que, de repente, ela se sentou e, gesticulando muito, reclamou com alguém que não estava lá. Pouco daquilo fazia sentido.

– Não era isso que eu queria! Você mudou. O que há de errado com eles? Como eu poderia estar com ciúmes? Você não percebe? Que piada! Mas você não deve... eu gosto dele. Sim, conhaque. Só deixe eu me livrar disso e vou saber... Se você não parar, mamãe, eu vou... eu vou... Oh, não sei o que fazer!

– Clara.

Ela não pareceu ouvi-lo. Começou a brigar com alguém, ameaçando fugir, alegando que ninguém a encontraria. Então começou a rir sem parar.

– Mas não sem minha criada! De jeito nenhum! Eu não sei como amarrar minhas botas ou colocar minhas meias. Não! Fique longe de mim!

Clara se mexia violentamente. Se continuasse assim, esgotaria suas forças e prejudicaria tudo o que já haviam conseguido nas últimas semanas.

– Clara, pare com isso – pediu ele, tentando segurar a mão dela, gesto que às vezes a acalmava.

– Não!

Ela lutou para se livrar das mãos dele. Radford a segurou o mais suavemente que pôde. Ela estava fora de si e, se não fosse contida, poderia se machucar. Ele deveria amarrá-la, mas não tinha coragem.

– Clara, por favor. Tente ficar calma. Sou eu, o seu Corvo. Venha, minha menina.

– Tenho que ir embora. Estou indo para o barco. Depressa, antes que Harry chegue aqui. Corra, Davis. O que há de errado com você?

Ela se balançava de um lado para outro. Quando ele tentava mantê-la imóvel, tocando um ombro ou um braço, ela se afastava.

Radford subiu na cama.

– Para baixo – disse, gentilmente. – Deite-se e relaxe. Você está segura. Não vou deixar ninguém perturbá-la.

– O menino! – exclamou ela. – Eles o abandonaram para morrer!

– Ele está bem, milady. Toby está a salvo, e você também.

– Não é culpa dele. Ele é apenas um pouco parvo. Como Harry. Mas Harry não é tão bobo quanto finge ser. Não sei quão astuto ele é... Não está vendo? Eles não são como você! Por que fiz tudo errado? Ah, não, deixe-me encontrá-lo!

Ela o empurrava, tentando sair da cama. Não percebia como estava fraca e Radford tinha medo de machucá-la ao tentar controlá-la. Mas ela não se calava, não se deitava.

Radford lhe contou, de maneira tranquilizadora, que Toby estava sendo muito bem cuidado. Disse que ele não estava preso e que tinha enfermeiras e médicos apropriados. Ele tentou fazer piadas. Ela parava e parecia escutar, então tentava sair da cama. Ele a segurou quando Clara tentou escapar pelo outro lado.

Agarrou-a pela cintura, mas ela não parava de lutar. Radford a envolveu e a abraçou. Quando ela começou a se afastar, ele se deitou sobre ela.

Clara ofegou e caiu de volta nos travesseiros, arregalando os olhos.

Ele estava profundamente consciente do corpo dela, macio e quente debaixo do dele.

Um pouco mais rouco do que gostaria, ele disse:

– Fique quieta, por favor. Se alguém entrar e vir isso, estamos fritos. Ficarei arruinado e jamais serei Lorde Chanceler, nem mesmo um juiz atrevido, a ambição de minha vida.

– Corvo? – perguntou ela.

– Sim, maldição. Você retornou ao mundo das pessoas sãs?

– Nós somos amantes? – questionou ela.

Uma pausa.

– Você não está delirando a esse ponto – respondeu ele, erguendo-se e apoiando-se nos cotovelos.

– Oh! – exclamou Clara. – Eu me esqueci. Estou doente.

– Sim. Sua febre subiu e preciso preparar mais chá de casca de salgueiro, mas não posso deixá-la sozinha por nem um minuto.

Ela piscou e ele pensou ter vislumbrado lágrimas. Ela engoliu e disse:

– Vou tentar ficar quieta.

Ele pensou rapidamente.

– Você se lembra de como dizer a palavra?

– Qual palavra?

– O quarto com os espelhos, cobras e árvores.

Ela franziu a testa. Depois de um momento, respondeu:

– Hepta...

Ela parou e mordeu o lábio, mostrando o dente lascado.

O coração dele quase parou.

Ele saiu de cima dela e da cama, ciente de que estava tremendo e esperando que ela não percebesse.

– Não importa. Você é apenas uma garota. Não posso esperar que se lembre.

Os olhos azuis brilharam.

– Eu me lembro! – exclamou ela.

– Não, você não se lembra. São sílabas demais para seu minúsculo cérebro feminino. E depois de todo o trabalho que eu tive para lhe ensinar! Cães podem ser ensinados a saltar e buscar coisas, eu disse a mim mesmo. Macacos podem ser ensinados a dançar enquanto o realejo toca. Por que uma menina não pode ser ensinada a dizer uma palavra?

Os olhos dela se estreitaram.

– Professor.

– Essa não é a palavra.

– Heptaplop... Criatura insuportável!

– Fique aí tentando fazer funcionar o seu cérebro enquanto vou preparar o chá.

Ela tentou dizer a palavra de uma dúzia de maneiras diferentes. Murmurava para si mesma, mas não parecia fora de si nem agitada.

O chá estava quase pronto quando ela disse, com uma risada:

– Heptaplasiesoptron!

– Está correto.

– Heptaplasiesoptron. Heptaplasiesoptron. Heptaplasiesoptron. É assim, Professor!

– Para você é *Professor Corvo* – disse ele, no mesmo tom arrogante que ela usara antes. – Ou *Senhor. Gênio* também serve.

– Que tal "o homem mais provocador do mundo"?

– E você não é nada provocadora, certo?

– Sou, sim. Mas você gosta, Sr. Gênio. Do alto de sua intelectualidade, o Grande Deus Corvo olha para mim com diversão. Não finja que não. Vejo sua boca se contrair. Vejo o brilho nos seus olhos de Corvo. Por que não pode rir como uma pessoa normal?

– Não sou uma pessoa normal – retrucou ele. – Sou muito superior às pessoas normais.

Radford encheu a xícara e a levou até a cama.

Ele a sustentou com travesseiros e, desta vez, o movimento pareceu não a angustiar tanto. Ela tomou o chá sem problemas e, quando se deitou novamente, estava em silêncio e acabou pegando no sono. A febre parecia ter diminuído. O delírio havia passado, pelo menos por ora.

Na noite seguinte, ela estava bastante tranquila, ainda que, de vez em quando, sua mente parecesse vagar e ela murmurasse frases ininteligíveis.

Então, perto da meia-noite, ela ficou inquieta e exigiu sua carruagem. Tentou sair da cama. Desta vez, quando ele a pegou pelos ombros e a guiou de volta aos lençóis, ela cedeu sem problemas. Ele alisava as roupas de cama quando ela tentou afastá-lo.

– Ora, minha menina, você já esteve melhor. Precisa descansar. Não pode ficar pulando.

Ela se sentou.

– Eu sei conduzir. Você não pode me fazer ficar. Vamos para Portsmouth, Egito e Arábia.

Desta vez, ela estava determinada a sair da cama. Ele lutou com ela. Quando tentou cobri-la com seu corpo para forçá-la a permanecer deitada, ela o chutou. Temendo que ela ficasse exaurida, ele se afastou. Tentou conversar, mas ela não o ouviu. Com muito cuidado, ele a forçou a deitar-se. Ela obedeceu e ficou quieta por um momento, respirando com dificuldade. Então, rolou para a borda da cama e quase caiu, mas ele a segurou. Desta vez, ela lutou de forma descontrolada.

– Deixe-me ir! – gritou. – Deixe-me ir!

– Clara, por favor. Isso não é bom para você. Por favor, Clara, volte.

Ele estava tentando controlá-la, sem machucá-la, quando ela levantou o punho e o acertou no olho.

Capítulo dez

*Apesar de você nem sempre ver o corvo, o corvo sempre
vê você; e ele vai segui-lo sem que você perceba, no deserto
sem fim, por muitas milhas, embora, quando você conseguir
vê-lo, ele pareça sempre estar indo embora.*

– Charles F. Partington,
A enciclopédia britânica, 1836

Lady Clara tinha um soco forte para uma garota.

Ela parecia ter colocado toda a sua força naquele ataque, pois logo afundou de volta nos travesseiros e adormeceu. Esgotada, sem dúvida. No entanto, seu rosto não estava tão quente quanto antes.

Como ela parecia segura naquele momento, Radford saiu para o corredor e fez um sinal para William.

– Sua Graça usou de toda a sua força para me causar um olho roxo. Você vai ter que acordar alguém lá embaixo e me trazer um pedaço de carne gelada para impedir que fique muito inchado – pediu Radford. – Preciso dos meus dois olhos funcionando.

Um espasmo facial, tão diminuto que somente Radford poderia ter captado, traiu a diversão do servo.

– Nunca subestime o poder do punho de uma mulher – afirmou Radford. – Além disso, elas não jogam limpo. Atacam sem aviso.

– Sim, senhor – disse, tendo outro espasmo.

– Acho que o pior já passou – disse Radford.

O lacaio relaxou seu rígido controle e sorriu.

– Muito boa notícia, senhor. Vou providenciar a carne agora mesmo.

Radford retomou sua vigília. Seu olho estava começando a doer, mas ele também sorriu.

Quando Clara acordou, Davis estava com ela. Clara não tinha noção do tempo. Era dia? Isso importava? Embora estivesse cansada, sentiu um pouco de fome pela primeira vez em muito tempo. Também pela primeira vez, terminou sua xícara de caldo sem que Davis precisasse obrigá-la a fazê-lo. E conseguiu segurar a xícara sozinha, sem que a criada a auxiliasse. Mas o processo a deixou exausta e ela dormiu novamente, durante a maior parte do dia.

Ao acordar, em algum momento no meio da noite, Radford estava em seu posto. Antes de vê-lo, Clara ouviu o som da pena riscando o papel. Ergueu a cabeça e o encontrou curvado sobre seu trabalho, a pena se movendo com firmeza.

Ela se apoiou com cautela sobre os cotovelos para estudá-lo. Com exceção do dia em que resgataram Toby, Radford sempre se apresentava bem-vestido e arrumado. Ela não conseguia se lembrar se ele se mantivera assim nos últimos dias. Não conseguia distinguir um dia do outro e não sabia o que acontecera nem o que sonhara.

No entanto, ela não estava sonhando agora. Podia ver com clareza que ele não estava completamente vestido. O paletó se encontrava no encosto da cadeira e ele trabalhava de colete e camisa, suas longas pernas vestidas de preto esticadas sob a mesa.

No momento, apenas um lampião sobre a mesa e a luz do fogo iluminavam a sala. Mesmo assim, ela podia ver o modo como luz e sombra delineavam os contornos dos seus ombros e braços, sob as finas mangas de linho. Ele afrouxara a gravata, revelando o pescoço, que em geral não ficava à vista. Uma barba rala cobria sua mandíbula. Os cachos negros indisciplinados saltavam de sua cabeça, revelando que ele havia passado os dedos pelos cabelos inúmeras vezes.

Algo em sua expressão concentrada fez seu coração se apertar.

Ela deve ter feito algum som sem perceber, pois ele tirou os olhos do trabalho e a encarou.

– Eu esperava que tivesse uma noite tranquila – disse ele. – Mas não tive essa sorte.

Talvez ela fosse uma boba, mas se animava quando ele dizia coisas assim. Pareciam um pouco com os insultos jocosos de seus irmãos – aqueles sinais masculinos de afeição –, embora, na boca do Corvo, as palavras não lhe parecessem fraternais.

Ela engoliu um suspiro. Desejou não estar doente e frágil. Desejou ter uma ideia de como seduzir um homem. Mas, se não estivesse doente e indefesa, ele não estaria ali. De qualquer maneira, ela sabia muito bem que estava longe de parecer sedutora, mesmo estando com tão poucas roupas.

Ele limpou a pena e a deitou sobre a mesa. Fechou o tinteiro e colocou o papel de lado. Levantou-se e aproximou-se da cama. Apesar da luz turva, Clara percebeu algo errado em seu olho esquerdo. O que era aquele hematoma?

– Você deu de cara em uma porta?

– Não, milady.

Ele se inclinou na direção dela. Seu olho estava roxo, sem dúvida. Não era um truque de luz. Ele colocou o braço sob os ombros dela, ergueu sua cabeça e, com suavidade, deslizou dois travesseiros atrás dela.

– Posso não ser tão observadora quanto você, mas posso ver que seu olho está ferido – disse ela.

– Sim. Ele colidiu com o seu punho.

Clara olhou fixamente para o olho machucado, enquanto sua mente trabalhava para entender a situação.

– Eu bati em você? Você deve ter merecido.

– Não, eu estava cuidando da minha própria vida, ou melhor, da vida de Vossa Graça. Tentava evitar que se atirasse pela janela, determinada que estava em chegar à Arábia ou a Portsmouth.

Ela olhou ao redor do quarto, tentando se lembrar. O quarto não refrescou sua memória.

– Você estava delirando – explicou ele.

– Oh! – Ela preferiu não imaginar o que mais poderia ter feito ou dito. Ele ocupava excessivamente seus pensamentos e havia boas chances de que ela tivesse sido indiscreta. – Eu sonhei com um cheiro de bife cru. Então, não foi um sonho.

Após um silêncio desconfortável, ele perguntou:

– Onde você aprendeu a dar murros?

– Harry. Quem mais? Isso o divertia. Mas aconteceu há séculos, quando eu era pequena. Não acredito que fiz isso. Estou doente. Não consigo nem me sentar sem ajuda.

– Não conquistei isso numa luta de boxe, pode acreditar. Você se reclinou na cama e pensei que havia se acalmado, então me fez isso, sua criatura enganadora. Não tente se eximir da culpa. Tenho testemunhas de que não deixei esta casa desde o dia em que cheguei. Além disso, o lacaio que guarda a porta testemunhará que meu olho estava em perfeita ordem quando cheguei ao seu quarto na noite passada... até precisar me dirigir a ele para pedir um bife cru. Nenhum júri sobre a face da Terra deixaria de considerá-la culpada... Bem, a não ser que você o arrebatasse com seus grandes olhos azuis.

Clara ergueu o queixo.

– Se bati em você, tenho certeza de que mereceu.

– Eu estava tentando impedir que você se machucasse, sua ingrata.

– Pare de choramingar – disse ela. – Aproxime-se. Vou beijar seu olho para ele sarar.

Os olhos dele se arregalaram, mas por um momento tão breve que ela nunca teria notado se não estivesse olhando para ele com tanta atenção.

Ele não era o único surpreso. Será que ela ainda estava delirando? Seu rosto estava quente e, por um minuto, ela acreditou que a febre fosse a culpada.

De repente, ele recuperou sua frieza habitual e deu um passo para trás, afastando-se da cama.

– Pensei que seus delírios tivessem terminado.

– Deve ser o láudano – comentou ela.

– Você não tomou nenhum enquanto estive aqui.

– Então, devo estar bem consciente. Aproxime-se.

– Sem beijo – disse ele.

Certo. Por que ele gostaria de ser beijado por uma mulher doente, cujo hálito seria capaz de deter um rinoceronte?

– Muito bem – declarou ela, com um suspiro teatral. – Eu só queria admirar minha obra.

Depois de um tempo estudando a coluna da cama, ele falou:

– Não é que eu me oponha a ser beijado. Nem mesmo por você. Sou um homem, como já mencionei.

– Pude notar isso a seu respeito – observou ela.

O pescoço forte, os ombros poderosos, o tórax largo... a maneira como o torso se afinava na cintura. Como ele não usava nenhum casaco, Clara tinha uma visão mais nítida... de seus quadris estreitos... das pernas muito longas...

Ela devia estar melhor. Ou muito pior. Talvez a doença tivesse danificado seu cérebro.

– No entanto... – Uma pausa, antes que o olhar de Radford voltasse para ela. – Você ainda está doente e não se encontra inteiramente lúcida. Meus modos podem ser péssimos, mas não tiro proveito de mulheres desamparadas.

– Não estou desamparada. Eu lhe dei um belo soco.

Radford contraiu os lábios.

– Entendi o golpe como um sinal de melhora de sua saúde.

– Talvez tenha sido para o meu bem. Há tempos eu queria lhe dar um murro. Agora, tirei esse peso do peito.

– Pelo que já me disseram, essa condição não é curada com tanta facilidade.

– Quantas outras mulheres bateram em você?

Um calor estranho atravessou seu corpo e ela sabia que era ciúme, não febre.

– Uma bofetada aqui, outra ali. Em geral, elas me atiram objetos.

Ela não queria ninguém, a não ser lady Clara Fairfax, jogando objetos nele.

– É uma boa ideia – comentou Clara. – Dessa forma, tenho menos probabilidade de machucar minha mão.

Ele se aproximou novamente.

– Sua mão está doendo?

Na verdade, doía um pouco. Ela não prestara muita atenção nisso, uma vez que a dor era uma constante em todo o corpo ultimamente. Ela deslizou a mão sob a roupa de cama.

– Por certo que não. Eu só quis dizer que, na próxima vez, estarei bem e vou bater com mais força.

– Deixe-me ver sua mão.

Ela não se mexeu.

– Não faça com que eu me comporte de maneira autoritária – ameaçou ele.

Se ela estivesse menos doente e menos constrangida sobre a própria aparência e cheiro, teria permitido, com prazer, que ele fosse autoritário.

Clara retirou a mão de seu esconderijo e a mostrou.

Radford a pegou e examinou, um dedo de cada vez.

– Dói?

– Não.

O que ela sentia era o oposto de dor. Estava profundamente consciente de seu toque.

– Este?

Ele continuou a examinar e ela continuou a derreter por dentro. Ele verificou cada osso, cada músculo. Examinou a palma, o pulso, e assim por diante. A mão dele era tão quente e forte. Ela também podia sentir seu cheiro. Ele não cheirava mal. Cheirava a ele mesmo, a homem, e também a um homem que se banhara há pouco tempo.

Ela precisou de cada gota de seu treinamento como lady, bem como de sua vaidade, para não puxá-lo para si e fazê-lo tocar em todo o seu corpo do modo como tocava sua mão.

– Suas articulações estão ligeiramente machucadas – concluiu ele, enquanto colocava a mão dela de volta sobre a coberta, com o mesmo cuidado que tomaria com um pequeno vaso Ming. – Vou pedir um pouco de gelo. Deveria ter pedido gelo junto com o bife na noite passada.

– Não percebi isso na noite passada – disse ela.

– Você não parecia ferida – observou ele. – Adormeceu de imediato, pacificamente.

– E você não queria me incomodar e correr o risco de levar um soco no outro olho.

– Eu não poderia correr o risco de você acordar com os dedos latejando. Já tem muito com o que lidar. – Ele fez uma pausa. – Quanto a isso...

O modo como ele se interrompeu a deixou ansiosa.

– Estou melhor – disse ela. – Sei que estou melhor. Sinto-me mais normal. Não por completo, admito. Mesmo assim...

– Manchas – falou ele.

– O quê? – Ela tocou o próprio rosto. – Estou com manchas?

Só faltava essa.

– Não aí – explicou ele. Radford gesticulou em direção ao próprio peito e abaixo. – Em geral, elas aparecem no tronco. Vermelhas. Pequenas.

Oh, cada dia mais bonita. Pintas vermelhas. Mau hálito. Ela torcia para que Davis a tivesse banhado nas últimas 24 horas. Clara teve uma ideia horrorosa de como deveria estar o seu cabelo. Graças a Deus pela touca de dormir.

– Vou pedir a Davis para verificar – disse ele. – Elas costumam desaparecer em alguns dias, mas você não deve coçá-las para que não infeccionem.

– Gelo. Você ia pedir gelo. Para os nós dos meus dedos.

Talvez ela pudesse colocá-lo sobre as manchas também e congelá-las até desaparecerem.

Ela sempre acreditou que não era uma mulher vaidosa. Estava errada. Neste momento, daria um tesouro – até mesmo seu cabriolé – para estar bem e vestida de maneira apropriada.

– Gelo, isso mesmo – repetiu ele, parecendo retornar de um lugar muito distante. – E você me parece bem o suficiente para tomar um caldo ou comer um mingau.

– Prefiro algo mais sólido – declarou ela. – O que você fez com aquele bife?

As manchas apareceram na quarta-feira. No entanto, o apetite de lady Clara continuou a melhorar, assim como o seu ânimo.

Na sexta-feira, o colega que o Dr. Marler havia prometido enviar finalmente apareceu. Ele declarou que Sua Graça estava se recuperando, mas descartou a ideia de tifo. Segundo ele, se esse tivesse sido o problema, ela não poderia estar tão bem. Deixou instruções escritas para os cuidados em sua convalescença. Radford jogou-as no fogo.

No sábado, as manchas já haviam desaparecido.

Ela estava melhorando.

Na terça-feira, fazia três semanas desde que ela adoecera. Clara estava se recuperando tão rapidamente quanto Radford desejara. Já passava uma parte do dia fora da cama, sentada em uma poltrona. Suas forças voltavam e ela precisava de cada vez menos de ajuda para tudo.

Muito em breve, não precisaria de ajuda alguma e ele não teria desculpa para ficar.

Do jeito como as coisas se apresentavam, sua desculpa para ficar se tornava dolorosamente desnecessária.

Após várias reflexões, Radford foi levado a tomar uma difícil decisão.

Na segunda-feira, Clara sentou-se em uma poltrona perto da janela de seu quarto para ler o *Foxe's Morning Spectacle* enquanto Davis cuidava de suas tarefas usuais.

Quando a criada saiu do quarto de vestir com os braços cheios de lençóis, Clara disse:

– Sarampo?

– Como disse, milady?

Clara leu:

"Lady C. F., filha mais velha do marquês de W., permanece em Londres com um parente próximo de milorde. Lady C. passou pelas agruras do sarampo, que durou por um tempo inusitadamente longo, mas do qual está agora se recuperando."

Ela levantou os olhos do papel.

– Eu não tive sarampo quando era criança?

– Sim, milady, mas foi isso que lady Exton disse às pessoas que vieram visitá-la. Assim, ela os manteve afastados. Disse que isso evitaria que a família voltasse correndo para Londres, pois ninguém nunca se lembra, com certeza, de quem teve ou não sarampo.

Era verdade. Eles haviam contraído todas as doenças da infância. Mas eram as babás que cuidavam dos jovens pacientes e, como essas babás não tendiam a ficar por muito tempo – as crianças da família Fairfax eram pequenos selvagens –, ninguém poderia ter certeza de quem tinha tido o quê.

– Dizem que a doença é mais problemática quando se é adulto – prosseguiu Davis. – E pior ainda para os jovens cavalheiros. Como seus irmãos. – A criada fez uma pausa. – Lady Exton temia que a notícia de sua doença se espalhasse. Creio que sarampo foi sugestão do Sr. Radford.

– Não muito glamourosa – disse Clara. – Mas mais do que... – Ela tentou se lembrar se alguém já lhe havia dito. – O que eu tive?

– Tifo foi o diagnóstico do Sr. Radford, milady.

– Meu Deus!

– Verdade.

– Mesmo assim, sobrevivi.

– É o que parece.

Graças a ele. *Tifo!*

– Então, a história do sarampo se encaixou bem – comentou Clara, com a voz calma. – Não fará com que mamãe tenha um ataque do coração.

– Não, não fará, milady. Ele pensa em tudo.

Clara ergueu os olhos, mas a criada estava carregando a roupa suja para fora do quarto.

Menos de meia hora depois, as três irmãs Noirot apareceram, obviamente sem medo do sarampo e, no caso da duquesa de Clevedon, não se deixando deter por seu estado avançado de gravidez.

Clara não lhes revelou a verdade, mas experimentou as roupas que elas trouxeram, a ideia que elas faziam de presentes de convalescença.

Terça-feira, 13 de outubro

– Eu vim me despedir – disse Radford.

As semanas de cuidados com ela finalmente se abateram sobre ele, que passara a maior parte do dia anterior dormindo. Em determinado momento, Radford tivera a impressão de ouvir visitas conversando com sua paciente – que, lembrou a si mesmo, já não era mais sua paciente.

As visitas eram mulheres. Eram, além disso, mulheres cujo inglês perfeito revelava, aos seus ouvidos aguçados, uma educação parisiense.

Não era necessário nenhum grande poder cerebral para deduzir suas identidades. Aquelas eram as famosas modistas da Maison Noirot. Elas passaram conversando pelo corredor, falando todas ao mesmo tempo, e ele pôde ouvir suas vozes até fecharem a porta do quarto de lady Clara.

Agora, ele também acabava de fechar aquela porta. Lady Clara deixou de lado o livro que estava lendo e cruzou as mãos sobre o colo.

Ele se acostumara a vê-la de camisola. Assim que passou a se sentir forte o suficiente para deixar a cama por períodos de tempo mais longos, Clara usava apenas uma manta sobre a roupa de dormir. Mas, naquele momento, ela vestia um elaborado traje que as mulheres chamavam de vestido matinal.

O dela era uma nuvem de musselina bordada, as mangas cheias até o cotovelo e mais justas na parte inferior dos braços. Encaixava-se perfeitamente sobre seus seios e cintura. Metros de rendas e fitas adornavam a peça e uma faixa cor-de-rosa, amarrada na cintura e formando um laço, chamava a atenção para a magnífica feminilidade de sua figura. Como se qualquer homem que não fosse cego precisasse disso.

Em vez da touca virginal, ela usava um gorro de renda com arremates cor-de-rosa, de onde um par de babados rendados pendia, apontando para seus seios, caso alguém não conhecesse o caminho.

No caso de alguém não ter, certa vez, aberto um botão ali.

Há séculos, era o que lhe parecia.

Com seu retorno ao que ela consideraria um vestido adequado, ele viu o muro entre seus dois mundos aumentar. Exatamente o que qualquer homem racional esperaria que acontecesse.

O homem racional sabia que tudo iria voltar ao que era antes. Ela estivera doente, só isso. Não se transformara em outra pessoa. E por esse motivo o homem racional estava ali, dizendo adeus.

– Minha cunhada e suas irmãs o assustaram ontem? – perguntou ela.

– As mulheres não me assustam. Nem mesmo mulheres um pouco francesas.

– Claro que não. Que bobagem a minha. Naturalmente, você acha que é hora de ir embora. Você cuidou de mim. Agora, precisa voltar para Herefordshire e cuidar de seu primo bestial.

Ele se aproximou.

– Você deveria se sentar perto do fogo – aconselhou ele. – Após uma doença aguda, ficamos mais suscetíveis a calafrios. Levante-se e eu moverei a poltrona.

Ela se levantou em meio a uma agitação de musselina.

– Suponho que não possa evitar – disse ela. – Esse jeito tirânico deve estar em seu sangue ducal.

Ele pegou a poltrona e colocou-a mais perto do fogo, calculando exatamente em que lugar ela ficaria mais protegida do calor excessivo.

– Você é tão autoritária quanto eu – afirmou ele. – Se eu não a dominasse, você me dominaria.

– É claro que sou autoritária. Fui criada para ser uma duquesa.

As palavras acertaram, como um golpe, a cabeça e o coração de Radford. Por dentro, um redemoinho. Por fora, muita tranquilidade. Apenas um instante... para recuperar o controle.

Somente o crepitar do fogo rompia o silêncio tenso do quarto. Então, ela foi até a poltrona e se sentou, a musselina sussurrando, a renda tremulando.

– Minha mãe não se contentará com menos – declarou ela.

Ele não ficou surpreso. Ele não fora desprezado. Não poderia ser, pois já dissera a si mesmo exatamente isso. Ela não era para ele. Nunca fora. Radford não era um homem que se iludia. Ele enxergara os fatos desde o momento em que a reconhecera, no dia em que ela aparecera no Edifício

Woodley, um lugar ao qual ela claramente não pertencia. Os dois eram de mundos diferentes.

– Talvez eu devesse me casar com Bernard Bestial – disse ela, antes que ele falasse algo irracional. – Parece que ele precisa desesperadamente de alguém como eu. Sendo despótica, eu não teria muita dificuldade em fazê-lo virar gente. Em minha experiência, homens como Bernard não são difíceis. Basta saber como lidar com eles.

Radford olhou para ela. Seu cérebro precisou de alguns instantes para se conectar à sua língua.

– Bernard – disse ele.

– Sim – confirmou ela. – Ele é o duque da família, não é?

O coração de Clara batia com tanta ferocidade que ela pensou que atravessaria seu peito. Ela precisou de todos os seus 22 anos de treinamento na arte de ser uma dama para manter a compostura.

– Você está delirando? – perguntou ele.

– Pelo contrário. Vejo o assunto sem nenhuma paixão. Estive perto da morte...

– Você nunca chegou perto da morte enquanto estive aqui – disse ele, bruscamente.

– Mas, se você não tivesse ficado aqui, minha vida teria terminado, cortesia do Dr. Marler, sem eu ter feito quase nada de valor além de resgatar um menino não muito inteligente pelo bem de sua irmã. Percebi que estou desperdiçando o meu tempo.

– Você tem apenas 22 anos!

– Pois já passou da hora de eu me casar – retrucou ela. – Quase todas as moças que debutaram comigo estão casadas. Algumas têm filhos. Eu esperava... Bem, não importa, porque era uma tolice. Pensei em nunca me casar, mas isso também foi tolice. Eu deveria ter percebido que ser uma solteirona excêntrica não seria bom para mim. E muito menos viver em uma tenda.

– Ninguém disse que você tem que viver em uma tenda! Isso é loucura.

– Só estou ressaltando a falta de alternativas para uma dama – disse ela.

– Fui educada para não fazer outra coisa além de ser a esposa de um nobre, e já deixei essa tarefa de lado por muito tempo. Não quero me casar com um cavalheiro que me proponha porque está na moda fazê-lo. Seu primo não me parece alguém que se importe com o que esteja na moda. Ele só quer uma esposa que lhe dê filhos.

As manchas verde-amarelas que se desvaneciam em torno do olho de Radford pareciam mais intensas à medida que a cor abandonava seu rosto.

Ela torcia para que ele estivesse chocado demais para pensar com clareza, porque, caso contrário, perceberia o que ela estava tramando.

– Além disso, se eu quiser agradar mamãe e ser uma duquesa, gostaria de ser uma cuja vida não fosse tediosamente repetitiva – prosseguiu ela. – Tudo o que você me disse provou que o duque de Malvern apresentará um estimulante desafio à minha inteligência e engenhosidade. Está claro que ele precisa de alguém como eu para colocar a casa em ordem. Você vai resolver os negócios imobiliários, mas isso significa propriedade e questões legais. – Ela acenou uma mão delgada. – O feitor, o administrador, etc.

– Estou muito feliz por saber que você vai *fazer* alguma coisa de tamanha insignificância.

A voz dele estava sufocada.

– Mas Sua Graça precisa de uma mulher que se encarregue dos assuntos domésticos. E fui muito bem treinada para supervisionar uma casa ducal. Porque eu deveria me casar com Clevedon, como você sabe...

– Meu primo não é como Clevedon! Bernard é um bruto! Lembra-se do dia que você o viu, tantos anos atrás? Aquele era Bernard no seu melhor. Ele é *repugnante*.

– Os pobres também o são, mas você se empenha em buscar justiça para eles.

– Eu não preciso morar com eles!

– Sua Graça possui várias casas, todas bem grandes. Não vou precisar vê-lo mais do que serei capaz de tolerar.

– Ele é intolerável! – exclamou Radford. – Como você pode pensar numa coisa dessas, Clara?

Ela olhou para o fogo.

– Minha mãe sempre diz isso.

Pelo canto do olho, ela o viu apertar as mãos e depois abri-las:

– Eu não a fiz recuperar a saúde para vê-la desperdiçar a vida ao lado de Bernard.

Ela o fitou. Ele recuperara a cor e parecia, como sempre, mais distante e controlado; mas os fantasmas em seus olhos contavam a mesma história que seus punhos cerrados.

– Mamãe quer que eu me case com um duque. Ela ficará mortificada se eu não fizer isso, e sua venenosa amiga, lady Bartham, vai tornar sua vida insuportável. É meu dever. O problema é que joguei Clevedon fora e não há muitos duques jovens por aí.

– Ora, Clara, você não precisa de um duque.

– Mas mamãe...

– Ao diabo com sua mãe – disse ele. – Você precisa de *mim*, sua garota idiota.

O silêncio entre eles tornou-se tão intenso que o suave crepitar da brasa ardente soou como fogo de artilharia.

Com o coração galopando, as mãos suando, ela levantou as sobrancelhas, mas não muito.

– Eu? – disse ela, friamente.

Radford só percebeu o que havia dito depois de dizê-lo, o que demonstrava o estado de espírito em que se encontrava.

Ele cruzou os braços, caminhou até a janela e olhou para fora. Não viu nada, apenas o que se agitava em sua mente.

– Isso é absurdo – falou ele, para o vidro.

– Claro que é – concordou ela. – Não consigo pensar por que diabo eu precisaria de você, a menos que tivesse uma extrema necessidade de ser irritada.

Radford se virou para ela.

– Você não se casará com Bernard.

Ela se sentou, uma postura perfeita de duquesa, a coluna ereta, o queixo para o alto.

– Eu me casarei, sim. A menos que eu receba uma oferta melhor. Tenho que me casar com *alguém*.

Comigo! Este foi o grito do eu irracional de Radford. *Case-se comigo!*

Ele quase dissera isso há um instante. Mas não exatamente. Ele a encarou. Então, aproximou-se do fogo. Um dos ornamentos da lareira representava a ninfa Daphne no processo de se transformar em uma árvore. Ele a moveu um centímetro para a esquerda. Ficou ali por um momento, com a mão na lareira.

Era uma pose que ele adotara muitas vezes antes, com a mão no corrimão diante do júri, a cabeça inclinada, enquanto se preparava para falar. O problema era que, desta vez, ele estava em ambos os lados do caso. Precisava representar a razão, mas ao mesmo tempo mandar para o diabo a cautela, o intelecto e os fatos básicos da vida.

– Você vai tentar se esquivar – disse ela. – Já posso perceber.

Ela podia mesmo. Ele se lembrou de quão bem ela observara Jacob Freame e Chiver, apesar de temer pela própria vida. Ela se recordara da aparência deles, de suas roupas, de cada detalhe da carruagem que aparentemente mirara nela em Charing Cross.

– Eu falei levado pelo entusiasmo – explicou ele. – A ideia do seu casamento com Bernard foi tão revoltantemente imbecil que causou uma desordem temporária em meus sentidos.

Quando ela falou em Bernard querendo filhos, ele viu a imagem de Bernard. Com ela. Por um momento, acreditou que seu cérebro poderia explodir.

– Sua doença trouxe uma intimidade que nunca teria acontecido em circunstâncias normais – declarou ele. – Não vou negar... afeição.

Amor!, rugiu seu outro eu. *Você a ama, seu burro pomposo!*

– Se não houvesse... afeto, eu me aproveitaria de seu estado de confusão, tomando sentimentos de gratidão do momento por... sentimentos mais fortes – prosseguiu ele. – Eu consideraria seu grande dote e faria o que pudesse para comprometê-la, evitando assim as objeções de seus pais. Sua família me odiaria para sempre, mas todo mundo já me odeia mesmo... Ao mesmo tempo, eu teria uma linda esposa, que possui a coisa mais próxima de um cérebro que já observei em uma mulher, cuja influência promoveria a minha carreira e cujo dote tornaria minha vida confortável até eu alcançar o nível de sucesso que almejo.

Alguém que me faria feliz. Cujo rosto eu seria grato por ver do outro lado da mesa do café da manhã. Cuja voz eu seria grato por ser a última que eu ouviria à noite e a primeira que ouviria pela manhã.

– Mas... – disse ela. – Há sempre um *mas*.

– Use a cabeça – pediu ele, afastando-se da lareira e colocando-se mais distante dela. – Você não é para mim e eu não sou para você. A novidade de viver em aposentos privativos e ser a esposa de um advogado logo se tornaria enfadonha. Não é nada parecido com os desafios que você foi treinada para gerenciar. Sem mencionar quão desagradável é viver comigo. Pergunte a Westcott. Um dia desses, ele vai atirar em mim e o júri vai considerar sua atitude como homicídio justificável.

– Eu poderia atirar em você tão bem quanto ele. E, provavelmente, eu me divertiria muito mais ao fazê-lo. – Ela fez um gesto com a mão. – Vamos deixar isso para lá. Você tem razão. Fui muito tola.

– Você esteve doente. Naturalmente, você...

– Eu pensei que o homem que tivesse coragem e estômago para cuidar de mim durante uma doença repugnante, um homem que assumisse a responsabilidade total pela minha sobrevivência, que confiasse apenas em seu cérebro, inteligência, paciência e c-compaixão... – A voz dela tremeu.

– Clara.

Ela ergueu a mão.

– Eu não terminei. Este é o meu discurso de encerramento, meu erudito amigo, e você vai me deixar dizê-lo por completo. – Os olhos dela brilharam, mas ela afastou as lágrimas, engoliu em seco e continuou. – Pensei que um homem assim fosse tudo o que um homem deveria ser. Pensei que esse era o tipo de homem com quem uma mulher poderia viver feliz, sendo ou não um duque, independentemente de quantas casas enormes ele possuísse. Como fui tola. Eu queria o tipo de homem que pudesse amar e respeitar, um homem de quem eu sentisse orgulho ao ver progredir em sua profissão... pois, devido à sua total falta de tato e de charme, ele vai precisar de muita ajuda. Eu queria um homem que me visse não como a moça da moda ou como uma dama bem-comportada, mas que me enxergasse como eu sou, e também como amiga e companheira. Não vejo por que eu seja menos capaz de suportá-lo do que Westcott; mas você parece achar que sou, e você é um argumentador profissional. E parece achar que eu só seria feliz se me casasse com um duque. Portanto, seguirei seu conselho. Vou me casar com Bernard.

– Você não vai...

– Eu não estou brincando. Essa não é uma ameaça vã. Pensei bastante no assunto. Posso fazer um bem *enorme* a ele. E não torne a dizer que ele é monstruoso, porque você já deixou isso muito claro. Você é monstruoso e não me assusta nem um pouco. Pelo contrário, você me diverte. Ele é monstruoso de uma maneira diferente, mas acho que vai me divertir também. Mas vamos ver o que sou capaz de fazer de Bernard, certo? Tudo perfeito, então. Não está ferido, senhor? Não vai desmaiar? Não vai chorar? Excelente. Bom dia, Sr. Radford. Obrigada por salvar a minha vida.

Ele disse a si mesmo que todas as mulheres, em graus variados, eram *non compos mentis* – ou seja, tinham a mente perturbada –, por não possuírem as faculdades intelectuais que conduziam ao pensamento racional. Disse a si mesmo que, se alguém podia fazer alguma coisa de Bernard, esse alguém era ela. E, se essa perspectiva lhe parecia macabra – até mesmo suicida –, era apenas a emoção falando.

Algumas das muitas irmãs do rei, desesperadas por escapar de uma longa vida de solteironas, não haviam se casado com homens obesos e velhos? Pelo menos um desses casais parecia desfrutar de um casamento feliz.

– De nada – respondeu ele. – Bom dia, lady Clara.

Ele saiu do quarto. Quando fechou a porta, ouviu algo bater contra ela e se quebrar. Ele continuou andando.

Capítulo onze

Esta corte de justiça – bar – também é usada como o lugar
onde os advogados de ambas as partes se colocam para pleitear
as causas no tribunal; e onde os prisioneiros são levados para
responder às acusações que lhes são imputadas, etc.
Assim sendo, os advogados que são chamados à corte
de justiça são denominados barristers.

– Thomas-Edlyne Tomlins, *O dicionário jurídico*, 1835

Clara olhou para o Cupido.

Sentiu vontade de jogá-lo na porta também, assim como o relógio que arremessara, mas então ela estaria agindo como uma criança mimada.

O que ela era.

No entanto, Clara também era uma mulher racional, e a mulher racional sabia que o Sr. Radford tinha razão.

A esta altura, mamãe teria aceitado, embora não muito satisfeita, qualquer cavalheiro que possuísse um título e alguma propriedade.

Mas não, Clara tinha que se apaixonar por um homem que não tinha título e que talvez não o conseguisse por anos – talvez nunca –, dependendo de suas conexões com homens influentes. Ele vivia em um gabinete particular, não possuía sequer uma casa alugada. Aparentemente, o pai dele tinha propriedades, mas não um título. Para piorar, ele era casado com uma Mulher Divorciada. O adultério e outras questões matrimoniais abundavam no *beau monde*, mas as damas sofriam ou se afastavam em silêncio, sem anunciar seus problemas em onerosos processos legais.

Quanto à classe social: mamãe aceitou que Harry se casasse com Sophy Noirot, uma modista, mas os cavalheiros tinham mais margem de manobra para escolher suas noivas, assim como todo o resto. Além disso, mamãe e papai estavam em êxtase porque Harry não se casara com uma bailarina. Por outro lado, Sophy Noirot recebera a educação de uma dama. Esse fato, combinado ao seu encanto devastador, despertara em mamãe quase que um afeto por ela.

Mas não havia a menor possibilidade de mamãe aceitar o Sr. Longe de Ser Charmoso Radford. E, se ela não aceitasse um pretendente, papai não o faria, a não ser que *ele* quisesse se mudar para a Arábia e morar em uma tenda.

Nem mesmo o Sr. Radford, apesar de todas as suas habilidades retóricas, seria capaz de discutir com eles, intimidá-los ou induzi-los a aceitá-lo.

E talvez, afinal, Clara não fosse uma esposa adequada para ele. Ela era cara, frívola e superficial. Uma boa ação não a transformara em outra pessoa, e sua boa ação não era nada para se gabar. O Sr. Radford poderia ter resgatado Toby Coppy sem ela, e com muito menos aborrecimentos tanto naquele momento quanto mais tarde.

O problema era que ela queria ser alguém que não era.

Quando mais nova, Clara sempre queria estar com os meninos porque suas vidas eram mais interessantes. Seus brinquedos eram mais divertidos. Seus livros eram mais intrigantes. Seus jogos eram mais excitantes.

O Sr. Radford era mais divertido, intrigante e excitante do que qualquer outro homem que ela conhecera e por isso ela o queria. Mas ele era um homem, não um livro, um brinquedo ou um jogo. Ele tinha uma carreira na qual prosperava. Tinha um futuro brilhante – a menos que alguém o matasse – no qual ela não se encaixava. Talvez ele gostasse dela e a desejasse. Mas é preciso viver no mundo e o mundo odeia grandes lacunas nas posições sociais. Se o abismo fosse menor e mais fácil de atravessar, seus caminhos teriam se cruzado ao longo dos últimos treze anos.

Ela não se encaixaria no mundo dele e tinha certeza de que seu mundo não permitiria sua entrada. Ele era muito perceptivo e lógico para não enxergar isso.

Ela era a iludida.

Muito bem, então. Talvez, após tanto tempo enferma, ela estivesse esgotada. Talvez ela não estivesse pensando de modo tão claro quanto supunha.

Ela teria uma boa crise de choro – provavelmente várias – e, com o tempo, conseguiria passar por cima de tudo aquilo. Por cima dele. E poderia muito bem se casar com o duque de Malvern, por todos os motivos que já mencionara. Por que não? O marido de vovó Warford fora escolhido para ela. Vovó se casou sem amor. Mas, com o tempo, acabou transformando o esposo no que queria que ele fosse e se afeiçoara bastante a ele.

De acordo com o relógio de Cupido, dois minutos haviam se passado. Clara respirou fundo e tentou se manter calma. Ela se afastou do relógio. Queria que as irmãs Noirot estivessem ali com uma garrafa de conhaque – o remédio que elas usavam para todas as doenças mentais, emocionais e físicas.

A porta se abriu de repente.

Radford marchou para dentro do quarto, batendo a porta atrás de si.

– Você não vai se casar com Bernard – declarou ele.

Ele não conseguira se manter distante. Chegou ao pé da escada, mas o tumulto em seu coração e em sua mente não permitiram que ele fosse embora.

Ele era um grande tolo e, muito provavelmente, perderia no final. Se essa fosse uma questão legal, se fosse uma daquelas causas sem esperança que ele costumava assumir, ele lutaria muito até o fim.

Então não poderia ir embora sem lutar.

Radford se deu conta da porcelana quebrada no chão. No entanto, ao olhar a jovem ali parada, ninguém imaginaria que fora ela quem arremessara o objeto contra a porta.

Ela estava serena. Perfeita em seu papel de dama da alta classe. Clara o encarou com uma expressão vazia e educada. A forma como uma duquesa olharia para um camponês bêbado em sua festa, momentos antes de sinalizar para que os lacaios o removessem de lá. Discretamente.

Ainda assim, ele já recebera olhares mais assustadores de jurados e juízes.

– Você vai ser muito infeliz – afirmou ele. – Bernard me causa asco, mas, se eu acreditasse que ele poderia fazê-la feliz, eu desejaria o melhor para ambos. – Ele realmente o faria, mesmo que dizer essas palavras soassem como sua sentença de morte. – Mas não vai ser assim. Ele é incapaz de se importar com qualquer outra pessoa que não seja ele mesmo. Você vai desperdiçar sua vida ao lado dele.

Radford fez uma pausa, tentando abrandar o coração e conseguir respirar. E raciocinar.

– Se você deve desperdiçar sua vida ao lado de alguém, Clara, então deixe que seja ao meu lado. Se você tem que fazer alguma coisa de alguém, faça alguma coisa de mim.

A expressão no rosto dela não se alterou.

– Maldição, Clara... case-se comigo!

Ela franziu a testa.

– É essa a sua ideia de um pedido de casamento? Jamais ouvi algo tão pouco romântico em minha vida. Todos os outros cavalheiros usaram de seu intelecto, ou o pouco que possuíam de tal mercadoria, para compor um belo discurso. Todos os outros cavalheiros se colocaram de joelhos para pedir a honra da minha mão. Todos os outros cavalheiros me disseram que sua felicidade futura dependia do meu sim. Todos os outros cavalheiros disseram que se sentiam indignos de tamanha felicidade. Todos...

– Eu não sou nenhum dos outros cavalheiros – declarou ele.

– Ah! – exclamou ela.

Ele avançou. Ela não recuou. Ele agarrou seus ombros.

– Case-se comigo, droga!

– Você está esmagando minhas mangas!

– Para o diabo com as suas mangas!

– Você não pode entrar aqui, depois de...

Radford inclinou a cabeça e a beijou da maneira que desejara fazer desde que entrara ali. Ele a beijou com semanas de desejo, semanas de ansiedade, semanas de arrependimento.

Ela o beijou de volta, com raiva, mas apaixonadamente, e seu coração se desmanchou. Ele estava certo. E ela estava certa. De que era certa para ele.

Clara interrompeu o beijo, afastou-se e o encarou.

– Se você acha que um beijo vai despertar minha paixão, depois que você me rejeitou daquela maneira insensível...

– Eu sou insensível – disse ele. – E desagradável. Mas persistente, também, milady. E se um beijo não a fizer...

Radford segurou-a pela nuca e a beijou outra vez; agora, determinado a conquistá-la. A boca de Clara era tão... macia; e o sabor dela, tão diferente de qualquer outro. Doce e selvagem, como as ninfas, náiades e dríades mitológicas.

Ela ergueu as mãos e agarrou seus braços, e ele soube que ela também estava sendo arrebatada.

Ele se afastou.

– Case-se comigo, Clara.
Os olhos dela se abriram.
– Estou pensando.
– Não pense – pediu ele.
E ele tornou a beijá-la, desta vez com todo o sentimento que guardara, a sete chaves, nas profundezas de seu coração. Ele se entregou à sensação da boca, do sabor, do perfume e de todo o ser de Clara. Ela foi responsável por liberar emoções de cuja existência ele nem mesmo tinha consciência.

Ela pensou que já havia beijado antes. Pensava que eram beijos de adultos. Estava errada. Mais uma vez.

A boca de Radford se apossou da dela, tomando conta, assumindo o controle e exigindo tudo. Não importava que ela não suportasse ser controlada. Nada importava. O cérebro dela se desligou, seus joelhos fraquejaram e ela quis dizer *Espere*.

Ele não lhe deu tempo para se encontrar, muito menos para se recuperar. Envolveu-a em um beijo arrebatador como uma tempestade.

O mundo ficou diferente. Havia ondas de calor, brilho e felicidade crescentes.

Era quase mais do que ela podia suportar. Se ele não a estivesse segurando, ela teria *escorrido* para o chão, restando apenas uma matéria liquefeita de lady Clara Fairfax.

Mas não, ela ainda estava ali, mais ou menos ereta, tentando se encontrar naquele turbilhão de sensações. Ele a beijava por todo o rosto – nariz, bochechas, orelhas, atrás das orelhas. Suas mãos se moviam sobre ela, despertando seu corpo. Ela segurou os braços dele, agarrando-se à sua vida.

Oh, céus! Oh, céus! Oh, céus!

Sim, ele já a beijara antes e ela correspondera e aprendera algumas coisas, mas isso ia além. As mãos dele estavam por toda parte e cada lugar que ele tocava a fazia vibrar como as cordas de um violino sob o arco. Clara sentira algo parecido quando ele examinou os nós de seus dedos naquela noite. Ela desejou que ele a tocasse da mesma maneira detalhada, em todas as partes de seu corpo. Radford segurou a cabeça de Clara em suas mãos e a inclinou para trás, beijando-a nos lábios mais uma vez. Foi intenso, diabólico e sombrio – sua língua movendo-se dentro dela, conhecendo-a, reivindicando-a, enchendo-a com o sabor quente dele.

Ele a beijava e a guiava para trás. Clara o acompanhou, como uma dançarina seguindo seu par. Era como uma valsa íntima, seus corpos colados, as pernas dele pressionando as dela... depois seu joelho entre as pernas dela, as mãos em suas nádegas.

Ela sentiu o colchão, mas não teve tempo para pensar, pois ele agarrou sua cintura e a colocou sobre a cama. Ele se encaixou entre suas pernas e ela ofegou. Isso era ardiloso, tão impróprio. Tão maravilhoso.

Clara levou os braços ao pescoço dele, devolvendo fervorosamente o beijo que recebia. Ele deslizou as mãos de sua cintura até seus seios, segurando-os, apertando-os, e ela arqueou o corpo em resposta. Ela não conseguia se controlar... Que sensação maravilhosa! Como ela odiou as camadas de roupa entre as mãos dele e seu corpo.

Ele a posicionou mais confortavelmente na cama. Então, foi instintivo da parte dela apoiar-se nos cotovelos e observá-lo avançar, cobri-la com seu corpo, enquanto seu coração batia cada vez mais forte.

Ela se lembrou do sonho que tivera com ele deitado sobre ela e do maravilhoso peso, do calor e do sentimento de segurança que experimentou sob aquele corpo grande.

Então, sua cabeça repousava sobre os travesseiros e ela se sentia mais viva do que jamais estivera em toda a sua vida.

Radford retirou a touca de Clara e deixou-a cair sobre a mesa de cabeceira. O coração dela se acelerou, assim como sua respiração. Ele desfez o laço do vestido em seu pescoço e ela sentiu seu polegar em sua pele.

– Eu vi isso quando você estava de camisola e quis colocar minha língua aqui – murmurou ele.

Ele tocou o lugar com a boca, depois com a língua, e uma variedade de sensações fluíram pelo corpo dela, fazendo seu ventre quase doer. Ela se contorceu, sua cabeça caiu para trás e a boca de Radford sugou sua garganta, seu pescoço e ela pensou que morreria de prazer. Isto era muito, muito impróprio.

Sim, pensou ela. *É isso que eu quero. Era isso que eu estava procurando.*

Em seguida, ele montou nela, beijando-a, e ela percebeu que sua mão deslizava para baixo, levantando saias e anáguas... as mãos dele sobre os joelhos dela, seu dedo deslizando até o topo de suas meias, movendo-se lentamente.

Ele ergueu a cabeça para observá-la enquanto movia os dedos pela coxa nua... subindo, subindo e subindo.

Ela ofegou.

Radford inclinou a cabeça e deslizou a língua sobre seus lábios entreabertos.

Ele a beijou. Aqueles beijos. Longos, profundos e selvagens, como a paixão. Como o amor.

Então, quando ela estava caindo em um lugar muito escuro e turbulento, ele ergueu a cabeça.

E soltou um suspiro trêmulo.

– Chega disso – disse ele, a voz rouca.

Sua Graça abriu os olhos e levantou um emburrado olhar azul para ele.

– Não chega, não – retrucou ela.

Era tão parecida com a voz da menina da qual Radford se recordava: *Eu quero entrar no barco.*

– Chega, sim – disse ele.

– Não, não chega.

Ele estava superexcitado e frustrado a ponto de enlouquecer. Seu outro eu odiou-o por ter parado, detestando seus princípios morais. Seu eu racional sabia que ele estava em uma situação da qual não conseguiria sair. Ao mesmo tempo, era tudo o que ele podia fazer para não rir do rosto amuado de Clara e de sua voz zangada.

– Não vou ser depravado com você na casa de sua tia-avó – disse ele. – É um princípio moral, ora bolas.

– Oh!

A boca de Clara se curvou lentamente para cima.

– Só depois que nos casarmos.

E eu não tenho a mínima ideia de como diabo isso vai acontecer.

Ele saiu de cima dela. Se fosse do tipo dado a encenações fora da sala do tribunal, ele teria arrancado os cabelos.

Não deveria ter deixado aquilo ir tão longe.

Como se tivesse o poder de evitar...

A feiticeira Calipso não era nada perto de lady Clara Fairfax.

Ela se deitou de volta no travesseiro, os cabelos dourados em desordem, os lábios rosados e inchados, os olhos difusos com emoções que ele não queria atormentar a si mesmo tentando identificar.

Amor, desejo, afeição, prazer ou diversão.

De qualquer forma, ela não estava batendo nem jogando nada nele.

— Vamos nos casar, então? — perguntou ela.

— Sim. A menos que você queira insistir em sua fantasia idiota de se casar com o palerma do Bernard.

Ela se apoiou nos cotovelos.

— Acho que com você vai ser mais divertido. Mas você não é o duque. Vai ser um pouco complicado, não vai?

Quase impossível. Radford, apresento-lhe o Erro Número Onze.

— Um pouco — concordou ele.

A enorme casa era tão tranquila, tão afastada do barulho de Londres, que, qualquer ruído lá embaixo, parecia o de uma multidão.

Amaldiçoando-se por ser descuidado, Radford deslizou da cama, levando Clara consigo.

— O que foi? — indagou ela.

— Alguém está chegando. — Radford agarrou a touca de Clara e enfiou-a de volta em sua cabeça. — Maldição, eu devia ter pensado nisso.

Das escadas vinham passos, vozes. Duas vozes, do sexo feminino. Não, três.

Davis. Lady Exton.

Outra, desconhecida, era mais alta que as outras.

— Calma? Quem pode ficar calma num momento como esse? Você ficaria calma se ela fosse sua filha e tivessem escondido algo de você? Não dormi um segundo desde que recebi sua última carta. Onde ela está, tia Dora? Onde está minha pobre menina?

Radford olhou para Clara. Ela olhou para ele, os olhos azuis arregalados.

— Droga! — exclamou ela, ajeitando apressadamente a touca.

Lady Warford não era do tipo dissimulado.

Ela entrou no quarto a todo vapor, sem parar de falar, seguida das outras mulheres.

– Sarampo! O que você está escondendo de mim, tia? Minha Clara teve sarampo quando tinha 9 anos. Lembro-me perfeitamente, porque não foi muito depois de ela ter lascado o...

Ela parou bruscamente quando viu Radford. Seu monóculo subiu, seu queixo se empinou e ela começou a demonstrar a fina arte de olhar com superioridade para um sujeito que era uma cabeça mais alto do que ela.

Depois de examiná-lo da cabeça aos pés, ela olhou para Clara.

– E esse é o médico, presumo? – perguntou lady Warford. – Não posso pensar em nenhuma outra razão para um homem estar em seu quarto.

– Não, mamãe, esse não é o médico – respondeu Clara. – Esse é o Sr. Radford.

– Radford – repetiu lady Warford.

– Sim, minha querida – disse lady Exton. – O primo do duque de Malvern.

Ele viu o olhar de lady Warford voltar-se para dentro enquanto ela folheava as páginas de seu Livro Mental das Grandes Famílias, tentando determinar onde ele se encaixava.

Ele não viu nenhuma razão para aumentar suas esperanças.

– O ramo jurídico dos Radfords – explicou. – Os advogados, milady.

Ela lhe lançou um olhar glacial antes de se virar para a filha.

– E você tem um processo em andamento, Clara? – perguntou ela, com frieza.

– Não, mamãe. O Sr. Radford é o tipo normal de pretendente. Quero dizer, ele me pediu em casamento e eu decidi salvá-lo de sua profunda tristeza.

A expressão da senhora aqueceu o ambiente em um grau.

– Certamente, Clara. Você não ia querer brincar com os sentimentos de um homem.

– No caso dele, eu o faria, mamãe. Mas eu disse que sim. Sem sombra de dúvida.

– Você não tem a menor ideia do que está dizendo – retrucou a mãe. – Você esteve doente. É óbvio que não está totalmente recuperada, caso contrário se lembraria de que não pode dizer sim a qualquer cavalheiro sem o consentimento de seu pai. – Ela se virou para Radford. – Lorde Warford me acompanhou até Londres. O senhor pode conversar com ele da maneira usual.

Bem, isso vai ser uma grande perda de tempo.

Ele agradeceu, prometeu fazê-lo e despediu-se de modo tão educado que qualquer pessoa que o conhecesse se perguntaria se ele estava se sentindo bem.

Radford seguiu os trâmites usuais. Escreveu ao marquês de Warford, solicitando uma visita. O que foi prontamente aceito por Sua Graça – porque é claro que os pais de Clara queriam se livrar logo do Advogado Abominável. Radford apareceu pontualmente na hora marcada, foi pontualmente admitido no escritório de milorde e foi pontualmente rejeitado. Exatamente como ele esperava.

O dia estava frio, ventoso e molhado, bem adequado ao seu humor.

Ele voltou caminhando de St. James, atravessando Pall Mall e Charing Cross... onde ele a conhecera... Parecia que aquilo tinha acontecido mais de um século atrás. Ele não se demorou, mas entrou na Strand, como havia feito naquele dia. Passou pela St. Clement's, dirigindo-se ao seu mundo, o Temple, e à colmeia dos advogados.

Ao passar pelo Temple Bar, viu um menino vendendo jornais. Dois pensamentos vieram à sua mente e se conectaram.

Radford caminhou mais rápido e começou a correr quando entrou na Inner Temple Lane. Adentrou o Edifício Woodley e subiu os degraus de dois em dois até os seus aposentos.

Pouco tempo depois, Westcott o encarava, com uma expressão que dizia: Você enlouqueceu completamente.

– Faça! – ordenou Radford.

Quarta-feira, 21 de outubro
Escritório do Sr. Westcott

– Você perdeu o juízo? – perguntou lorde Warford, balançando o documento. – Pretende processar *minha filha* por quebra de promessa?

Sua Graça havia recebido a carta de Westcott na quinta-feira. O advogado do marquês, o Sr. Alcox, respondeu na sexta-feira. Westcott, por sua vez, respondeu no mesmo dia, explicando que o Sr. Radford não podia marcar consultas naquele momento, pois estava envolvido em um julgamento cuja duração ele não podia prever. O Sr. Westcott não sonharia em pedir que lorde Warford esperasse pela conveniência de seu cliente.

Lorde Warford não esperava pela conveniência de ninguém. Porque deveria, quando tinha dezenas de pessoas para esperar em seu lugar?

Westcott reconheceu o funcionário de Alcox – um dos muitos – na sala do tribunal. Ele estivera lá durante todo o processo. Assim, ninguém ficou surpreso ao receber a mensagem do Sr. Alcox, poucos minutos depois do fim do julgamento: Lorde Warford apareceria no escritório de Westcott dentro de uma hora.

Isso era tempo mais do que suficiente para que Radford mudasse de roupa, mas ele optou por não fazê-lo.

Ele ainda usava sua peruca, braçadeira e toga.

Ele era um advogado bem ciente do efeito que a aparência e a maneira de se portar exerciam nos juízes e no júri. Sabia que seu traje de tribunal iria, em primeiro lugar, lembrar lorde Warford da gravidade de sua profissão e do poder da Lei e, em segundo lugar, criar a impressão de Radford ter corrido até ali diretamente da corte, não querendo manter o marquês esperando.

– Sr. Westcott, o senhor sabe tão bem quanto eu que isso é um absurdo – disse o Sr. Alcox. – Um processo contra uma mulher devido à quebra de promessa de casamento é raro e é preciso que haja um bom motivo. Mesmo que vá a julgamento, o senhor não pode esperar mais do que uma indenização simbólica.

– Eu não quero indenização, simbólica ou não – explicou Radford. – Quero me casar com lady Clara, conforme ela prometeu que faria.

– O tribunal não pode e não irá fazer cumprir esse suposto contrato – disse Alcox, ainda se dirigindo a Westcott. – Milady não tinha poder para fazer um contrato. O senhor não tem nada para compor um caso. Se o seu cliente, sócio ou o que quer que ele seja, insistir em continuar com esse processo ridículo, vai fazer de si mesmo motivo de pilhéria.

– Não vamos perder tempo com discussões legais inúteis – falou lorde Warford. – Sabemos que o Sr. Radford é demasiado inteligente para desejar um julgamento que só pode prejudicar sua reputação profissional. Além disso, se ele realmente ama minha filha, como afirma, não vai querer arrastar seu nome para a lama. Não vai querer vê-la, junto com sua família, exposta em jornais escandalosos, com suas caricaturas circulando pela cidade. A questão é: o que ele deseja? Qual é, em suma, o preço do Sr. Radford?

Westcott caminhou até a parte de trás da mesa e mexeu em alguns papéis. Pegou um deles.

– O preço do meu cliente – disse ele. – Deixe-me ver. – Ele leu o documento, depois colocou-o de volta na mesa e pegou outro. – Ah, aqui está. O Sr. Radford pede um julgamento justo.

– Ora, não insulte minha inteligência. Todos sabemos que não há nenhum sentido em ir ao tribunal.

– O julgamento será realizado neste escritório, milorde – afirmou Westcott. – O júri será composto pelos pais de Sua Graça, lorde e lady Warford. O Sr. Radford atuará como seu próprio advogado. Como tal, ele busca o seguinte: conhecer os crimes que lhe são imputados, convocar testemunhas, responder a perguntas ou contestações feitas pela outra parte e fazer um discurso sumário em sua defesa.

Lorde Warford considerou Radford por algum tempo. Então, disse:

– Esse é o seu preço?

– Um julgamento justo – afirmou Radford. – Não peço mais do que é concedido aos assassinos, aos traidores e até mesmo aos falsários. Coloco o meu futuro em suas mãos e nas de sua esposa.

– E se o veredito for contra você? – perguntou lorde Warford. – Vai parar com essa história?

– Meu cliente promete aceitar o resultado – disse Westcott.

– Nenhum recurso – acrescentou Radford. – Nenhuma defesa do meu caso no tribunal da opinião pública. Nenhuma palavra a qualquer pessoa. Em suma, sem reclamações.

Se ele não pudesse conquistar os pais de Clara, sem dúvida não poderia enfrentar os muitos desafios que o casamento apresentaria. Se não conseguisse trazer lorde e lady Warford para o seu lado, não seria digno dela.

Lorde Warford caminhou até a janela e olhou para o cemitério abaixo. Passado o que pareceu uma eternidade, ele disse:

– Analisei seu caso com a devida diligência, Sr. Radford, investigando seus negócios e seu caráter. Você parece ser um cavalheiro extraordinariamente inteligente. Seu trabalho no tribunal é comentado em termos elogiosos. Sua personalidade... aparenta ser de uma ordem diferente. Clara diz.... Mas vamos desconsiderar as opiniões dela. A mulher pensa com os sentimentos, não com o intelecto. – Ele se afastou da janela. – Sr. Westcott, concordo com o julgamento. Sempre me orgulhei de manter a mente aberta, embora não possa falar por nenhuma outra pessoa presente.

– Obrigado, milorde – disse Westcott.

– Seja como for, não duvido que seja interessante. – O marquês olhou para Radford. – Certifique-se de usar isso. Causa exatamente a impressão que você deseja.

Deixando Alcox para elaborar os detalhes com seu colega, Sua Graça foi embora.

Capítulo doze

E que no mar padeceu mil tormentos.

– *Odisseia*, Homero

Pequena sala na Residência Warford
Mais tarde, naquele mesmo dia

– Como ele se atreve? – explodiu mamãe. – Warford, como você *pôde*?

– Deve ter sido a peruca – disse papai.

Então, como costumava acontecer quando via os sinais de um conflito conjugal, ele alegou ter outro compromisso e saiu.

Felizmente, ele trouxe a notícia sobre o Julgamento do Corvo Radford no momento em que a tia-avó Dora lhes fazia uma visita. Nem mamãe conseguiria encenar uma tragédia enquanto a dama mais velha gargalhava até explodir.

– Está vendo, Clara? – falou mamãe, enquanto lady Exton secava os olhos. – Nós vamos ser motivo de piada. Os satiristas terão um dia e tanto.

– Se você levar adiante esse julgamento, é possível que isso aconteça – comentou tia Dora. – Eu não o faria, se fosse você. Eu o aceitaria na mesma hora. Você não vai encontrar outro genro como esse na sua vida.

– Espero que não – retrucou mamãe. – Um advogado! E o pai dele! Um excêntrico, casado com uma divorciada. Não me admira que nunca tenha sido feito cavaleiro. Clara não poderia ter escolhido pior nem se tivesse começado a planejar desde o dia em que nasceu.

– Você se preocupa com um título, quando o jovem salvou a vida de Clara? – perguntou tia Dora. – Que outra prova você quer de seu caráter?

– Não é uma questão de caráter – explicou Clara. – O problema é o que os outros vão dizer.

Mamãe lançou seu olhar de Mãe Sofredora de Uma Filha Ingrata.

Clara estremeceu. Mamãe não era completamente irracional. Ser a mãe da moça mais bela e que mais recebia propostas de casamento em Londres fazia de lady Warford um objeto de inveja, ciúme, ressentimento e muitas outras emoções pouco amigáveis. A aristocracia adoraria vê-la humilhada. Não duraria para sempre, mas também não terminaria depressa e seria bastante doloroso enquanto durasse.

Lady Exton via as coisas de maneira diferente.

– Espero que você não esteja preocupada com o que lady Bartham vai dizer. Por favor, lembre-se de que você é a marquesa de Warford. O que os outros dizem não deve importar *nada* para você, especialmente o que dizem mulheres de faculdades mentais inferiores, que gastam seu tempo tagarelando porque são incapazes de fazer qualquer outra coisa.

E ali, em poucas palavras, foi descrita uma força sufocante na vida de Clara: a incessante e maldosa fofoca que se fazia passar por conversa.

– Estou feliz que você se dê ao luxo de desconsiderar a Sociedade, tia – comentou mamãe. – O resto de nós, no entanto, deve viver nela. E não queremos ser submetidos à piedade ou à zombaria mal disfarçada.

Tia Dora se levantou.

– Frances, estou decepcionada com você. Aqui está um jovem forte, saudável, inteligente e ambicioso, pronto para mortificar-se por sua filha, e você se preocupa com o que suas amigas vão dizer! Não consigo decidir se rio ou se choro. Clara, você pode me levar até a porta?

– Você não vai levá-la de novo, tia – disse mamãe. – Para ser franca, você já causou danos suficientes.

– Eu! Ora!

Lady Exton saiu pisando firme, Clara correndo atrás dela.

– Por você, oro para que o Sr. Radford tenha sucesso em seu julgamento – disse lady Exton, enquanto ela e a sobrinha-neta atravessavam o corredor. – Eu poderia ter continuado a discutir, mas quando vi que tudo era sobre "o que a sociedade vai dizer", percebi que era melhor não gastar saliva. Não há terror tão imenso e tão imune à razão quanto o medo de se tornar objeto de ridicularização disfarçada de piedade. Sua mãe preferiria beber veneno.

Isso foi apenas um ligeiro exagero.

– Você fez o seu melhor – disse Clara. – Temos que deixar isso nas mãos do Sr. Radford. Ele já lidou com casos mais difíceis, tenho certeza.

E nem sempre venceu.

Ela não deve ter escondido seus temores tão bem quanto pensava, pois tia Dora disse:

– Não se preocupe, minha querida. Se ele conseguiu impedir a sua morte, também conseguirá vencer seus pais.

– Esse caso pode ser mais difícil – comentou Clara. – E se ele não conseguir?

– Então, você pode fazer alguma coisa divertidamente desesperada, é claro.

Sexta-feira, 23 de outubro
Escritório de Westcott

O Sr. Radford usava sua peruca e toda a vestimenta do tribunal. Embora fosse o único em julgamento, ele era também seu próprio advogado.

Sim, Clara já o vira naqueles trajes, mas ainda não se acostumara com o efeito. Ele era elegante. E intimidador. E, de alguma forma, a toga, a peruca e a renda o deixavam ainda mais *masculino*.

Quando ela o viu, sentiu uma pequena luz brilhar no escuro que ameaçava engoli-la.

Mas durou apenas um momento. O traje do tribunal não ganharia nenhuma admiração de mamãe. Para ela, aquelas vestes gritavam: *Advogado!* Um crime, pois ele estava assassinando seu prestígio social e, portanto, sua vida.

No entanto, o verdadeiro problema seria papai. Ao contrário de mamãe, ele não se zangou nem saiu berrando pela casa. Apenas ficou mais quieto e pensativo. Não era um sinal promissor.

Como os pais de Clara não quiseram trazer mais pessoas do que as absolutamente necessárias para essa "farsa", como mamãe a chamava, o Sr. Alcox leu as acusações. Elas eram mais numerosas do que as que papai relacionara. Ele havia acusado o Sr. Radford de ser inadequado quando se tratava de posição e dinheiro.

Isso, na visão de mamãe, estava incorreto. A lista que ela havia compilado era duas vezes maior e três vezes mais incompreensível do que a organizada pelo Sr. Alcox.

Conforme condensado e traduzido pelo Sr. Alcox, os crimes de Radford eram:

1. Pedir a mão de uma jovem dama a quem ele era incapaz de sustentar no mesmo nível ao qual ela estava acostumada desde o nascimento.

2. Não ter posição social, o que levaria a jovem a ser rejeitada pela sociedade à qual ela pertencia por direito.

3. Pertencer a uma família manchada pelo escândalo do divórcio, fazendo com que o nome de Sua Graça ficasse maculado por associação.

4. Não ter nenhuma ligação social em que pudesse confiar para ajudá-lo a progredir profissional ou socialmente, alcançando um nível mais adequado a Sua Graça.

5. Não ter a possibilidade de conseguir as conexões sociais necessárias, devido à sua representação, acusação e/ou associação a pessoas da classe social mais baixa, incluindo criminosos.

6. Fazer inimigos mortais entre as pessoas acima mencionadas, circunstância esta que colocaria lady Clara em perigo físico.

7. O número seis aumenta a probabilidade do falecimento prematuro do Sr. Radford, o que deixaria Sua Graça sozinha e sem a proteção de amigos – uma vez que ele não tem nenhum –, graças aos itens números dois e três.

8. Embora o seu cuidado diligente possa ter salvado a vida de Sua Graça, deve-se salientar que sua saúde não teria exigido tais cuidados se o próprio Sr. Radford não a tivesse colocado na situação que a levou a ficar gravemente doente.

9. Em relação ao número oito: exploração de uma posição de confiança para ganhar os afetos de uma jovem inocente.

10. Fracasso em evitar que Sua Graça se comportasse de modo inadequado. Era inútil alegar, como fizera lady Clara, que ela insistiu em se colocar em perigo. Um cavalheiro que não pode controlar uma esposa teimosa não está preparado para assumir as responsabilidades de marido.

Embora mais da metade da lista tivesse soado como pura bobagem, dando a Clara vontade de sacudir a mãe, o Sr. Radford ouviu tudo com atenção, como se tivesse sido acusado de crimes hediondos.

Em vez de um juiz, o Sr. Alcox perguntou:

– Como o senhor se declara, Sr. Radford?

Ele lançou a Clara um rápido olhar, que ela não conseguiu entender.
– Inocente.
– Isso é absurdo! – exclamou mamãe, virando-se para papai. – Como você pode...?
– Muito bem, minha querida – disse papai. – Como este é um tribunal informal, vamos dispensar as formalidades. Sr. Radford, o senhor pode prosseguir.

Radford colocou a mão sobre a mesa de Westcott, arrumada para a ocasião, e inclinou a cabeça como sempre fazia quando se preparava para falar.
Ele só conheceu a lista completa de acusações naquele momento. Aparentemente, lady Warford havia acrescentado e mudado itens até o último minuto.
Não que isso importasse. Ele sabia o que esperar. Entendera que estava fazendo uma grande aposta. Não havia alternativa.
Radford levantou a cabeça e, por um segundo, encontrou o olhar azul de Clara antes de se voltar para o júri, formado pelos pais da jovem. Ele não podia olhar para ela por muito tempo e manter uma cara séria. E hoje, mais que nunca, era preciso manter o controle da situação.
Ela escolhera um vestido amarelo para a ocasião. O decote alto era a única coisa sóbria na peça. Era um modelo redingote, uma espécie de casaco feminino, comprido, traspassado, ajustado na cintura e duplamente abotoado na frente por grandes botões de seda e, no topo, por uma corda trançada, de onde pendia um par de pequenas pinhas de seda. Vieiras bordadas corriam pelos dois lados da frente, bem como em torno da capa curta, que fluía sobre mangas gigantescas. O chapéu era relativamente simples, exibindo não mais do que meia dúzia de arcos e apenas alguns ramos brotando do topo. No interior da aba, babados e pequenas flores emolduravam seu rosto.
Mantê-la no estilo ao qual ela estava acostumada seria um desafio – mas o resultado seria bastante divertido.
Se os pais dela, com seus rostos frios, lhe permitissem.
– Dez acusações são, de fato, um número de peso – declarou ele. – Enviamos homens, mulheres e crianças para a eternidade com apenas uma acusação. Entretanto, devemos nos lembrar que o casamento, especial-

mente entre as classes altas, é um assunto muito mais sério do que um mero assassinato entre as fileiras mais baixas.

– Eu protesto – disse lorde Warford. – Não viemos aqui para sátiras e palestras sobre desigualdades sociais.

– No entanto, desigualdade social e financeira é a acusação que Vossa Graça me faz – retrucou Radford. – Mas vamos começar do começo. Item um: minha falta de renda. Exorto o júri a rejeitar essa acusação. Pela minha própria contagem, pelo menos três dos candidatos à mão de lady Clara, incluindo um cavalheiro com quem ela esteve brevemente comprometida, eram menos capazes de sustentá-la do que eu. Esse último cavalheiro, por exemplo, estava bastante endividado.

– Não é a mesma coisa – discordou lady Warford.

– Sem dúvida é uma questão a respeito da qual vale a pena pensar – argumentou ele. – Parece que o cavalheiro em questão foi aceito sob coação, porque havia comprometido lady Clara em circunstâncias bastante públicas. Um escândalo, enfim. Nesse caso, podemos também tratar do número três? O escândalo do divórcio de minha mãe é muito antigo, tendo ocorrido quase 30 anos atrás. O de Clara ocorreu há apenas alguns meses. Acredito que isso nos deixe pelo menos empatados.

– Warford, eu protesto – disse lady Warford. – Você não vai colocar esse sujeito em seu devido lugar? A ideia... igualar um caça-dotes que levou Clara na direção errada...

– Ele tem razão nesse ponto – concordou lorde Warford. – Em mais de um. Podemos não gostar do que ele tem a dizer, mas prometemos dar ao cavalheiro uma audiência justa. Para sermos justos, devemos considerar a dispensa dos itens um e três. Vários dos pretendentes de Clara recebiam mesadas pequenas ou estavam com dívidas.

– Ela os recusou!

– Não importa. Nós acusamos o Sr. Radford apenas por *pedir* a mão dela. A lei apresenta pontos delicados e precisos, minha querida.

– Bem, o "escândalo", com aquele homem desagradável, não durou mais que um dia – disse milady.

– E o divórcio que tanto a incomoda já era notícia velha quando o rei George III ainda estava vivo – devolveu milorde.

– Warford, você não pode estar levando a sério os argumentos desse homem.

– Posso, sim. E não é necessário ter grande inteligência para antecipar a resposta do Sr. Radford ao item do escândalo. Eu recomendo que você permita que o cavalheiro continue. Por um lado, as coisas vão avançar mais rapidamente. Por outro, não quero me ver obrigado a atacar o número dez também.

Isso soou promissor, mas Radford sabia que lorde Warford era um político esperto. Ele havia concordado com uma audiência justa para atender à filha. Mas ele era obrigado a viver com a esposa. E, o mais importante, ele tinha medos racionais pelo futuro da filha, o que Radford teria um trabalho gigantesco para superar.

Enquanto isso, ele só havia tratado das questões mais fáceis. As outras acusações eram mais complicadas e seu lado emocional estava inquieto.

Ele levou um momento para trazer seu lado racional de volta e tratar de ver as questões com o devido distanciamento.

– Item dois – disse ele.

Clara precisou de todo o seu treinamento como dama para manter as mãos frouxamente cruzadas sobre o colo e a boca fechada.

Ela podia ver, a cada troca de palavras, os pais se voltando mais e mais contra o Sr. Radford. A mãe não gostava de ser contrariada por quem quer que fosse, quanto mais por um *ninguém*. Clara podia senti-la fervendo por dentro, embora estampasse no rosto sua melhor expressão de frieza. Não se podia confiar no humor de papai. Ele era bom em usá-lo para obter o melhor da oposição.

– Deixe-me tratar dos números dois, quatro e cinco em ordem – pediu Radford. – Eles se referem à classe e posição social. Em primeiro lugar, quanto à classe: sou bisneto do terceiro duque de Malvern. Meu pai é herdeiro presuntivo do atual duque. Homens de antecedentes inferiores aos meus frequentam os primeiros círculos da sociedade e são admitidos na corte.

Só Clara sabia quanto custava a ele usar o grau de parentesco com Bernard.

– A única corte na qual o senhor é admitido é a corte criminal – alegou mamãe. – Sua Majestade não sabe que você existe.

– Na verdade, milady, meu nome é conhecido de Sua Majestade. Abri processos em nome da coroa mais de uma vez, além de buscar a misericórdia real sob a forma de perdões condicionais. Já representei ou aconselhei seis membros das mais altas classes da sociedade e todos se ofereceram para exercer sua influência em meu nome. Em suma, tenho conexões úteis. Simplesmente não as usei por um desejo, talvez equivocado, de abrir meu caminho por meus próprios méritos. No entanto, no caso de eu me casar com lady Clara, não hesitarei em utilizar todos os meios possíveis para garantir que ela continue...

– Você não pode fazer tais sacrifícios terríveis por minha causa – gritou Clara. – Você deve saber como é tolo afirmar que a sociedade me condenará ao ostracismo. Mamãe, me admira você propor uma coisa dessas. Nenhuma anfitriã me excluirá somente porque fui intrépida a ponto de me casar com o Sr. Radford. Pelo contrário! O mundo vai nos inundar de convites.

– Clara, você vive em um mundo de fantasia – afirmou mamãe.

– Eu vivo em *nosso* mundo, mamãe. Entendo tão bem quanto você como nossos amigos pensam. Sim, todos irão comentar. Mas vão se perguntar o que há de tão especial no Sr. Radford. Vão querer saber por que, entre tantos cavalheiros que me cortejaram, eu quis o único que não me cortejou. Por certo que as damas irão querer saber o que fiz para disciplinar o esquivo Corvo Radford.

Só ela captou a pequena contração da boca de Radford.

– *Corvo* Radford! – repetiu a mãe. – Lidar com criminosos já é ruim, mas esse apelido vulgar...

-- Chega – disse papai. – Eu chamo o tribunal à ordem. Clara, você interrompeu o processo.

– Eu? E mamãe?

– Ela deve ser autorizada a se expressar de vez em quando, para evitar os ferimentos físicos que causaria si mesma se fosse reprimida.

– Warford!

– No entanto, depois de algum tempo, eu também a chamei à ordem, não foi, querida? Não posso permitir que pensem que não sou capaz de controlar minha própria esposa.

– Você está do lado *dele*, Warford!

– Estou do lado de Clara – respondeu ele. – Sua felicidade é o que me preocupa.

– Então, me chame como testemunha, Sr. Radford – pediu Clara. – Por que você deve responder a todas essas acusações ridículas quando é com minha felicidade que todo mundo diz estar preocupado?

– Sou perfeitamente capaz de responder às acusações sem ajuda – explicou Radford.

– Por que você faria isso? Eu o meti nessa situação.

– Com toda certeza, não.

– Eu o atormentei sem parar.

– Sou advogado. As pessoas costumam nos atormentar com seus problemas, e ficamos felizes por assumir o trabalho.

– Mas fiquei sempre em seu caminho.

– Nem sempre – disse ele. – Você provou ser útil algumas vezes. Ou, no mínimo, divertida. O suficiente para me levar a procurá-la, quando eu deveria tê-la deixado seguir seu caminho. Quanto a esse ponto, na verdade, eu estava prestes a chamar uma testemunha. – Ele se virou para Westcott. – Por favor, chame a primeira testemunha.

Westcott foi até a porta e murmurou algo para o funcionário do escritório. Um momento depois, Tilsley arrastou Fenwick, em toda a sua glória de ouro e lilás, para o escritório, não sem algum uso violento e hostil dos cotovelos.

Radford devia ter percebido que as coisas não sairiam exatamente como ele planejara.

Fenwick foi para o "banco das testemunhas" – o tapete diante da mesa de Westcott. Ele testemunhou sobre o suborno – dois xelins! – que Radford pagara ao pequeno mercenário para enviar uma mensagem clandestina a lady Clara.

Então, lady Clara se levantou e também o interrogou, perguntando se não era verdade que ela pagara ao menino dois xelins para que a levasse ao Sr. Radford, já que o advogado era, conforme a afirmação do menino, "o único capaz de fuçar até achar alguém que havia sumido".

Depois disso, o garoto deixou a sala – e, pelo barulho que ouviram, lutando com Tilsley.

Em seguida, o pai de Clara perguntou, com serenidade, sobre o que precisamente sua filha estava falando.

Ignorando os sinais de Radford para ficar em silêncio, lady Clara foi ao banco das testemunhas e confessou uma centena de crimes e contravenções, ou seja, a história completa e verdadeira que levou à sua doença (mas deixando os detalhes mais ousados de fora).

Quando ela terminou de deixar os pais de cabelos brancos, Radford sentiu vontade de bater a cabeça contra a parede.

– Ninguém jamais a avisou para nunca dizer uma palavra além do que lhe fosse perguntado quando estivesse sendo interrogada? – perguntou ele.

– Não vê que é péssima estratégia você levar toda a culpa? – revidou Clara.

– Péssima estratégia!

– Sim. Isso faz você parecer um sedutor malvado, o que não ajudará o seu caso. Você sabe muito bem que eu comecei tudo isso, Sr. Radford, e sabe que usei todas as minhas artimanhas femininas...

– De fato, usou todas as que possuía. – Ele a interrompeu antes que Clara piorasse as coisas, embora achasse que isso não seria possível. – E asseguro ao júri que, como advogado, fui treinado para me tornar impermeável às artimanhas femininas.

– Sim, e é muito irritante de sua parte – disse ela. – Mas sou obstinada...

– Vamos dizer *perseverante*.

– Não comece a ser gentil comigo agora.

– Estou tentando causar uma boa impressão em seus pais.

– O que vai contra a sua natureza e o faz parecer ligeiramente esverdeado – observou ela. – Recomendo, pelo bem de sua saúde, que pare ou desista.

E ele teve que se controlar para não dizer *eu te amo, eu te amo, eu te amo.*

– De qualquer maneira, sua gentileza é bastante condescendente, não acha? – indagou ela.

– Um pouco, talvez. Obrigado, milady. Pode voltar ao seu lugar.

– Acredito que Vossa Graça tenha feito o suficiente – disse ele. – Vamos passar para o número...? – questionou-se ele, perdendo um pouco o prumo após o diálogo com ela.

– Seis – completou lorde Warford. – Inimigos mortais. Pessoas de baixo nível. – Ele olhou para a porta fechada. – O rapaz é um exemplo, imagino.

– Um ex-delinquente juvenil, agora empregado na Maison Noirot – falou Radford.

– Isso explica o traje.

– Warford, devemos continuar com essa farsa? – indagou a marquesa.

– Prometi uma audiência justa.

– Justa? Você está vendo tão bem quanto eu o que se passa aqui. Ele vê isso como uma grande piada e desperta o pior em Clara.

Uma piada. Seu futuro. Sua vida. A vida de *Clara*. Despertando o *pior* nela!

Uma névoa vermelha surgiu diante dos olhos de Radford. Ele tentou piscar e acabar com ela.

– Ele desperta algo – disse lorde Warford.

– Sua independência – acrescentou Radford, sem pensar. – Sua mente. Sua coragem. Ela tem 22 anos. Alguém precisa despertá-la. Para que seja ela mesma.

Todos pareceram prender a respiração por alguns segundos – inclusive o próprio Radford –, e ele percebeu os pais dela se enrijecendo e Westcott fazendo um gesto de quem corta a garganta. *Não.*

Radford viu o precipício a seus pés.

Irrite o juiz, provoque seus colegas, mas nunca, jamais!, ataque o júri.

Ele tentou recuar.

Tentou fazer o que o sinal de Westcott pedia.

Ele quase conseguiu.

Capítulo treze

*Quando uma dama se casa com um cavalheiro de caráter e
qualidade, em todos os aspectos adequado a ela, exceto no tocante
às suas propriedades, que não são iguais ao que ela poderia
esperar, eu não chamaria a união de desigual.*

– John Witherspoon, *Cartas sobre o matrimônio*, 1834

Ainda não era tarde demais para recuar e mudar o rumo de sua abordagem.

Mas Radford trouxe à mente a imagem de Clara em Vauxhall, atacando
Bernard. Relembrou o discurso furioso que ela fez, naquele mesmo escritório, num dia chuvoso de setembro.

A menina corajosa e inteligente estava sufocando. Sem o desagradável
Corvo Radford, ela seria sufocada – da maneira mais cara e luxuosa – pelo
resto da vida.

– Se lady Clara se preocupasse com os assuntos com os quais o mundo
quer que se preocupe, ela não teria vindo a mim – disse ele. – Se quisesse estar
segura e ser mimada, ela não teria vindo a mim. Se acreditasse que as crianças
pobres não eram de sua conta, ela não teria vindo a mim e não teria me atormentado para que eu a ajudasse a ajudá-las. Lady Clara veio a mim porque
sabia que ninguém *permitiria* que ela as ajudasse. Não estava tentando salvar
o mundo. Não estava tentando resgatar as massas miseráveis de Londres.
Fixou seu objetivo em uma menina e seu irmão, só isso. Mas ela não podia
ir aos senhores pedir auxílio, pois lhe diriam que seu trabalho era organizar
e patrocinar instituições de caridade. Não era sua função sujar as luvas e salvar um menino muito doente, preso em um ninho de ladrões. – Ele fez uma
pausa. – Por certo que não era sua função arriscar a vida para salvar o garoto.
Mas ela queria tanto fazê-lo que não se importou com os riscos.

Ele encontrou o olhar do pai. O semblante de Sua Graça ficou sombrio e um músculo se contraiu em sua mandíbula. Se Radford pudesse ser intimidado, esse era o momento de se acovardar. Mas ele havia enfrentado intimidações desde a juventude e passara a vida lutando contra situações assustadoras.

– Por favor, pergunte a ela, lorde Warford – pediu ele. – O senhor poderia perguntar a lady Clara se ela se arrepende de suas atitudes?

O marquês começou a se levantar e Radford pensou: *Se ele for embora agora, estamos perdidos.*

O marquês, então, olhou para Clara, cujo rosto estava lívido. Ele parou e se sentou outra vez. Suspirou profundamente, soltou o ar e perguntou:

– Você se arrepende, Clara?

Lágrimas cintilaram nos olhos dela, mas não caíram. Sua boca tremia um pouco, mas Clara balançou a cabeça e disse, com frieza:

– Se tivesse que fazer de novo, eu faria. Foi o primeiro ato verdadeiramente satisfatório que realizei em anos... embora também tenha sido divertido ajudar a prima Gladys. – Ela franziu a testa. – E foi muito agradável fazer um escândalo quando rejeitei Clevedon.

– Oh, Clara! – exclamou a mãe.

– Case-se comigo, Clara – pediu Radford –, e você poderá fazer tantos escândalos quanto quiser. Estou pronto a encorajá-la, porque fazer espetáculos é o que faço. Case-se comigo, Clara, e será difícil. No momento, não posso mantê-la com o requinte que você merece...

– Eu não preciso de requinte – respondeu ela. – Eu vivi sem ele por 21 anos e meio, até aquelas modistas tomarem conta de mim.

– Viva sem requinte – disse a mãe. – Oh, sim, já imagino você morando em um pequeno espaço, com apenas dois criados, se a renda do Sr. Radford chegar a tanto. Você vivendo com uma renda anual inferior ao que pode gastar em uma hora.

– O dinheiro não é a questão – interveio lorde Warford. – Podemos falar sobre a liberdade de Clara e sua tendência a se meter em pequenas encrencas, em geral geradas por boas intenções.

– *Pequenas encrencas!* – gritou Clara. – Como se eu fosse uma criança. Ora, papai...

– Você é, e sempre será, a minha menininha – respondeu ele. – Peço que não me ataque a cada palavra que eu disser, minha filha. Deixe-me fazer ao Sr. Radford a pergunta essencial.

Ele lançou sobre Radford um olhar azul de aço.

– O que vai acontecer, senhor, quando essa paixão desaparecer? E não venha me dizer que não é paixão. O que será de minha filha, Sr. Radford, daqui a um ou dois anos, quando ela for a esposa de um advogado, vivendo isolada de seus amigos, em um ambiente para o qual ela nunca foi preparada e sobre o qual nada sabe? Com quem ela vai conversar? O que fará com seus dias e noites? Que tipo de vida você pretende oferecer a ela?

Clara abriu a boca para responder, mas sua mãe não lhe deu chance.

– E diga-me, Sr. Radford – pediu a marquesa –, que tipo de consideração você pode ter para com uma jovem mulher, quando a convida para se juntar a você em seu mundo, onde tem relações constantes com delinquentes juvenis e malfeitores de todos os tipos? Um mundo onde você é perseguido por criminosos?

– Que tipo de consideração – repetiu Radford, com suavidade.

Ele discutiu a questão consigo mesmo. Então, sorriu.

– Na verdade, deve ser uma grande consideração, pois acredito que lady Clara é mais do que capaz de viver sua vida, com coragem e estilo, no ambiente em que vivo.

O rosto de Clara brilhou e ela sorriu. A sala se iluminou, como se o sol tivesse decidido forçar seu caminho através do céu cinzento e se colocar ali.

Era isso! Ele sabia que moveria céus e terras para trazer aquela luz ao rosto dela, para despertar aquele sorriso e a sombra de uma risada em seus olhos azuis..

Lorde Warford olhou para Clara e depois para a esposa.

– Já ouvi o bastante. Não vamos abordar os números de seis a dez.

– Papai!

– O Sr. Radford não se encaixa em um amplo leque de questões – disse o marquês.

– Papai!

– Exceto no mais importante – prosseguiu lorde Warford. – Ele gosta de você e você parece gostar dele.

– Warford!

Ele se voltou para a esposa.

– Minha querida, estou longe de me extasiar com a escolha de Clara. Em termos sociais, esse cavalheiro é um ninguém e parece contente em permanecer assim. Mas ele parece entender Clara, possivelmente um pouco melhor do que nós dois.

– O entendimento não pagará pelos criados – retrucou lady Warford, com lágrimas nos olhos. – Quem cuidará dela? O que vai ser da minha linda criança... vivendo em aposentos tão pequenos?!

O marquês pegou a mão da esposa.

– Vamos permitir que Clara e o Sr. Radford trabalhem essa dificuldade por si mesmos. Vamos buscar consolo no reconhecimento de que estarão muito bem juntos no que diz respeito ao intelecto e ao caráter. Suas trocas de palavras ofereceram ampla demonstração disso. É preciso ser cego e surdo para não reconhecer uma forte ligação entre ambos. Embora o Sr. Radford não seja o homem que eu teria escolhido, isso não constitui motivo para partir o coração de minha filha.

– Como se eu devesse consentir que Clara partisse seu próprio coração! – gritou milady. – Ela nem conhece o próprio coração.

– Ela tem 22 anos... e meio – alegou lorde Warford. – É uma garota inteligente. Devemos tirar o melhor disso, minha querida. – Sua atenção se voltou para Radford. – Vou visitar seu pai. Colocaremos nossos advogados para discutir e ver o que acontece.

Boudoir da duquesa de Clevedon
Sábado, 24 de outubro

As três irmãs Noirot – Marcelline, duquesa de Clevedon; Sophy, condessa de Longmore; e Leonie, marquesa de Lisburne – olharam para Clara sem imprimir nenhuma expressão no rosto.

Ela havia contado às irmãs, com um pouco mais de detalhes do que relatara aos pais, os eventos que levaram ao seu noivado com Radford.

– Eu queria que vocês soubessem o mais rápido possível – disse Clara, em meio ao silêncio. – Ainda não contei às minhas irmãs. Mamãe fará isso, com muitas lágrimas e indignação, tenho certeza.

As irmãs se entreolharam, cada uma delas uma esfinge.

Clara sabia que as três esperavam que ela fizesse um casamento esplêndido, elevando o prestígio da loja e garantindo que ela continuasse a comprar suas caríssimas criações. Após um longo e tenso momento, Marcelline disse:

– Mas é tão *romântico*, minha querida.

– Você nunca poderia se casar com um homem de inteligência comum – acrescentou Sophy. – Ficaria entediada e morreria de enfado.

– Ele é inteligente *e* ambicioso, e é bom em conseguir o que quer – completou Leonie. – Ele vai subir na vida, disso eu não tenho dúvida.

– Mas o mais importante – salientou a duquesa, voltando a olhar para as irmãs, os olhos escuros brilhando.

– O vestido! – gritaram todas em coro.

Elas ficaram entusiasmadas com a perspectiva de exibir suas respectivas especialidades – Marcelline arrebatada em relação ao vestido que criaria; Sophy eufórica sobre a grinalda que faria; e até a prática Leonie se mostrou quase poética em relação ao corselete nupcial que produziria.

Embora todas tivessem começado a transferir suas atividades para outras pessoas desde que se casaram, abririam uma exceção para o casamento de Clara. Ela era sua protegida e mais importante cliente, e elas haviam esperado durante meses por essa oportunidade.

– Nada muito extravagante – pediu Clara. – Lembrem-se, vou me casar com um advogado que está apenas na fase inicial de sua carreira.

Ela não sabia se Radford poderia pagar por qualquer um de seus trajes, especialmente os de noite.

– Mais uma razão para um esplêndido vestido de noiva – disse Sophy. – Quanto mais cara você parecer, mais você aumenta o status do seu marido aos olhos dos outros. A maioria dos homens reconhece isso e gosta de ver suas esposas bem-vestidas.

– De qualquer forma, lorde Warford vai pagar por ele – disse Leonie. – Você não vai querer que seu amado pai pareça infeliz ou insatisfeito com seu futuro genro.

– Ele não está satisfeito – lembrou Clara. – Eu disse isso a vocês.

Sophy fez um gesto com a mão, descartando essa possibilidade.

– A questão não é o que ele realmente sente. É o que *parece* sentir. Não importa como seu pai e sua mãe se sintam, eles não querem que os outros suspeitem de que não estão animados com sua escolha. Você pode ter certeza de que vou escrever notícias para o *Foxe's Morning Spectacle* que deixarão com inveja pais de todos os lugares. As mães vão gritar com as filhas: "Por que *você* não conseguiu um prêmio como esse?"

Se alguém podia transformar uma situação incômoda em algo positivo, esse alguém era Sophy.

Elas passaram a imaginar os vestidos de uma senhora recém-casada: seus trajes matinais, seus trajes para a noite, os vestidos para a ópera e tudo o mais. Clara tentou controlá-las, mas logo desistiu, pois sabia que elas estavam certas. Como sempre.

Elas haviam alcançado o sucesso porque entendiam perfeitamente a alta sociedade. Ficaria caro para o pai, mas ele nunca se preocupara com as contas de costureiras e coisas assim. Mais importante, como elas disseram, era criar um elegante conjunto de roupas que reforçaria o status de Radford e silenciaria as línguas maliciosas.

O resto do casamento era com ela e Radford.

Edifício Woodley
Segunda-feira, 26 de outubro

– Espero que você tenha pensado em onde vai morar – disse Westcott.

Radford não tivera tempo para pensar em nada de prático. Ele mal conseguira prosseguir com suas atividades profissionais. Só havia se concentrado em sua luta por lady Clara.

Imediatamente após o julgamento do Corvo Radford, ele fora para Richmond, para contar tudo ao pai. Não mencionou o julgamento, temendo que isso o deixasse furioso: seu filho ter que se defender perante um casal de aristocratas esnobes! No entanto, ele fez todo o relato com muito bom humor. A mãe se dissera satisfeita, mas parecia um pouco preocupada.

Animado com o próprio triunfo, ele se convencera de que, quando seus pais e os dela se conhecessem pessoalmente, superariam muitas das barreiras sociais. Seu pai era um cavalheiro, sua mãe, uma dama bem-nascida. Ninguém poderia encontrar falhas em suas maneiras. Bem... o pai muitas vezes era brusco e rude, mas o mesmo poderia ser dito sobre qualquer nobre, em especial aqueles de idade avançada.

E, considerando a idade avançada e a enfermidade de seu pai, Radford não achava que alguém pudesse ser tão irracional a ponto de se opor ao casamento acontecer em Richmond. E a lua de mel também. Uma viagem nupcial nessa época do ano não era uma boa ideia. Dadas suas atuais responsabilidades legais, isso estava fora de questão.

Por algum tempo, ele e Clara residiriam na ala do primeiro andar da Residência Ithaca. Seus pais haviam abandonado aquela parte da casa quando o pai ficara demasiado frágil para se movimentar além da biblioteca.

Tudo então parecia cor-de-rosa.

Agora, 72 horas após obter o consentimento de lorde Warford, a realidade se infiltrou em seus ossos, como a fria névoa que se aproximava de Londres e se espalhava por todas as rachaduras e fendas da cidade. Ela penetrou no escritório de Westcott e se misturou à fumaça da lareira, criando uma névoa amarelada.

Westcott sentou-se perto do fogo. Em sua mão, mais uma carta de Bernard. Radford assumira seu posto à janela para observar o cemitério ao lado da igreja. Uma neblina rodopiava entre as lápides.

– Sei que os pais de Clara vão querer que ela more em uma região adequadamente elegante e, portanto, exorbitante – disse ele.

Radford considerava que esse seria um uso bem tolo do dote, por maior que fosse.

– Ninguém está usando a casa ducal da cidade no momento – disse Westcott. – E nem pretende usá-la em um futuro previsível.

A Residência Malvern estivera ocupada até o ano anterior, mas os locatários não haviam renovado o aluguel. Como era de se esperar, Bernard não encarregara ninguém de encontrar novos inquilinos.

– A próxima esposa de Bernard pode ter algo a dizer a esse respeito.

A carta que Radford tinha em mãos continha, além das dificuldades e tribulações habituais, três páginas descrevendo uma jovem que Bernard conhecera em um jantar em Ashperton, nas proximidades de sua casa. Aparentemente, ela não havia fugido das investidas desajeitadas de Bernard, quando ele decidiu cortejá-la. "Ela tem bons quadris para procriar e é a única mulher em uma família de homens. Vou ter meia dúzia de filhos com ela e você não poderá receber um ducado, pequeno Corvo. Ha-ha", escreveu ele.

Radford não sentiu pena da garota, fosse quem fosse. Bernard não podia fingir ser o que não era. Ele não era inteligente e não havia maneira de disfarçar seu físico de baleia. Se ela suportara vê-lo comendo como um porco e aturara suas atitudes de bêbado, deveria ser excessivamente caridosa ou estar excessivamente determinada a ser duquesa. De qualquer maneira, ela era bem-vinda.

O importante era que a próxima duquesa de Bernard não seria Clara.

– Você acha que ele vai se casar com a garota? – perguntou Westcott.

– Ela está disponível, é jovem, bonita e vem de boa criação – respondeu Radford. – Se ela ou seus pais o tivessem desencorajado, ele teria dito isso e criticado a aparência dela e de sua família, em vez de se gabar. Sim, ele se casará com ela... e prevejo que o faça antes que o ano acabe.

– Mas ele não vai querer viver em Londres. E, se quiser criar filhos, vai mantê-la no Castelo de Glynnor.

– A menos que ela seja muito persuasiva. De qualquer maneira, prefiro não pedir favores a ele, nem mesmo por lady Clara.

Ela permaneceria lady Clara depois que se casassem; tomando o sobrenome dele, mas mantendo seu título e sua primazia. Ela permaneceria quem era, uma dama criada para ser a esposa de um nobre do mais alto escalão.

Como diabo ele faria duas vidas, tão diferentes em tantos aspectos, se encaixarem?

Sophy fez o que prometera, pintando o noivado com tintas brilhantes nas páginas do *Foxe's Morning Spectacle*, para o qual escrevia anonimamente. Como todos, lady Warford leu a publicação com cuidado e devoção. Ao contrário da maioria das pessoas, ela sabia que o escritor anônimo era sua nora. Embora não fosse intelectual nem literária, Sua Graça compreendia como a mente da sociedade funcionava. Ela não demorou muito para ver quão brilhantemente Sophy lidara com a questão. Ela havia apresentado o humilhante noivado como um triunfo. Graças a ela, jovens solteiras invejariam lady Clara e suas mães invejariam a mãe de Clara – ou pelo menos se perguntariam o que ela sabia sobre seu futuro genro que todas desconheciam.

Lady Warford não só decidiu que amava a nora mais do que imaginava, mas também absorveu a lição. Ela começou a contar sobre o noivado como se fosse um grande golpe que ela mesma planejara.

Chegou a ponto de compartilhar sua imensa felicidade com o rei e a rainha e ficou chocada (embora não visivelmente) ao saber que eles nutriam pelo Sr. Radford alguma consideração, embora o rei, que fora comandante naval, tivesse uma vez expressado o desejo de pendurá-lo na verga das velas.

– Um homem brilhante – disse Sua Majestade. – Mas ele pode ser extremamente irritante.

– Acredito que lady Clara saberá lidar com isso – comentou a rainha.

– Sem dúvida – concordou o rei. – Sujeito sortudo! Com uma esposa assim, ele vai longe.

Ele não acrescentou "Se ninguém o matar antes" porque isso estava subentendido.

Resplandecente com a aprovação real, lady Warford estava armada para sua batalha com lady Bartham. A melhor de todas as armas seria o grande prazer de se desculpar por não poder convidar a amiga para as núpcias, "uma vez que será bastante reservada, pois a saúde do Sr. George Radford está muito frágil para suportar multidões. Teremos apenas a família mais próxima... E alguns ministros, como exige a posição de Warford... Ah, e o rei e a rainha nomearam membros da família real para representá-los, pois a agenda de Suas Majestades não lhes permite comparecer".

Em três dias, a notícia já havia chegado a cada esquina de Londres. No quarto dia, Radford teve que se esquivar dos jornalistas em seu caminho para o Temple; Tilsley se preparou para entrar em luta corporal para expulsar vendedores de objetos indispensáveis para recém-casados; e Westcott economizava carvão queimando montes de cartões de visita e folhetos – sobre móveis, imóveis, serviços de pessoal, etc.

Entre os conhecidos do Corvo Radford nas classes mais baixas as coisas também ficaram mais quentes, pois eles passaram a discutir e apostar sobre o que isso significaria para os negócios do crime. Alguns tinham certeza de que ele desistiria de ser advogado e se tornaria um cavalheiro, vivendo do imenso dote de sua esposa – uma fortuna estimada entre dez e quinhentas mil libras, com apostas cobrindo os extremos e todos os pontos intermediários. Outros diziam que precisariam arrancar sua peruca do crânio frio e morto antes que ele desistisse de criar problemas para "sujeitos que só estavam tentando ganhar a vida".

Jacob Freame não estava entre aqueles que apostavam ou expressavam opiniões.

Ele fora abatido por uma febre pouco depois de Chiver não ter conseguido escapar. Isso era mortal para ele. Os rivais e os associados ambiciosos ficariam felizes em ajudar a acelerar o seu caminho para o cemitério enquanto ele não estivesse em condições de se defender.

Mas dois de seus garotos ficaram ao seu lado, mesmo depois que ele ficou doente: Husher e Squirrel – assim chamado por Chiver por se parecer com um esquilo, com dentes grandes, bochechas estufadas e uma maneira brusca de se movimentar. Os dois haviam ajudado Freame a fugir de barco. Embora essa opção de fuga fosse uma escolha dolorosa para um homem doente, era mais seguro do que as ruas, onde seus inimigos o reconheceriam.

Eles se refugiaram em uma cabana num dos bairros mais sujos ao longo do rio, onde ninguém que o conhecesse poderia imaginar que se escondesse. Todo mundo sabia que Jacob Freame vivia com conforto. Possuía uma carruagem e um cavalo, circulava pelos principais círculos do submundo de Londres e vivia em luxuosos aposentos privativos em um dos melhores bordéis de Covent Garden. Resumindo: em seu próprio mundo, ele era uma celebridade.

Entre a população criminosa do rio, ele não era ninguém e nem os piores dentre eles iriam se dar ao trabalho de cortar sua garganta, mesmo se quisessem se aproximar de um homem morrendo de febre. Além disso, Husher estava montando guarda, no caso de alguém ser curioso e temerário o suficiente para se aproximar.

Assim, Freame ficou cada vez mais doente e chegou às portas da morte. Mas a Morte mudou de ideia no último minuto e Freame voltou à vida em um lugar insalubre, sem ter aonde ir e com quase nada para viver. Seus rapazes haviam fugido e se juntado a outras gangues. Pensando que ele estava morto, ou quase, seus rivais se apossaram de seus negócios.

E agora...

– Ele *o quê*? – rosnou Freame, quando Squirrel colocou uma tigela rachada com alguma gororoba à sua frente.

Squirrel e Husher falavam apenas algo parecido com inglês, que somente outros de seu tipo conseguiam entender. "Traduzida", a conversa entre eles foi mais ou menos assim:

– O Corvo vai se casar. Eu ouvi isso no Jack's – informou Squirrel.

Husher assentiu.

– Eu também ouvi.

O Jack's era um café de péssima reputação em Covent Garden.

– Você pode ouvir qualquer coisa no Jack's – disse Freame. – Não significa que não é uma pilha fumegante de esterco.

– Eles estavam apostando nisso – explicou Squirrel. – Porque ela é a mulher altona que bateu em Chiver e foi lá na casa, naquele dia, quando ele caiu do telhado. Porque ela é nobre. Com diamantes tão grandes quanto ovos de ganso, dizem eles. E os dois vão morar em um castelo e ele está saindo de onde mora e vai ser um cavalheiro.

– Não vai, não – respondeu Freame. – Não ele, bancando o besta com os nobres, conversando com o rei e usando alfinetes de diamantes. Ele não vai ficar bem depois do que fez comigo.

Husher acrescentou:

– O que ele fez com o Chiver também. Se não fosse pelo Corvo...

– Chiver fez isso com ele mesmo, seu imbecil – disse Jacob. – Quem foi que trouxe aquele bebê chorão que... Qual era mesmo o nome dele?

– Toby – respondeu Squirrel. – Toby Coppy.

– Esse mesmo – concordou Jacob. – Por que estou doente, por que estou arruinado, se não é por causa do Grande Toby Coppy e daquela irmã chorona dele? Qual o nome dela? Betty... Biddy ou...

– Bridget – corrigiu Squirrel.

– Ela... Chorando, gritando e trazendo os grã-finos para meterem o nariz onde não deviam. Mas tudo acabou sendo culpa do Corvo, não foi? E agora ele vai ter faixas e vestes de veludo, coroas e ficar de conversinha com príncipes e princesas? Ah!

Freame sorriu. Um sorriso que fazia seus meninos tremerem e os inimigos procurarem suas armas ou fugirem.

– Ah, ele vai ter mesmo uma coroa – disse Freame. – E eu mesmo vou coroar esse sujeito.

Squirrel e Husher se entreolharam e sorriram também.

Capítulo quatorze

*Observe-se que aqueles que escrevem em defesa do casamento
geralmente dão descrições sublimes e glorificadas, que não
se realizam em um caso entre mil; e, portanto, não podem
ser uma razão justa para um homem ponderado.*

– John Witherspoon, *Cartas sobre o matrimônio*, 1834

*Residência Ithaca, Richmond
20 de novembro de 1835*

Duas princesas, dois duques reais e suas esposas, quatro membros do ministério e suas esposas, três ex-costureiras ligeiramente francesas e seus cônjuges: duque, marquês e conde, em ordem de precedência. Estes, o padrinho de Radford, Westcott, e o que pareciam ser milhares de Fairfaxes encheram a sala de estar da Residência Ithaca.

Embora Radford conhecesse todos os nomes e pudesse, se necessário, recitá-los dali a uma semana ou um ano, no momento eles não eram mais do que um mar nebuloso de rostos.

Ele não podia culpar a celebração prolongada da noite anterior, com os mencionados duque, marquês e conde, por não conseguir enxergar nada à sua volta. Ele havia começado a comemoração já cansado, depois de semanas de longas horas de trabalho, para manter-se em dia com suas responsabilidades profissionais e o fluxo de cartas insuportáveis de Bernard. Graças às noções que o duque, o marquês e o conde faziam de uma despedida de solteiro, Radford não desfrutara de mais do que duas horas de sono. Ele achou que os três homens, como tantos outros, estavam tentando matá-lo ou queriam ter certeza de que ele não chegaria à cerimônia de casamento.

Mas o motivo de ele não conseguir ver nada nem ninguém a seu redor foi outro.

Foi a imagem à entrada do salão.

Clara.

A sua noiva – *sua* noiva – de braço dado com o pai.

Uma noiva tão bonita que, em seu interior, Radford chorou. E, por um instante, seus olhos ficaram embaçados. Mas ele piscou e lá estava ela, radiosamente bela, uma deusa do sol derramando luz dourada sobre o mundo profano abaixo dela.

Sua mente mergulhou na poesia; ele não pôde evitar.

Dali a pouco tempo, pela lei, ela seria sua.

E em um sentido profundamente íntimo e pessoal também.

Ele não deveria pensar nisso. Ainda. Bom senso e sobriedade eram necessários naquele momento.

Radford se pôs a analisar o traje nupcial de Clara como se fosse uma evidência legal.

As costureiras criaram algo fantástico, feito de rendas e bordados de seda pontilhados com pérolas. Um buquê de renda subia do nó trançado sobre sua cabeça. Fios de pérolas envolviam o nó e cobriam a testa. Duas abas de renda desciam pelos babados de renda ricamente bordados da saia. Rosetas pontilhavam tais babados e o encontro com as mangas bufantes, acima dos cotovelos, onde mais renda escorria até as bordas superiores de suas luvas. Uma faixa de renda adornada com bordados e pontas longas e fluidas circundava sua cintura. Outra roseta descansava astutamente entre as dobras do decote de um corpete muito confortável, atraindo os olhos para o acabamento de renda e daí para a pele de cetim e o colar de pérolas que rodeava seu pescoço macio.

Ele desejou ter dormido mais. Precisaria de toda a sua engenhosidade para tirar tudo aquilo – e mais o que havia por baixo – do corpo dela.

Ele queria devorar cada milímetro daquela pele acetinada.

Mas não podia se permitir pensar nisso. A noite de núpcias seria em poucas horas – malditos rituais tribais!

Ele, entre todos os homens, tinha que passar pelos ritos de maneira racional. Todo mundo estaria esperando que ele fizesse algo imperdoavelmente desagradável. Estariam prontos para objetar quando o juiz de paz oferecesse a oportunidade, e Radford teria que se defender, bem como processar os objetores de forma rápida e irrevogável.

Parecia uma eternidade, mas apenas um momento se passou antes de ela se colocar ao lado dele.

Então, sua boca se abriu em um sorriso torto. Ele não pode evitar. Depois de todas as tempestades, dramas, desespero e medo, ela estava prestes a ser, finalmente, sua.

Ela lhe lançou um olhar e um sorriso rápidos, apenas o suficiente para oferecer um vislumbre do dente lascado. Mas, então, pareceu se lembrar de onde estavam, pois seu sorriso desapareceu e ela se tornou solene.

Radford também se tornou solene, pois foi atingido, de repente, pela imensidade do que estavam prestes a fazer. O que aquela garota notável estava prestes a fazer.

Amarrar sua vida à dele.

Para sempre.

– Ainda dá tempo de fugir – murmurou ele.

Ela o olhou com uma clara descrença.

– *Neste* vestido?

O juiz de paz limpou a garganta.

Ambos se voltaram para ele, Radford com o coração batendo forte.

– Queridos presentes – começou o juiz.

Naquela noite

Clara queria matar o noivo.

Era verdade que seu vestido de noiva não era o tipo de coisa em que alguém entrasse e saísse com facilidade. Seus numerosos acessórios e fixações eram capazes de deixar o noivo enlouquecido.

No entanto, era um vestido que mais parecia um milagre. Nem mesmo a prosa extravagante de Sophy na Edição Especial de Casamentos do *Foxe's Morning Spectacle* fora capaz de lhe fazer justiça.

Os olhos de Radford pareceram um pouco lacrimejantes quando ele viu Clara em seu vestido de noiva pela primeira vez.

Ou talvez fossem lágrimas de riso.

Em todo caso, o desafio de tirá-lo não era pequeno e ela teve que se retirar com Davis para o quarto de vestir.

O processo levara uma hora, se tanto, e Clara passara esse tempo em um tumulto de ansiedade e antecipação.

Na noite anterior, lady Warford oferecera a Clara vagas noções sobre o que acontecia durante a noite de núpcias – mas não muito, pois sua mãe ficara um tanto envergonhada e chorosa.

Então, um pouco trêmula, Clara entrou no quarto escuro, iluminado apenas por velas.

Encontrou o noivo esparramado na cama, em sono profundo, ainda vestindo a maioria das roupas que usara na cerimônia.

Até mesmo seu irmão Harry, que não se importava muito com a própria aparência, tinha um valete.

Radford, não. Ainda assim, a roupa dos homens não apresentava um décimo da complicação dos trajes femininos, embora os melhores casacos, costurados para se adaptar ao corpo como se fossem a própria pele, não pudessem ser removidos com facilidade e sem assistência.

No entanto, ele havia tirado o casaco, desfeito o lenço de pescoço e desprendido os babados da abertura e dos punhos da camisa. Atirara o casaco sobre uma cadeira, jogando ali também o lenço de pescoço. Seu alfinete de diamantes brilhava num pequeno prato sobre a mesa de cabeceira. Seus sapatos estavam onde ele os tinha jogado, ou chutado, um virado para cima e o outro de cabeça para baixo, perto da cadeira.

Ele havia desabotoado o colete, mas só isso.

Estava deitado de lado, com a cabeça no travesseiro, o cabelo preto despenteado. Um braço descansava sobre o rosto enquanto o outro estava enfiado sob o travesseiro. O olhar de Clara percorreu a longa linha de seu corpo, passeando de seu tronco poderoso até suas pernas ainda vestidas. Por alguma razão, a visão de seus pés com meias fez seu coração doer. Ela se aproximou.

Dormindo, seu rosto tinha uma inocência quase infantil. Devia ser porque seus olhos fechados escondiam aquele olhar cinzento por demais penetrante. À luz suave e tremeluzente, ele parecia quase... vulnerável.

Talvez ela não o matasse, afinal.

Ele estava exausto, pobre homem. No último mês, os dois haviam conseguido passar alguns poucos momentos juntos, mas raramente sem pessoas pairando por perto – como se todo mundo temesse que o malvado Corvo Radford a violasse e abandonasse.

Não que ele tivesse tido muito tempo para passar com a noiva, mas não precisou negociar a paz entre os pais de ambos. Os dois casais cuidaram disso por si mesmos.

Atraente, animada e encantadora, Anne Radford logo conquistou mamãe. O antigo escândalo do divórcio se desvaneceu no glamour da fina e inconfundível educação da Sra. Radford, seu vestido elegante e sua bela moradia, em um bairro refinado.

Depois de envolver seus advogados em um combate de gladiadores, o Sr. George Radford e papai haviam passado muito tempo juntos, discutindo alegremente – um advogado e um político, ambos se deleitando por encontrar um oponente digno.

Mesmo assim, a atividade social cansava o homem mais velho e Clara sabia que Radford assumia muitas coisas em nome do pai. Além disso, ele tinha clientes que precisavam de sua ajuda. E Bernard, que exigia atenção constante.

Então, vieram as festividades do casamento, começando na noite anterior, com uma festa masculina. Mamãe disse que a noiva não deveria saber de nada sobre a tal festa. E o café da manhã do casamento parecia ter durado para sempre.

– Ah, continue dormindo – murmurou ela. – Eu só gostaria de não ter me dado ao trabalho de parecer irresistível.

Sua camisola não era bem uma camisola, mas um pedaço de tecido atrevido que as irmãs Noirot haviam inventado. Ao contrário de suas camisolas simples e sensatas, esta era feita de um linho tão fino e sedoso quanto o da camisa dele. Renda contornava o decote chocantemente baixo. Renda e fitas de seda contornavam as mangas e a bainha e bordados em seda adornavam o corpete.

Como não se sentia nem um pouco sonolenta, Clara procurou algo para ler.

Os pais de Radford haviam se mudado do quarto principal havia pouco tempo. Embora fosse elegantemente decorado, os livros na escrivaninha deixavam a desejar. Deviam ser de Radford, pois não incluíam um único volume de romance ou de poesia. Com um suspiro, ela pegou uma cópia, com páginas marcadas por uma dobra, do *Tratado* de Sir John Wade, o mesmo que Radford lhe dissera para ler quando ela lhe pediu ajuda para encontrar Toby Coppy.

Se alguma coisa pudesse fazê-la dormir, seria isso. O título já a deixava sonolenta: *Tratado sobre a polícia e os crimes da metrópole; especialmente a delinquência juvenil, a prostituição feminina, a mendacidade, o jogo, a falsificação, o assalto na rua, o roubo a residências, a recepção de bens roubados, a falsificação de dinheiro, a exumação, a fraude, a adulteração de alimentos, etc.*

E isso era apenas a primeira metade do título.

Ela depositou o livro sobre a mesa de cabeceira e subiu na cama.

Pegou-o novamente e colocou-o sobre o colo.

Seu movimento deve tê-lo perturbado, pois ele se moveu, deitando-se de costas e erguendo ambos os braços sobre o travesseiro ao lado de sua cabeça. O colete dele se abriu, mostrando a largura de seus ombros e peito. Ela vislumbrou, sob a camisa quase transparente, os pelos escuros cobrindo seu peito... e mais embaixo, sobre o seu ventre, onde desapareciam sob suas calças.

O rosto de Clara ficou quente e seu coração disparou.

Ela devolveu o livro à mesa de cabeceira.

Olhou para o braço de Radford. A luz contornava os músculos sob o linho fino. O tecido se agarrou à linha da clavícula e se abriu na garganta, revelando o pescoço. Ela se lembrou do modo como ele havia tocado seu pescoço – com o dedo, os lábios, a língua.

Isso tinha sido apenas o começo. Acontecera muito mais... os dedos dele acariciaram sua coxa... quase chegando... Então, ele parara.

Mas haveria mais desse tipo de coisa. Mamãe a chamara de intimidade conjugal.

Uma parte de Clara queria fugir, outra, mais forte, a fez se aproximar dele... seu marido.

Seu marido.

Para sempre.

O nervosismo se transformou em temor.

O que ela fizera? O que ela fizera?

Ela fechou os olhos para não entrar em pânico e tentou se lembrar da cerimônia de casamento, mas tudo estava enevoado... de felicidade, como um sonho

Felicidade. Ele a fazia feliz pelo tipo de homem que era e porque a via como ela era. E porque... ela gostava de sua aparência e da maneira como ele se movia. E do som de sua voz. Ele fez seu coração bater mais rápido desde o primeiro momento em que o vira, em Charing Cross. Quando o olhava, falava com ele ou se sentava perto dele, o mundo era diferente e melhor.

E ela podia respirar.

Tudo isso a levou a fazer essa coisa irrevogável.

Ela abriu os olhos.

À luz das velas e do fogo, os cabelos dele brilhavam como seda preta. Ela se inclinou sobre ele e deixou seus dedos deslizarem levemente sobre os cachos sedosos. Traçou a forma de seu ombro e deixou a mão se demorar, por um momento, sobre seu braço poderoso, tão quente. Com o mesmo toque delicado, como se ele fosse um objeto da mais fina porcelana e não um jovem forte, ela acariciou o lençol de tecido fino que cobria seu peito... em seguida, desceu...

Seu rosto queimou e ela ficou tímida.

Ela voltou ao rosto dele, com seus ângulos intransigentes nas maçãs do rosto e na mandíbula e o nariz imperial, que ele ergueu quando olhou para ela naquele dia em Charing Cross.

Lembrou-se do modo como, mais recentemente, ele a beijara por todo o rosto e de como a fizera sentir-se. Ela se dobrou e deixou cair beijos leves como plumas, meras sombras do que ele tinha feito sobre seu rosto: na testa, na têmpora e no arco da sobrancelha. Ela beijou seu nariz, o topo da bochecha e o canto da mandíbula. Então, a boca estava tão perto que ela teve que tocar seus lábios.

Radford ergueu a mão e pegou a parte de trás da cabeça de Clara, puxando-a para baixo, para perto dele, e a beijou com ferocidade, e o mundo pegou fogo.

Sentindo a proximidade dela, Radford despertara do sono e quase abriu os olhos quando sentiu que os dedos dela flutuavam sobre seus cabelos com o peso de uma pena.

Querendo descobrir o que ela faria, tentou ficar quieto. Procurou acalmar seu coração, embora ele batesse com tanta força que talvez pudessem ouvi-lo do outro lado da casa. Mas ela não se afastou nem parou. Ele se obrigou a respirar de maneira compassada, como se ainda estivesse dormindo.

Suportou o máximo que pôde, mantendo-se quieto enquanto ela o explorava, embora ele pensasse que ia morrer se continuasse a manter as mãos paradas. Então, vieram aqueles beijos doces e inocentes, como pétalas de rosas flutuando em seu rosto. E quando sua boca tocou a dele, ela inundou seus sentidos: o cheiro, a proximidade dela, o som de sua respiração, o sussurro de sua roupa quando ela se movia. Embora ele quisesse ver até onde ela iria, não podia mais ficar quieto. Não podia mais fingir que dormia.

Ele estendeu a mão para ela e a beijou terna e profundamente, com muita avidez – uma mistura de sentimentos, como sempre acontecia quando estava perto dela. Permanecer no controle quando Clara estava perto? Impossível.

Ele a beijou com os sentimentos que havia contido repetidas vezes durante semanas desde que a conhecera: o prazer que sentia em sua companhia, o desejo do qual não conseguia se livrar, a humilhação de saber que ela estava além de seu alcance, o medo quando pensou que a morte a levaria e o desespero quando o pai dela o recusou.

Ele derramou todo aquele tumulto apaixonado no beijo, e suavizou-o, também, com um afeto tão profundo que ele jamais acreditou que pudesse ter.

Clara tinha o sabor da luz do sol, a mesma luz que se ouvia em seu riso e se via no brilho de seus olhos.

Tinha gosto de inocência, e de experiência também. Sua boca e língua se juntaram e responderam às dele, como se o beijo fosse uma dança e eles tivessem dançado juntos por toda a vida.

Ele a puxou para mais perto, colocando o braço ao redor dela, e não interrompeu o beijo enquanto a deitava de costas.

Finalmente ela era sua, por lei, e ele queria tomá-la e fazê-la sua por completo.

Mas ela não era uma menina experiente e, se ele não lhe desse tempo e fizesse dessa primeira vez algo tão prazeroso quanto possível, ela teria a ideia errada a respeito dele e das relações conjugais, e seu futuro juntos seria ainda mais difícil do que já parecia.

Foi por isso que, embora já se encontrasse superaquecido e tivesse esperado por ela por uma eternidade, ele interrompeu o beijo e disse:

– Bem, então, vamos ver que esposa eu arranjei para mim.

Ele se levantou, apoiando-se sobre os joelhos, e olhou para ela.

Alta e de pernas longas. Voluptuosamente moldada. Pele sedosa. Um rosto perfeito, com olhos de água-marinha.

Voluptuosamente moldada... Como era possível que o Corvo Radford, entre todos os homens, tivesse ao seu lado uma deusa?

E o que era aquilo que ela estava vestindo? Pela primeira vez não havia muitos panos: um pedaço quase transparente de linho decorado em todos os lugares para os quais o olho – o olho masculino – era naturalmente atraído.

– Você podia ter olhado bem quando o juiz de paz lhe ofereceu uma saída – declarou ela, enrubescendo. – Quando ele perguntou se alguém tinha algo contra o casamento.

– Eu olhei bem. Mas não dava para ver você direito sob todos aqueles bricabraques. Então, decidi lhe dar o benefício da dúvida.

– *Bricabraques* – repetiu ela, erguendo as sobrancelhas. – Espere até eu contar a Sophy e suas irmãs.

Ele plantou um leve beijo em cada arco de suas sobrancelhas perfeitas.

– Não se preocupe, milady. Você serve. Para ser mulher de um advogado. Ele recuou e tentou relaxar.

– Que provocador você é. – Ela levantou os braços. – Venha aqui.

– Não – disse ele. – Se começar com isso, vou estar em cima de você antes que possa piscar e vai querer me matar depois.

– Eu já espero querer matá-lo de vez em quando. Venha – ordenou ela. Gentilmente, ele pousou os braços dela sobre a cama.

– Sem beijos – disse ele.

– Sr. Radford.

– Pode me chamar de Oliver. Ou Corvo. Ou ambos. Afinal, somos íntimos agora.

– E você pode me chamar de lady Clara, milady ou Vossa Graça. Ou Heptaplasiesoptron.

– Obrigado, milady. Se Vossa Graça puder fazer a gentileza de ficar deitada e tentar não participar até que eu sugira...

Ele viu a maneira como os dedos dela se enroscaram e se abriram sobre a roupa de cama. Ela estava nervosa, embora fingisse bem, sem perder a pose.

– Sinta-se livre para comentar, se tiver vontade – disse ele.

– Existe um livro? – indagou ela.

– Um livro?

– Com as regras de como fazer isso. Com "em primeiro lugar", "em segundo lugar" e "em terceiro lugar".

– Há muitos livros. Essa é uma trama de minha própria autoria. Porque eu nunca fiz isso antes com uma *virgo intacta*.

– Quem disse que eu sou?

Ele se endireitou.

– Você é ou não é? Porque, se não for, podemos dispensar...

– Essa é minha primeira vez. – Ela suspirou. – E dada a velocidade em que está acontecendo, posso não viver tempo suficiente para fazê-lo de novo.

– Então, faça a gentileza de deixar isso comigo – pediu ele.

Ela riu.

E o sol entrou no quarto sombrio.

O coração dele disparou com uma felicidade tão rara que ele não tinha certeza de que *felicidade* era o nome daquilo.

– Vamos começar com coisas familiares – disse ele, colocando-se sobre as pernas dela. Curvando-se, beijou seu nariz. – Assim, por exemplo. – Beijou sua testa. – E assim, e assim, e assim – repetia ele, enquanto beijava de leve todo o seu rosto.

Beijou e mordiscou o lóbulo de sua orelha, e ela ofegou e se contorceu. Beijou um lugar sensível atrás de sua orelha e foi descendo pelo pescoço.

O cheiro da pele dela enchia suas narinas e invadia sua cabeça. Ele não conseguia se contentar. Roçou a bochecha contra a dela. A pele era tão macia e lisa quanto as pétalas de flores. Ele não se fartava da sensação de sua pele. Beijou a cavidade de sua garganta e um perfume mais cálido subiu do decote cavado de sua camisola. Ele roçou a bochecha sobre a pele que o decote desvendou e roçou os lábios naquele lugar. Afastou a impaciência luxuriante para simplesmente absorver o prazer sensual do momento.

Ela se moveu sob seu toque e suspirou, e sua respiração se acelerou.

Radford deixou suas mãos deslizarem sobre a pele dela, onde sua boca estivera, e também sobre seu pescoço e ombros, descendo até seus seios. O bordado astutamente projetado circundava os botões cor-de-rosa. Eles endureceram sob seu toque.

– Ah! – exclamou ela. – Isso é... atrevido... e... não é desagradável.

Ele afrouxou as fitas do decote e puxou-o para baixo, desnudando os seios perfeitos. Ela arregalou os olhos e um rubor se espalhou por seu rosto.

Ele roçou a boca sobre as curvas sedosas, seguindo seu belo formato e se deleitando com o calor e o cheiro dela, com a maneira como ela se movia com suas carícias e com a forma como ela assumia o prazer que dava a ele e a si mesma. Ele tomou um bico rosado na boca e o sugou de leve. Ela ofegou e passou os dedos pelos cabelos dele, mantendo-o ali.

– Ah... – murmurou ela. – Oh, meu Deus! – Sua voz era suave, repleta de surpresa e prazer.

Clara era perfeita demais, sensível demais, tudo demais para um mero mortal.

Ele não podia continuar assim sem ter um ataque cardíaco.

– Não pare – sussurrou ela.

Tantas pessoas queriam matá-lo, mas ela é quem conseguiria.

Ele já a beijara antes. Já a tocara antes. E Clara sentira prazer e excitação.

Mas aquilo ultrapassava qualquer coisa que ela tivesse sentido anteriormente. Nas outras vezes, ela estivera na fronteira de um reino desconhecido. Agora, mudara-se em definitivo para aquele novo lugar.

Radford beijou-a, sugou-a e acariciou-a, fazendo cada centímetro dela vibrar. Clara não conseguia se conter. Dava pequenos gritos e gemidos – pouco adequados a uma dama – à medida que choques de prazer tomavam sua pele.

Ela não sabia que seu coração e corpo podiam se sentir assim. Não poderia ter adivinhado a sensação do rosto dele contra sua pele, o perfume masculino enchendo sua consciência e bloqueando todo o resto. O mundo estreitou-se e se tornou apenas ele... e ela... e sensações familiares e novas. E um prazer doloroso, que a deixou inquieta.

Ele levantou sua camisola até a cintura e ela enrubesceu. Mas o constrangimento não podia coexistir com os sentimentos que ela experimentava. E, então, o recato desapareceu sob o movimento das mãos e da boca de Radford.

Clara se agarrou às roupas de cama, tentando fazer o que ele tinha pedido – afinal, esse assunto ele conhecia melhor que ela – mas ele estava beijando sua barriga e ela não podia mais ficar parada. Tinha que tocá-lo.

Ela passou os dedos pelos cabelos grossos e sedosos dele. Sentiu-o estremecer sob seu toque e fazer uma pequena pausa. Então, derramou beijos sobre sua barriga enquanto ia... descendo para os quadris... beijando-a... e afastando as pernas dela... Seus joelhos se levantaram por vontade própria... e de repente ele a estava beijando...

...*lá embaixo.*

Os olhos dela se abriram. Ela viu o dossel acima de sua cabeça, azul-escuro bordado em dourado, que brilhava à luz das velas e do fogo. Também viu estrelas piscando. E o céu parecia água, as estrelas refletidas nele. Ela fechou os olhos.

Ele a beijou e tocou a língua *lá*, e o calor e a excitação tomaram conta de sua mente e de seu corpo. Ela tentou ficar parada, mas seu corpo estremeceu. Então, os dedos dele também estavam lá. Ela agarrou a roupa de cama, enquanto choque e prazer a assaltavam e a deixavam alucinada.

Os sentimentos se aguçaram e aceleraram. Um choque mais forte a inundou de calor e de sensações impossíveis de entender. Ela gritou. Suas pernas tremeram. Ela agarrou os ombros dele e tentou puxá-lo para cima. Ela precisava dele mais perto. Ele entendeu, levantou-se e beijou-a do jeito que fizera antes, e ela reagiu com paixão, amor e um desejo selvagem.

Ela não conseguia evitar que suas mãos vagassem sobre ele, sobre seus ombros, costas e braços. Agarrou sua camisa e arrancou-a de dentro das calças. Ela queria pele. E queria tocá-lo do jeito que ele a tocava.

– Clara – disse ele, a voz rouca.

– Não sei o que fazer. Tire isso.

Ele deu uma risada sufocada e se levantou. Tirou o colete e o jogou de lado. Puxou a camisa por sobre a cabeça e a atirou longe, e ela estendeu a mão para acariciar o peito dele. A pele de Radford brilhava como ouro à luz das velas e seu corpo era duro e quente, como uma estátua ganhando vida. Ela podia sentir sua força sob as mãos. Podia sentir seu corpo responder a ela, seus músculos se contraírem sob seu toque. Ela deslizou as mãos sobre ele, descobrindo-o como uma exploradora que chega a uma nova terra.

Sim, o corpo dele era um mundo novo para Clara.

Ela já vislumbrara corpos de meninos em sua infância e vira estátuas num estado de extrema nudez – mais notável e visivelmente o Aquiles, em Hyde Park. Mas jamais vira um homem nu. Era uma revelação, embora, naquele momento, ela não tivesse uma ideia precisa do que lhe havia sido revelado. Ela estava muito excitada e tonta – e ele a estava tocando novamente, movendo suas mãos sobre ela, explorando seu corpo da maneira como ela explorava o dele.

Ele a beijou em todos os lugares e ela fez o mesmo, beijando seu pescoço, ombros e cada parte de seu corpo que podia alcançar. Ouviu a respiração dele tornar-se cada vez mais rápida, como a dela. Sentiu a própria pele queimar como fogo.

Radford a acariciou entre as pernas e ela as separou, sem nenhuma vergonha, abrindo-se por inteiro. Ela descobrira algo totalmente novo e queria mais. Seu corpo tremia de desejo.

Ela o sentiu mover-se, mudando de posição. Ele se afastou e ela quase gritou.

– Isso é o máximo que posso suportar, milady – disse ele.

Clara ouviu um farfalhar de tecido, mas estava enlouquecida demais para reconhecê-lo. Só se importava com o fato de ele ter parado de tocá-la e ter se afastado.

– Por favor, não pare ainda – pediu ela.

Ele murmurou alguma coisa sobre calças. Ela percebeu que ele as estava retirando. Ela queria olhar – tinha uma ideia do que estava para acontecer –, mas a timidez a dominou e ela não o fez. Manteve o olhar fixo na parte superior do corpo dele e em seu rosto lindo.

– Antes foi em primeiro e em segundo lugar. Agora, é em terceiro – disse ele, com a voz baixa e rouca.

Radford acariciou-a entre as pernas. Ela sentiu que ele a estava posicionando, mas tudo o que podia fazer era se contorcer e tremer, seu corpo obedecendo a algo que não era seu cérebro...

Ele a penetrou.

– Oh! – gemeu ela, assustada, temerosa.

Seria comum sentir dor? O que a mãe havia explicado? Ela não conseguia se lembrar.

Ele a estava beijando de novo, profunda e apaixonadamente. Ele a acariciou, apertando seus seios. O prazer a invadiu uma vez mais, inundando-a de calor. O desejo – pelo que quer que fosse – voltou, mais forte do que antes.

Clara tinha consciência de que ele estava dentro dela e, embora a dor inicial tivesse diminuído, ela não estava muito confortável. No entanto, de alguma forma, seu corpo tentava se acomodar, aquecendo-a e fazendo-a se mexer. Ela o ouviu gemer.

– Minha menina, não tenho certeza de quanto mais disso...

– Espere, acho que estou pegando o jeito.

Ele fez um som, risos e gemidos combinados.

A mente de Clara girava e seu corpo foi tomado por um ataque selvagem, mas ela tentou pensar o que uma dama poderia fazer.

Colocar o hóspede à vontade.

– Sim, estou muito bem – declarou ela, tentando demonstrar alguma dignidade enquanto a voz tremia. – Pode prosseguir, Sr. Radford.

Ele riu, daquela maneira doída, e a beijou de novo e de novo. Então, começou a se mover dentro dela, e isso a excitou mais do que antes. Ela podia sentir o sangue correndo por suas veias e o coração batendo muito rápido e forte. E, com essas simples sensações corporais, vieram sentimentos tão transcendentes quanto alegria, surpresa, calor, uma ternura esmagadora por ele e um desejo primitivo.

Ela não conseguia impedir que suas mãos vagassem pelo corpo dele, acariciando até mesmo suas nádegas nuas. O desejo venceu a timidez e ela sentiu a forma do homem com quem se casara. Ela se moveu junto com ele, seguindo seus passos e aprendendo enquanto agia.

As sensações ficaram cada vez mais fortes, até que ela pensou que explodiria. Ondas de felicidade pareciam carregá-la para um destino cada vez mais distante, como se ela fosse um navio atraído por uma costa que mal conseguia vislumbrar. Então, de repente, ela estava lá. Estremeceu e o sentiu estremecer também, doces reações percorrendo seu corpo.

E, depois de um tempo, ela pareceu flutuar na crista das ondas e cair nos braços dele. Um contentamento invadiu-a. Era como se, enfim, ela estivesse em casa.

Capítulo quinze

Richmond fica no condado de Surrey, a cerca de quinze quilômetros
de Londres, e é, certamente, o local mais requintado, mais
exuberante e mais pitoresco dos Domínios Britânicos.

– Samuel Leigh, *Novo retrato de Londres*, 1834

Radford ficou em silêncio. Estava quase adormecendo quando um som despertou sua mente outra vez.

Chuva.

O dia de seu casamento havia oscilado entre a luz do sol e a escuridão, assim como suas emoções nas semanas que se sucederam desde que ele a conhecera.

Agora, a chuva batia nas janelas.

Ele se lembrou do dia chuvoso em que subiu na carruagem ao lado dela, e o cheiro de Clara o envolveu.

Naquele momento, seu cheiro estava em toda a parte, misturado ao dele e ao cheiro do amor que tinham feito. Ela estava em seus braços e era quente, macia, perfeita.

Sua esposa. *Sua esposa.*

Ele ainda não conseguia assimilar. De qualquer forma, estava cansado demais para pensar.

Com cuidado, afastou-se um pouco para observá-la, pensando que havia adormecido. Estava prestes a puxá-la de volta para seus braços quando percebeu que ela estava de olhos bem abertos, encarando o dossel.

Quando ele hesitou, totalmente perdido pela primeira vez na vida, os olhos dela, ainda bem abertos, voltaram-se para o seu rosto.

– Não admira que mamãe estivesse com a língua presa – disse ela, a voz rouca. – Como alguém pode explicar algo *assim*? Para outra pessoa? É muito *pessoal*.

Radford sufocou um gemido.

Ele quis ser um bom noivo – sendo quem era, estava determinado a ser um noivo ainda melhor. Estivera perto de um colapso devido à fadiga, mas tentou permanecer acordado enquanto ela passava a eternidade se despindo. Teria adorado despi-la, mas sabia que era mais sensato deixar isso para a criada. Em seu estado de exaustão, ele se atrapalharia quando tentasse desmontar aquele complicado traje de noiva. Atrapalhar-se seria inadmissível. A noite tinha que ser perfeita para ela, considerando-se a vida que ela abandonara para viver ao lado dele.

Radford decidira fazer da primeira vez dela a mais excitante, prazerosa e indolor possível. Ele não tinha ideia de como a tarefa seria hercúlea, tentando manter o controle diante da inocência de Clara e de sua beleza estonteante.

Não, não pense Hércules e seus trabalhos. Todos os deuses do Olimpo trabalhando em conjunto teriam feito enorme esforço para se conter em tais circunstâncias.

Ele usou os últimos recursos de sua força de vontade para manter as coisas em andamento até ter certeza de que ela estava pronta.

E tudo tinha ido bem. Ele quase morrera no processo, mas ela não parecia ter sofrido muito, mesmo na parte dolorosa. E, durante o resto, ela tinha sido... aberta. E apaixonada e... amorosa.

Mas agora, ele mal conseguia encontrar forças para respirar – e ela queria *conversar*.

– Clara – disse ele.

– Sr. Radford.

Ela sorriu. Ah, aquele sorriso. Era capaz de transformar todas as resoluções de um homem, junto com o cérebro que as criou, em manteiga derretida.

– Se você me permitir um cochilo breve... meia hora... eu ficaria feliz em falar ou fazer o que você quiser. Mas, no momento... – pediu ele.

– Eu sei – disse ela. – Você deve estar muito cansado.

– Não de você, pode acreditar.

– Espero mesmo que não. Se, depois de tudo o que passamos, você já estiver cansado de mim, eu com certeza vou matá-lo.

– E nenhum júri na Terra poderia condená-la, independentemente de você piscar ou não seus grandes olhos azuis para eles – murmurou Radford, tentando manter os próprios olhos abertos. – Homicídio justificado, eles diriam, e você ficaria livre para matar outro homem e se safar.

– Bem, os homens formam os júris. Eu só quis dizer que, depois do mês que você teve, foi incrível conseguir manter-se de pé para as núpcias. Eu sei que deveria ter mantido minhas mãos quietas para deixá-lo dormir, mas... Bem, parece que não sou muito disciplinada. Mas, sim, é claro que devemos dormir. Mas, não sei muito bem... Devemos dormir juntos ou...

– Bem juntinhos, se você não se importar.

– Obrigada, Sr. Radford. Não tenho objeções. No entanto, vou ter que seguir suas orientações nisso também. Nunca dormi com um homem antes.

– Então, vamos começar assim. – Ele puxou o lençol sobre eles e virou-se de lado. – Como duas colheres.

– Sim, isso é muito bom – concordou ela.

Ele a puxou para perto de si, trazendo a nádega dela contra o seu *membrum virile*, que logo se esqueceu de como estava cansado.

– Ah! – exclamou ela.

– Não lhe dê atenção – declarou Radford. – Ele possui um minúsculo cérebro próprio que está tentando, com todas as forças, matar-me. Sou um homem jovem e saudável, com uma esposa muito desejável, mas como o cérebro na minha cabeça é maior, percebo que...

– Em primeiro lugar – disse ela, e ele ouviu o sorriso em sua voz.

– Em primeiro lugar, um marido atencioso dá à sua nova noiva tempo para se recuperar – prosseguiu ele. – E, em segundo lugar, eu farei um péssimo trabalho neste estado de exaustão.

Por um momento, ela não disse nada. Então:

– Eu não sei nada – disse ela, em voz baixa.

– Felizmente, você se casou comigo. Vai aprender tudo de forma correta.

– Tudo – repetiu ela.

– Tudo o que precisa saber – respondeu ele. – E, talvez, algumas coisas que não precisa também.

Radford ansiava por ensinar a ela muito mais do que jamais poderia imaginar.

Fechou os olhos e saboreou o calor e a suavidade da esposa e, em pouco tempo, pegou no sono.

Mais tarde

A primeira coisa que Radford percebeu foi uma mulher quente, macia, encolhida junto a si. Ao perceber isso, seu corpo ficou completamente acordado e alerta, bem antes de sua mente absorver a escuridão intensa que prenunciava o alvorecer.

Sua mente se recuperou depressa. Ele tinha muito em que pensar. Tinha decisões a tomar.

Havia seu pai, que suportara bem a agitação do casamento, mas que precisava de tranquilidade naquele momento. O problema era que o fato de Radford ter se casado com uma moça nobre faria muitos Radfords aparecerem em busca de favores. Eles se agarrariam primeiro ao homem mais velho, supondo que seria o mais vulnerável.

Radford precisava estar mais perto dos pais. E isso levantava a questão de onde ele e Clara iriam morar. Os amigos e a família dela haviam oferecido casas. Como o duque de Clevedon, todos pareciam ter uma residência sobrando.

Embora tivesse resistido à ideia de pedir a seu primo para liberar a Residência Malvern, Radford não podia deixar o orgulho dirigi-lo nesse caso. Poderia ser melhor para Clara. E melhor também para a casa, que não ficaria vazia.

Ainda assim, seria muito custoso viver lá.

Embora sua renda fosse bem maior do que lady Warford imaginara – o marquês ficou menos surpreso com o valor –, não era o suficiente para manter muitos criados e uma residência palaciana em Londres.

Ele precisava de um plano, e logo. A estada com os pais era temporária. No entanto, ele precisava estar perto para lidar com parentes mais agressivos. Entre Londres e Richmond, tinha que haver algo. Em Kensington ou em outro subúrbio de Londres.

E a viagem de lua de mel? Não poderia adiá-la indefinidamente. Ele sabia que Clara queria visitar o continente. Embora ela nunca tivesse dito nada, ele já vira o interesse em seus olhos quando alguém falava de Paris, Veneza ou Florença. Outros não o veriam, mas, para ele, era tão claro quanto as letras douradas acima da porta da loja onde se lia MAISON NOIROT, lugar onde sua noiva gastara milhares de libras e seu pai pouco se importara, considerando o valor irrisório.

Clara se aconchegou a ele.

Os pensamentos dele se dispersaram.

Ele acariciou seu pescoço, deslizou a mão por seu braço e pegou seu seio. Ela gemeu sem acordar. Ele escorregou a mão por sua cintura, por sua barriga e desceu mais. Ela se mexeu.

– Estamos acordados? – murmurou ela.

– Você não precisa estar. Eu posso fazer tudo sozinho. Você não vai precisar mover nem um músculo... quero dizer, só um pouquinho.

Ele acariciou o doce lugar entre as pernas dela. Como ela era suave, o ninho feminino leve como fios de seda sobre veludo. Sentindo um calor atravessar seu corpo, sua mão tremeu.

– Isso talvez não dure tanto quanto na primeira vez – disse ele.

– Ah, meu Deus.

Ela tremeu sob seu toque, emitindo pequenos gemidos e suspiros.

Ele a deslocou ligeiramente para deslizar os joelhos entre as pernas dela.

As nádegas arredondadas dela descansavam sobre as coxas dele. Uma onda de desejo obscureceu a mente de Radford. E, embora aquele desejo selvagem tentasse tomar conta dele e guiá-lo, ele tentou não se apressar. Beijou a nuca, os ombros e os braços dela. Escorregou a mão por sua coxa e por seu ventre até encontrar os seios, descendo mais uma vez enquanto saboreava a maneira como ela reagia ao seu toque, movendo-se, murmurando, incitando-o sem perceber que o fazia.

Ele não conseguia parar de tocá-la, mas tinha que possuí-la *agora*. Na tempestade de sua mente, irrompiam imagens da primeira vez – sua inocência, compreensão, ternura e desejo. Ela começou a se descobrir como mulher enquanto ele a descobria como *sua* mulher, sua esposa.

Sua esposa.

Ele levou a mão para baixo, para prepará-la, e a encontrou pronta, úmida, se contorcendo. Acariciou-a e ouviu sua respiração entrecortada – o primeiro pequeno orgasmo. Ele a penetrou. Ah, ela era tão apertada, mas cedia como água, cercando-o, movendo-se com ele, a sensação aumentando a cada movimento. O prazer era quase insuportável.

– Acho que você está pegando o jeito – sussurrou ele, ofegante, em seu ouvido.

– Ah, meu Corvo. Acho que você também está.

Um riso sufocado, e então ele se moveu, acariciando lá dentro e se afastando, provocando um pouco no início, mas logo se colocando além das provocações. Eles descobriram um ritmo para aquilo, da mesma maneira que tinham encontrado o seu próprio jeito de beijar, aprendendo um com o outro, prestando atenção e se importando.

Ele se importava além do que pensara possível.

Como poderia não se importar? Ela fora feita para ele e ele para ela, embora isso não fosse nem um pouco racional. Mas a razão não tinha significado ali. A razão pertencia a outro lugar. Naquele espaço estavam um homem e sua esposa; somente o afeto, o desejo e a vontade mútua de dar prazer contavam.

A dança dos amantes foi se acelerando e o mundo foi ficando cada vez mais quente e escuro. Ele tinha a sensação de estarem viajando juntos, sob uma bela tempestade. Mais rápido e mais feroz... Então ele a sentiu estremecer e percebeu seu próprio corpo tremer, como se tivesse sido atingido por relâmpagos.

Mas era amor, só amor, e, nesse instante, nada mais tinha importância. A tempestade se acalmou. Radford a puxou para seus braços e, mais uma vez, adormeceram.

– Posso ouvir você pensando – disse ela.

Clara não sabia ao certo o que a despertara. Poderiam ter sido os sons distantes dos criados, os passos não muito silenciosos de uma criada entrando para realimentar o fogo ou alguém que viera em algum momento e abrira as cortinas ao redor da cama. O que quer que a tivesse tirado do sono, a fizera ficar acordada e consciente de que não era a única.

– Você não pode me ouvir pensando. É impossível.

– Não é, não. Posso dizer pelo modo distraído como você está acariciando meu seio.

– Seu seio me perturba.

Ela se virou para ele.

– Agora ficou mais perturbador ainda, pois há dois deles à vista – comentou Radford, correndo a mão sobre um, depois sobre o outro. – E muito belos, a propósito.

O calor e o desejo tomaram conta dela.

– Isso é uma sorte, já que você se casou com eles.

Embora falasse de modo tão ousado, ela sentiu um rubor se espalhar sobre sua pele. Ainda não estava acostumada a ser casada.

– Eu me casei mesmo. Com eles e com isso. – Ele acariciou a barriga da esposa. – E isto. – Ele moveu a mão para baixo e ela ficou sem ar.

Ele tirou a mão.

– É melhor eu não começar nada. Devia ter dado a você mais tempo na noite passada. O corpo virgem...

– Eu não sou mais virgem – retrucou ela. – Sou uma mulher casada.

– Os recém-iniciados precisam de descanso, pois uma irritação pode se desenvolver, o que pode ser bastante desconfortável. Eu cuidei de você durante uma doença. Mesmo debilitada, você me bateu. Com força. Esse tipo de problema poderia deixá-la de mau humor e você poderia resolver me bater com alguma coisa. Poderia até me impedir de tocá-la por meses. Ou para sempre.

– Uma irritação? Ninguém mencionou isso.

Não que mamãe tivesse falado algo compreensível.

– E ninguém terá que mencioná-la se nós pudermos nos comportar mais ou menos... até... bem, pelo menos até mais tarde. Embora fosse melhor esperar até hoje à noite. Eu estava pensando em uma ceia à luz de velas, na frente da lareira. Então, eu me ajoelharia a seus pés e começaria a lamber seus dedos e iria subindo e subindo.

Ela estremeceu.

– Era nisso que você pensava?

– Eu tinha que fazer algo para me manter ocupado, então planejei... o futuro.

– Um plano bem interessante – comentou ela.

– Há outros nessa mesma linha, mas prefiro apresentá-los a você de maneira inesperada – disse ele. E, após uma pausa, acrescentou: – Pensei em assuntos mais mundanos também.

– Acho que você estava pensando demais – declarou Clara. – Mas, tendo um cérebro tão grande, suponho que não possa evitar. Ele precisa de muito para se manter abastecido e funcionando. Imagino que você deva ficar entediado com mais facilidade do que as outras pessoas.

Ele se apoiou em um cotovelo e olhou para ela.

– Sim. Você vai ter muito trabalho para me manter animado.

– Eu não me lembro de nada sobre isso nos votos matrimoniais. Havia algum item sobre *obedecer*, ao qual eu, privadamente, acrescentei uma longa nota de rodapé.

– Isso não me surpreende. Mas havia a parte sobre me servir.

– Também precisou de uma nota de rodapé. Depois havia amar, honrar, cuidar e ficar com você e com mais ninguém. Lembro-me de todos esses. Mas não me recordo de nada sobre manter você animado.

– Essa era a parte do *servir*. Tinha um asterisco e uma letra miúda.

– Não ouvi nenhuma letra miúda.

– Você não estava ouvindo com cuidado. Você fechou os olhos uma ou duas vezes.

– Estava tentando não chorar.

– Naquele momento, era tarde demais para arrependimentos.

– Não seja tolo. Quase chorei por causa dos meus sentimentos. Eu queria rir também, mas uma dama não se permite demonstrar emoções vulgares em seu próprio casamento, diante dos convidados, especialmente quando eles incluem a realeza. Espero que não tenha se importado com a presença deles. Mamãe precisava que eles comparecessem, como para legitimar o espetáculo.

– Eu sei. Ela fingiu o tempo todo que estava encantada com a sua escolha de marido. Clara, você sabe que sua mãe não está inteiramente... equivocada.

Ela se sentou. Tinha uma ideia do que se passava na mente dele. Mais cedo ou mais tarde, eles teriam que decidir algumas coisas. Mas nesta manhã o sol parecia estar brilhando, era o dia seguinte ao casamento e seu marido fizera amor com ela com perfeição. Duas vezes.

As discussões poderiam esperar.

Ela fez um gesto majestoso com a mão.

– Não quero falar sobre minha mãe. Estou começando a sentir fome, e você deve saber que fico mal-humorada se não for alimentada prontamente. – Ela ergueu uma sobrancelha autoritária, do jeito que sua avó costumava fazer. – Imagino que seus planos incluam um delicioso café da manhã para sua esposa, Sr. Radford.

A discussão começou na parte da tarde, durante um passeio em Richmond Park. Eles jantaram em algum lugar nas proximidades e, depois do jantar, precisariam encontrar outra coisa para fazer, para passar as longas horas antes da ceia.

Como um debate com Radford exigia todos os recursos mentais de Clara, essa era uma maneira excelente de manter os pensamentos longe de tudo o que o entretenimento da ceia prometia.

Seu marido conduzia seu cabriolé. O veículo – junto com seu cavalo e cavalariço – tinha vindo com ela no casamento. Assim como Davis.

Ele dirigia com firmeza, embora o veículo tivesse sido feito sob medida para ela e o assento não estivesse na altura certa para suas pernas longas. Mas isso não o incomodava.

Radford conduzia com perfeição porque, é claro, teria estudado a arte de dirigir uma carruagem com o mesmo foco e minúcia que estudava tudo o mais: a distância precisa daqui para lá, a quantidade de tempo necessário para cobrir a distância, e assim por diante. O Corvo Radford era uma enciclopédia ambulante.

Clara estava irremediavelmente apaixonada por seu intelecto. É claro que ela amava seu corpo e o admirara mesmo quando tinha apenas uma ideia longínqua do que ele poderia fazer com o dela. Ainda assim, estava apenas nos estágios iniciais da apreciação física. Já o cérebro dele, lhe era um velho conhecido. É possível que tenha capturado sua atenção desde o primeiro dia em que o viu, em Vauxhall. Ele a estimulou e desafiou, exigindo o máximo dela.

Colocar-se à altura da mente de Radford a excitava. E igualar-se a ele em termos de determinação também.

– Residência Malvern? – indagou ela, com calma curiosidade, quando, na verdade, queria gritar: *Você perdeu a cabeça, essa cabeça maravilhosa que eu amo?* Por dentro, ela agradeceu pelos seus anos de treinamento de autocontrole.

– Está vazia – informou ele.

– Não me surpreende – declarou ela, enquanto tentava entender o que se passava na admirável mente de seu marido. – O último inquilino foi um príncipe estrangeiro que passou um tempo por aqui, um dos raros primos reais não empobrecidos. É preciso uma renda ducal para manter a propriedade e os criados. Mas outros duques têm suas próprias residências em Londres.

– Bernard odeia Londres e não se importa com nada nem ninguém além de si mesmo – informou ele. – A casa é bela e espaçosa.

– Espaçosa o suficiente para requerer, no mínimo, um grupo de trinta empregados.

– Então você conhece a Residência Malvern?

– É claro que conheço. As residências ducais fizeram parte dos meus estudos. Sei tudo o que é preciso para administrá-las.

– Pensei que seria adequada para você – disse ele.

Ela o encarou. Mesmo tendo um cérebro prodigioso, às vezes ele podia ser tão obtuso quanto os homens comuns.

– Meu caro Sr. Radford, luz da minha vida.

Ele lhe lançou um olhar penetrante e ela percebeu a leve contração de sua boca.

– Sim, minha preciosa.

– Você não estava presente naquele dia, no escritório do Sr. Westcott, quando fui uma verdadeira atriz? Você se esqueceu de minha esplêndida imitação de minha mãe em um de seus momentos mais intensos? O discurso sobre minha vida simplesmente passou pelo seu cérebro como um sopro de ar através de uma grade?

– Lembro-me de tudo vividamente.

– Aposto que se recorda de cada palavra – observou ela. – Então, estou perplexa. Depois de testemunhar aquela explosão, o que leva seus conhecimentos de lógica a pensar em me colocar na Residência Malvern?

– Você não pode viver num lugar pequeno.

– Não vejo por que não.

Ela queria entender o que colocara tais ideias na cabeça dele.

– Pelas razões que você deu quando imitou sua mãe. Você não sabe como colocar suas meias e desatar seu chapéu é um trabalho árduo...

– Eu tenho Davis para isso – retrucou ela.

A boca de Radford se contraiu mais visivelmente.

– O que o está divertindo? – perguntou ela.

– Você, meu... tesouro. Você vem até mim em seu magnífico cabriolé, seu esplêndido cavalo para puxá-lo e seu lacaio para cuidar do conjunto.

O cabriolé representava liberdade e uma espécie de poder.

– Se você se incomoda, deveria ter avisado – replicou ela.

– Eu não me importo nem um pouco. Conduzir proporciona exercício ao ar livre, requer um nível de habilidade que estimula o cérebro e permite um pouco de independência. Eu nunca desejaria que você deixasse para trás o seu veículo ou seus tão diletos criados. No entanto, esse é apenas um aspecto da vida à qual você está acostumada.

– Eu não gostava daquela vida. Estava me sufocando.

– Oh, joia da minha felicidade – disse ele. – Isso eu compreendo perfeitamente. Mas não muda o fato de você ter passado sua existência numa redoma, como você mesma reconheceu. E de não ter noção do que significa não ter um exército de criados a seu dispor. Espera que Davis lave sua roupa ou até mesmo a leve para a lavadeira? Quem vai preparar suas refeições, tirar da mesa e lavar a louça depois?

– Não será Davis – disse ela. A criada pessoal de uma dama nunca executa tarefas tão humildes. – Mas você tem uma mulher que vem fazer a limpeza.

– Ela faz apenas uma limpeza ligeira. Mas vamos falar sobre cozinhar.

– Nenhuma dama sabe cozinhar – declarou ela, com severidade. – Não estamos autorizadas a chegar perto da cozinha. Entre outras coisas, os criados se ofendem com tais intrusões. Podemos, no entanto, planejar menus, direcionar a governanta e enviar notas para o cozinheiro e seus ajudantes.

– Então, quem vai fazer as deliciosas refeições de Vossa Graça? Meu pai tem um cozinheiro francês, graças à minha mãe, que o civilizou ao longo dos anos. Mas Westcott e eu vamos ao local mais próximo ou pedimos a alguém que nos mande comida, dependendo de quão ocupados estivermos e de nosso entusiasmo em nos aventurar pelas ruas quando o tempo está ruim.

– Isso seria uma mudança muito interessante – refletiu Clara. – Parece acolhedor e íntimo e eu gostaria de não ter criadas por perto o tempo todo, assistindo e ouvindo. Elas não são tão invisíveis quanto as pessoas imaginam.

– Você pode ter mencionado "acolhedor e íntimo" com Westcott. Eu não fazia ideia disso.

– Sei tão bem quanto você que existem aposentos privativos maiores para cavalheiros casados – disse ela.

– Mesmo assim, podemos nos sentir incomodados com Westcott aparecendo quando lhe der na telha com clientes desesperados. E não vamos esquecer Davis e o criado, Colson. Eles precisam de espaço. Mesmo agora, se ele estiver escutando...

– Colson não possui os seus sentidos aguçados – explicou ela. – Em primeiro lugar, o capô da carruagem está fechado, abafando nossa conversa.

Em segundo, o cavalo, as rodas da carruagem e o mundo exterior estão longe de ser silenciosos.

– Mas, tão logo ele saiba que temos planos de morar em aposentos privativos em um edifício no Temple, ele vai procurar outro lugar para trabalhar. Você pode estar disposta a descer cem degraus na escala social, mas Colson, pode acreditar, não vai gostar de abrir mão de sua cama confortável na Residência Warford.

Ela fez um gesto de desdém com a mão.

– É um ponto discutível. Oh, meu querido, você sabe tão bem quanto eu que aposentos privativos em um edifício não vão acomodar uma criança mimada como sua esposa. Mas a Residência Malvern está além de nossas possibilidades. Por que, então, estamos conversamos sobre esses extremos absurdos?

– Eu gostaria de vê-la na Residência Malvern – disse ele. – Seria como se você tivesse se casado com meu primo sem se casar com ele. Você teria uma oportunidade adequada à sua mente, ao seu treinamento e aos seus talentos.

– Cuidar de você vai me oferecer oportunidades mais do que suficientes – retrucou ela. – Tendo a acreditar que eu possa civilizá-lo, embora suspeite que o processo será lento e exigirá muita astúcia, bem como paciência.

– Ele exige uma mulher de vontade extraordinariamente forte. Acredito que você esteja qualificada.

– Sei que estou. Caso contrário, não teria me casado com você. Meu caro e erudito amigo, podemos analisar o problema de maneira lógica?

– Algumas vezes, quando você está por perto, minha lógica fica fora de controle. Em especial quando pensamentos sobre o que vou fazer com você num momento mais oportuno atravessam minha mente.

Ela experimentou uma sensação de calor. Para esfriar os sentidos, Clara olhou em volta, para o esplendor selvagem do parque, verde mesmo naquela época sombria do ano. Embora tantas árvores tivessem perdido suas folhas, as sempre-vivas e os arbustos mais resistentes iluminavam a paisagem.

– Sei o que está fazendo – disse ela. – É uma manobra para me distrair.

– Está funcionando?

– Até certo ponto.

– Então, podemos nos esconder atrás daqueles arbustos e nos comportar muito mal. Embora... hum...

– Embora...? – disse ela, um pouco decepcionada.

– Sinta-se livre para olhar para mim e me adorar – declarou ele. – Mas não olhe em volta. Há alguém nas proximidades comportando-se de modo furtivo.

Ela o fitou, concentrando-se no cacho negro que escapava por baixo de seu chapéu.

– Outro casal? – indagou ela.

– Apenas uma pessoa – informou ele. – E uma pessoa muito suspeita.

Radford percebera o movimento e, casualmente, olhara para aquele lado. No início, pensou ter visto um cervo, um cachorro ou um esquilo pulando entre as árvores e os arbustos. Agora, estava certo de que a figura era humana, porém pequena. Talvez um menino, dada a agilidade.

Enquanto a carruagem seguia em seu ritmo lento, o rapaz saiu correndo de onde estava e se escondeu atrás de um imenso tronco de árvore. Ele era rápido. Se Radford não estivesse tão atento, não teria notado que estavam sendo observados.

– Uma pessoa suspeita? – repetiu sua esposa, fitando-o com adoração e falando num tom tão patentemente teatral que ele mal pôde manter o controle.

Oh, luz da minha vida. Ela era realmente divertida.

– Ele é bom em se esconder e é rápido – comentou Radford. – Pode ser apenas um menino se divertindo, espionando casais no parque, ou alguém tramando algo. Mas o que eu vi...

Ele refletiu. Tinha percebido algo familiar sobre o modo como seu perseguidor se movia.

– Tive a sensação de já tê-lo visto antes, mas vejo tantos meninos... As roupas, no entanto, pareciam erradas para uma criança dessa região. E ele parecia estar sozinho. É improvável que as crianças das classes média e alta andem por este imenso parque ou em qualquer outro lugar sem vigilância. Um menino estaria, no mínimo, com um grupo de amigos. Não que eu tenha certeza de que se tratava de um menino. Poderia ser um homem pequeno e ágil.

– Estamos perto de uma curva que nos levará a adentrar mais no parque – disse ela. – Se ele nos seguir, esse trecho da estrada vai lhe oferecer melhores oportunidades de enxergá-lo. Existem alguns grandes espaços entre as árvores. Ele acabará se mostrando e você conseguirá vê-lo pelo canto do olho.

Ele já observava pelo canto do olho, embora sua bela esposa oferecesse concorrência por sua atenção.

A capa verde-escura que Clara usava era no estilo *merveilleux*, conforme ela explicara. As capas, onipresentes no vestido das mulheres tanto de dia quanto à noite, tinham a forma exagerada dos colarinhos dos casacos masculinos, com acabamentos em veludo. As mangas gigantescas de seu vestido mal ficavam visíveis através das aberturas nas mangas da capa. Eram como aberturas de uma tenda através das quais ela podia estender as mãos sem perturbar a camada externa.

Um pequeno ramo de acácia brotava do topo de seu chapéu cor-de-rosa. Este detalhe mais um colarinho com franzidos e um laço ou dois aqui e ali constituíam os únicos enfeites. O traje era mais simples e severo, se comparado às roupas habituais, que mais se assemelhavam a um bolo decorado, mas parecia tão frivolamente feminino quanto todo o resto que ela usava.

Ele já ansiava pelo deleite de tirá-lo, embora tivesse que deixar Davis inconsciente antes de fazê-lo.

Mas isso seria depois.

No momento, outro tipo de roupa precisava ser analisado.

O vestuário e os movimentos de seu observador sinalizavam *Londres*.

Ora, Radford às vezes via as coisas antes de enxergá-las de fato. Era difícil de explicar em termos racionais. Ele seguiu as orientações dela até chegar ao Old Lodge.

– Você conhece mesmo o parque – declarou ele.

– Vovó Warford dirigia sua própria carruagem. Ela costumava me levar para passear. Richmond Park e Hampton Court eram dois de seus destinos favoritos. Tinha amigas em ambos os lugares e eu as amava. Eram muito mais ousadas e... – Ela fez o tipo de gesto vago que as pessoas fazem quando não encontram as palavras certas. – Não tenho certeza se há uma maneira simples de descrevê-las. Elas não tinham medo de ser inteligentes. Na verdade, eram engenhosas e falavam o que queriam. Eram mais livres. Podia ser um dos privilégios da idade. Mas eu sei, também, que sua geração não era tão tolhida quanto a minha.

– Elas eram mais diretas na forma de falar e pouco mansas, segundo meu pai – concordou Radford. – Ele é de uma geração anterior, mas acho que a descrição se aplica.

– Sim, ele me lembra um pouco a minha avó. Por que não moramos aqui, mais perto de seus pais? Você poderia manter seus aposentos como um *pied à terre* quando precisasse estar no tribunal.

O pai de Radford gostava dela. A mãe também, embora não estivesse muito à vontade com o casamento. Mesmo assim...

– Eu tenho ido e voltado de Richmond a cavalo nos últimos tempos – disse ele.

– Mas por que você faz isso? Por que não fica mais perto deles? Seu pai não está bem. Você deve passar mais tempo com ele.

Radford a fitou. Algumas vezes, era difícil acreditar que tanto caráter, bondade e rapidez de pensamento se escondessem sob aquele frívolo traje. Ele desviou o olhar. Precisava manter um olho furtivo em seu perseguidor.

– Meu pai não vai gostar se eu ficar pairando sobre ele. Isso ofenderá não só seu orgulho, mas seu senso de lógica e praticidade.

– Então vamos encontrar um meio-termo lógico e prático. Talvez algo mais próximo dele, sem estar fora de Londres por completo.

– A parte mais lenta da viagem é a saída de Londres – comentou ele. – Depois de Hyde Park Corner, o congestionamento diminui um pouco. Se a pessoa não viajar ao mesmo tempo que as carruagens dos correios, o caminho tende a ficar mais livre e é possível se locomover a um passo razoável. Às vezes, sinto que a curta passagem pela Fleet Street é a parte mais longa da viagem. Todos os malditos advogados atravancando o espaço, isso sem mencionar aquela obstrução medieval, o Temple Bar.

– Então, vamos ver uma das casas perto da Residência Marchmont – sugeriu ela.

A grande e velha mansão jacobina do duque de Marchmont ficava no limite ocidental de Kensington.

– Se você tem certeza de que não quer bancar a duquesa de Malvern e manter um séquito ducal ao seu dispor... Ah, ali está ele. Um menino, não um homem pequeno.

Ele não tinha muita certeza quanto às roupas. Precisava de um olhar mais atento, mas elas pareciam de boa qualidade. Usadas?

– Há algo familiar nele, talvez eu o tenha visto em algum lugar.

Uma das dezenas de rapazes saindo da toca de Freame durante o ataque?

Ou, quem sabe, um dos milhares de meninos como eles. Mesmo com um olhar mais atento, era possível que Radford não o reconhecesse. Novos meninos apareciam o tempo todo, enquanto outros desapareciam. Eles fugiam, juntavam-se a gangues diferentes em bairros diferentes, mudavam de alianças ou morriam. Alguns até encontravam trabalho honesto.

Ele deu de ombros.

– O garoto pode ser inofensivo. Talvez esteja apenas maravilhado com o seu vestido e tenha nos seguido para contar aos seus amigos.

– Ele poderia estar escondido na vizinhança há algum tempo. Sei que há jornais especializados em escândalos que empregam pessoas comuns para seguir alguém e dar informações. Eles estão me vigiando há meses.

Esta também era uma suposição razoável. Mas o sentimento perturbador permaneceu.

– Maldição – disse ele. – Então é melhor eu não ser pervertido com você no parque.

– Você disse que precisávamos descansar das perversões – replicou ela. – Até hoje à noite.

– Eu esqueci – disse ele. – Esse passeio se tornou mais emocionante do que eu esperava. O perigo é conhecido como um afrodisíaco.

– Eu não sabia disso.

– Talvez seja melhor irmos para casa. Preciso de um banho frio.

– E o nosso perseguidor?

– Por mim, ele pode se afogar no lago.

Capítulo dezesseis

*De um lado, há um bosque, que a natureza não poderia
ter criado mais belo; do outro, o Tâmisa, com seus bancos
de areia e encantadores gramados erguendo-se como se fossem
um anfiteatro, ao longo do qual, de vez em quando, se observa
uma pitoresca casa branca, almejando, com uma simplicidade
majestosa, perfurar a folhagem escura das árvores circundantes,
como estrelas na galáxia, salpicando a rica extensão
desse vale encantador. Doce Richmond...*

– Kitson Cromwell Thomas,
Excursões em Surrey, 1821

Mas Radford não se dirigiu para casa. Não podia. Ainda não.

Voltar sem respostas, nem mesmo uma pista, era impensável.

Mesmo depois que decidiu tomar um caminho mais longo, o menino continuou a segui-los através do parque, fazendo um trabalho excepcional de encontrar cobertura ou desaparecer na paisagem.

Outro homem poderia simplesmente parar o veículo e persegui-lo, ou encontrar outra maneira de encurralar seu perseguidor.

Radford não agia assim.

– Você está perdido? – quis saber Clara.

Ele franziu a testa.

– Certo – disse ela. – Você provavelmente teria que fazer um esforço enorme para se perder.

– Talvez eu pudesse me perder em algum lugar desconhecido, depois que escurecesse. Mas nós ainda temos luz e eu conheço bem este parque. Se não conhecesse, confiaria em você. É o menino.

– Imaginei que você não o deixaria em paz.

– Na verdade, às vezes isso é uma maldição. Aqui estou eu, recém-casado, ansioso para fazer imoralidades com minha esposa. Mas não, preciso brincar de gato e rato com um pirralho das ruas de Londres. Ele é muito rápido e esperto para ser uma criança qualquer.

– Sei que você tem uma excelente razão para não parar o veículo e persegui-lo.

– Duas – ressaltou ele.

– Em primeiro lugar... – começou Clara.

Ele olhou para ela. Ela olhou para ele, sua expressão sóbria, seus olhos azuis brilhando sorridentes.

– Se o garoto for do tipo que eu tenho certeza que é – disse ele –, deve correr mais rápido do que eu. Esses meninos aprendem a correr desde cedo. Ele é menor do que eu e está mais próximo do solo. Juventude, tamanho e gravidade estão do lado dele.

– Em segundo lugar...

– Obrigado, minha querida, por me ajudar a contar.

Ela riu. Que som! Fácil, sem afetação. Era o som do sol atravessando as nuvens. E ali estava o dente lascado, sua pequena cicatriz de batalha.

– Em segundo lugar, tudo que vou ganhar com um confronto é o exercício de persegui-lo. Eu poderia sacudi-lo de cabeça para baixo do alto de uma janela, ameaçá-lo com as autoridades, suborná-lo ou submetê-lo às torturas da Inquisição. As respostas mais prováveis seriam desafio, silêncio ou palavreado grosseiro.

– Da mesma maneira que os meninos me responderam quando perguntei por Toby – concluiu ela.

Clara passou a imitá-los com uma surpreendente precisão e ele percebeu que estava apenas começando a descobrir quem era sua bela esposa.

– Em vez disso – explicou Radford –, vou testar a resistência dele. Há grande possibilidade de eu conseguir vê-lo melhor e isso deve ativar minha memória para que eu descubra o que me é familiar nesse menino.

Radford levou o espião de um lado para outro, até o crepúsculo, quando entrou em Richmond.

– Vamos à Talbot Inn – disse ele. – Podemos pedir um jantar. Comemos algo agradável mais cedo. Vamos ver se ele estará esperando por nós quando sairmos.

– Esse dia está se mostrando muito interessante – comentou Clara. – De várias maneiras.

– Não exatamente como eu tinha planejado. Pretendia levá-la mais longe, onde os habitantes locais não reconheceriam o Corvo Radford e sua bela noiva da alta classe. Mas você está acostumada a pessoas, especialmente homens, olhando, e podemos pedir uma sala de jantar privativa. Serão apenas os garçons nos encarando e tentando espionar. Ou tentando memorizar seu vestido, para surpreender suas esposas e irmãs.

Clara achou que seria uma maneira maravilhosa de passar o tempo antes da ceia e da aula sobre intimidade conjugal que ele havia prometido. Jantar em uma estalagem enquanto preparava uma armadilha para um espião, ou pelo menos deduzia um indício ou dois, era uma maneira original de começar um casamento. Quaisquer que fossem os problemas e atribulações no caminho dos dois, o tédio não seria um deles.

Squirrel nunca se vira obrigado a lidar com o Corvo, como alguns outros. No entanto, ele o odiava tanto quanto os demais. Chiver o salvara quando ele estivera perto da morte, o introduzira na gangue e lhe dera a primeira refeição completa que ele já tinha comido.

Agora Chiver estava morto e todo mundo sabia que o ataque policial fora obra do Corvo.

Squirrel também odiava aquele lugar. Árvores por toda a parte e colinas altas como montanhas. E o maldito e gigantesco parque!

Mas ele tinha que estar ali. Husher havia roubado roupas para ele e conseguira dinheiro – não dissera como – para pagar a carruagem.

Porque Jacob precisava de um espião, e Squirrel era o único que o Corvo não reconheceria.

– Fique por perto e me diga o que ele faz e aonde vai – Jacob lhe ordenara. – Aí vamos encontrar uma maneira de pegá-lo e ninguém nunca mais vai saber o que aconteceu com ele. Vamos matar esse sujeito e jogar o corpo dele no rio.

E Jacob riu. Como riu!

239

Sim, para Jacob tudo era engraçado porque não era ele quem precisava correr atrás de uma carruagem, atravessando árvores e montanhas, a carruagem andando de um lado para outro sem parar.

Squirrel jamais saíra de Londres e tudo aquilo lhe parecia outro país. Cheirava esquisito, mesmo na pequena vila, que nem chegava a ser uma cidade de verdade.

Naquele momento, o Corvo e sua mulher alta estavam na estalagem e poderiam ficar lá horas a fio, em um ambiente aquecido, comendo e bebendo, enquanto Squirrel estava do lado de fora, congelando, morrendo de fome e tomando cuidado para que ninguém reparasse nele.

Era uma noite fria e cheia de vento, mas ele precisou ficar longe do calor da estalagem porque tinha que se manter afastado das luzes e das janelas iluminadas.

O Corvo tinha olhos afiados, todos sabiam. Mas ele nunca havia se encontrado com Squirrel e era melhor que continuasse assim.

Ele esperou no pátio do estábulo. Os que trabalhavam naquele lugar estavam ocupados demais para se preocupar com ele. Outros tipos vagavam por ali e conversavam. Ele poderia dizer o que eram: um ou dois batedores de carteira e algumas meninas cuja espécie ele conhecia. Como ele não sabia em quem confiar, manteve-se fora do caminho – algo que aprendera a fazer havia muito tempo, para se manter longe de hematomas e de ossos quebrados.

Então, o Corvo saiu e Squirrel teve que se mover rapidamente, por trás de uma carruagem.

O advogado conversou com um dos homens que cuidavam dos estábulos. Squirrel tentou não se mover nem respirar. Estava escuro, mas ele fora advertido de que o Corvo tinha ouvidos afiados também. Tudo muito aguçado. Aguçado demais.

Mas Jacob e Husher o abateriam, e ele não poderia ouvir nem ver mais nada.

Uma mulher que vagava pelo pátio aproximou-se da carruagem quando Radford estava prestes a tomar seu assento. Ela murmurou algo em uma língua vagamente parecida com o inglês. E ganhou uma moeda de Radford, que não se demorou muito por ali.

– Preciso reconhecer que o garoto que está nos seguindo é bom no que faz – disse Radford a Clara. – Seus reflexos são de alto nível e ele consegue se fazer invisível. Mas não para ela.

– Sei que você tem informantes em Londres, mas não sabia que contava com alguns em Richmond também – falou Clara.

– Millie costumava fazer seus negócios em Londres. Às vezes ela me ajudava. Quando foi parar no tribunal pela quinta vez, eu a salvei de ser mandada para longe. A condição do juiz para clemência foi que ela nunca mais aparecesse no Old Bailey. Como não se podia esperar que refizesse a vida em suas antigas áreas de atuação, ajudei-a a se mudar para cá.

– Ela construiu uma nova vida aqui? – indagou Clara.

– Ela se casou com um dos homens que trabalham nos estábulos. Agora lava e conserta roupas. E ajuda na estalagem. Trabalho duro, porém, mais fácil do que aquele que costumava fazer. Mais seguro, também, e com melhores condições gerais: refeições regulares, um teto sobre a cabeça e um homem que a trata bem. Ela é de grande ajuda para ele e para a estalagem. É boa em detectar potenciais desordeiros, uma habilidade de sobrevivência adquirida durante sua carreira anterior. Ela estava prestes a denunciar o menino quando me viu sair para falar com seu marido.

– Não entendi uma palavra do que ela disse. Mas parecia estar fazendo uma proposta... Fiquei admirada com sua ousadia... Bem, eu estava sentada na carruagem e ninguém podia me ver.

– Ela usou esse tom para evitar que nosso espião suspeitasse que ela o estava espionando. – Radford deu uma gargalhada curta. – Esta não está sendo a noite mais romântica, mas pelo menos tivemos um divertido jogo de gato e rato.

– Pareceu-me romântica – disse Clara.

– Com a metade de Richmond aparecendo na Talbot Inn para ver de perto a minha esposa? E os criados aproveitando cada pequena desculpa para visitar nossa sala de jantar privativa, embora o próprio gerente insistisse em nos servir?

– Foi romântico porque brincamos de gato e rato com nosso perseguidor – afirmou Clara. – E porque você achou que eu também gostaria da brincadeira.

E porque ele lhe contara, durante o jantar, as teorias que havia formulado sobre o menino. E porque ele ouviu as teorias dela e respondeu às suas perguntas com um humor afetuoso que a enterneceu.

– Eu sabia que você se oporia a ser mantida fora desse jogo.

– O que ela falou, afinal?

– Ela o notou porque ele se comportou de forma suspeita, mantendo-se sempre nas partes mais escuras do pátio. No entanto, em determinado momento, uma carruagem entrou e a luz da lanterna o pegou. Ele era pequeno e magro, um menino raquítico, como milhares de outros que ela conhece. Disse que ele tinha um desalinhamento pronunciado na mandíbula...

– *Desalinhamento pronunciado?* Millie disse isso?

– Sim. Ela desenhou seu perfil no ar com o dedo e falou que ele tinha uma cara de rato, o que me fez deduzir que era dentuço. Mas suas bochechas eram muito estufadas. Segundo ela, "parecia que ele estava guardando nozes dentro dela". Embora estivesse mais bem-vestido que os meninos dos antigos bairros londrinos que ela frequentava, Millie percebeu que era um deles. Quando o viu correr para esconder-se atrás de um vagão assim que eu saí da estalagem, ela chegou a uma conclusão lógica.

– Quem quer que ele seja, se permaneceu aqui durante todo este tempo, neste frio, não foi por diversão – disse Clara. – Ele está fazendo isso ou porque está sendo pago ou porque não tem escolha.

– Prefiro vê-lo com meus próprios olhos – declarou Radford. – A descrição não corresponde a nenhum garoto que já conheci. Há milhares deles que nunca vi, embora eu me pergunte por que ele me parece tão familiar.

– Ele poderia ser alguém que você viu de passagem, sem ter motivos para prestar atenção.

Ele deu de ombros.

– Pode ser. Se ele nos acompanhar até a casa, vou abordá-lo. Agora ele deve estar cansado e com frio. Com fome também, a não ser que carregue alguma comida. Mesmo assim, o frio e a fadiga seriam suficientes para retardá-lo.

Poucos minutos após saírem da estalagem, Radford disse:

– Ele se foi.

Clara sabia que era melhor não perguntar *Tem certeza?*. Então falou:

– Eu estava louca para ver você abordá-lo e interrogá-lo. Eu teria ajudado.

– Não se preocupe, rainha da minha vida. Talvez ele volte amanhã. Esta noite, porém, acredito que vou interrogar você... bem de perto...

Naquela noite

Ela o fez esperar.

A esposa de Radford quis fazer uma longa imersão em um banho quente. E sugeriu que ele lesse um livro.

Estava claro que milady não precisava de instruções para desenvolver suas habilidades nas artes maritais. O indisciplinado ser que vivia no cérebro dele tremia de expectativa.

Banindo o faminto ego interior, ele também tomou um agradável banho. Não havia razão para se apressar. Eles tinham toda a noite à sua frente.

Ele deveria esquecer o maldito menino. Nada poderia ser feito em relação a ele naquele momento; seria um desperdício gastar energia pensando no garoto. Ele decidiu afastá-lo de sua mente. Sua esposa representava um tópico muito mais agradável para a meditação.

Depois do banho, Radford vestiu um roupão e chinelos e, surpreendentemente, nada mais.

Ela poderia usar todas as roupas que quisesse. Seria ainda mais divertido tirá-las.

Radford se dirigiu ao local de encontro, na sala de estar, pensando em qual seria a melhor maneira de tirar a roupa de Clara e no que mais ele poderia fazer para manter as coisas interessantes.

Pouco tempo depois, a ceia chegou. Era a colação leve que ela havia pedido: carnes frias, doces, frutas e queijos. Um lacaio colocou a comida na mesinha perto do fogo. Depois de ajeitar tudo de um modo agradável, ele desapareceu em silêncio.

Radford levantou-se e substituiu uma cadeira por uma poltrona. Pegou algumas almofadas e colocou-as por perto. Isso era algo que ele preferia fazer sozinho. Na verdade, ele preferia fazer a maioria das coisas sozinho.

Isso teria que mudar, pelo menos um pouco.

Ele precisaria, por exemplo, de mais empregados em sua vida de casado. Não se importava com as despesas. Em primeiro lugar, era para o bem de Clara. Em segundo, ele podia pagar. Não seria um séquito ducal, apenas alguns criados. Mas o que de fato o incomodava era que passaria a tê-los sempre ao redor de si.

Bem, seu pai se adaptara a tal situação. O filho faria o mesmo. Estava disposto a ser civilizado. Até certo ponto.

Clara entrou na sala de estar e, por um momento, ele parou de respirar.

Ela usava uma explosão em cor creme, nada que se parecesse com um roupão comum. Ele supôs que a camisola sob aquela abundância de babados, rendas e fechos devia ser ainda mais excepcional, graças às costureiras francesas. Embora a cobrisse completamente, o tecido era fino e o corte habilmente criado para mostrar todos os gloriosos contornos de seu corpo.

– Você acha que isso é justo? – disse ele, gesticulando para Clara.

– Você não gostou?

– Deixe-me ver. Vire-se. Lentamente.

Ela se virou. Ele engoliu um gemido. E outro.

Ao ficar de frente para ele novamente, ela piscou de forma lânguida e perguntou:

– O que você achou?

– Muito bonita. Vamos tirá-la.

Clara tivera muito trabalho para entrar naquele traje. Isso queria dizer que Davis cuidara de toda a amarração, fechando os ganchos e murmurado protestos contra as costureiras francesas. Radford não precisou de muito tempo para tirá-lo, embora não demonstrasse qualquer pressa. Mas suas mãos – aquelas mãos inteligentes e hábeis – trabalharam depressa e com suavidade. Em poucos segundos, ela já não usava nada. Então, ele caiu de joelhos... e desceu... cada vez mais... e então eram sua língua e suas mãos em sua pele nua, provocando-a e aquecendo-a. Os joelhos de Clara enfraqueceram, suas pernas tremeram e ele disse com a voz rouca:

– Talvez Vossa Graça queira se sentar.

Clara gostaria de se deitar, mas a poltrona estava mais próxima, então ela caiu ali mesmo.

– Oh, céus! – ofegou ela.

Ele levou de novo a boca, a língua e as mãos ao trabalho. Logo, a coluna de Clara cedeu e ela começou a escorregar pela poltrona. Quando estava prestes a cair, impotente, ele puxou as almofadas que estavam no chão para ela pousar.

Ela declarou, a voz tão densa quanto a mente:
– Eu não tenho certeza se posso sobreviver a isso. Ah!
– Eu prometi adorá-la com meu corpo. Disse isso na frente de *todos*.
Sua língua, sua língua perversa. Suas mãos, suas mãos astutas.
Ele fez cada centímetro dela tremer. Ele a acariciou e a beijou. Ele a sugou e ela pensou que gritaria de prazer e de loucura, demolindo toda a postura de dama e o verniz de civilização, libertando a lascívia.

E, finalmente, quando ela pensou que morreria de desejo, ele se entregou a ela. Seu corpo se juntou ao dela e ele se moveu com ela, do jeito que agora parecia tão certo e natural, a união de corpo e alma que ela esperara a vida inteira.

Com o meu corpo, eu a adoro. Sim, ele havia dito isso no dia anterior. Fazia mesmo tão pouco tempo?

E isso é para sempre, pensou ela. E foi o último pensamento coerente que teve. Então, chegou o momento, o auge da alegria que ela havia descoberto recentemente, e ela nadou para o sempre, flutuando em seus braços até mergulhar em uma deliciosa escuridão e adormecer.

Radford esperava descer para o desjejum, como era o costume.

No entanto, um lacaio apareceu com o café da manhã. Ele o colocou sobre a mesa diante da lareira, avivou o fogo e se retirou.

Saindo de seu quarto de vestir com um roupão mais recatado do que o que usara na noite anterior, Clara enrubesceu e comentou:

– Ah, que gentil da parte de sua mãe. Ela queria que tivéssemos um pouco mais de privacidade.

– Isso não é muito sábio – declarou ele. – Quanto mais privacidade tivermos, mais me aproveitarei da situação de maneiras obscenas e indecentes.

Ambos haviam deixado as preocupações de lado e a devassidão se estendera até altas horas da madrugada.

– Se isso acontecer, não teremos tempo para eu me vestir e sair para ajudá-lo em uma divertida perseguição ao nosso espião – advertiu ela. – Bem, não tão divertida para ele, imagino.

Ele deve ter parecido muito aborrecido, pois ela riu e comentou:

– Meu querido, temos todo o tempo do mundo para fazer amor. Mas não queremos que nosso perseguidor desista antes que possamos chegar à solução do mistério, não é?

Assim, eles tomaram o café da manhã no quarto e depois ela seguiu para se submeter ao longo processo de vestir um traje de carruagem. Capaz de se vestir sozinho em um quarto do tempo, embora sem o auxílio de um valete – uma adição doméstica que ele supôs que deveria arranjar em breve –, Radford passou o tempo pensando nas possibilidades de sua futura residência. E calculando o custo de equipar uma casa adequadamente. E de filhos. Como era lógico esperá-los, era preciso incluí-los nos cálculos.

A vida estava ficando muito mais complicada.

Quando desceram, já era início da tarde.

O mordomo encontrou-os ao pé da escada e informou que estavam sendo aguardados na biblioteca. O Sr. Westcott estava ali.

– Quem diabo o convidou? – perguntou Radford, com certa raiva.

Westcott não voltaria a Richmond tão cedo, a menos que tivesse negócios urgentes. Maldição. Radford não estava preparado para trabalhar. Mas precisava estar, lembrou a si mesmo. Afinal, ele tinha uma esposa para sustentar de uma maneira pelos menos parecida com a qual ela estava habituada.

– Dane-se o sujeito! – exclamou Radford, enquanto caminhavam para o salão. – Eu não lhe disse que ele apareceria, nos momentos mais inconvenientes, alegando urgência acerca de algum maldito documento ou cliente?

– Tenho certeza de que ele não estaria aqui se não fosse importante – disse Clara.

– Esse é o problema. Vai ser algo importante. E eu vou ter que cuidar do tal assunto, seja ele qual for. Bem, foi você quem quis se casar com um advogado. Parece que teremos que deixar nosso mistério de lado...

Minutos depois

Meu pai estava meio reclinado em seu sofá, como sempre, perto do fogo. Minha mãe ao lado dele, em seu lugar habitual. Westcott, que ocupava uma poltrona do outro lado da lareira, levantou-se quando Clara entrou.

Todo mundo parecia zangado.

Isso era estranho, uma estranheza que não trazia bons presságios.

O pai pegou um documento, com um selo familiar, na mesa diante dele.

– Westcott trouxe isso – mostrou ele. – Expresso do Castelo de Glynnor. Aquele maldito do Bernard.

– Eu disse ao administrador de Bernard, assim como ao seu secretário, que me endereçasse toda a correspondência, como nós dois concordamos que seria melhor – disse Radford.

Era um absurdo perturbar a aposentadoria de George Radford com assuntos de negócios que Radford e Westcott poderiam resolver facilmente. Apenas Bernard escrevia direto para papai nesses dias, mas não o fazia com muita frequência. Ele costumava reservar suas longas e tediosas cartas para seu *querido Corvo.*

– Ela foi para Westcott, mas estava dirigida a mim, como era necessário estar – disse o pai. – Seu primo... maldito seja...

Ele interrompeu a frase, olhando para a carta.

– O que ele fez agora? – perguntou Radford.

– O que ele fez? – repetiu o pai, jogando a carta sobre a mesa.

Radford olhou para baixo. Sentiu um peso no peito.

O vocabulário legal, a verbosidade, o selo...

– Morto – declarou o pai. – Morto, morto, morto.

Capítulo dezessete

*DUQUE, em latim Dux, significa líder; generais e
comandantes de exércitos em tempos de guerra ou
nobres governadores de províncias em tempos de paz.
Esse é agora o posto mais alto da nobreza.*

– *Nobiliário de Debrett*, 1831

Um som longínquo na mente de Radford indicava que Westcott estava falando... se desculpando... com Clara.

– Sinto muito por ser o portador dessa notícia chocante – dizia ele. – Imploro a Vossa Graça que se sente.

– Sente-se também, rapaz – falou minha mãe. – Você está pálido.

Radford desviou o olhar do terrível documento e olhou para a esposa. Embora ela demonstrasse tranquilidade, seu rosto não tinha cor. Ele discerniu outros pequenos sinais de angústia: o ligeiro tremor de seus lábios e mãos.

– Muito... surpresa, só isso – explicou ela. – Mas prometo que não vou desmaiar.

– Talvez eu desmaie – disse Radford. – Sente-se, Clara. Westcott deixou seu assento confortável perto do fogo para você. E ele vai se sentir melhor por arruinar sua lua de mel se pelo menos puder lhe oferecer sua cadeira.

Ela deu a Radford um olhar rápido e angustiado, depois se sentou. Ela se recompôs.

– Perdoem-me, mas não consigo entender. A carta diz como aconteceu?

Ele também não conseguia entender. Mal podia pensar, mas seu cérebro exigia isso. Ele se obrigou a fitar o papel em sua mão até que o borrão de tinta formasse palavras. Deu uma olhada geral nas páginas.

– As notícias são bem mais longas do que o anúncio de meu pai – observou ele.

– Porque foi um advogado quem escreveu – comentou o pai. – É melhor traduzir para sua esposa, meu filho. Não consigo repetir a história. Muito exasperante.

– É melhor não, querido – pediu a mãe.

De fato, era melhor o pai não repetir. Ele estava muito abalado e qualquer emoção forte o debilitava.

Até Radford se sentia como se tivesse levado um soco no estômago.

Na verdade, sempre existira a possibilidade de Bernard morrer jovem. Essa percepção se apresentava na cabeça de Radford vez ou outra, especialmente nos últimos tempos, já que os outros homens da família Radford haviam morrido de modo inesperado. Mas a ideia ficava guardada lá no fundo de sua mente.

Sem dúvida, Bernard era obeso e vivia bêbado. Radford o advertira sobre danos ao fígado, entre outras preocupações com a saúde. Mas a falta de limites raramente derrotava um homem tão cedo na vida. Na Inglaterra, era grande a quantidade de homens como Bernard e eles costumavam viver até a velhice. O rei anterior, um glutão que ingeria litros e litros de álcool e láudano, viveu por mais de 60 anos.

Trinta anos.

Aquilo não fazia sentido. E, no entanto, tinha que fazer, pois estava escrito ali, pelas mãos da lei, em papel caro, página após página.

Radford leu o documento inteiro de uma vez, atendo-se ao essencial, traduzindo e condensando o vocabulário legal para a esposa.

– Ele estava caçando. Com um grupo bem grande, que incluía a noiva que escolhera. Parece que saiu da mata e foi parar à beira de um barranco muito íngreme. Chovera bastante no dia anterior e o córrego logo abaixo estava cheio. Ah, e fica cada vez pior. Ele montava um cavalo que comprara havia pouco tempo – para impressionar a moça, tenho certeza. Um cavalo novo, chão escorregadio e, claro, ele estava quase cego de tanta bebida. É possível vislumbrarmos os fatos, apesar de toda a verborragia contida aqui.

Ele virou uma página e franziu a testa.

– Como ele se separou dos outros, não há testemunhas. Não há como saber se ele tentou pular o riacho e o cavalo empacou ou se o animal quis pular, mas o peso de Bernard e as condições do local atrapalharam o salto.

De qualquer forma, levando-se em consideração os arranhões superficiais do cavalo e o fato de ele estar coberto de lama, fica claro que a criatura deslizou e caiu. O grupo de caçadores encontrou Bernard na água, com um corte profundo na cabeça. O médico que o examinou disse que ele morreu ao bater com a cabeça no chão.

– É claro que ele disse isso – falou papai. – A vítima era um duque. A maioria dos médicos escolheria uma explicação que livrasse os outros integrantes do grupo de qualquer culpa. Em outras palavras, ninguém poderia salvá-lo, mesmo que o encontrassem e o retirassem da água rapidamente.

– É melhor eu mesmo examinar o corpo – disse Radford. – E questionar o médico.

– É melhor mesmo – concordou o pai. – E sem perda de tempo.

As esposas eram sábias demais para perguntar: *Que diferença faz?*

No grande esquema das coisas, o modo como Bernard morrera não importaria. Morto significava morto e seu mundo estava irrevogavelmente mudado.

Mas, na mente dos Radfords, a incerteza precisava ser esclarecida. Além disso, resolver o quebra-cabeça tranquilizaria a mente de todos.

– Eu poderia perdoá-lo se tivesse sido acidental – comentou o pai. – Mas isso está tão de acordo com sua estupidez e arrogância. Ele jamais deveria ter montado qualquer cavalo, para qualquer propósito, estando embriagado. Ele já não pensava com clareza quando estava bem. É claro que superestimara sua habilidade e subestimara seu peso. Devemos ser gratos por ele não ter mutilado ou matado o cavalo ou qualquer espectador inocente.

– Não importa como tenha acontecido, eu sinto muito – disse Clara, a voz distinta e tranquila. – Eu esperava que ele se casasse com a moça e fosse feliz, e que ela o fizesse melhorar.

Todos olharam para ela e Radford ficou surpreso ao descobrir que sua própria garganta se fechava e seus olhos coçavam. Tristeza? Por *Bernard*?

Não, não. Era o choque, só isso. De qualquer maneira, a tristeza era um sentimento perfeitamente racional, diante da vida que ele estava prestes a perder. Sua carreira, em especial. Clara compreendeu – o olhar que ela lhe enviara! Era egoísta da parte dele, sim, lamentar a perda de sua carreira quando ele ganharia tanto. Mas ele era um ser humano e se ressentia por ter seus planos interrompidos.

Sentia tristeza também por seu pai, a quem ele queria proteger de Bernard, dos problemas e das demandas do ducado.

No entanto – e aqui repousavam a loucura e a dificuldade da situação –, Radford estava satisfeito por sua esposa. Ele seria capaz de lhe dar a vida que ela tinha o direito de ter.

Ela prosseguiu:

– O que você me contou sobre Bernard me levou a acreditar que ele tinha potencial para se tornar uma pessoa melhor. E houve também os presentes.

Radford mal conseguia entender o que ela dizia. Estava preocupado em subjugar as próprias emoções.

– Sei que vai parecer uma coisa pequena – continuou Clara –, mas tive a impressão de que ele tinha bom gosto ou pelo menos se preocupou o suficiente para pedir a alguém com bom gosto para escolher nossos presentes de casamento. E foram escolhas generosas. Peças tão bonitas! O serviço de chá e café, com cenas da *Odisseia*. Você disse que poderia ter sido uma coisa entre primos, porque certa vez você o provocou com citações de Homero.

Radford voltou àquele momento e sua mente pintou uma imagem vívida dos presentes de casamento. Ele se questionara brevemente sobre a extravagante escolha, admitindo a possibilidade, ainda que pequena, de que Bernard tivesse se suavizado um pouco. Talvez estivesse, se não apaixonado, pelo menos de excelente humor por causa da futura esposa.

– Além dos Sèvres, com os jogos olímpicos – disse Clara.

Radford, na verdade, não parara para refletir sobre os presentes de casamento, exceto para saber onde colocariam tudo aquilo. Agora, ele analisava os esplêndidos presentes que Bernard enviara, quando tinha todos os motivos para não enviar nada a um primo distante que, a seu ver, nunca fizera outra coisa senão incomodá-lo.

Ora, meu querido Corvo tem uma amada. Quem diria?

Dentre todas as pessoas, o bêbado do Bernard havia percebido.

Ele emprestara sua carruagem de viagem e seu melhor condutor para o apressado retorno de Radford a Londres. Seria essa a maneira de o bêbado expressar agradecimento, ou pelo menos apreço, ao primo que viera em seu socorro? Ou teria ele achado a ideia do Corvo ter uma amada algo tão hilariante que tomara a decisão apenas pela diversão da coisa?

Nunca se saberia.

Radford deu uma risada curta, embora em seu íntimo quisesse chorar.

– Ele deve ter ficado impressionado ao saber que eu havia conquistado uma bela dama da alta classe. Deve ter pensado que eu conseguira isso por meio de algum truque que só os advogados conhecem. Os presentes se destinavam, provavelmente, a ser um prêmio de consolação para você.

– Achei muito generoso da parte Bernard – afirmou Clara –, considerando-se que, não fossem suas malvadas artimanhas de advogado, ele mesmo poderia ter se casado comigo.

Radford explicou aos pais a ameaça da esposa de se casar com Bernard.

– Você fez isso mesmo? – quis saber papai.

– Muito bem, minha querida – disse mamãe. – Os homens sempre são tolos, mesmo que sejam advogados altamente perceptivos.

– Concordemos em dar crédito a Bernard por sua generosidade – declarou o pai. – Então, teremos algo bom a dizer sobre o morto.

– Vamos lhe dar um pouco mais de crédito – propôs Radford. – Digamos que ele escolheu com gosto e um certo grau de... humor? Possivelmente, até mesmo afeição.

Ele fitou o pai. Ele havia relaxado um pouco. E olhava para Clara da mesma maneira como costumava olhar para seu filho quando o jovem Oliver demonstrava sinais de inteligência.

O novo duque pediu vinho e fez um brinde a Bernard. Sendo o advogado superior que era, fez um discurso elegante, que equilibrava o aborrecimento com Bernard por morrer de maneira tão inoportuna, a compreensão do modo como sua educação e vida familiar haviam deformado seu caráter e a apreciação por seu senso de humor. Talvez fosse pueril e grosseiro, disse o pai, mas pelo menos Bernard tinha senso de humor. Isso não poderia ser dito de muitos juízes.

Então, o pai virou-se para Clara.

– Bem, minha querida filha – anunciou ele, o *querida* surpreendendo a todos, menos a Sua Graça. – Você foi mais inteligente do que seus pais imaginaram. Eu me tornei o maldito duque de Malvern e você se casou com meu herdeiro, o marquês de Bredon. Peço-lhe, por favor, que tente evitar que Sua Graça seja morto antes que possa herdar, milady.

É claro que Clara sabia o que fazer. Ela duvidava que houvesse uma mulher mais bem preparada em toda a Inglaterra.

Sua nova família estava um tanto perdida, como era de se esperar, pois um terremoto derrubara o seu mundo.

Uma dama nunca se irrita e procura deixar à vontade os que a rodeiam. Então, primeira ordem do dia: restaurar a calma.

Ela abordara com coragem a questão sobre Bernard e a família respondera bem. Seu sogro recuperou a serenidade. Como sua mente se acalmou, o mesmo aconteceu à de sua esposa. Clara observara, desde o momento em que os conhecera, quão devotada era Anne Radford ao marido. Suas filhas adoravam aquele velho rude, assim como seus filhos.

Embora não tivesse passado muito tempo com ela, Clara não precisou de muito para compreender o caráter da sogra.

Quando deixaram os homens para falar sobre negócios e se retiraram para o ambiente mais íntimo de sua alcova, a senhora confirmou a impressão de Clara.

– Naturalmente, cumprirei o meu dever – disse ela. – Mas você deve entender, minha querida, que estou sem prática. Por opção. Não amo a alta sociedade. Todos voltaram as costas para mim depois do divórcio, embora todos soubessem que eu era a parte inocente. O bruto do meu marido nem queria nossas filhas! Eu deveria ter pensado que sua ânsia de abandoná-las e arrastar nossos nomes para a lama de um divórcio ofereceria ao mundo uma pista sobre a sua natureza... – Ela balançou a cabeça. – Mas não, perdoe-me, eu não tive a intenção de recontar essa velha história.

– O mundo caiu sobre nossas cabeças – falou Clara. – Nossos nervos estão desgastados. Até meu marido exibiu um discernível tremor de angústia.

– Ah, você notou. – Sua Graça inclinou a cabeça para para estudar a nora. – Você encontrou uma maneira de acalmar Oliver sem dizer coisas irritantes como "Fique calmo, meu querido. É o Destino". Ou algum outro chavão qualquer.

– Eu só usaria chavões se estivesse muito, muito zangada com ele.

– Bastante inteligente de sua parte. – A sogra desviou o olhar por um momento. – Já se passaram mais de 30 anos desde aquela época. Agora sou uma duquesa, e todos os meus velhos torturadores que ainda estão vivos terão que abrir caminho para mim. Mas não faz diferença. Não quero voltar àquele mundo. Sou tão feliz. – Ela fez uma breve pausa antes de continuar. – Radford e eu vivemos uma vida tranquila, até mesmo antes de ele se aposentar. Ele tinha a sua excitação na sala do tribunal e eu gostava de me sentar na galeria ou de ouvir sobre o julgamento quando ele chegava em casa. Não desejo ser uma duquesa de Malvern reclusa e me esconder no campo como os outros fizeram, ou foram obrigados a fazer. O mundo logo descerá sobre nós, mas eu não quero o mundo. Quero estar com meu marido. Não acho isso tão irracional. Ele não está b...

Nesse ponto, sua voz falhou. Clara disse com gentileza:

– Em seu lugar, é onde eu gostaria de estar também. Mas ele não disse que fui inteligente ao me casar com o Sr. Radford? Bem, eu digo que o Sr. Radford foi inteligente ao se casar comigo. Você sabe que fui criada para me casar com um duque. – Ela com certeza estava ciente disso. Minha mãe fora incapaz de resistir a mencionar o assunto. Repetidamente. – Ficarei feliz em fazer tanto ou tão pouco quanto a senhora quiser para que sua vida possa ser como deseja.

Sua Graça olhou para a nora e seus olhos lacrimejaram. Mas ela também nascera e fora educada como uma dama. Ela piscou para afastar as lágrimas e, para surpresa de Clara – pois essa senhora sempre lhe parecera um pouco distante –, inclinou-se e tomou-lhe a mão.

– Eu tinha dúvidas, admito – confessou ela. – Temia que você e Oliver pudessem ter problemas por causa disso. A disparidade de nível social não é algo pequeno. Mas sei que você gosta dele e ele de você, e você é uma jovem boa e gentil. – Ela afastou a mão e se recostou com um sorriso. – Por isso, agradeço sua oferta e prometo me aproveitar ao máximo de sua bondade, generosidade e juventude. Acredito que serei extremamente egoísta e preguiçosa e jogarei tudo em seus ombros, minha querida.

Agora, Clara tinha apenas que se certificar de que Radford faria o mesmo.

Naquela noite

A conversa continuou até a noite, durante e depois do jantar.

Quando escaparam para seus aposentos, Radford já estava cansado de tantas *discussões*.

Assim que fechou a porta, puxou Clara para si e apertou-a em seus braços.

Ele a beijou, um beijo desesperado. O problema não era o ducado e a avalanche de trabalho que viria com ele. Sabia que poderia lidar com isso. O que o deixava louco era a perda de tempo.

Quando interrompeu o beijo, ele disse:

– Afinal, vou ser poderoso. Esta será a nossa última noite juntos por um tempo, e *não* era isso que eu havia planejado. Estou bastante descontente com a interrupção de minhas tramas e meus estratagemas tão bem projetados. – Ele a olhou com malícia e ela riu. – Portanto, eu, o marquês de Bredon, ordeno, minha senhora, que mande sua criada para a cama e coloque sua pessoa inteiramente à minha disposição e aos meus caprichos.

– Só a minha pessoa, seu homem superficial? – perguntou ela num tom arrogante, mas sem esconder o rubor ou o arrepio de antecipação.

– *Milorde* – corrigiu ele. – E você não pode ser tão tola a ponto de pensar que eu a desposei por sua inteligência.

Ela ficou rígida.

– Foi isso mesmo que pensei.

– Sua mente é uma mercadoria insignificante – disse ele. – Eu me casei com você por luxúria.

– Onde estão as peças daquele serviço de prata bem pesado que Bernard nos enviou? – indagou ela. – Quero jogar cada uma delas na sua cabeça.

– Isso parece excitante – admitiu ele, enquanto começava a desatar a parte de trás do vestido. – Também me casei com você para salvá-la de si mesma. Caso contrário, quem sabe que caminho autodestrutivo você teria tomado? Fugir para morar em uma tenda. Casar-se com Bernard. "Alguém tem que salvar essa garota", disse a mim mesmo, "e, como ela tem belos seios e outras partes femininas igualmente belas, me parece que esse alguém poderia ser eu mesmo".

– O serviço de prata *e* os Sèvres – disse ela. – Todas as quinhentas peças.

Na tarde seguinte

Para sua despedida particular, Radford e Clara ficaram mais tempo na sala de estar ao lado de seu escritório. Em pouco tempo, ele se despediria dos pais e de Westcott.

– Não vou me demorar por mais do que quinze dias. Deixarei tudo planejado antes de partir – disse ele. – Sandborne é mais do que competente. O feitor Dursley trabalha para a família há tempos e sabe o que fazer quando lhe permitem fazê-lo sem interferência. É apenas uma questão do funeral e de esclarecer tudo para a família. Todos agirão como enlutados até começarem a fazer suas exigências para aplacar seus sentimentos feridos. Mas eles terão que lidar com seus descontentamentos e tristezas diretamente com Westcott, que é mais do que capaz de decidir qual tom empregar com cada um. É uma pena que você não possa vir comigo e exibir para os outros Radfords a sua aterrorizante personagem de duquesa, mas isso terá que esperar por outro momento.

– Não sou nem um pouco aterrorizante – disse Clara.

– Acha que não? Quando você derrama seu jeito de duquesa sobre mim, começo a tremer.

– Não é aí que você treme – comentou ela corando.

Ela sabia que ele achava seu jeito autoritário excitante.

Bem, ele achava muitos outros aspectos dela excitantes, por isso foi fácil acertar.

Ele a puxou para si e a envolveu num último abraço antes de se juntarem aos outros no andar de baixo. Ele a segurou por um longo tempo, enterrando o rosto em seu pescoço, desalojando o lenço de seda ali presente.

Quando enfim se afastou, foi ele, não ela, quem devolveu o lenço ao lugar. Enquanto o fazia, ele disse:

– Não sou tão idiota a ponto de lhe dizer o que fazer enquanto eu estiver fora. Você é a mulher que mais sabe o que precisa ser feito e como fazê-lo. Mas vou lhe dizer o que não fazer.

Ela lhe deu um olhar de perplexidade inocente, que não o enganou nem por um segundo.

– Você não deve perseguir o Garoto das Bochechas Estufadas.

– E como é que eu faria isso? Tenho uma casa em Londres, a quase quinze quilômetros daqui, para colocar em ordem e para a qual devo conseguir criadagem. Tenho que lutar contra a multidão que virá tentar derrubar as portas daqui. Tenho que manter minha mãe o mais sã possível. Ou talvez seja melhor mantê-la muito ocupada. Preciso lidar com Suas Majestades...

– Só posso esperar que isso seja suficiente para ocupá-la – disse Radford.

– Deixe os criados atentos a intrusos. Se você sair, certifique-se de levar Davis e um homem com vocês.

– Meu querido, é assim que viajo normalmente – explicou ela. – Uma dama nunca sai sozinha. Só fiz uma exceção no seu caso porque... Ah, esqueci o porquê. A mecha rebelde de cabelos sobre sua testa deve ter me distraído.

Um lacaio veio avisar que a carruagem estava pronta.

– É melhor você se apressar – disse Clara.

– Você está com uma pressa chocante de se livrar de mim.

– Se eu fosse você, sairia antes que meus pais chegassem aqui.

Ele sabia que ela havia escrito para os pais no dia anterior, contando as notícias e aconselhando-os a adiar qualquer visita até o pai dele ter tempo de se acalmar e assimilar o choque. No entanto, ela tinha certeza que a euforia da mãe dominaria qualquer boa intenção de respeitar os nervos do idoso.

– Duvido que você vá gostar de mamãe sufocando-o de carinho – afirmou ela. – E, o mais importante, quanto mais cedo você chegar lá, mais cedo estará de volta.

– Certo.

Ele a beijou mais uma vez, um beijo apaixonado, desesperado e frustrado, que ela devolveu com o mesmo espírito.

Na noite anterior, eles fizeram amor – primeiro ferozmente, depois, gentil e ternamente. E conversaram muito. Mas não foi suficiente.

Tiveram tão pouco tempo juntos como homem e mulher! Ficar uma quinzena longe dela parecia uma eternidade.

Quando terminaram de se beijar, ele não a soltou.

– Lembre-se. Nada de brincar de detetive.

– Eu não prometi obedecê-lo? – indagou ela. – Diante de testemunhas?

– Você tinha notas de rodapé – disse ele.

– E, quando você voltar, vou lhe falar sobre elas.

Clara tomou o rosto de Radford e o beijou mais uma vez, com ternura. Então ele lentamente a soltou. Mais uma vez ele arrumou o lenço.

Como ele desejava... Mas desejos pertenciam ao reino da magia, um lugar com o qual ele não tinha nenhum desejo de se familiarizar.

Ele recuou.

– Estou bem arrumada agora, milorde?

Seus olhos azuis brilhavam de... algo que ele não discernia bem... Ah sim, de uma afeição que fez o coração dele se apertar.

– O suficiente – respondeu ele.

– Então, venha, lorde Bredon, despedir-se do duque e da duquesa de Malvern.

Duas horas depois, Westcott olhava horrorizado para Clara.

– Os Coppys? – perguntou ele. – Agora?

Clara e Westcott estavam na sala de estar, analisando algumas questões gerais relativas à Residência Malvern. Então, ela pediu notícias de Bridget e Toby Coppy.

– Assim que puder – disse ela. – Espero que não os tenha perdido de vista. O Sr. Radford, quero dizer, lorde Bredon, me disse que encontraria uma posição de aprendiz para Toby e um alojamento para ambos, bem longe de sua mãe.

– Não os perdi, milady – garantiu Westcott. – O menino está trabalhando no Hospital St. Bartholomew, onde ficou internado. Mas encontrar uma posição de aprendiz não é fácil. Basta as pessoas ouvirem onde ele esteve antes do hospital para ficarem desconfiadas. Bem, estou falando dos comerciantes decentes. O tipo mais duvidoso aceita qualquer um, mas tais posições não seriam do melhor interesse do garoto.

– Você disse que ele estava trabalhando?

Westcott explicou. Quando o menino se recuperou, insistiu em ajudar no hospital.

– Ele não é o menino mais inteligente do mundo, mas segue bem as instruções e faz tudo o que lhe pedem, seja limpar os pisos ou secar a testa dos pacientes.

– Não com o mesmo pano, espero – disse Clara.

– É um hospital – falou Westcott. – Não tenho certeza absoluta de nada. Só posso lhe dizer o que me foi relatado: ele trabalha duro, está feliz por ser pago com comida e um lugar para dormir. E está relutando em ir embora.

– É compreensível! Qualquer garoto que tenha escapado do ataque da polícia sabe que estávamos ali para procurá-lo. Eles culparão Toby por levar a polícia até lá. Um dos fugitivos, segundo me disseram, era Jacob Freame.

— Sim, milady, e creio que é um assunto que lorde Bredon gostaria de deixar fora de nossa conversa. De qualquer maneira, Freame está morto. Dizem que foi a febre.

— Quem diz? — quis saber Clara.

— O ceticismo de meu estimado colega contagiou milady — disse Westcott.

Ela o olhou pacientemente.

— Isso é o que é dito nas ruas, segundo nossos informantes.

— Espero que seja verdade — declarou ela, lembrando-se do Garoto de Bochechas Estufadas. — De qualquer modo, você terá que tirar Toby do hospital. Eu o quero aqui comigo. E Bridget também.

— Gostaria que esperasse lorde Bredon voltar antes...

— Ele me deixou responsável pelos assuntos domésticos. E me lembro também de ele ter dito a você: "Dê toda assistência a milady."

— Na verdade, disse, sim. No entanto, como advogado da família, tenho permissão para dar conselhos. É meu dever. E a aconselho a esperar até a volta de milorde.

— Você não encontrou um lugar para o garoto — disse ela. — Mas eu posso empregá-lo aqui. Na verdade, se não fosse por aqueles dois irmãos, eu não teria conhecido meu marido. Agora, estou em posição de fazer algo pelo menino e pretendo fazê-lo.

Clara disse a Wescott que tomaria as providências para tirar Bridget da Sociedade das Costureiras. Afinal, ela era uma das patrocinadoras da Sociedade e sua cunhada, Sophy, uma das fundadoras. Ela se lembrou da advertência de Radford sobre mostrar favoritismo por Bridget, mas sabia que isso era completamente diferente. Bridget estaria fazendo o que todas as garotas esperavam fazer: encontrar um emprego respeitável.

Clara não sabia ainda como a empregaria, mas tinha certeza de que a resposta viria em breve. Ela estava decidida a trazer os dois irmãos para perto. Fora treinada para lidar com todo tipo de crise doméstica. Isso significava que ela saberia o que fazer quando chegasse a hora.

Pouco tempo depois que Westcott partiu, Clara escreveu para Sophy, pedindo-lhe para providenciar a saída de Bridget da Sociedade.

Então, Clara desceu para informar seus sogros.

– Sentimentos – disse o sogro, depois de Clara explicar suas razões para trazer os Coppys. – Você nunca seria uma boa advogada, madame. É preciso ver os fatos com um olhar frio e analítico. É preciso se desconectar das emoções. As únicas emoções que precisam ser envolvidas são as do juiz e as do júri.

– Não vejo o que sentimento tenha a ver com isso – contestou Clara.

Ele era, como seria de se esperar, intimidador, e ainda mais do que seu marido. Como deveria ser, aliás, considerando-se suas décadas de prática no teatro que era a sala do tribunal. Mas ela não podia deixar que ele a intimidasse, assim como não deixava que o filho o fizesse.

– Nós oferecemos recompensas para obter informações. Da mesma forma que a polícia e outros fazem. E, embora nenhuma criança tenha dado informações, elas me levaram ao meu marido...

– Indiretamente.

– E indiretamente eu as coloquei em perigo – explicou ela. – Percebo que a vida das crianças pobres é difícil e perigosa, são condições que ninguém pode curar. No entanto, eu me envolvi nos negócios dos Coppys e, como resultado, eles podem sofrer retaliações. O senhor sabe como são essas gangues e como os malfeitores podem ser implacáveis. O menino está assustado e não duvido que Bridget esteja temerosa por ele, embora devesse temer por si mesma também. Não posso, em sã consciência, deixar esses dois irmãos do jeito que estão. Prometo fazer de tudo para que eles não perturbem a sua casa. Se, apesar de meus esforços, isso acontecer, eles serão colocados em outro lugar. Mas eles precisam de alguma colocação. Indiretamente ou não, os dois mudaram a minha vida, e eu não vou dar as costas para eles.

– Você nunca influenciaria um júri com esse discurso – declarou o pai.

– Pois eu acho que ela poderia muito bem fazê-lo, George – discordou a esposa.

– Ah, bem, ela é mais bonita do que a maioria dos advogados. – Ele deu uma risada curta, como a do filho. – Muito bem, Clara. Faça como quiser. Você recebeu a responsabilidade de nos poupar de todos os possíveis problemas. Podemos certamente conceder essa idiotice a você.

– George!

– Ora, é uma idiotice e você sabe disso, *duquesa* – respondeu ele.

Mas Clara sabia que ele só estava sendo irritante pela diversão que isso lhe trazia. Então, ela sorriu e os deixou debater o assunto da maneira que achassem melhor.

Londres
Quarta-feira, 25 de novembro

Jacob Freame não estava sorrindo. Ele puxava o novo e farto bigode, que deixara crescer para que os inimigos não o reconhecessem. Mas, para Squirrel, ele ainda se parecia com Jacob, apenas mais peludo.

Mais peludo e zangado do que Squirrel jamais o vira. Por isso, ele fazia questão de manter distância daqueles punhos enormes.

Husher não parecia preocupado. Ele nunca parecia preocupado. Estava perto da porta, com os braços cruzados, escutando.

– Um lorde! – disse Jacob. – *Ele?*

– Se Londres inteira ainda não souber, logo vai saber – anunciou Squirrel. – Já devem estar falando nisso lá na Jack's.

Os rumores sempre pareciam chegar primeiro, e mais depressa, à cafeteria Jack's. Muitos começavam ali.

– Devíamos ter ido todos juntos – afirmou Jacob. – Poderíamos ter acabado com ele de um jeito mais rápido e fácil.

Talvez não, pensou Squirrel. Em Londres, o Corvo andava pelas ruas dia e noite e, se a gente se misturasse no meio da multidão, era fácil desaparecer. Era possível emboscar alguém na Fleet Street ou perto de Temple Gate no meio da noite.

Em Richmond, o Corvo era difícil de ser alcançado. Agora, ele havia subido tão alto que chegar a ele significava problemas muito maiores do que antes.

– Agora não tem chance – comentou Squirrel. – Ele está indo para algum castelo a 60 quilômetros de distância. Talvez 120. E você sempre diz que os nobres não viajam sozinhos.

– Esqueça isso. Quero saber o que o pessoal do campo está comentando.

Os camponeses sempre falavam muito sobre tudo. Squirrel sabia resumir as coisas.

– Todo mundo ficou sabendo que ele tinha alugado uma carruagem dos correios. Queriam descobrir por que ele tinha deixado a mulher tão de repente. Aí, alguém contou o que tinha acontecido, que ele estava apenas indo para um funeral e logo ia voltar, e que um monte de empregados viria trabalhar na casa.

Mais criados significavam mais olhos nos portões, portas e janelas e mais ouvidos prestando atenção em tudo, mas Jacob não parecia preocupado. Ele andava de um lado para outro no quarto, mexendo em seu bigode.

Pensando.

– Se ele não levou a altona com ele, vai voltar em breve – refletiu. Em seguida, olhou para Husher. – Você viu a mulher. Você deixaria uma mulher daquelas sozinha um minuto a mais que o necessário, se pudesse evitar?

Husher riu torto, mostrando seus poucos e malcuidados dentes.

– Não sei quando o Corvo vai voltar – disse Squirrel. – Por isso vim aqui. Você mandou eu ficar de olho nele. Mas, com ele dentro de uma carruagem, eu ia fazer o quê? Correr atrás?

– Não seja tão idiota – disse Jacob. – O que me interessa o que ele faz a tantos quilômetros de distância?

Não deveria interessar nem o que ele faz longe nem o que faz em Londres, pensou Squirrel. Não lhe parecia a melhor ideia matar um sujeito que acabara de virar nobre. Um sujeito em quem todo mundo estava de olho e sobre quem não paravam de falar. Mesmo com a ajuda de Husher, daria errado. Aí, a polícia iria caçá-los, colocar cordas ao redor de seus pescoços e deixá-los balançando bem devagar, de propósito, para todo mundo ver. Depois, o carrasco venderia as roupas deles e os médicos pegariam os cadáveres para cortar.

Jacob parou de andar.

– Vamos voltar – decidiu ele.

Husher riu torto e assentiu.

Squirrel disse a si mesmo que tinha um dever para com Chiver de dar cabo do Corvo. Mas sua voz soou trêmula quando ele disse:

– Agora? Ele só vai voltar...

– Agora, não. Use essa sua cabeça. Vamos nos preparar primeiro. – Jacob sorriu. – Para ter certeza de que nada vai dar errado. Exceto para ele e sua bela dama, claro. Ha-ha-ha.

Husher também riu.

Capítulo dezoito

*O ADVOGADO... 2. Quem conhece todos os vazios e cantos escuros
da mente? É um deserto em que um homem pode vagar por mais de
quarenta anos e através do qual poucos passam para a Terra Prometida.*

– *O jurista,* vol. 3, 1832

Sexta-feira, 27 de novembro

Westcott entregou os dois Coppys no início da tarde.

Ele deve ter dedicado a viagem a Richmond a aterrorizá-los. Isso explicaria por que, quando apresentados ao duque e à duquesa, os irmãos estavam rígidos, os rostos lívidos e as bocas fechadas.

Depois de sobreviverem a essa provação, foram com um lacaio encontrar o resto do pessoal – causar uma boa impressão, esperava Clara. Se não o fizessem, os criados tornariam suas vidas bem difíceis.

Naquele momento, entretanto, ela precisava passar em seu próprio teste.

O duque a analisava com uma sobrancelha escura levantada. Era o mesmo modo que o filho a olhava de tempos em tempos, como se a avaliar se ela tinha algo próximo de um intelecto. Aquilo era irritante. Mas os homens da família Radford não conseguiam se controlar, e não se podia esperar que Sua Graça, aos 80 anos, mudasse sua personalidade.

Ela escrevera para Radford sobre os Coppys. Tinha certeza de que a resposta questionaria sua inteligência, acusando-a de sentimentalismo. Mas ela sabia que estava certa e que, se não começasse o casamento defendendo suas próprias crenças, a personalidade poderosa do marido a esmagaria. Além disso, vovó Warford não dissera que seus maridos puderam ser ensinados?

Clara também observava o modo como a duquesa interagia com o marido. Ela tivera décadas para aprender como lidar com um Radford extremamente inteligente.

– O menino não tem muito cérebro, não é? – comentou o duque. – Mais um delinquente juvenil reformado, como aquele que as costureiras francesas adotaram.

O filho provavelmente contara a ele sobre Fenwick.

– Acredito que a breve experiência de Toby na gangue de Jacob Freame lhe serviu como castigo – afirmou Clara.

Ela se espantara com a transformação. O arrojo e a insolência haviam desaparecido.

– Isso raramente acontece – retrucou ele. – Associar-se com criminosos costuma deixar os meninos ainda piores. Chicotadas e períodos na prisão só os endurecem.

– Ele não teve muito tempo para aprender comportamentos criminosos porque logo adoeceu. E, então, acho que sentiu na pele o que era não ter Bridget cuidando dele, e sim um monte de garotos grosseiros e maldosos que não se importavam com o que lhe aconteceria. O pobrezinho pensou que ia morrer. Poderia muito bem ter morrido. Ele aprendeu uma lição, eu espero.

– Talvez – disse o duque. – É mera especulação... e especulação sentimental.

– Talvez – respondeu ela. – Ou talvez ter uma aparência respeitável tenha mudado sua atitude. Westcott o levou aos banhos e lhe comprou roupas limpas. Isso parece ter dado a Toby algo em que pensar. Vou colocá-lo de libré e vamos ver se ele se comportará à altura de sua elegância.

– Foi esse o tratamento que suas amigas modistas aplicaram ao garoto que levaram para a casa delas?

– É incrível o que um chapéu de três pontas, um casaco com acabamentos dourados e botões brilhantes podem fazer pelo *amour propre* de um menino – comentou Clara.

Isso rendeu a ela uma gargalhada do duque.

A duquesa sorriu.

Clara contou a eles sobre a experiência de Toby no hospital.

– Ele aprendeu a cuidar dos pacientes observando o que a equipe do hospital fazia. Jamais será do tipo que aprende pelos livros, mas parece capaz de aprender de outras formas. Não sei quanto isso poderá ser útil ao senhor. No entanto, a duquesa precisa de um pajem para atendê-la.

– É claro que não preciso – disse Sua Graça. – Que ideia!

– Posso jurar que sim – respondeu Clara. – A criadagem estará muito ocupada nas próximas semanas, talvez até mesmo nos próximos meses. Pretendo aumentá-la, mas sei que não gostam de se ver em meio a hordas de empregados.

Os olhos da duquesa se arregalaram. Ela não tinha pensado naquilo. Como poderia?

Não importava quanto Clara fizesse, não poderia devolver aos seus sogros a vida que tinham antes. Embora a Residência Ithaca fosse grande, tinha apenas uma fração do tamanho de uma grande casa na cidade – a Residência Warford, por exemplo. Uma pequena equipe sempre fora suficiente ali. Mas agora o trabalho da casa aumentaria. Os novos duque e duquesa poderiam esperar mais visitantes, mais correspondência, mais de tudo, ainda que não pretendessem receber muita gente.

Primeiro, e acima de tudo, havia o seu relacionamento com a família real. Suas Majestades estavam em Brighton no momento, mas logo enviariam emissários, como fizeram para o casamento de Clara. Não se podia negar a admissão dessas pessoas. Eventualmente, o rei e a rainha fariam uma visita, uma vez que o duque estava demasiado frágil para ir visitá-los. Outras visitas formais teriam que ser suportadas. A duquesa de Kent por certo apareceria, junto com a princesa Vitória.

Clara não conseguiria afastar todos, e não deveria fazê-lo, tanto pelo bem do marido, quanto pelo dos pais dele. Radford não poderia continuar a trabalhar como advogado enquanto administrava as propriedades do pai e outros negócios. Mas poderia usar suas habilidades legais no Parlamento, entre outras possibilidades. O problema era que, apesar da reforma, mesmo a Câmara dos Comuns continuava a ser um clube privado. Para pertencer inteiramente a esse mundo, os duques de Malvern precisariam recuperar a posição que lhes cabia na sociedade e se transformar em membros ativos da nobreza.

Enquanto isso, Clara tinha que preparar a Residência Malvern a distância. Ela minimizaria a perturbação, mas não conseguiria evitá-la de todo.

– Pensei que poderiam usar Toby para levar mensagens, fazer pequenas tarefas e outros tipos de buscas e entregas. Ele é um menino forte. Se não fosse, a doença o teria matado. Ele poderia ajudá-la quando os travesseiros do duque precisassem de ajustes ou quando ele desejasse se mover do sofá para a poltrona.

Clara sabia que a duquesa achava cada vez mais difícil cuidar de algumas das necessidades do marido. Para sua frustração, o duque se tornava cada vez menos capaz de fazer as coisas por si mesmo e, embora não fosse tão grande quanto o filho, ele não era um homem pequeno. Havia muito mais coisas que um rapaz que havia trabalhado em um hospital poderia fazer, mas Clara precisava exercitar a cautela para se aventurar no território da duquesa. Quando Sua Graça se acostumasse a ter Toby por perto, encontraria mais maneiras de empregá-lo.

– Está sugerindo que eu empregue o garoto em vez de um dos criados? – indagou a duquesa, parecendo em dúvida.

– Isso liberaria os outros para tarefas que exigissem mais força física ou inteligência, ou ambas – explicou Clara. – E reduziria o número de novos funcionários necessários.

A duquesa refletiu por um momento, claramente dividida. O duque não disse nada, apenas a observou.

Clara esperou.

Finalmente, Sua Graça disse:

– Se é uma escolha entre um exército de novos criados e um menino, é melhor eu ficar com o menino.

Os olhos acinzentados do duque cintilaram.

– Muito bem, Clara. Bem pensado.

– Eu apenas aponto os fatos – disse ela.

– É isso mesmo que você faz. E aquela garota muito bonita? O que pretende fazer com ela? Sabe que ela vai virar a cabeça dos lacaios, não sabe?

Exatamente o que Davis dissera.

– Davis e eu vamos garantir que Bridget não tenha tempo para seduzir os lacaios. Tenho dezenas de tarefas para uma costureira talentosa. Por enquanto, ela pode ajudar com os consertos pela casa. No entanto, imagino que a Residência Malvern vá precisar de uma remodelação completa.

– Tenho certeza de que você encontrará tudo em péssimo estado ali – disse a sogra. – O mobiliário mais pesado ainda deve estar por lá, todo coberto. Mas muita coisa terá desaparecido misteriosamente. Como os lençóis da família, por exemplo, que, se não tiverem sido roubados, estarão em frangalhos. Há mais de um século ninguém da família vive de fato na Residência Malvern, e o pai do último duque preferiu colocar seu dinheiro no Castelo de Glynnor.

– Pedi à mamãe que fizesse uma inspeção da casa – informou Clara. – Ela vai adorar fazer isso.

Essa tarefa daria à mãe de Clara uma ocupação, evitando longas visitas a Richmond. Ela iria se vangloriar com a querida amiga e inimiga lady Bartham sobre ter que suar pela filha, a *marquesa de Bredon*. Clara quase podia ouvi-la dizendo:

Mas o que uma mãe pode fazer? A pobre Clara tem muito sobre seus ombros no momento, ajudando o duque e a duquesa de Malvern, entre tantas outras responsabilidades. E, claro, ela confia totalmente no meu julgamento.

– Espero que os novos lençóis tenham chegado – disse Clara. – Isso vai dar a Bridget mais do que o suficiente para fazer, além de uma chance de usar seu talento com bordados nos monogramas e coisas do gênero. Estou ansiosa para trazer a casa de volta à vida.

A duquesa riu.

– Melhor você do que eu, minha querida. Posso pensar em poucas tarefas mais tediosas do que escolher revestimentos de parede, cortinas e todo o resto dos acessórios. Prefiro passar meu tempo discutindo as opiniões absurdas de meu cônjuge sobre os vereditos dos legistas, as instruções dos juízes ao júri, as minúcias das leis.

– Você não sabe nada sobre as minúcias das leis – discordou o marido.

– Está vendo, Clara? – falou a duquesa. – Lidar com esse cavalheiro iludido exige todas as minhas energias. – Ela fez um aceno com a mão. – Faça o que quiser, minha querida. Mande o menino para nós assim que o tenha trajado de acordo e veremos que uso poderemos fazer dele.

Richmond
Sexta-feira, 4 de dezembro

Squirrel continuava impressionado com o que um bigode e roupas diferentes eram capazes de fazer. Há dois dias, Jacob Freame, Husher e Squirrel haviam partido de Londres em plena luz do dia, em um tílburi, e ninguém prestara atenção a eles. Squirrel sabia que ninguém os seguia, pois mantinha vigilância.

Como dissera Jacob, assim que se mudassem para seus quartos na estalagem Blue Goose, não precisariam se esforçar muito para se esconder. Troque de carruagem, troque de roupa. Vista-se como outro alguém e as pessoas pensam que você é outra pessoa.

Até Chiver levá-lo para a gangue de Jacob, Squirrel só se vestia com os trapos que conseguia arranjar pelas ruas. Jacob podia ser um canalha, mas centenas de homens também eram. Entretanto, esse canalha alimentava seus meninos e os mantinha com roupas decentes e com um teto sobre a cabeça.

Agora, Squirrel estava usando roupas quase novas. Não faltavam botões. Não havia furos nem bordas desgastadas. Não havia remendos nos cotovelos nem em outras partes. Ele tinha um chapéu apropriado, um lenço de pescoço e até mesmo um alfinete com uma pedra falsa. Ele sabia que Husher devia ter roubado e espancado – talvez até a morte – alguém para conseguir o dinheiro para todas as coisas de que precisavam. Talvez isso até incomodasse Squirrel um pouco. Mas ele sempre tentava não pensar muito em coisas assim, apenas fazendo o que lhe ordenavam.

No momento, ele era o criado, Samuel. Husher tinha roupas mais finas, uma vez que se passava pelo filho, Humphrey, de Jacob. Jacob até o fizera limpar os dentes.

Jacob era o mais grandioso, como era de se esperar. Ele era o Sr. Joseph Green, um sujeito importante da cidade que se encontrava ali por ordens médicas. E ele agia, sem qualquer dificuldade, como alguém importante. Ele falava e vivia melhor do que a maioria de sua espécie. Frequentara a escola, embora nunca revelasse, e ninguém perguntasse, qual e onde.

Enquanto Husher vagava pela cidade, Jacob passeava ao redor do grande parque, procurando conhecer o ambiente, como ele mesmo dizia. Às vezes, sentava-se numa taberna ou num café e puxava conversa. Era fácil descobrir tudo sobre Corvo e a casa na qual a família morava, junto ao rio.

Richmond estava acostumada aos estranhos, principalmente no verão. Agora, porém, em pleno inverno, eles vinham e ficavam na passagem ao longo do rio e admiravam a casa atrás da cerca. Vinham pelos bosques da vila e tentavam ver se havia alguém no jardim. Jacob, Husher e Squirrel também podiam parar e olhar, como qualquer um. Squirrel olhava para a cerca e torcia para Jacob não ordenar que ele e Husher a pulassem e entrassem no lugar.

Era uma cerca fácil de escalar. O que preocupava Squirrel eram os criados. Eles apareciam por toda parte – no jardim, entrando e saindo do estábulo e da estufa.

268

A cidade também o preocupava. Era tão pequena que todos sabiam tudo sobre a vida dos outros. Ele tinha certeza de que vira policiais, embora Jacob tivesse dito que a polícia de Londres não ia tão longe – outra boa razão para ele e Husher resolverem a questão com o Corvo ali, onde havia apenas um chefe de polícia medíocre com poucos homens.

Husher estava vigiando a casa e procurando conseguir notícias enquanto Jacob e Squirrel se encontravam sentados no banco do parque. Squirrel estava, como sempre, atento a possíveis problemas.

Jacob lhe deu um tapa.

– Ei, pare com isso. – Ele não gritou. Disse essas palavras com suavidade, mas sua mão não era suave. – Pare de olhar para todos os lugares desse jeito.

– Estou só vigiando, como você me...

– Não assim. Parece que está planejando fazer algo errado. Não quero que os patetas vejam nada além de duas vítimas em potencial. Estamos apenas tomando ar, na esperança de dar uma olhada nos novos nobres. Ninguém mais tem um criado que fica espiando por cima do ombro a cada dois minutos.

Como não queria outro tapa na cabeça, Squirrel parou de prestar atenção em cada sombra e movimento repentino. Tentou fingir que estava apenas desfrutando o ar, cujo cheiro detestava. Ar puro demais. Árvores demais.

Foi por isso que, mais tarde, quando saíram do parque e começaram a subir a colina em direção à vila, ele não notou Toby Coppy saindo de uma loja. Ele não viu Toby parar de repente, sua boca se abrir e se fechar como um peixe e seu rosto ficar tão branco quanto o lenço que tinha no pescoço.

Toby permaneceu ali por um bom tempo, bem visível em sua nova libré, mas Squirrel não enxergou nada além de um criado todo enfeitado, matando o tempo na calçada. Ele não notou que Toby observava o tílburi subir a rua e não viu as contorções faciais de Toby quebrando a cabeça até, finalmente, chegar a uma conclusão.

Mais tarde

Bridget e Toby Coppy ficaram diante de Clara em seu escritório.
– Squirrel – disse ela.

– Era assim que o chamavam na gangue – explicou Bridget.

Ela falou durante quase todo o tempo, pois Toby estava longe de ser articulado. Ele havia retornado de uma missão todo nervoso e Bridget o arrastou para que relatasse o que vira a Clara.

– Por causa dos dentes e das bochechas, como se estivessem cheia de nozes – explicou a irmã. – E porque ele é sorrateiro como um esquilo. E é rápido, não só correndo, mas subindo e descendo das janelas. Para... roubar as casas, milady.

– Ele deve ter sido um dos rapazes que saiu do prédio tão rapidamente no dia em que a polícia apareceu – disse Clara para Toby.

Ele assentiu.

Bridget deu uma cotovelada no irmão.

– Sim, Sua Graça – murmurou Toby.

Devia ter sido naquele momento que Radford o vira – fugindo pela rua estreita. Ele viu as costas do rapaz e o jeito como ele corria. Um menino entre muitos que fugiram da casa. No entanto, Radford se lembrava o suficiente para o menino lhe parecer familiar. Como seria ter uma cabeça assim?

– Ele estava em uma carruagem com um homem – avisou Bridget.

Isso despertou a eloquência de Toby.

– Achei que era Jacob – disse ele. – Mas por quê? Nenhum deles nunca dirigiu nenhuma carruagem. E aquele lá não era bem Jacob. Tinha bigode e usava roupa de gente rica. E aquela não era uma carroça comum, mas um tílburi e dois cavalos. Todo mundo diz que Jacob morreu. Mas ele me pareceu Jacob. O outro era Squirrel. Também usava roupa bonita, mas reconheci ele – concluiu Toby, enchendo as bochechas.

– Por que ele está aqui? – indagou Bridget. – Foi isso que Toby perguntou a si mesmo. Teve medo e quis fugir, porque eles o odeiam. Mas eles odeiam o Corvo, quero dizer, Sua Graça, mais do que qualquer um e Toby achou que ele precisava saber.

– Eu segui eles – disse Toby. – Mas só de longe.

– Ele os seguiu até o Blue Goose, onde a carruagem entrou no quintal – explicou a irmã. – Mas Toby não entrou no pátio. Eu disse que ele fez o certo, porque se eles o vissem...

Alguns poderiam se perguntar como alguém deixaria de ver Toby. Embora sua libré não fosse tão gloriosa quanto a de Fenwick, era esplêndida, verde e dourada com galões e botões de latão.

Mas, se os dois tivessem visto Toby, será que o reconheceriam em tamanha elegância? Provavelmente não. Se Squirrel tivesse um rosto menos memorável, Toby talvez não o tivesse reconhecido em suas roupas novas. Além de ter algo da boa aparência da irmã, o rosto de Toby não chamava um décimo da atenção que seu traje despertava.

Quanto ao homem...

Clara tinha suas suspeitas.

Ela agradeceu a ambos. Disse ao rapaz que ele agira muito bem e que estava orgulhosa dele.

Levando-se em consideração a conjuntura, Toby fora mesmo corajoso. Ele estava à altura de sua libré.

Depois que os irmãos saíram, Clara pensou no que deveria fazer. Havia uma longa lista de itens que demandavam sua atenção. Além disso, Radford estaria de volta em breve e ficaria zangado se ela tomasse as rédeas da questão Squirrel e seu amigo de bigode.

Você não deve perseguir o Garoto das Bochechas Estufadas.

Isso fazia sentido.

Ela não tinha experiência em lidar com assassinos. Não sabia organizar um ataque policial, mesmo que tivesse motivos legais para fazê-lo – o que não tinha. As probabilidades de que ela se metesse em dificuldades eram grandes.

Seu marido tinha os outros Radfords com quem discutir. Ele não precisava que a esposa lhe causasse mais preocupações e aumentasse suas provações.

Muito bem, então. Ela não iria persegui-lo... exatamente.

No dia seguinte, ela foi com sua carruagem até o coração de Richmond, com Davis e Colson.

Terça-feira, 8 de dezembro

Radford chegou à Residência Ithaca tarde da noite, e sua mente mal conseguia funcionar.

Ele teve bom senso suficiente para avisar ao pai que, segundo as evidências físicas, Bernard morrera ao bater com o crânio em uma pedra.

Tendo acalmado o pai em relação à causa da morte, Radford foi se juntar a Clara em seus aposentos. Encontrou um banho esperando por ele. Era óbvio que ela mandara prepará-lo. Fora treinada para ser uma anfitriã perfeita.

Embora um longo banho lhe tivesse feito bem, ele não se demorou. Queria ir para a cama. Com ela. A falta que sentira da esposa chegava a ser perturbadora. Se ela estivesse com ele no Castelo de Glynnor, poderiam ter conversado e achado graça de seus parentes. Ele teria tido alguém com cérebro com quem conversar. Alguém que se importava com ele. Embora tivessem escrito cartas um para o outro, nada se comparava a falar com ela pessoalmente e observar seu rosto e a maneira como se movia. Uma carta não oferecia as pequenas pistas daquilo que seu exterior, tão próprio de uma dama, sabia esconder da maioria das pessoas. Não era possível ter relações conjugais – como ela as chamava – por meio de uma carta.

Quando voltou para o quarto, encontrou-a sentada na cama, lendo o... tratado de Wade sobre a polícia da metrópole!

Ela o estudava para poder argumentar com ele, sem sombra de dúvida.

Radford subiu na cama ao lado dela.

Clara colocou o livro de lado.

– Foi muito ruim? – perguntou ela.

– Qual parte?

– Todas. Mas o que estou dizendo? Em sua última carta você prometeu estar em casa hoje. Manteve sua promessa, embora tivesse que sacrificar refeições e sono para conseguir cumpri-la. Está cansado. Pode me contar tudo amanhã.

Radford estava profundamente cansado, de corpo e alma. Ele afundou nos travesseiros. Ela apagou a vela, deslizou para o lado dele e se aconchegou. Ele a envolveu em seus braços e tocou os lábios em sua touca de dormir. Isso não o satisfez. Retirou a touca e apertou a boca contra seus cabelos. Pareciam seda, cheiravam a sabonete floral e tinham o perfume dela.

– Não foi tão divertido quanto estar com você – respondeu ele. – Você é muito mais divertida. E bonita.

– Divertida? Como um bobo da corte?

– Não, como um complicado julgamento de assassinato.

Ela riu suavemente.

– Um grande elogio, de fato, meu sábio amigo.

– É verdade. Os energúmenos estão em toda parte. Sempre sei o que a maioria das pessoas vai dizer e fazer. Os outros Radfords, por exemplo, foram exatamente tão exigentes e briguentos quanto eu esperava que fossem. A única surpresa foi o morto.

Ele fez uma pausa, tentando organizar os pensamentos. A razão era muito mais fácil do que a emoção.

– Achei o funeral mais angustiante do que imaginara.

– Você devia ter alguma esperança de que ele se modificasse, caso contrário não teria tentado ajudá-lo e não o teria incomodado para que mudasse sua maneira de ser.

– Eu fiz aquilo pelo ducado e pelas pessoas por quem ele era responsável. Não por ele.

– Mas ficou contente quando soube que ele estava cortejando uma moça.

– Eu seria um idiota se não ficasse satisfeito. Não queria que meu pai herdasse. Não queria herdar. Eu *gostava* da minha vida.

– Mas aconteceu.

– Sim.

E a realidade tinha se tornado mais complicada e exigente do que ele imaginara. Tanta coisa para fazer e decidir que ele mal sabia por onde começar.

– Eu tinha esperanças de que ele melhorasse – disse ela. – Não o conhecia, mas estava muito desapontada com ele. E zangada também, por vê-lo estragar a própria vida.

Os sentimentos a respeito de Bernard, como tantos outros, amontoavam-se nos confins mais distantes do cérebro de Radford. Estavam tão bloqueados em algum compartimento secreto de sua mente que ele não tinha certeza do que sentia. E não sabia se queria descobrir.

– Senti falta dele – confessou. – É completamente irracional.

Ela levou a mão ao rosto do marido e simplesmente a deixou lá. Ele virou o rosto e beijou sua palma.

– Sentimentos – disse ela – não são o seu forte.

– Eu os odeio. São mais do seu departamento.

– Não vejo nenhuma vantagem em você entulhar seu grande cérebro com sentimentos – disse Clara. – Recomendo que os deixe para mim, juntamente com os assuntos domésticos. Então, você poderá dedicar toda a sua atenção a... – Ela acenou com uma das mãos e os babados do pulso vibraram. – Dedique-se àquilo em que você é bom: lógica, negócios e coisas desse tipo. De agora em diante, considere minha responsabilidade os sentimentos grandes e desagradáveis.

Ele teve que rir. Como poderia evitar? Pegou-a pelo pulso.

– Venha aqui – ordenou ele.
– Estou aqui.
– Mais perto.
– Não vejo como eu poderia estar mais perto.
– Pense melhor.

Quarta-feira, 9 de dezembro
Sala de estar da marquesa de Bredon

– Maldição, Clara, você prometeu!
– Tecnicamente, não prometi – retrucou ela.
– Não venha discutir minúcias comigo! Eu lhe disse para deixá-lo em paz, e você deveria ter inteligência para entender por quê.

Ela se irritou com aquelas palavras, mas Radford prosseguiu, zangado:

– Mas você sai, expondo-se a conhecidos meliantes...
– Isso é bobagem, e você, entre todos os homens, deveria reconhecer esse fato – alegou ela. – Os meliantes estão em toda parte. Todos estamos expostos a eles, todos os dias. E o que alguém pensaria se me visse? "Ah, lá vai a novíssima marquesa de Bredon... com seu lacaio e sua criada."

Ele controlou a raiva como pôde, o que, por si só, era irritante. Radford jamais cedia ao próprio temperamento, exceto de maneira planejada, na sala do tribunal.

Mas seu coração batia de medo – por ela – e mil pensamentos martelavam seu cérebro, criando um enorme caos. Ele foi até a janela e olhou para fora.

Toby empurrava a cadeira de seu pai inválido pelo jardim. A temperatura era agradável para o mês de dezembro. O pai estava bem embrulhado num xale, um cobertor sobre as pernas. A mãe caminhava ao lado, conversando.

Surpreendentemente, eles haviam gostado do menino tolo.

Ideia de Clara. Ela estivera ocupada, de fato, durante sua ausência.

Mas isso...

– Por que eles deveriam suspeitar de mim? – indagou ela. – Sou apenas uma mulher. Desamparada, incompetente e carente de inteligência. Até os criminosos, pensam assim. As mulheres não contam.

Ele fechou os olhos e lutou para se desconectar daquele outro Radford dentro de si, que estava em um frenesi de raiva, medo e lembranças da noite anterior e dessa manhã... os dois fazendo amor e...

Sentimentos.

O departamento dela.

Essa deve ser uma questão criminal, disse a si mesmo. *Pense que está em um tribunal. Considere os fatos; apenas os fatos.*

E o meu casamento? Ele queria discutir. *Espera que eu ignore minha esposa e meu dever como marido?*

É claro que ele se lembrava de cada palavra.

... as causas pelas quais o matrimônio foi constituído...

Foi constituído para o benefício mútuo, para a ajuda e o conforto que um deve oferecer ao outro, tanto na prosperidade como na adversidade.

Mútuo... ajuda... conforto.

Ele esperou até que a discussão entre o seu eu racional e o irracional se acalmasse.

Voltou-se para a esposa. Ela estava junto à lareira, onde havia vários objetos que poderia arremessar contra ele. Naquele momento, ela não parecia pensar em atirar nenhum deles. Mas seus olhos azuis brilhavam e ele percebeu a tensão em suas mãos.

– Clara, era Freame com aquele rapaz – disse ele.

– Foi o que concluí. Foi por isso que...

– Você acha que um banqueiro, um especulador londrino ou o que quer que ele esteja fingindo ser tomaria alguém como Squirrel por caridade? O menino é perigoso. Enquanto estava no Castelo de Glynnor, escrevi ao inspetor Stokes sobre o Garoto das Bochechas Estufadas. Fiz um relatório completo. Embora novo na quadrilha de Freame, Squirrel já fez fama como ladrão.

Sua esposa olhava para o nada.

– Ladrão de casas – disse ele. – E protegido de Chiver.

– Então foi bom que Toby o tenha visto. Imagine tivesse sido Bridget!

– Ela teria tido o bom senso de correr na direção oposta. Ao contrário de você, que anda rumo ao problema.

– Eu não me aproximei daquele maldito garoto! Nenhum de nós o fez. Você está sendo extremamente irracional.

– Eu!

– Vou contar tudo de novo, pois sei que você não escutou direito antes.

– Eu ouvi cada...

– Colson foi para o pátio do estábulo e ficou conversando – explicou ela. – Como lacaios fazem. Ele não precisou fazer perguntas. Os homens do estábulo ficaram muito felizes em contar a ele tudo sobre todos, incluindo o assim chamado Sr. Joseph Green, que está em Richmond para descansar e tomar as águas saudáveis. Ele veio com seu filho, Humphrey, e um jovem criado, Samuel. Eu estava segura com Davis, a ruas de distância, em uma loja. Não há motivo para você cuspir fogo.

– Cuspir fogo!

Um filho chamado Humphrey e um criado. Quem seria Humphrey? Meia dúzia de membros de gangues permaneceram desaparecidos, segundo Stokes... inclusive Husher.

O estômago de Radford deu um nó.

– Você me lembra muito a minha mãe – disse Clara.

Por um momento, ele pensou que ouvira errado. Suas orelhas pareciam explodir.

Ela não lhe deu tempo para responder, apenas prosseguiu:

– Esses ataques de nervos são muito interessantes na sala do tribunal, mas não funcionam em uma situação conjugal. A menos que você esteja procurando o divórcio.

Ele ouvira direito? Não era possível que tivesse escutado tais palavras. Precisou de um momento para conseguir dizer alguma coisa.

– Você está louca? Um divórcio?

– Isso mesmo. Ainda é cedo. Uma anulação.

– Pare de falar besteiras.

– Foi você quem começou. Teve um ataque de raiva porque mandei um espião para obter informações necessárias à segurança da família.

Ele não ficara furioso. Nunca ficava. Era o mais calmo e racional dos homens. Ele disse, com muita calma:

– A família não é sua responsabilidade.

– Claro que é – afirmou ela. – Principalmente quando você não está aqui. Quanto aos espiões, você não hesitou em usar Millie, lembro-me muito bem. Mas eu não podia me aproximar dela sem causar comentários. Nessa cidade, todo mundo sabe tudo sobre todo mundo. Realmente, milorde está se comportando de modo bastante irracional. Percebo que este é um momento difícil para você, mas...

– Não é difícil. Sou perfeitamente capaz de gerenciar um ducado... e de fazê-lo com mais competência do que os antecessores de meu pai.

– Você está tentando *me* administrar. Mas suspeito que seus sentimentos o estejam confundindo. Infelizmente, estou sem disposição para tentar intervir. Recomendo que encontre algo produtivo para fazer. Ou outra pessoa de quem ter raiva. Tenho cartas para escrever, cem amostras de tecido para verificar e ambas as tarefas exigem uma mente tranquila.

Ele abriu a boca para responder, depois mudou de ideia.

Saiu furioso do quarto, batendo a porta.

E ouviu algo bater contra a porta e se quebrar.

Capítulo dezenove

*A suavidade e a aparência convidativa do tempo levaram
Sua Majestade a caminhar durante várias manhãs nesta
semana. Sua Majestade também fez passeios de
carruagem com o rei e outros familiares da realeza.*

– *Jornal da Corte*, sábado, 5 de dezembro de 1835

Com o coração disparado, Clara deixou-se cair na cadeira diante da escrivaninha.

Decidiu não se entristecer com o que ocorrera.

Ele era mesmo impossível.

Ela apanhou a pena e começou outra lista, mas sua mão tremia e ela estava tão zangada que rasgou o papel e estragou a pena.

Pegou um canivete e tentou consertá-la, mas acabou arruinando ainda mais a ponta. Empurrou a cadeira para trás, levantou-se, caminhou até a porta que levava ao escritório do marido e entrou. Ela havia arrumado a escrivaninha após sua partida, sentindo-se reconfortada em tocar seus objetos. Também a reconfortara saber que ele se oporia a que ela tocasse suas coisas e que ela poderia provocá-lo com esse gesto.

Sua garganta se apertou.

Clara roubou uma caneta da mesa dele. Insatisfatória. Ainda estava muito zangada. E magoada.

Ela pensou que ele entendia.

Alguém precisa despertá-la, dissera ele aos pais de Clara, *encorajá-la a ser ela mesma.*

Abriu a gaveta e mudou a ordem em que ele colocara os objetos. Moveu a régua para a pequena bandeja onde ele guardava os lápis. Tirou todas as folhas de papel de uma gaveta e abriu outra, mais embaixo, para alocá-las ali.

Ela se esticou para remover algo que estava no fundo da gaveta... e parou.

Porque ali, em vez de papel, cadernos ou qualquer outro item relacionado a trabalho, descansava um pedaço de papel amassado que envolvia, frouxamente, alguma coisa.

Ela colocou as folhas de papel sobre a mesa e tirou o pacote da gaveta. O embrulho se abriu e ela pôde ver um pedaço de couro macio.

Sentou-se na cadeira do marido e colocou o pacote em cima da mesa, abrindo o invólucro frágil.

Luvas.

Luvas de mulher.

Luvas muito sujas.

Eram simples, mas de boa qualidade. Ainda cheiravam a lavanda... o perfume que Davis sempre mantinha entre as roupas de Clara.

As roupas *dela*. *Suas* luvas. Seu par mais simples, aquele que ela usara no dia em que resgataram Toby.

Olhe só para as suas luvas!, dissera Radford, tão furioso por algo tão pequeno.

Ela as tirou... E depois?

Quando Clara voltou para a casa da tia-avó, Davis dissera:

– Vossa Graça perdeu outro par de luvas?

Clara supôs que o deixara cair na rua ao sair da carruagem fingindo uma indiferença que estava longe de sentir. Ou então as luvas tinham deslizado de seu colo, para o chão da carruagem... quando ela e Radford se beijaram. Imaginou que o cocheiro, ou o passageiro seguinte, tivesse se apropriado delas.

Mas estava errada.

Radford as encontrara. E as guardara.

Ela sentiu um nó na garganta.

Ouviu passos.

Embrulhou as luvas, enfiou-as de volta na gaveta e a fechou. Largou as folhas de papel na gaveta onde estavam e correu de volta para sua sala de estar, levando consigo a pena nova.

E estava na cadeira, à sua escrivaninha, um segundo antes de a porta se abrir de repente.

Quando Radford entrou marchando, Clara tinha a pena na mão e uma lista de algum tipo – ela não fazia ideia do que era – diante de si. Seu coração se acelerou e sua mão segurou a pena com uma força excessiva. Ela queria jogá-la fora, mergulhar o rosto entre as mãos e chorar.

Clara colocou a imagem da avó no centro da mente e se recusou a deixar as lágrimas caírem ou a boca tremer.

Ele fechou a porta e caminhou até a mesa.

– Maldição, Clara, eu magoei seus sentimentos?

– Certamente que não – respondeu ela. – Não ligo para o seu discurso inflamado e suas palavras irracionais.

Ele colocou as mãos sobre a mesa, inclinou-se e olhou-a nos olhos. Ela encontrou seu olhar, o queixo levantado.

– Eu magoei seus sentimentos – disse ele.

– Você *prometeu*.

– Prometi.

– Naquele dia. No seu julgamento. Você disse que eu precisava ser eu mesma. Disse que me encorajaria a fazer o que eu quisesse.

– Eu me lembro.

Para espanto de Clara, um tom vermelho se espalhou pelo rosto dele.

– Você falou sobre a minha mente – continuou ela. – Mas agora mesmo se comporta como se eu não tivesse cérebro. Você...

– Sim, sim – reconheceu ele, impaciente. – Posso ter exagerado um pouco.

– *Um pouco?* Você insultou minha inteligência. *Sem provas.*

– Argumento frágil, reconheço.

– Frágil, não. Inexistente. Nenhum. Nada. A menos que seu grande cérebro não esteja funcionando direito, você deve saber que fiz minha espionagem de modo tão hábil quanto você teria feito, embora você...

– Eu não teria feito isso dessa maneira.

– Claro que não – disse ela. – Você é homem. Pode agir com mais liberdade. Eu estou amarrada por uma camisa de força de regras.

– Exceto aquelas que sou tão louco a ponto de tentar criar.

Ela não estava pronta para ser apaziguada.

– Eu não me arrisquei. Não poderia ter sido mais discreta. Não persegui seus criminosos nem reconheci sua existência, simplesmente *reuni informações,* que apresentei a meu ingrato marido assim que ele teve tempo de se recuperar da viagem. E, se tivesse que fazer tudo de novo, eu faria, pois prefiro que ninguém o mate nesse momento.

– *Nesse momento?*

– Não estou com disposição de usar luto por você – explicou ela. – Já estou de preto por causa do seu primo, com quem eu desejaria ter me casado em vez de... Mas o preto não me cai bem. Prefiro não estender o período de tempo em que preciso andar por aí parecendo um espantalho, especialmente por sua causa.

Ele estudou a roupa que ela usava.

– O preto só a faz parecer um pouco pálida, embora sua raiva intensifique a sua cor. Eu não diria que não lhe cai bem.

– Não tente me amolecer.

Mas ele já estava conseguindo. Ela estava desesperada. Desejou não ter encontrado as luvas. Ele disse algumas palavras elogiosas e seu coração começou a derreter.

– Clara...

– Eu não sou *Clara* para você. Para você, sou *milady*.

– Vossa Graça está levando isso muito a sério. Casar com Bernard, imagine só.

– Eu poderia ter feito dele uma pessoa melhor! Mas não creio que possa fazer algo por você! Seu jeito insuportável não conhece limites.

– Você sabia que eu era insuportável quando se casou comigo. O mundo inteiro sabe disso. Minha foto está no dicionário, ao lado da palavra.

– Você nem está *tentando* – disse ela.

– Na verdade, eu não tento ser insuportável – explicou ele. – É algo que vem de maneira natural.

Ela queria se jogar em seus braços. Não queria mais brigar. Ela o amava. E amava seus defeitos também.

Ela lembrou a si mesma que a única maneira de conseguir o casamento que queria fora lutar por ele. Eles poderiam ter uma parceria como a que os pais dele haviam construído. Poderiam ter o casamento que ela sempre supôs ser uma fantasia. Mas nada disso aconteceria só porque ela desejava que acontecesse.

– Eu me refiro a seu aprendizado de como ser um marido tolerável – disse ela.

– Tolerável? Minha querida menina, isso é pedir muito.

– Tenho consciência de que estamos numa fase turbulenta por causa dessa herança – prosseguiu Clara impiedosamente, pois ouvir *minha querida menina* a fez querer voar para seus braços. – Mas você não parece perceber que a turbulência atingiu *nós dois*. Sim, eu fui treinada para ser uma duquesa. Mas não estava preparada para entrar em uma moradia que nunca havia sido uma casa ducal e cujos moradores estavam *sem disposição* para mudar sua maneira de ser. – Ela acrescentou rápido: – Você não deve pensar, de jeito nenhum, que culpo seus pais. É perfeitamente compreensível que eles queriam manter sua paz. Mas tenho estado muito sozinha nessa última quinzena... e você volta só para achar defeitos!

A cabeça de Radford doeu como se ela o tivesse esbofeteado.

Ele se afastou da mesa e Clara pensou que ele explodiria outra vez, mas Radford apenas inspirou profundamente e disse:

– Você tem certa razão.

– Certa razão? Estou cheia de razão! Eu poderia escrever páginas sobre o tema, se tivesse tempo. Mas preciso pensar em cortinas para a Residência Malvern. E mamãe não consegue encontrar metade dos móveis listados no último inventário, só alguns poucos que, segundo ela, estão tão destruídos que nem devemos tentar recuperar.

– Eu entendo perfeitamente...

– Não entende, não. Nem um pouco. A criadagem na Residência Malvern não é apenas pequena, mas incompetente. Teremos que substituir quase todos. Você tem noção de como tudo isso é demorado e tedioso?

– Claro, você não precisa...

– É uma casa com quarenta ou cinquenta cômodos. Não sabemos o número preciso porque não conseguimos encontrar os projetos mais recentes. São cinco andares no total e nem a energia de mamãe pôde dar conta de todo o lugar.

Ele se afastou dela e caminhou até o fogo. Entrelaçou as mãos atrás das costas e ficou ali por um tempo, olhando para as brasas.

O silêncio se prolongou. Ela podia ouvir o som do fogo e os batimentos ansiosos de seu coração, que pareciam muito mais altos do que qualquer outra coisa.

Ela olhou para o marido, admirando seu físico, seus ombros largos e a força e confiança de seu longo e esbelto corpo. Lembrou-se do garoto esguio de tanto tempo atrás, defendendo sua honra contra um valentão que, na ocasião, lhe parecera ter o tamanho de um elefante.

Clara pensou nas luvas.

Ela se lembrou da noite anterior e daquela manhã, na cama, seus corpos enroscados. Como ela sentia falta de dormir ao lado dele! Embora tivessem tido muito pouco tempo de intimidade, ela havia se acostumado com o calor e a força de seu corpo ao lado do dela, a sensação de ter finalmente encontrado um lugar ao qual de fato pertencia.

Seu lugar era ao lado dele. Ela o desejara e a mais ninguém e, embora quisesse uma parceria, teria que ser algo justo para ambos. Precisava levar em consideração a tensão que ele vinha sofrendo, muito pior do que a que ela enfrentava.

Essa não era a vida para a qual ele havia se preparado.

Não era a vida que ele queria.

Eu gostava da minha vida, dissera ele.

– É possível que eu também não esteja me comportando da maneira mais racional – confessou ela.

– É verdade. Dadas as circunstâncias, seria mais razoável você estar em crise, chorando e arrancando os cabelos. Meus pais estão satisfeitos por deixar tudo em suas mãos, nossa futura casa demanda um exército para ficar em ordem e seu marido é completamente cego para tudo, menos para seu orgulho masculino e suas noções medievais de proteger sua propriedade. Isso, em sua visão primitiva, inclui sua esposa.

Ele se virou para encará-la.

– Você vê o que acontece quando minhas emoções tomam conta de mim? – perguntou Radford. – Não enxergo nem penso direito. Reajo de forma irracional. O que eu deveria ter feito era parabenizá-la por sua inteligente forma de investigação. Se eu soubesse da situação e você me pedisse instruções... supondo que eu estivesse com a mente sã, o que parece que não posso garantir nos últimos tempos... eu a teria instruído a fazer o que você fez.

A dor interior suavizou-se.

– Disse-o muito bem, meu sábio amigo.

– Isso significa que você vai deixar de lado o processo do divórcio, pelo menos por ora?

– É melhor. O divórcio é demorado e eu tenho muito o que fazer.

O divórcio, na verdade, era impossível, a menos que o marido o iniciasse. Mais uma razão para resolver essas difíceis questões conjugais logo.

– Por gentileza, ponha de lado a maldita casa também – pediu ele. – Nós precisamos lidar primeiro com esses meliantes. E depressa.

— Nós — repetiu ela, e seu coração ficou leve o suficiente para voar.

— Freame é do tipo que sacrificaria até mesmo seus comparsas para salvar a própria pele. Não há honra entre aqueles ladrões. Não posso dizer por que Squirrel ficou ao lado dele, em vez de encontrar outra turma, como fizeram os outros que escaparam, mas seus motivos não devem ser inocentes. Quanto ao terceiro elemento, tenho um candidato bem provável. Eles enviaram Squirrel para fazer a vigilância. Agora, os três estão aqui. As probabilidades não me agradam. Entretanto, parece que seria muitíssimo injusto e indelicado de minha parte excluir você.

— Ah, Corvo! — exclamou ela, levantando-se da cadeira, pronta para se lançar sobre ele.

— Mas primeiro, lady Bredon, você me faria a gentileza de descrever o que mais tem feito?

Os olhos dela se arregalaram e a boca se abriu, mostrando o dente lascado: a lembrança permanente de sua coragem e disposição para defendê-lo em qualquer situação.

Ela estava disposta a lutar contra ele também, o que, em si mesmo, era heroico.

A lógica fria de Radford muitas vezes reduzia às lágrimas os colegas feridos pelas batalhas. E o que dizer das testemunhas?

Se ele a levasse às lágrimas, seriam lágrimas de raiva, e algum objeto não demoraria a ser atirado contra ele.

Mas ela recuperou a compostura em um piscar de olhos e olhou-o com frieza.

— Eu não tive a chance de lhe contar — começou ela. — Minha primeira providência exigiu muita defesa e argumentação. Na verdade, sugiro que façamos uma caminhada no jardim. O tempo está agradável e o ar fresco deixará nossas mentes mais claras.

— Minha mente está perfeitamente clara.

— Você pode pensar que está. Vou mandar buscar nossos chapéus e casacos.

Quando as peças de roupas chegaram, Radford estava quase pulando de impaciência.

Então, eles saíram da casa para o belo jardim que a mãe dele havia criado e que agradava aos olhos até mesmo no inverno. Ele sentiu a mão de Clara em seu braço e sua impaciência se dissolveu.

Ele usava seu costumeiro traje preto e ela estava de luto pelo idiota do Bernard.

– Hoje, parecemos mesmo o Sr. e a Sra. Corvo – comentou ele.

Clara o olhou de soslaio.

– Você sempre fica bem de preto. Elegante e perigoso.

– Você está ótima também. Dramática. Posso imaginar suas modistas desmaiando ao saber que precisaria de roupas de luto, não do tipo comum, mas algo severamente caro, digno de uma marquesa.

– Elas sabem que não fico bem de preto. Foram obrigadas a fazer um esforço extra.

Ele não achava que fossem necessários esforços especiais para tornar a marquesa de Bredon uma mulher de tirar o fôlego.

– Foi uma desconsideração da parte de meu primo morrer assim, de repente. Por outro lado, isso não deu a ele tempo para arruinar sua herança. Quando as contas chegarem, elegantemente registradas como "Maison Noirot", vou olhar para elas sem sentir o menor desejo de cortar minha garganta.

– Se seu pai não tivesse herdado o ducado, eu teria economizado – disse ela. – Mas, agora, sou obrigada a estar à altura de seu título.

– Milady, você me coloca nas alturas. E estou certo de que o que você vai me dizer me fará colocá-la nas alturas também. Sem dúvida, sofrerei um ataque cardíaco ou um colapso, mas parece que simplesmente teremos que aprender a conviver com esse tipo de coisa.

Ela se aproximou e o movimento colocou os seios dela contra seu braço. Mas isso era apenas seu pensamento em relação ao corpo dela. Na verdade, Clara usava roupas demais para uma experiência sensorial verdadeiramente satisfatória.

– Olhe ao seu redor – disse ela.

Ele o fez. Os dois caminharam ao longo das veredas sinuosas. Em climas mais quentes, elas estariam ladeadas por canteiros cuja cor mudava de acordo com as variedades de plantas e a estação do ano. A propriedade era pequena, um pedaço de terra em comparação com as que ficavam a sudeste, pertencentes ao conde de Cadogan, ao marquês de Lansdowne, à duquesa de Devonshire, à duquesa de Buccleuch e outros notáveis. Entretanto, Richmond tinha muitas outras vilas modestas e a Residência Ithaca era bastante apropriada a um advogado bem-sucedido.

Nesta época do ano, todas as árvores, com exceção das sempre-vivas, estavam nuas e as propriedades vizinhas ficavam mais visíveis do que em outras estações.

O que significava que os transeuntes, na estrada que levava a Richmond Green ou na rua ao lado da propriedade, tinham uma visão da casa e do jardim de seu pai melhor do que em outros períodos.

– Estamos bastante expostos – constatou Radford.

Aquilo não era nada incomum para o campo. Era uma área bastante movimentada no verão, quando dezenas de embarcações ocupavam o rio, inclusive barcos a vapor, trazendo uma multidão de visitantes vindos de Londres. Até agora, ele jamais precisara pensar nas implicações. Até agora, nem tivera tempo para pensar nisso.

– Quase todo mundo está exposto – retrucou Clara. – Em especial à beira do rio, onde tudo o que está entre nós e os intrusos é uma cerca baixa. Quando Bridget me contou sobre Squirrel, ansiei por um muro alto. Mas não se pode construir algo assim de um dia para outro. E, além do mais, poderia resultar em algo bem feio.

Muros altos fariam uma pequena propriedade como aquela parecer uma prisão, além de estragar a vista.

– Em vez disso, contratei empregados adicionais para trabalhar do lado de fora – explicou ela. – Dei ordens para que fizessem patrulhas frequentes e imprevisíveis na propriedade. Para não despertar as suspeitas dos nossos criminosos, expressei preocupação com os jornalistas londrinos, que poderiam entrar na propriedade e nos espiar em busca de escândalos para seus jornais.

Surpreso, ele a olhou. Seu rosto estava rosado de orgulho. Ela deveria mesmo estar orgulhosa e ele não deveria estar surpreso.

– Isso foi inteligente de sua parte. Porque é verdade. Sem dúvida, eles estão atrapalhando os planos dos que desejam nos matar.

– *Inteligente* – repetiu ela. – Sinto que vou desmaiar.

– Ainda não. Você tem mais a me dizer, a julgar por sua expressão de satisfação.

Ela o olhou de maneira divertida e prosseguiu:

– Como você já deve imaginar, a notícia se espalhou bem depressa por Richmond. O policial dessa área veio aqui e prometeu que ficaria de olho na propriedade. Ele me avisou também que a Lei da Polícia Metropolitana não se estende a esta parte de Surrey.

— É uma colcha de retalhos o que acontece nos condados vizinhos a Londres — disse ele. — Algumas áreas estão incluídas, outras, não.

— De qualquer forma, não fazia sentido comentar com as autoridades locais sobre delinquentes juvenis de Londres espreitando a área em companhia de um homem bigodudo.

Ele a subestimara, o que era indesculpável e idiota de sua parte. Sim, ela era linda, mas ele não se casara com ela apenas por sua beleza — embora ninguém na face da Terra pudesse culpá-lo se o tivesse feito. Entre os atrativos de Clara estava a sua complexidade. Ela era interessante e imprevisível e isso, ele deveria ter lembrado, era porque ela podia *pensar*.

— Sabe, lady Bredon, acredito que, com o tempo e com a devida orientação, você possa se tornar quase... inteligente.

Ela pôs a mão na cabeça.

— Onde estão os meus sais?

— Não há tempo para desmaiar. Agora que estou de volta, Freame vai atacar na primeira oportunidade. Precisamos de um plano. E depressa.

Sexta-feira, 11 de dezembro

O momento do café da manhã no refeitório público do Blue Goose era o favorito de Squirrel. Era mais parecido com Londres: agitado e ruidoso. Melhor ainda, com todas aquelas pessoas indo e vindo, com mil coisas a fazer, ninguém prestava atenção em Jacob e Husher. Eles se sentaram à mesa de sempre, perto de uma janela de onde podiam vigiar os bosques da vila e as estradas mais movimentadas. Squirrel estava perto deles, como um criado faria, esperando para pegar algo em seu quarto ou cumprir alguma tarefa.

E os três ficavam ouvindo o que acontecia ao redor. O Corvo estava de volta, como Jacob disse que estaria. O problema era que os jornalistas se espalhavam como moscas e, por causa deles, dificilmente poderiam chegar perto do lugar sem que algum vigia ou agente da polícia os mandasse se retirar.

Como dissera Jacob, ali não havia tantos policiais como em Londres. Mas havia muitos guardas particulares por causa de todos aqueles grandes palácios. Lordes e ladies possuíam casas por toda a área – perto do bosque, ao longo do rio, no alto das colinas e no parque.

Jacob estava louco para se aproximar do Corvo, mas não o suficiente para fazer Squirrel pular a cerca, invadir a casa e deixá-los entrar. Seriam presos com muita facilidade. Se algum deles fosse apanhado, os outros fugiriam correndo. Não havia outro jeito. Todos ali sabiam que eles estavam juntos.

Os guardas e os jornalistas irritavam Jacob. Ele começou a cortar seu bife como se fossem as entranhas do Corvo. E pensava com tanta raiva que quase se poderia ouvir seus pensamentos.

– Naturalmente, esperamos uma comissão completa. – Alguém à mesa ao lado falava muito alto. – A Residência Malvern é um dos melhores palácios de Londres... Mas em péssimo estado no momento, ou não teríamos sido consultados. Mas lady Bredon pretende deixar tudo como deve ser. Até mesmo os estábulos, embora essa não seja minha área de atuação.

Quem falava era um sujeito mais velho, uma espécie de comerciante. Rico, a julgar pelo corte de suas roupas e pelo grande anel em sua mão. Ele usava óculos e uma peruca, como os homens mais velhos costumavam fazer.

Jacob parou de cortar com tanta força. Era quase possível ver seus ouvidos apontando para o falante.

Alguém na mesa disse alguma coisa, mas Squirrel não conseguiu entender o que era.

– Não – disse o primeiro homem. – No entanto, Sua Graça me disse que trouxeram a pequena carruagem, do tipo faetonte, do duque de volta.

– É mais adequada para um homem de família – acrescentou alguém. – E mais conveniente para viajar para a cidade com a esposa.

Não é conveniente para nós, pensou Squirrel. As carruagens do tipo faetonte tinham uma caixa atrás do capô onde eram guardados pacotes e bagagem – mas, o mais importante, haveria um assento na traseira da caixa, grande o suficiente para dois criados.

Antes, o Corvo costumava viajar sozinho, de carruagem ou a cavalo.

Perdemos a nossa chance, pensou Squirrel.

– Sua Graça teve a gentileza de me informar que a carruagem foi bem cuidada nesses últimos anos – disse o primeiro homem. – Precisou de pouco trabalho para ficar em ordem.

Ele estivera na casa no dia anterior e conversara com o Corvo e com a mulher alta. Sobre cortinas, móveis ou coisas do gênero. Então, as pessoas não se cansavam de lhe fazer perguntas sobre a família, e até mesmo as criadas que serviam as mesas inventavam desculpas para se aproximar e ouvir.

Jacob se aproximou para participar da conversa, querendo saber mais sobre a carruagem. E o velho ficou feliz em exibir tudo o que sabia sobre os mais novos nobres da região.

Então, ele começou a se levantar, dizendo que precisava se encontrar com Sua Graça e não deveria ser atrasar. Mas, quando ele saía do refeitório, Jacob o alcançou e o fez falar mais.

No final das contas, o nome do sujeito era John Cotton e Jacob iria jantar com ele naquela noite. Husher e Squirrel que cuidassem de si mesmos.

Richmond Park
Terça-feira, 15 de dezembro

Seria ali mesmo, não teria outro jeito. Mas Squirrel não aprovou aquele parque.

Era muito grande – lagos, campos, bosques e colinas. A única notícia boa era que o tempo estava ficando mais frio, de modo que o Corvo não levaria a esposa por quilômetros e quilômetros, como na primeira vez. Eles davam uma volta, como faziam em Hyde Park, e tomavam, todos os dias, o mesmo caminho para retornar para casa. E não levavam criados na carruagem. Eram apenas os dois.

Eles costumavam descer Richmond Hill em direção ao parque, fazer a curva ali e voltar. Graças a seu amigo Cotton, Jacob ficou sabendo que o casal saía para esse passeio todos os dias. Graças a Squirrel, que os seguira por dois dias, eles conheciam a rota do casal.

Tinha que ser ali, disse Jacob. Em Richmond, todo mundo via tudo e contava tudo a todo mundo. Quase ninguém frequentava o parque nessa época do ano, especialmente no final da tarde.

Jacob elaborara, passo a passo, o seu plano. Chegaram cedo ao local escolhido por Jacob e praticaram. Então, Jacob e Husher deixaram Squirrel cuidando do tílburi. Ele se escondeu com a carruagem e os cavalos a pouca distância da estrada, perto de uma curva, atrás de um amontoado de arbustos altos com folhas verdes e brilhantes.

Husher disse que ia ser divertido. Squirrel desejou que tudo já tivesse acabado.

Ele esperou e esperou e esperou. Finalmente, ouviu a carruagem – dois cavalos, quatro rodas – chegando.

Radford percebeu o movimento pelo canto do olho um instante antes de uma figura familiar e rija sair dos arbustos e entrar na frente dos cavalos, agitando o sobretudo e gritando:

– Socorro! Socorro!

Os pássaros voaram de cima das árvores, balançando as folhas enquanto piavam avisos para seus companheiros. Assustados, os cavalos empinaram, enquanto Freame – era ele mesmo, bigodes novos e tudo o mais – continuava a gritar, se mantendo bem longe dos cascos.

Venha me pegar, parecia dizer. Radford ansiou por correr atrás dele e parar o que quer que ele e seus cúmplices – que Radford tinha certeza de que estavam por perto – estivessem planejando fazer.

Mas os cavalos disparariam. Primeiro, era preciso controlá-los.

– Dê as rédeas para mim! – berrou Clara.

Uma figura bem maior apareceu do meio dos arbustos. Jogou-se sobre Radford, agarrou-o e puxou-o para fora do banco da carruagem, fazendo-o cair no chão.

Não entre em pânico, disse Clara a si mesma.

Ela se concentrou em pegar as rédeas, no momento em que Radford caía da carruagem. Concentrou-se em enfiar as rédeas entre os dedos e controlar os animais. Ela não tinha ideia do que estava acontecendo lá atrás ou de quantos agressores haviam irrompido do meio dos arbustos e não podia olhar. Se saltasse ou caísse da carruagem e quebrasse o pescoço não seria de nenhuma utilidade para Radford. Eles não seriam úteis a ninguém se os cavalos os pisoteassem. Era preciso concentrar-se no que estava fazendo, controlar as criaturas em pânico usando a voz e as rédeas. Ela era capaz de fazê-lo. Tinha que fazê-lo.

Husher era jovem, mas grande e forte como um ferreiro. Tinha a terra firme sob os pés, enquanto Radford não tinha nada para evitar que seu corpo fosse lançado no ar e jogado no chão, de costas, com toda a força. Os ouvidos dele zuniram. O mundo começou a escurecer e, nas sombras, ele viu o rosto de Bernard, provocando, caçoando.

Morto, morto, morto. O idiota.

O mundo brilhou com luzes cintilantes. Radford estava indo a algum lugar, rapidamente. Aonde? Para longe, bem longe. Para sempre? Ele estava ciente do gosto de sangue e do chão duro sob suas costas. A escuridão ainda girava em sua direção.

Não. Algo mais. Mais a ser feito. Dito.

Clara. Eu amo você.

Não há tempo para isso! Levante-se! Lute! Faça alguma coisa!

Ele se obrigou a levantar. Bernard o nocauteara mais uma vez. Ele sabia o que fazer. Será? Sua mão tocou em algo... O chão... Não, havia outra coisa ali. Sólida. Ele fechou o punho ao redor do objeto. Abriu os olhos e viu uma grande mão levantada. O rosto de Husher, um sorriso largo e desdentado.

O sol que se punha atingiu a lâmina da faca. Um brilho dourado e ofuscante. Radford rolou para longe enquanto a lâmina descia com força. Ouviu um rugido de raiva, então Husher caiu sobre ele, com todo o seu peso e sua força. Como se fosse feito de pedras. Radford ofegou e tentou recuperar a respiração, mas segurou a coisa sólida em sua mão – o cabo do chicote – e, quando a faca desceu sobre ele mais uma vez, ele a jogou de lado. Husher blasfemou e agarrou a mão de Radford, apertando-a dolorosamente.

Uma gargalhada.

– Por Chiver – disse Husher. – Ha-ha-ha.

A nobre alta tinha as mãos ocupadas, isso estava claro para Freame. Ela estava lutando com os cavalos e, com certeza, perderia a luta. Isso era bom.

Mas não o suficiente. Melhor seria se os cavalos derrubassem a carruagem. Melhor ainda se o maldito advogado tivesse quebrado o pescoço quando caiu. Mas não, ele estava lutando.

Hora de dar uma mão a Husher – ou, melhor ainda, uma faca.

Mas antes que Freame pudesse se mover, outra pessoa saltou da caixa atrás da carruagem, lançou-se sobre Husher e o derrubou.

A maldita caixa! Por que Squirrel não subiu numa das colinas ou nas árvores, para ver o que havia lá?

Freame não esperou para refletir sobre as probabilidades. Saiu correndo.

Com toda a força que pôde reunir, Radford empurrou a enorme mão e arremessou a sua contra o rosto de Husher. O cabo do chicote se quebrou contra o nariz de Husher, que rugiu e soltou Radford, segurando o nariz enquanto o sangue escorria pelo seu rosto.

Algo trovejou ali perto. Um alvoroço de movimentos, então Husher caiu de um lado da estrada, com Stokes por cima dele.

Radford conseguiu ficar de pé. Outra onda de escuridão tomou conta dele. Mas era o parque que girava ao seu redor. Completamente tomado de sombras. Ele lutou para se orientar. Percebeu o brilho da luz solar, que diminuía através dos ramos das árvores. Ouviu um barulho, que reconheceu como o de uma carruagem em movimento.

Ele se virou na direção do som a tempo de ver a carruagem ganhando velocidade à medida que retumbava para longe. Clara...

Em uma carruagem descontrolada.

Clara conseguira fazer com que os animais parassem de pular e ricochetear, mas eles ainda estavam assustados, arrastando a carruagem pela estrada. Mais à frente havia um trecho em declive, com uma curva perigosa no final. Ela se mantinha firme, lutando para permanecer calma enquanto tentava se lembrar do que Longmore lhe ensinara sobre cavalos em pânico. Ficar calma, sim. E o que mais?

Então, ela viu Freame. Estava concentrada demais nos cavalos para perceber muita coisa ao redor, mas lá estava ele, correndo como se o próprio diabo estivesse atrás dele.

– Não vai fugir, não! – gritou ela. – Corvo, ele está fugindo!

Capítulo vinte

Na temporada dos corvos, isto é, quando o céu fica carregado e anuncia tempestades, ou depois que a tempestade passa, eles podem ser vistos nas partes mais abertas do bosque, pousados em uma massa escura de pedras, observando a desolação ao seu redor com olhares aguçados e cautelosos.

– Charles F. Partington, *A enciclopédia britânica*, 1836

Freame ouviu o grito da nobre alta. Ele correu com todas as forças. Não ficaria para trás. Ele escutava tudo: os cascos trovejando muito perto, as correntes chocalhando, as rodas retumbando. Mas não se atrevia a sair da estrada. Só havia árvores, rochas e arbustos de ambos os lados. Ele não tinha certeza de quanta terra havia e onde estava a água. Não queria quebrar uma perna ou tropeçar e cair em um lago gelado ou em um pântano.

Não faz mal. Falta pouco.

Squirrel esperava com a carruagem um pouco mais adiante. Freame conseguiria – embora talvez tivesse que saltar para fora do caminho dos malditos cavalos. Mas eles acabariam caindo e a mulher alta terminaria em pedaços.

A curva seguinte o levaria a Squirrel e ao Sheen Gate. De lá, estariam na estrada para Putney em pouquíssimo tempo. E dali para Londres, a menos de sete quilômetros da ponte.

Ele correu mais depressa.

Faça com que pensem que correr é sua ideia, dissera Longmore. *Fique no comando. Finja que é uma corrida.*

Os cavalos já estavam exaltados. Precisavam correr. O resto dependia de Clara.

Tudo o que ela tinha a fazer era permanecer calma e no controle da situação, prestar atenção aos obstáculos, esperar que nada mais alarmasse os animais e mantê-los atrás de Freame. Árvores pareciam voar quando ela passava, pedras eram levantadas do leito da estrada. O caminho à frente parecia perigosamente íngreme e os cavalos estavam em disparada, em direção à curva perigosa e à espessa camada de árvores, tocos e pedras que a formavam.

Mas ele assobiou, gritou algo e fez um sinal com a mão. Ela notou um movimento em um agrupamento de arbustos altos não muito à frente de Freame.

Instantes depois, vislumbrou alguma coisa escondida nos arbustos. Parecia um menino. Atrás dele, algo mais. Animais bem grandes. Cavalos. E mais. A capota preta de uma carruagem.

Freame estava correndo na direção deles. Ela não podia deixá-lo entrar na carruagem e fugir. Ele não podia ficar livre e continuar a tramar contra a vida de Radford.

Ela incitou os cavalos a continuar correndo.

Freame olhou para trás. Seu rosto estreito estava branco. Olhou para a frente de novo e gritou algo para o menino. Mas o garoto estava parado, boquiaberto, vendo Clara avançar sobre eles, as rodas e os cascos dos cavalos como trovões que ultrapassavam o barulho das folhas e os gritos dos pássaros. Freame rugiu, berrando algo para o menino, vislumbrando sua possibilidade de escapar.

Ela gritou:

– Não!

O grito perfurou Radford como uma faca. Ele viu a carruagem se inclinar precariamente para um lado ao entrar na curva. Seu coração parou e, por um instante, ele imaginou o veículo virando sobre ela... e ramos de árvores e tocos e pedras... armas mortais atingindo Clara.

A cabeça de Bernard... caindo sobre uma pedra... morte instantânea.

Radford afastou a imagem e venceu o pânico.

Ele a ouviu gritar. Em seguida, outro grito. Mas não o dela, o de um homem. A carruagem balançou, então recuperou o equilíbrio. Aos poucos, ela desacelerou e parou.

Radford inspirou todo o ar que foi possível e correu para o local.

Clara olhava para baixo, mas, ao ouvir seus passos, virou-se, fitou-o e sorriu. Trêmula.

Trêmulo ou não, era um sorriso, e era como a luz do sol atravessando a escuridão cada vez mais profunda do parque.

Ela estava viva e sem ferimentos. Mas devia estar abalada. Os braços e pernas dele tremiam e o coração batia com força contra o peito.

Radford começou a andar na direção de Clara.

– Não se preocupe comigo – disse ela, fazendo um sinal com a cabeça na direção de algo a poucos metros dos cascos dos cavalos. – Eu estava tentando não o atropelar, apenas mantê-lo à vista, mas a estrada aqui é tão estreita... então ele saltou para fora do caminho. Deve ter tropeçado em algo. Ele gritou quando caiu e não se levantou mais. Não sei se está morto. Mas, por favor, não o deixe fugir.

As palavras mal haviam saído de sua boca quando um garoto irrompeu de uma parte da floresta e saiu correndo a uma velocidade impressionante, ao longo da estrada que conduzia ao Sheen Gate.

Radford só pôde vê-lo partir. Se estivesse bem, o seguiria e, sem dúvida, o pegaria. Na condição em que se encontrava, não havia a menor chance. Mas ele nem precisava tentar. Quando o garoto chegasse a Sheen Gate, ficaria sem fôlego e teria que diminuir a velocidade. Então tropeçaria nos braços dos policiais que esperavam por fugitivos.

Mais policiais aguardavam na ponte de Putney. A Polícia Metropolitana não cobria o distrito de Richmond e amplos segmentos do parque, mas cobria a área de Putney, para onde o menino estava obviamente se dirigindo. Os colegas de Stokes não o deixariam escapar desta vez.

Pouco tempo depois

Eles tinham se organizado de antemão para encontrar a polícia no Sheen Gate.

Dali, Radford, Clara e o inspetor Stokes – também conhecido como John Cotton, Provedor de Excelentes Mobiliários para a Nobreza – avançaram com seus presos. O jovem brutal que Stokes chamava de Husher estava algemado. Freame, imobilizado, a perna quebrada em uma tala improvisada, compartilhava a caixa do faetonte com Stokes, de guarda no assento. Todos estavam ensanguentados e feridos, exceto Clara, que estava apenas empoeirada.

O casaco de Radford estava rasgado e imundo. O resto de seu traje combinava com o casaco. À meia-luz, Clara *não* conseguia identificar as manchas em suas roupas pretas. Sujeira, sim, mas manchas de sangue também, muito provavelmente. Ela podia distinguir as marcas em seu rosto – sujeira, contusões, cortes – e sinais de inchaço. Ele devia ter galos na cabeça, pois havia caído com muita força.

Ela se acostumara a ver os resultados das lutas masculinas. Mas aquilo era diferente. Ela sentiu um vazio, frio e intenso, na boca do estômago. Ele poderia ter morrido. Poderia ter morrido em segundos, como o primo.

O cúmplice de Freame, Husher, era flexível e musculoso, com mãos grandes e dedos grossos. Ela já vira um ferreiro com a mesma aparência: alto, esguio e aparentemente desajeitado. Um homem que era capaz de erguer uma bigorna ou um boi sem dificuldade e sabia moldar o menor pedaço de metal em qualquer formato que quisesse.

As rodas e a capota da carruagem abafavam outros ruídos, mas Clara podia ouvir Freame, que ora gemia, ora blasfemava, embora ela não pudesse entender suas palavras. De vez em quando, ela sentia o cheiro do cachimbo de Stokes.

– Isso não saiu exatamente como o planejado – disse ela.

– Nunca sai – explicou Radford. – Como Stokes já havia nos avisado.

Sua voz estava mais rouca do que o normal e isso a fez desejar pegar o chicote da mão de Radford e bater em Husher até ele perder os sentidos, por tudo o que fizera ao seu marido.

Eles haviam planejado tudo com muito cuidado. Radford escrevera para a Scotland Yard – através de Westcott, pois todos em Richmond estavam de olho em sua correspondência. Descrevera a situação. Contratara o inspetor Stokes, um veterano da Polícia Metropolitana, como detetive particular. Tudo fora organizado de modo a envolver a polícia de Londres sem ofender a sensibilidade local, guardando segredo de quase todas as pessoas do lugar para evitar que as fofocas atrapalhassem o plano.

Stokes chegara poucas horas depois de ser convocado e ele e Radford fizeram planos cobrindo todos os cenários mais prováveis.

Como John Cotton, Stokes passara a Freame as informações necessárias para manipulá-lo e fazê-lo aparecer em determinada hora do dia numa via predeterminada.

Nos passeios diários, Stokes se escondera sob um tapete, fora da visão daqueles que espiavam nos arbustos.

E, mesmo preparados para um ataque e tendo limitado os locais onde ele poderia ocorrer, não tinham como saber exatamente quando ou onde aconteceria.

A saída inesperada de Freame do esconderijo surpreendera pessoas e cavalos, fazendo-os perder o equilíbrio e dando aos criminosos uma vantagem.

– Você sabia que a polícia estava esperando em Sheen Gate – disse ele. – E nós combinamos que você não se envolveria, a menos que fosse para impedir alguém de me matar... e somente se isso não a colocasse em perigo.

– Nós não planejamos que você seria puxado da carruagem e derrubado tão rapidamente. E nem que os cavalos entrariam em pânico.

Os animais eram bem treinados, mas não nos moldes de Londres, onde estavam acostumados ao constante alvoroço de pessoas, cavalos e veículos. Freame soube como fazer a emboscada: surgiu de repente em um cenário tranquilo e causou tumulto ao balançar o sobretudo e gritar sem parar.

– Poderia ter sido pior – comentou ele. – Pelo menos você não saltou e tentou matar Husher. Ou Freame. Embora me atreva a dizer que Freame alegará no tribunal que você tentou atropelá-lo.

– Eis o que vou dizer ao júri – disse ela. – Fiquei sozinha em uma carruagem desgovernada. Fiz o meu melhor para controlar os cavalos. Mas era difícil para uma simples mulher. Freame teve a desgraça de tropeçar quando saltou do caminho.

– Difícil para uma simples mulher – repetiu ele. – Já posso ouvir seu irmão Longmore rindo. Não, todos os seus irmãos. É melhor mantê-los longe da sala do tribunal.

– Eu poderia ter parado os cavalos naquele momento ou pelo menos ter feito com que diminuíssem a marcha. Mas isso não passou pela minha cabeça. Embora eu não estivesse totalmente consciente do que se passava, todas as conversas e as práticas com Stokes devem ter me preparado.

– Eu me lembro de que você levantou várias hipóteses.

Ela sabia que ele se recordaria de cada uma delas. Lembrou-se de que ele *não interrompera* nem rejeitara uma única pergunta. Ele e Stokes a tinham levado a sério. Responderam como se ela fosse outro homem. Ela não tinha certeza se algum deles entenderia quanto isso era importante. Os homens sempre eram comtemplados com esse tipo de respeito. Tinham suas hierarquias, mas eram homens e, de modo geral, os homens e o que eles diziam tinham importância. As mulheres, *não*. Elas deveriam ser admiradas, não ouvidas.

Ela não chamou a atenção para isso naquele momento, mas ficou feliz. Mais tarde, encontraria uma maneira de dizer ao marido o que isso significara para ela.

Clara prosseguiu:

– Enquanto minha mente se fixava em manter os cavalos sob controle, no fundo eu também estava refletindo. Eu sabia que a polícia estava no Sheen Gate e na ponte de Putney. Vi que Freame se dirigia ao Sheen Gate, onde a polícia o estava esperando. Mas isso não significava que eles o pegariam. No lugar dele, eu teria pulado no tílburi e voado para cima deles com toda a força, como ele fez conosco em Trafalgar Square. A polícia teria aberto o caminho por instinto, como nós fizemos. Só por um instante, talvez, mas poderia ser o tempo de que ele precisava. E quem poderia garantir que ele iria para a ponde de Putney? Ele poderia virar na rua principal e se dirigir à ponte de Hammersmith. É mais longe, mas exatamente por isso ninguém esperaria que ele fosse naquela direção.

– Você tem razão – disse ele. – E muita, na verdade. Sabe de uma coisa? Fui mais inteligente do que pensava quando decidi me casar com você.

– *Você* decidiu!

– Sim, depois que você me deixou sem escolha. Depois de uma pausa, ele disse: – Espero que essa aventura tenha sido suficiente para você. Não sei quantas serei capaz de fornecer no futuro.

Ela fez um gesto com a mão, indicando que não se importava.

– Não estou nem um pouco preocupada. O que quer que faça com sua nova posição, sei que posso contar com você para se indispor com as pessoas e irritá-las. Sempre poderemos esperar que haja alguém querendo matá-lo.

– Eu não tinha pensado nisso. Mas não tive tempo para pensar em meu futuro. Se não é uma coisa, é outra. Primeiro, Bernard cai de cabeça no chão. Tive que correr para o Castelo de Glynnor e resolver as coisas. Depois, tive que voltar correndo para encontrar assassinos à espreita nos arbustos. Alertar a Scotland Yard. Trazer Stokes. Elaborar um plano. Enganar os meliantes... algo que se mostrou mais fácil de dizer do que de fazer. Agora, temos que ter certeza de que eles chegarão a Londres em segurança para um julgamento no próximo mês. Aliás, uma causa que preciso planejar, mas na qual não posso atuar judicialmente.

Ele narrou com frieza algo que ela não duvidava ter sido um quase encontro com a morte. Mas era costume de seu marido ver o mundo através das lentes da lógica e da razão. As emoções eram departamento de Clara, e ela se entristecia por se dar conta de tudo o que ele perderia, embora demonstrasse não se importar: colocar sua peruca, as faixas e a beca no tribunal, fazer suas perguntas e argumentar, duelar verbalmente com o juiz e o advogado opositor.

– Isso deve ser... frustrante – comentou ela.

– Hum. – Ele franziu a testa. – Mas é claro que você vai dar a Westcott instruções detalhadas, bem como dizer a ele qual advogado deverá representá-lo – concluiu Clara.

– Não. – Ele a fitou e ela captou o brilho perverso em seus olhos acinzentados. – Eu não preciso de um advogado. Devo ter sofrido uma concussão simples...

– Uma concussão!

– Sem nenhuma gravidade. A única explicação para o fato de eu não ter me lembrado de um fato fundamental da lei: as vítimas do crime têm o direito de processar seus próprios casos. Elas fizeram isso durante a maior parte de nossa história.

– Uma concussão! – repetiu Clara, não se importando nem um pouco com a maldita lei.

– É verdade que caí de cabeça. Mas, ao contrário de Bernard, eu sobrevivi e você pode cuidar de mim com muito carinho mais tarde. Estou ansioso por isso. E será divertido aguardar as sessões do próximo mês. Eu serei lorde Bredon, com todos se curvando diante de mim; inclusive, possivelmente, o juiz.

Ele riu, então se contraiu. Ela não sabia onde mais, além da cabeça, ele havia se ferido, porque estavam se aproximando do Sheen Gate, onde a polícia os esperava.

Ali, Radford e Clara souberam que Squirrel escapara.

Ele não havia atravessado o portão do lugar. Todos tinham certeza disso.

Mas ele poderia ter atravessado, sim, pensou Radford. O menino era muito rápido. Ou ele poderia ter se escondido no parque, aguardando que toda aquela agitação se dissipasse. Ele havia demonstrado bastante paciência na primeira vez em que seguira Radford, enquanto lorde Bredon o guiava em uma longa e tediosa perseguição.

Ainda assim, seria difícil provar muita coisa contra o menino, e os dois homens que eles sabiam ser perigosos estavam sob custódia.

Radford falou brevemente com Stokes, que enviou dois oficiais de volta para pegar a carruagem de Freame. Isso pelo menos ofereceria evidências úteis.

Deixando a polícia terminar suas várias tarefas, inclusive, por sua insistência, a de levar Freame ao cirurgião mais próximo, Radford dirigiu a carruagem para casa. Embora já anoitecesse, ele decidiu passar pelo parque. Poderia dirigir por ali de olhos vendados e isso evitaria que encontrassem outras pessoas. Ele sabia que sua aparência estava horrível. Normalmente, esse fato não o incomodaria, mas Radford não estava com disposição para suportar comentários.

Precisava de algum tempo para se recompor – ou melhor, para se desconectar dos eventos recentes e da avalanche de emoções que eles provocaram. Quando chegasse a hora de percorrer Richmond Hill, ele poderia olhar para a multidão com fria objetividade.

Sua mente rapidamente se voltou para esferas familiares e lógicas: o caso contra Freame e seus associados, por exemplo.

– É uma pena que as sessões demorem semanas para começar. Até lá, estarei curado e o júri vai achar que um aristocrata grande e saudável, com todos os seus ornamentos, não corria perigo de ser atacado por ninguém. Freame e Husher vão alegar que tentei atropelá-los, você pode ter certeza. E que, quando Husher tentou me impedir de fazê-lo, minha esposa tentou atropelar Freame.

– Evidências – disse ela. – É muito difícil provar a intenção, como no caso Grumley.

– A menos que alguém confesse. Mesmo assim, se o informante for um dos conspiradores, o júri poderá alegar que ele não é confiável. É melhor eu avisá-la: é improvável que qualquer um deles vá para a forca por assalto, mesmo tendo sido violento. Devem pegar alguns anos de trabalho forçado.

– Eu preferia que fossem exilados – declarou ela. – Quero que ambos saiam da Inglaterra.

– Não é impossível. Mesmo assim, devemos levar em consideração o seguinte: se Freame tinha dinheiro para conseguir aquela caruagem elegante, cavalos, roupas novas e para passar semanas em uma pousada, ele pode ser capaz de conseguir pagar um bom advogado. Mas não adianta julgar o caso e se preocupar com a sentença agora. Há tempo para uma confissão, bem como para a polícia reunir mais provas sobre os vários crimes de Freame. Uma boa causa pode gerar uma sentença de degredo perpétuo. Para não mencionar que estou contando com o efeito de seus grandes olhos azuis e com as lágrimas que você vai derramar ao descrever a terrível experiência pela qual passou.

– Eu? Você realmente vai me deixar testemunhar?

Ela havia descrito, com ousadia, o que diria na corte, mas sabia, tanto quanto ele, que as damas não costumavam se sentar no banco das testemunhas, ainda mais no Old Bailey.

– É melhor você ir ou vamos perder a causa.

– Oh, Corvo.

– Seus pais terão um ataque. No entanto, se você se importasse com esse tipo de coisa, não teria se casado comigo.

– Ah, meu querido corvo. Eu poderia beijá-lo até você perder o ar.

– Mesmo? Mas estou imundo, ensanguentado e sinto que um lado do meu rosto está ficando maior que o outro.

– Está escuro – respondeu ela.

Ele olhou ao redor.

– Está mesmo. Eu me lembro de ter tido ideias, certa vez, de atraí-la para um abrigo no meio da floresta e me comportar com luxúria.

– Quais eram esses pensamentos, precisamente?

Eles estavam perto de Richmond Gate, mas já era noite – e, mesmo que ainda houvesse luz, ele não teria se importado. Radford conduziu a caruagem para um local discreto, cercado por árvores, e a puxou para seu colo. Enterrou o rosto em seu pescoço e inalou o perfume dela, um tanto almiscarado agora devido ao medo e à excitação. Aquela era a sua Clara e ela estava viva. E ele também estava vivo; maltratado, mas inteiro. E ele a queria.

Radford agarrou-a e a beijou ferozmente.

Eu tive tanto medo de perder você.

Ela respondeu com paixão, pressionando os lábios contra os dele e trazendo-o mais para perto de si.

Loucura. A parte lógica que habitava dentro dele reconhecia o medo, a raiva e a ameaça da morte. Ele reconhecia a alegria de sobreviver e também de triunfar.

Eles venceram.

E chegaram muito perto de perder.

Tudo isso estava naquele beijo: terror, raiva, alívio e alegria. Sentimentos.

Radford puxou as fitas do chapéu de Clara e ele caiu, descendo por seu pescoço, mas ela manteve a boca colada à dele, a língua enrolada na dele. O sabor dela percorreu o corpo dele como se Radford tivesse bebido um bom uísque envelhecido. Queimava, estimulava e afastava o medo, a raiva e a confusão com a mesma facilidade com que curava as dores.

Ela moveu suas mãos enluvadas sobre ele, acariciando seu rosto e pescoço com um toque leve, porém excitante. As mãos de uma dama, em suas finas luvas – ele não sabia por que isso o excitava tanto. Ele interrompeu o beijo, agarrou a mão dela e levantou a ponta da luva. Ele levou a mão à boca e beijou o interior do pulso. Ela tremeu.

– Oh, Corvo, que boca perversa – murmurou Clara.

Ele puxou um pouco mais a luva, expondo a palma da mão. Beijou-a ali também, acariciando a pele macia com a língua. Ela gemeu de prazer. Ele retirou a luva deixou-a cair, enquanto beijava cada dedo, cada articulação. Tirou a outra luva mais depressa, pois ela estava movendo as nádegas contra as coxas dele e seu coração quase parou.

Deslizou as mãos sob a capa que ela usava, até a cintura estreita, e subiu para os seios, tão bem guardados. Mas isso era apenas uma provocação.

Ele estendeu a mão e arrastou para cima a capa e a saia do vestido ao mesmo tempo, quilômetros de material cujo farfalhar soava como fogos de artifício no agora silencioso e sereno parque. Estava consciente do vento murmurando através das árvores e das folhas secas sendo levadas pelo vento, mas tudo isso era um sonho distante. Sob a montanha de roupas, ele finalmente encontrou as longas e lindas pernas dela, cobertas de uma seda que sussurrava sob sua mão. A perna de Clara estremeceu sob seu toque. E então ele sentiu as mãos dela segurando seu rosto e ouviu sua voz, baixa e suave como um suspiro:

– Sim, ah, sim.

Ela escorregou a língua pelos lábios dele e o provocou, enquanto ele acariciava sua coxa, acima da liga, e mais para cima. Do jeito que fizera no dia em que pedira que ela se casasse com ele.

Sim, dissera ela naquele momento.

Sim, dizia ela agora.

Ele deslizou a mão entre as pernas dela e encontrou o lugar quente, macio e úmido de desejo. Por ele. Acariciou-a e ela se abriu para ele facilmente.

– Não espere – pediu ela. – Não posso esperar. Sou tão descarada.

– Sim, você é mesmo.

Ele desabotoou as calças, puxou a camisa e seu membro excitado saltou livre. Então, a mão dela estava lá, segurando-o, e ele não sabia como faria para evitar gozar ali, naquele instante. Sua mão macia e morna, que ele tinha beijado tão amorosamente... e esta foi a primeira vez que ela não foi tímida e o tocou por iniciativa própria.

Ele não tinha mais nenhum raciocínio. Era só amor, luxúria e o fogo de uísque correndo pelo seu corpo. A mão dela se fechou ao redor dele e ele gemeu. Ele afastou a mão – seu toque o levaria até o limite – e empurrou-o para dentro dela. Ela gritou suavemente, então, sentou-se sobre ele. E ele pensou que iria morrer com a sensação dela se fechando em torno dele, apertando... e soltando, enquanto se levantava um pouco... cavalgando-o... com a mesma suavidade com que montaria seu cavalo, matando-o pouco a pouco.

– Por Deus, minha querida, acho que aprendeu direitinho – conseguiu dizer, ofegante.

Ela riu um pouco, desencadeando sentimentos que ele não poderia descrever e nem tentaria. O mundo era escuro, quente, pleno do perfume e do sabor daquela, sua linda menina. A garota mais bonita do mundo, que pertencia a ele.

Ele a beijou ferozmente e eles cavalgaram juntos, cada vez mais rápido, até não poderem ir mais longe. Veio a liberação, como uma tempestade de prazer, e eles se agarraram um ao outro enquanto a tempestade expirava.

E quando, finalmente, eles se acalmaram e ele começou a ajudá-la a colocar as roupas no lugar, Radford disse:

– Amo você, lady Bredon. Sabe disso, não sabe?

Ele teve medo de que ela morresse e jamais soubesse, pois ele havia sido tolo o bastante para nunca ter-lhe dito.

– Deduzi que sim, lorde Bredon.

Mais tarde, naquela noite

– Não! – berrou Freame.

– A parte inferior de sua perna está muito comprometida – disse o cirurgião. – É melhor amputá-la.

– Não! Não me venha com seus joguinhos. Isso é coisa dos policiais. Eu conheço todos eles. Trate de consertar isso.

– Nenhum cirurgião respeitável tentaria consertar isso – informou o médico. – Ninguém se arriscaria a salvar essa perna. Qualquer médico pode lhe confirmar que o resultado seria uma infecção.

– Seu maldito mentiroso de uma figa! Stokes, me tire daqui! Quero um cirurgião de Londres, não esses charlatões caipiras.

Contra o conselho do charlatão caipira, Stokes levou Freame para Londres. O marquês de Bredon queria o homem vivo e bem para o julgamento. Ele pagaria os custos. Stokes esperava que Freame acreditasse no cirurgião londrino.

Ele se recusou a acreditar.

Stokes escreveu a lorde Bredon:

> O médico em Londres disse o mesmo que o de Sheen. Freame não aceitou. Exigiu outro cirurgião. O mesmo veredito. Freame não desistiu. Acho que ele tem mais medo de ficar aleijado do que de morrer. No final, os dois médicos ajeitaram a perna da melhor maneira que puderam e o avisaram que ele estava assinando a própria sentença de morte. Pediram-me que assinasse como testemunha para que ninguém os culpasse mais tarde, se ele viesse a perder a perna inteira.

Os relatórios continuaram chegando de Londres. A inflamação logo surgiu, como previsto.

– Freame tem boas razões para temer ficar aleijado – disse lorde Bredon à esposa, depois de lerem os últimos relatórios. – Não vai durar muito tempo nas ruas, indefeso. E ele tem inimigos que querem ter certeza de que ele vai morrer lenta e dolorosamente. Mas suspeito que ele esteja considerando também a vantagem que terá no tribunal, parecendo doente, fraco e patético.

– É um risco – comentou Clara. – Para mim, parece mais suicídio.

O marido balançou a cabeça.

– Ele conhece bem os caminhos do sistema judicial. Caso contrário, nós o teríamos julgado e degredado anos atrás. Ele está contando com uma aparição patética nas sessões de janeiro. Sem dúvida, espera ganhar de mim uma indenização por danos, algo que concluí ao ver o advogado que contratou. Só então ele vai decidir sobre amputação. Bem, é melhor ele calcular novamente. Vou tomar providências para que ele não seja julgado em janeiro.

Entretanto, Husher foi julgado e considerado culpado por vários motivos, incluindo "assaltar e espancar o marquês de Bredon; colocar em risco a marquesa de Bredon; agredir ferozmente, com um instrumento afiado, o inspetor de polícia Sam Stokes, golpeando-o, espancando-o e deixando claro o seu intento de resistir e impedir sua detenção legal".

Isso, como predissera Radford, poderia não levar a uma pena muito grande. No entanto, nas mesmas sessões, Husher foi julgado por dois incidentes separados de roubo com violência. A polícia encontrou testemunhas oculares, bem como uma vítima disposta a testemunhar.

Ele foi sentenciado ao degredo perpétuo.

No final de janeiro, Freame foi levado ao hospital St. Bartholomew.

Seu caso, adiado para as sessões de fevereiro, foi postergado outra vez.

Sua saúde continuou a piorar e ele começou a mostrar sintomas do que afirmava ser febre da prisão. De acordo com o cirurgião que escreveu a lorde Bredon, eram sintomas de gangrena.

Bredon foi vê-lo.

– É melhor você desistir dessa perna – disse ele ao líder da quadrilha. – Vou continuar adiando o julgamento até que você esteja recuperado.

– Recuperado! – berrou Freame. – Quando você faz com que me torturem? É isso que você está fazendo, Corvo! E você vai me pagar!

– Tente pensar com a cabeça. Com uma perna a menos, você ganhará um pouco de simpatia do júri. Seu cúmplice favorito recebeu a pena de degredo. Você deve saber que não temos tantas evidências sólidas contra você quanto gostaríamos. Com o que temos, um bom advogado levantará dúvidas. As probabilidades de você ir para a forca são pequenas.

"Minúsculas" seria uma palavra mais precisa.

Freame poderia alegar que Husher tinha tentado atacá-lo e que ele correra pela estrada em busca de ajuda. Poderia dizer que os Bredons haviam tentado atropelá-lo. Não seria muito difícil suscitar dúvidas na mente do júri. Ele sabia como parecer e soar mais ou menos respeitável. Mesmo que o julgassem culpado, seria pouco provável que a pena fosse dura, uma vez que ele não tinha antecedentes criminais.

Se Freame sabia disso, não deixou escapar.

– Ah, palavras suaves – disse ele. – Você acha que eu nasci ontem? Acha que não sei como é com os nobres? Você sussurra uma palavra, solta algumas moedas onde as pessoas certas as encontram e eles mandam me enforcar.

– Se funcionasse dessa maneira, minha esposa teria feito com que o pescoço de Husher tivesse um relacionamento íntimo com uma corda.

– Sua *esposa* – grunhiu Freame. – Eu queria ter matado vocês dois quando tive a chance.

– Você não o fez, e isso foi um erro – falou Sua Graça. – Tente não cometer outro. A perna precisa ser amputada. A julgar pelo que os médicos me dizem e pelo que vejo por mim mesmo, talvez já seja tarde demais.

Como lorde Bredon mais tarde contou à esposa, ele poderia muito bem ter conversado com um penico.

Ele fez com que o caso fosse adiado novamente.

Passaram-se mais semanas e a dor cresceu para além do que Freame poderia suportar, apesar de ingerir grandes doses de láudano. Por fim, ele concordou com a amputação, mas então já era tarde. A gangrena se espalhou pela perna e pela pelve.

Ele levou mais algumas semanas agonizantes até morrer, no dia 4 de abril.

Westcott trouxe a notícia ao marquês e à marquesa de Bredon, agora residindo em Malvern.

Embora ainda em reformas, a casa estava habitável e eles tinham se mudado havia pouco tempo, com uma modesta comitiva de criados.

A maior parte do andar principal estava concluída nessa época. Clara e Bredon se encontraram com Westcott na biblioteca.

Embora a notícia não fosse inesperada, Clara precisou de um momento para digeri-la. Até agora, ela não percebera quanto os vilões a incomodavam, pois teve vontade de chorar de alívio. Então, veio a voz afiada e lógica de seu marido, como uma brisa rápida quebrando uma abafada neblina.

– Que idiota! – exclamou ele. – Se tivesse concordado com a amputação no início, poderia ficar em liberdade depois de poucos meses na prisão. Por outro lado, isso poupa à polícia a tarefa de construir mais casos contra ele.

– Ele se foi – disse Clara, a voz perfeitamente estável agora. – Isso é o que importa. Ele não pode mais prejudicar você nem ninguém. E me parece uma justiça satisfatória o fato de ele ter causado isso a si mesmo.

– Mais um assassino fora do caminho – declarou Westcott. – Só faltam mais alguns.

– Você subestima Sua Graça – disse Clara. – Nos próximos anos, espero e confio que um grande número de pessoas em altos postos passe a alimentar fantasias assassinas.

– Não estou preocupado – afirmou Sua Graça. – Tenho Clara para me proteger.

– E, como milady afirmou há algum tempo – relembrou o amigo –, se o pior acontecer, você sempre poderá conversar com eles até que se matem.

– É bom que você saiba que eu estava pensando em fazer isso mesmo – informou lorde Bredon. – Clara deixou escapar sugestões pouco sutis sobre eu me candidatar ao Parlamento. Acho que vai ser divertido.

– Tudo o que você tem a fazer é conquistar o eleitorado – disse Westcott.

– Tudo o que tenho a fazer é deixar minha esposa ao meu lado na campanha, piscando seus olhos azuis – retrucou Sua Graça. – Afinal de contas, os eleitores são homens.

– Essa é a sua estratégia eleitoral? – indagou Westcott.

– Provavelmente seria melhor se ele não abrisse a boca – observou Clara.

– Tem razão – concordou Westcott.

– De qualquer forma, terei muito tempo para falar quando estiver na Câmara dos Comuns. Você pode ter certeza de que vou aproveitar o tempo.

– Nesse caso, eu deveria mover assassinato da coluna "possível" para a "provável" – concluiu Westcott.

– De jeito nenhum – disse Clara. – Há uma pequena diferença entre a sociedade e o submundo de Londres. Os cavalheiros podem cultivar fantasias elaboradas ou mesmo desafiar meu marido diretamente. Eles podem *querer* matá-lo, mas não ficarão se esgueirando e planejando uma coisa dessas. Além disso, se tudo correr como pretendo, suas esposas não deixarão que o matem.

Westcott sorriu.

– Lady Bredon, admiro e aprecio o seu carinho por seu marido. No entanto, falando por experiência própria, devo lhe dizer que ele pode incitar o sexo frágil à violência sem nem mesmo se esforçar.

Ela sorriu.

– Não quando eu terminar com elas.

– Você não pode nem imaginar, Westcott – disse o marido. – Clara tem um plano. Um plano louco e belo. Ela vai me apresentar à sociedade.

– Você está brincado – falou Westcott.

– De jeito nenhum – respondeu Bredon, com o rosto sóbrio, a não ser por uma pequena contração no canto da boca. – Ela está organizando um baile para mim. Serei um debutante.

– Eu certamente terei que ver isso com meus próprios olhos – observou Westcott.

– Sem dúvida – concordou Clara. – Você está no topo da lista de convidados.

– Logo acima do rei – declarou o marido.

E riu.

Capítulo vinte e um

Finalmente, com o carinho conjugal saciado,
Ulysses e sua esposa provam
As delícias de uma conversa mútua.

— *Odisseia*, Homero

A recepção formal do rei começou prontamente às duas horas da quarta-feira, dia 5 de maio. No início dos procedimentos, o duque de Clevedon apresentou o marquês de Bredon à Sua Majestade.

– Já era tempo – disse o rei. – Você deve parar de vagar no Old Bailey. Deve se fazer útil em outro lugar.

– De fato – respondeu lorde Bredon. – Minha esposa tem algumas ideias sobre isso

O monarca sorriu.

– Estou ansioso para ver lady Bredon amanhã.

Suas Majestades iam visitar a Residência Malvern, onde eles, como quase todo mundo, nunca haviam entrado.

O rei passou a perguntar pela saúde do duque de Malvern e prometeu visitá-lo também, antes de seu retorno a Windsor.

Então, seguiu-se uma nova apresentação.

Os que estavam perto o suficiente para ouvir a conversa repetiram-na e a notícia logo viajou pelo vasto grupo de homens, que passou a repeti-la mais tarde para suas esposas, amantes, mães e irmãs. Os cavalheiros ofereceram também detalhes sobre o que lorde Bredon usara na recepção: tanto preto quanto as regras da Corte poderiam permitir, naturalmente.

Como resultado, naquela noite, no Almack's, as cabeças se voltavam para a entrada a todo instante, logo ficando desapontadas.

Como lady Warford explicou às amigas:

– Ah, não, estava fora de questão. Clara dará seu baile amanhã à noite, você sabe, e ela precisa descansar o máximo possível antes do evento. O rei e a rainha visitarão a Residência Malvern à tarde, para ver as melhorias. Eles sempre gostaram de Clara e a rainha tem grande respeito pelo duque de Malvern.

Embora o rei e rainha não fossem participar do baile, ela revelou que outros membros da realeza estariam presentes.

Se lady Bartham estava rangendo os dentes, ela o fazia sem deixar que percebessem, da maneira mais elegante, e nem ela foi capaz de criar uma resposta apropriadamente venenosa – não que pudesse dizer qualquer coisa, com as outras senhoras tão ocupadas em conquistar o apreço de lady Warford.

Nem todo mundo tinha recebido um convite para o baile, mas aqueles que não o receberam poderiam esperar ser convidados para outro evento em breve. Esperava-se que a marquesa de Bredon seguisse o elogiado estilo de receber de sua mãe.

Como o rei havia observado, a apresentação de lorde Bredon acontecera bem depois do recebimento do título. Ele passara a maior parte do tempo supervisionando os trabalhos na casa negligenciada, construindo um caso contra um meliante que demorou séculos para ir a julgamento e acabou não vivendo o suficiente para ser julgado, colocando em ordem os negócios da propriedade de Malvern e resolvendo todas as suas responsabilidades legais. Ele ainda não tivera tempo para a sociedade.

Apesar de a longa demora ter sido bastante irritante, ela fez com que todos aqueles que receberam o privilégio de um convite para o baile de Clara o aceitassem de pronto. Toda a alta classe estava curiosa sobre o novo marquês. Sim, já haviam lido, de vez em quando, algo sobre ele, nos momentos em que se interessaram por algum processo criminal. Os que estavam ligados às cortes criminais o encontravam vez por outra. Mas, exceto para aqueles que haviam assistido ao casamento, ele era um mistério, tanto mais porque lady Clara Fairfax o havia escolhido em meio a tantos homens amáveis e elegantes.

Além disso, todo mundo queria ver a casa na qual quase ninguém havia colocado os pés em um século.

Residência Malvern
Quinta-feira, 6 de maio

Os dois salões estavam belamente preparados para as danças – na verdade, o gosto requintado de lady Bredon se evidenciava por toda parte, fazendo com que a remodelação da casa fosse extremamente admirada. Foram convidadas trezentas pessoas. A orquestra de Weippert iria tocar. A ceia seria magnífica.

Mas lorde Bredon só tinha olhos para a esposa.

Clara estava vestida num estilo suntuosamente simples, uma das especialidades da Maison Noirot. Feito de organdi marfim, o vestido era muito bem ajustado no corpete, exibindo seus esplêndidos dotes. Um trançado de tule caía sobre o decote em uma única e doce curva, mostrando sua pele perfeita e o arco suave do pescoço. Uma faixa cor-de-rosa fora fixada na parte frontal da cintura, em vez de circundá-la, as extremidades pendendo soltas sobre os babados da bainha. Algumas rosas também cor-de-rosa salpicavam o decote, os franzidos internos das mangas justas (mangas estreitas, finalmente!) na altura dos cotovelos, a faixa e a bainha, mas a simplicidade geral a fazia se destacar em um mar de vestidos mais cheios de detalhes e joias cujo brilho poderia levar à cegueira. De qualquer maneira, ela poderia ter vestido o hábito de uma freira e ainda rivalizaria com Afrodite.

Bredon, como era de se esperar, usava preto – mas um preto bem mais caro do que o usual.

– As mulheres estão desmaiando – murmurou ela, quando acabaram de receber os convidados.

– Isso é porque falei muito pouco – disse ele.

Ela olhou para o rosto do marido.

– Você não vai se reprimir. Você sabe que é apenas brincadeira o que falo sobre a sua conversa.

– Sei reconhecer um elemento de verdade quando vejo um. Além disso, eu sou um debutante e devo me comportar com recato. Sem mencionar que ninguém vai se importar com o que eu disser. Todos estão preocupados em olhar para nós dois e imaginar o que diabo você viu em mim.

– Não é bem isso que as mulheres devem estar se perguntando. Mas continue pensando assim. – Ela olhou ao redor. – Está na hora.

– Já passou da hora – disse ele. – Você está parecendo um bolo de festa.

Mal posso esperar para colocar minhas mãos em você. – Ele abaixou a voz. – E, mais tarde, a minha boca.

Ela corou um pouco quando sinalizou para a orquestra.

As primeiras notas de uma valsa pairaram pela sala.

Ele olhou para ela.

– Pronta para provocar escândalos?

– Sempre – respondeu Clara, e sorriu.

O coração de Radford disparou, mas ele deu apenas um breve sorriso, antes de levá-la para sua primeira dança em público.

A festa, que começara às onze horas, terminou às quatro. Os convidados obviamente apreciaram a ceia e quase tiveram que ser arrastados para fora da pista de dança.

Isso, Clara disse ao marido quando se preparavam para ir para a cama, era porque ela e ele haviam começado a dançar tão lindamente.

– Você estava maravilhosa – disse ele. – Fiquei contente por ser seu coadjuvante.

– Você deve ter sido um coadjuvante gracioso – respondeu ela. – Percebi que em nenhum momento lhe faltou uma parceira.

– Nem a você. Os seus admiradores pretendem continuar a segui-la por toda parte?

– Acho que eles queriam demonstrar que não havia ressentimentos.

– Penso que queriam que soubesse que estariam à sua disposição se você recobrasse o juízo e fugisse de mim.

– Eu recuperei o juízo quando conheci você.

Ele a encarou, seus olhos acinzentados agora sérios e inquiridores.

– Eu pensava que o que me sufocava era a minha vida – disse Clara. – Mas percebo que não faz diferença em que mundo eu vivo. A diferença é o homem que tenho ao meu lado.

Ele pigarreou.

– Parece que você precisava de uma pessoa particularmente difícil.

Ela desamarrou as fitas do roupão que vestia.

Ele o fez deslizar sobre seus ombros. Então, beijou-a no ombro e colocou o roupão sobre uma cadeira.

O olhar sério voltou, mais intenso agora. Ele a estudou por um longo momento.

– Lady Bredon – disse, finalmente –, você tem alguma coisa para me dizer?

Ela já havia examinado a si mesma, cuidadosamente, no espelho. Somente Davis estava ciente, mas a criada de uma dama tinha que acompanhar essas coisas. Clara estava certa de que ainda não era aparente.

– Sobre o quê?

– Seus seios. E sua barriga. E seu rosto. E uma maneira de seus olhos brilharem. Achei que você parecia ainda mais bonita hoje à noite, mas a lógica me disse que era impossível.

– Eu estava esperando para ter certeza absoluta.

– Quanto mais certeza você precisa ter? Eu vou ou não ser pai?

Os olhos de Clara se encheram de lágrimas. Ela não sabia por quê.

– Acredito que será – confessou ela.

A boca de Radford se contraiu.

– Pai. Eu. – Ele deu uma risada curta. – Quem poderia imaginar?

– Bem – disse ela, trêmula. – Não se feriu, milorde? Não vai desmaiar? Sem lágrimas? Excelente.

– Excelente mesmo. Ah, que coisa incrível. Eu, pai! Eu amo muito você, menina incrível!

– Bem, não é tão incrível, levando-se em consideração certos fatos básicos da biologia.

– Não é hora de ser lógico – retrucou ele.

Radford colocou a boca sobre a dela. O beijo foi longo, profundo, alegre e cheio de promessas de um futuro feliz.

Mas, antes que estivesse completamente terminado, ela o fitou.

– Eu amo você de verdade, meu Corvo. Eu nunca disse isso, mas...

– Milady, eu deduzi que sim.

Ele a puxou para perto mais uma vez e eles voltaram para terminar o que haviam começado.

Epílogo

Quando eu encerro ou envio meu registro diário de eventos, sempre me lembro de várias coisas que deveria ter mencionado. Então, é tarde demais – o que eu omiti não encontra nenhum lugar apropriado.

– Inglaterra em 1835, Friedrich von Raumer

As notícias sobre a morte de Jacob Freame logo chegaram à cafeteria Jack's e, aos poucos, fizeram o seu caminho até uma cabana miserável perto do rio. Ali, Squirrel passava o tempo conhecendo os membros do submundo do rio. Não muito depois da morte de Freame, Squirrel começou a trabalhar para um dos catadores de lixo que usavam o rio entre Putney e Gravesend. Finalmente, tendo se estabelecido como alguém confiável, ele conseguiu encontrar trabalho fora do rio, em uma das tabernas ribeirinhas. Anos depois, casou-se com a filha do dono da taberna e viveu, se não com o mesmo luxo de Freame, certamente com mais segurança. Agora conhecido como John Stiles, Squirrel engordara um pouco por não ter que correr tanto ou tão rápido e, com o tempo, não precisou mais andar olhando sempre à sua volta.

O velho sétimo duque de Malvern morreu, mas não tão logo quanto ele e todos esperavam. Seu filho sempre disse que isso era obra de Clara: o humor do velho melhorou desde que o Corvo a mencionara pela primeira vez e continuou cada vez mais alegre à medida que a conhecia. A boa disposição mental, como todos sabem, é um bom remédio. Isso se comprovou no caso dele, pois suas dores diminuíram sensivelmente a partir do casamento do filho.

Ele viveu o suficiente para deleitar-se com um neto, chamado George em homenagem a ambos os avôs, bem como com uma neta, batizada de

Frances Anne, em homenagem às avós. Então, uma noite, algumas horas após uma agradável discussão com a esposa sobre os méritos do Ato do Conselho de Prisioneiros de 1836, Sua Graça morreu pacificamente em seu sono.

Para diversão ou consternação de muitos, o Corvo Radford tornou-se o oitavo duque de Malvern. Ele provou ser tão irritante na Câmara dos Lordes quanto tinha sido na Câmara dos Comuns e nas cortes criminais. E continuou – auxiliado e instigado por sua esposa – a fazer amigos nas classes mais baixas.

Entre suas muitas atividades filantrópicas, antes e depois de herdar o ducado, ele e a esposa demonstraram um interesse especial pelas escolas para crianças desafortunadas. Seu primeiro evento para a arrecadação de fundos foi realizado em Vauxhall e o dinheiro arrecadado foi usado para fornecer instalações de banho extremamente necessárias para a escola em Saffron Hill.

Sim, lady Clara Fairfax tornou-se duquesa, afinal de contas, e sua mãe – talvez por causa disso, talvez por causa de sua crescente ninhada de netos *perfeitos* (muito superior à de lady Bartham) – tornou-se uma mulher verdadeiramente feliz.

Pelo menos por um tempo.

Nota final

Quando a mente de nossos forasteiros tem uma natureza curiosa e inquisitiva, sua imaginação preenche o abismo que o espanto cria com teorias excêntricas, ou eles procuram obter informações de seus colegas viajantes, alguns dos quais sabem tão pouco sobre o cenário quanto eles.

– A Living Picture of London, for 1828, and Stranger's Guide

Assuntos legais

Para o romance, tomei algumas liberdades em relação aos procedimentos policiais e judiciais, como, por exemplo, o envio de criminosos para julgamento quando conveniente à minha história, em vez de esperar pelas sessões, durante as quais as suas acusações teriam sido revistas. Para uma pesquisa inteligível da história do sistema de justiça criminal em Londres, recomendo o Old Bailey Proceedings Online (http://www.oldbaileyonline.org/index.jsp).

Minha fazenda ficcional de Grumley é uma versão disfarçada de um caso real de 1849.

Escolas para crianças desafortunadas

Embora a união de escolas para crianças desafortunadas, chamadas em inglês de *Ragged Schools*, não tivesse sido estabelecida até 1844, esse tipo de escola era conhecido antes disso, mas não necessariamente com esse nome. "Foi com o estabelecimento da Missão da Cidade de Londres em 1835... que a educação de crianças pobres recebeu o nome de *ragged schooling*", segundo o site infed.org (http://www.infed.org/youthwork/ragged_schools.htm). Fiz uso de uma licença poética ao criar a minha nos moldes de uma dessas escolas que realmente existiu em Saffron Hill, em uma data posterior à da minha história.

Pequenas participações

As histórias de Marcelline, Sophy e Leonie são contadas em minha série As modistas: *Sedução da seda*, *Escândalo de cetim* e *Volúpia de veludo*.

A história do duque de Marchmont é contada em *Don't Tempt Me*. Sua residência em Kensington aparece em *Lord Lovedon's Duel*, um conto de *Royally Ever After*.

O quase noivado terminado e o chocante incidente no baile da condessa de Igby são episódios que acontecem em *Sedução da seda* e *Escândalo de cetim*.

Sim, as roupas são reais

As descrições das roupas foram baseadas em imagens no início do século XIX, publicadas nas revistas femininas disponíveis on-line. Entre muitos outros "roubos", copiei a maior parte da descrição do vestido de casamento de Clara da revista de novembro de 1835 da *Magazine of the Beau Monde*. Na minha página do Pinterest (https://www.pinterest.com/lorettachase/), você poderá ver a moda e outras ilustrações usadas em minhas histórias.

Libras, xelins, pence e moedas antigas

Equivalências em dinheiro: há muitos anos (até 1971), a moeda inglesa não era baseada no sistema decimal. Era como se segue:

Doze pence equivaliam a um xelim (*bob*, na gíria).

Vinte xelins equivaliam a uma libra ou soberano.

Vinte e um xelins equivaliam a um guinéu.

Havia numerosas unidades menores e maiores dessas denominações, tais como:

Dez xelins equivaliam a meio soberano.

Cinco xelins equivaliam a uma coroa.

Para mais informações, acesse:
http://en.wikipedia.org/wiki/coins_of_the_pound_sterling#Pre-decimal_coinage

Outras informações curiosas:
O poema de Robert Burns sobre um piolho:

Você, habitante feio, insidioso, traidor,
Detestado e evitado por santo ou pecador
Como ousa pôr os pés sobre ela –
Uma senhora tão fina e bela?
Vá embora procurar abrigo
Em algum corpo desvalido.

– *Para um piolho, ao ver um no chapéu de uma dama, na igreja*, Robert Burns, 1786

Para ouvir uma gravação do poema original:
http://www.bbc.co.uk/arts/robertburns/works/to_a_louse/

Se qualquer outra coisa lhe parecer curiosa, por favor, entre em contato comigo por e-mail (author@lorettachase.com). Eu amo perguntas sobre história e penso até em escrever um post em meu blog sobre isso.

Agradecimentos

Obrigada a:

May Chen, minha editora, pela inspiração, encorajamento e habilidade de orientar o ego frágil e, por vezes, voluntarioso da escritora; Nancy Yost, minha agente, por seu entusiasmo, bom humor e notável ética no trabalho; Isabella Bradford, alma gêmea, por dividir comigo seus amplos conhecimentos de história, por sua liderança pelos caminhos da mídia social e excelente senso de moda; Bruce Hubbard, amigo e médico de emergências por excelência, por encontrar uma maneira de não matar a paciente do século XIX, apesar de não haver nenhum antibiótico ou nada que pudesse ser realmente útil; Sherrie Holmes, especialista em cavalos e carruagens, por responder aos meus muitos questionamentos com paciência, humor e esplêndida clareza; costureiras e alfaiates de Colonial Williamsburg, especialistas em trajes históricos, que continuam a me iluminar e muitas vezes me surpreender com assuntos ligados a indumentárias; Paul e Carol, amigos, que continuam a nos oferecer o abrigo e a paz de uma bela casa em Cape Cod; Larry e Gloria, amigos, que continuam a nos oferecer um refúgio do inverno em sua linda casa na Flórida; minhas irmãs Cynthia, Vivian e Kathy, pelo apoio tático e moral, com um agradecimento especial à minha parceira de debates e companheira de caminhadas; Cynthia, por todas as ideias brilhantes; e à advogada Kathy, por seus conselhos sobre advogados e como eles pensam; Walter, o homem da minha vida, por me dizer para escrever mais rápido e perguntar "Já terminou?", e por me levar a lugares lindos, mesmo que eu ainda não tivesse terminado.

Pelas falhas, imperfeições, erros e atrocidades diversas, assumo total responsabilidade.

Para saber mais sobre os títulos e autores
da Editora Arqueiro, visite o nosso site.
Além de informações sobre os próximos lançamentos,
você terá acesso a conteúdos exclusivos
e poderá participar de promoções e sorteios.

editoraarqueiro.com.br